艺术学院那点事儿

刘纯羽 ▶ 著

文化艺术出版社
Culture and Art Publishing House

图书在版编目（CIP）数据

艺术学院那点事儿 / 刘纯羽著. —北京：文化艺术出版社，2015.12
ISBN 978-7-5039-6081-9
Ⅰ.①艺… Ⅱ.①刘… Ⅲ.①长篇小说—中国—当代
Ⅳ.①I247.5
中国版本图书馆CIP数据核字（2015）第291708号

艺术学院那点事儿

著　　者	刘纯羽
责任编辑	蔡宛若　周焘
装帧设计	姚雪媛
出版发行	文化艺术出版社
地　　址	北京市东城区东四八条52号　100700
网　　址	www.whyscbs.com
电子邮箱	whysbooks@263.net
电　　话	（010）84057666（总编室）　84057667（办公室） （010）84057691—84057699（发行部）
传　　真	（010）84057660（总编室）　84057670（办公室） （010）84057690（发行部）
经　　销	新华书店
印　　刷	国英印务有限公司
版　　次	2016年4月第1版
印　　次	2016年4月第1次印刷
开　　本	700毫米×1000毫米
印　　张	20.5
字　　数	290千字
书　　号	ISBN 978-7-5039-6081-9
定　　价	38.00元

版权所有，侵权必究。如有印装错误，随时调换。

目录
CONTENTS

1. 美丽园情思 / 001
2. 你是"爸",我是"妈" / 007
3. 海不阔,天不空 / 010
4. 每一天都值得"庆祝" / 015
5. 假如感到迷茫你就猜猜猜 / 025
6. "恶作剧"之苦 / 028
7. 陌生的熟悉人 / 033
8. 我们好像没有见过 / 035
9. 夜空中最亮的灯 / 042
10. 教授去哪儿 / 046
11. 遇见你是不美丽的意外 / 051
12. "惊"不起 / 057
13. 日日惊心 / 063
14. "危险"侠 / 066
15. 老鲜肉 / 071
16. 坏人去哪儿 / 077

17. 汽车最大 / 083

18. 惊鸿一变 / 086

19. 三寸地狱 / 089

20. 玩够了没有 / 098

21. 暗暗地算 / 104

22. 我管你 / 112

23. 入"水"太深 / 116

24. 匆匆那晚 / 119

25. 天知地知你知我知 / 128

26. 天使中的魔鬼 / 132

27. 披着羊皮的羊 / 135

28. 你是我的小天使 / 139

29. "君子"游戏 / 142

30. 冲动的幸福 / 149

31. 常别离 / 152

32. 如果这也能算爱 / 157

33. 变变变变 / 161

34. 把危险留给自己 / 172

35. 敢为死亡先 / 176

36. 不爱也要坦荡荡 / 182

37. 告别花生奶昔 / 190

38. 我是一只小小小小狗 / 193

39. 为你旅行 / 197

40. 只爱外国人 / 200

41. 小孩子 / 203

42. 我爱的人和我不爱的人 / 208

43. 爱情是买还是卖 / 218

44. 一场游戏一场噩梦 / 223

45. 帅哥比不过奶油 / 229

46. 看运道 / 238

47. 最初的幻想 / 241

48. 一直不安静 / 243

49. 分手挺快乐 / 246

50. 勇敢不勇敢 / 255

51. 原来你却在这里 / 258

52. 无可救药 / 266

53. 爱"色"的眼睛 / 270

54. 你走了 / 275

55. 我们不是好孩子 / 279

56. 我可以 / 282

57. 爱你一生一世 / 288

58. 我们可不可以去勇敢 / 292

59. 爱情在天堂 / 299

60. 宿命之神 / 307

尾声 / 312

1. 美丽园情思

"那点事儿"不是别的"事儿",这是个暧昧的词儿,在这所戏剧学院里,它单指男人和女人之间的那种事儿。戏剧学院的大美女雷雷就曾经大大咧咧地对她的闺蜜萧豆豆说:"唉,男人啊,还不就那点事儿!"言外之意,男人本来就是发生"那点事儿"的动物,何况是在这美女如云的戏剧学院!

萧豆豆不是学表演的,也不像她的闺蜜雷雷那样学播音主持。尽管据别人对她评价她还算长得漂亮,漂亮到不比学表演或者学播音主持专业的那些同学们差,可她还是学起了戏剧文学专业。因为她的人生偶像从她会读小说以来就一直是张爱玲。是的,她萧豆豆的人生理想就是变成像张爱玲一样的人。正是这个理想激励着她来到了与张爱玲最近的地方,近到一墙之隔。这个地方就是戏剧学院,它有座不大但很精致的校园,在校园的东墙外有个红砖洋房构成的里弄。那里弄有个好听的名字,叫做"美丽园"。美丽园的深处有一个门洞,那里通向张爱玲一生爱着的人——风流才子胡兰成的住所。正是在那里,在一个令人迷失的夜晚,萧豆豆的偶像张爱玲走进了这个门洞,把自己的心和身体都交给了胡兰成。

记得萧豆豆到戏剧学院报到的头一个夜晚,她便来到东墙外这个凄清的弄堂里。她含着激动的泪光凝望着那扇窗户,在心中对着偶像张爱玲说:"姐姐,我来了。豆豆要成为像你一样的人!"

此后,萧豆豆伴着偶像张爱玲在一墙之隔的戏剧学院整整生活了七年。再有几个月的时间,她便要完成戏剧学硕士学位的苦读。可是豆豆却伤心地发现,她距张爱玲越来越远,却在不自觉中完成了张爱玲和胡兰成干过的"那点事儿"。

七年前,豆豆还在陕西老家。豆豆在那里以全国第三的成绩考进了戏剧学院。整整几个月里,她萧豆豆都是红透方圆几十里的明星。连县城集市上卖猪头肉的贩子都逢人便说:"知道吗?咱这儿出了个状元!"

七年里,她不是没有失落过,不是没有迷茫过,不是没有退缩过,也不是没有后悔过。

至今她仍常常想起那个夜晚,连她自己都弄不清楚是怎么回事儿,在长得白胖白胖的男孩的进攻下,豆豆竟然就……当她从美丽园大酒店回到了她和她的闺蜜雷雷合租的住处时,雷雷盯着她失神的眼睛,冷冷地问:"你和白胖子那个了吧?"豆豆点了点头。雷雷就只"唉"地长叹了一声,那一声就好像是长剑刺伤了豆豆的心……

雷雷口中的"白胖子"叫唐松。豆豆原以为唐松能像自己戴的玉珮护身符那样,永远地守在她身边。她早已习惯了他眯着眼睛的坏笑,习惯了在寒冷的冬天里把手插进他的衣兜,习惯了当两人默默无语时,他忽然眨巴起小眼睛,好奇地托着下巴问豆豆:"老婆,你说结婚什么样啊?要不咱结个试试呗?"

每当这时,豆豆会极力憋着笑,捶着他说:"明天登记去啊!"

玩笑终归是玩笑。同样的话题重复了太多遍,两人竟然默契地不再提起了。就在距离毕业还有一年的时候,唐松忽然跟她说,自己要回老家实习一段很长的日子。唐松告诉她这件事的地点还是在美丽园大酒店。豆豆什么也没说,她盯着天花板,身体被洁白的床单覆盖着。她把整个身子钻进床单里,希望自己就那么永远地睡去。一种孤独感漫上了心头,她突然感觉那种孤独是她曾经体验过的。那年冬天,为了考研,她曾经留在了灯红酒绿的上海滩。一开始,那种孤独感并不强烈，或者说是完全被考研的紧张感压抑住了。可是转眼间到了除夕，孤独感便突然被窗外的鞭炮声唤醒。豆豆清楚地记得，在阖家欢乐的这个时辰里，她却只等到了三通电话。

第一通是雷雷打来的，她匆匆地对豆豆说："新年快乐啊宝贝！祝你越来越漂亮，做个幸福的小女人……"她还想跟豆豆聊些什么，但电话那一端传来了"雷雷，吃饺子"的声音，随即电话便挂断了。

第二通是妈妈打来的，电话两端一样地冷清。她们先是沉默了一会儿，随后妈妈便故作轻快地说："怎么样，还顺利吗？"

"挺好的啊！"豆豆轻快地回答，可就在那一瞬间，她的喉咙却被一团棉花狠狠地塞住，眼泪奔流而下。窗外，城市上空沸腾着五颜六色的烟火，鞭炮声几乎淹没了两人的声音。她们就那么沉默着，谁也不说什么。许久过后，趁着炮声平息的空当，妈妈用轻描淡写的语气问豆豆："吃饺子了没？"

豆豆点点头说："吃了。"她觉得自己有点可笑，在电话这一端冲妈妈点头，她看得到吗？

"我也吃了，买了点儿速冻的，"妈妈沉默了许久，终于勉强地吐出几个字，"我给你爸也供了一盘。"

豆豆愣住了。她望着漆黑的夜空，呆呆地期待着那黝黑的幕布深处能出现些什么。

"是癌，"妈妈轻声地说，一时间，四周的鞭炮声停止了。"你爸没了，胃癌。"妈妈补充着。

豆豆无奈地耸了耸肩膀，"哦！是吗？"说完，她为自己漠不关心的态度而吃惊。而后她告诉妈妈，自己想下楼去看看烟火。随即她快速地冲下五层楼，冲到单元门口。同样是鞭炮轰鸣，豆豆放声大哭。她知道没人能听到她在哭。

豆豆疲倦了。每一个春节，她都是这么冷冷清清地度过的。当她站在被烟火映得如同白昼的夜里，当她理智地收起眼泪时，她在心里告诉爸爸："你能不能让我看看你，让我看看你的样子再走？"

豆豆哭累了，闭上了眼睛，她清晰地感觉到眼睛已经微微发烫，那持续的灼热感映衬着豆豆冰冷的心。小时候，自怜的悲怆常常围绕着她。多少次她在梦里见到了从未谋面的父亲，她看着他高大的身躯，络腮的胡子，她任性地指责他、质问他，为什么不喜欢自己，为什么要在自己才九个月大的时候抛家弃女，为什么到死才有一个消息！她甚至梦到了父亲那一脸的悔恨和慈爱的眼神，她梦到了自己的任性……然而当太阳升起，梦境结束时，豆豆伤感地从思绪中走出来，告诉自己，梦毕竟是梦啊！

第三通电话是唐松打过来的，他想第二天从家里赶到上海，来陪豆豆。豆豆多么希望他能来啊！如果他在，自己会好过很多。她也向自己保证，即便唐松来了，她也不会因此而耽误复习，她一定会像现在一样认真的。可是唐松说，家里这几天都有安排，还得编一个理由才能跑回来。紧接着，唐松坏笑着问豆豆："有没有想我啊？""是怎么想我的啊？""都想些什么啊？"

豆豆知道男孩子都是这样的。不过，她的心情还是比先前好了一些。也就在那一刻，豆豆告诉自己，前面的路也许很艰难，但自己必须一步一个脚印地走下去。

她还记得几个月后，依旧是一个寒冬。当豆豆走出考场时，夜幕已降临。厚实的羽绒服牢牢地抵住了刺骨的冰风，唯有裸露的脸庞和双手不停地颤抖。可豆豆的心是热的，因为她有唐松。就连豆豆最要好的闺蜜雷雷也想不到，唐松居然会跟她一起考研，而且还居然考上了！

当雷雷知道这个消息时，她忽闪着长长的像门帘似的睫毛，一脸不可思议的表情说："呦嗬，还真让你捡着了！"

豆豆知道那段日子是她长这么大最开心的时光。

一切都成了过往，唐松走了，只留下豆豆自己。她孤独地面对日出日落，孤独地把自己埋在堆积如山的书海里。当身心疲惫之时，她希望能听见他的声音。

可是半年时间里，他们的联系却逐渐减少，从每天一通电话，到三天一通，到后来的一个星期一通，再到后来的没有电话，只是几天才发一个微信。豆豆不是没有挣扎过，不是没有怀疑过，不是没有伤心过，多少次她无法忍受他的冷漠，哭着打电话问他还要不要自己了,得到的答案是:"怎么会不要?傻豆豆!"她不信,接着问:"那你可不可以每天打一通电话给我?就一通。"对方在电话里轻松地回答:"好啊!"

可是即便如此,唐松依旧没有兑现承诺。

豆豆曾经眼泪汪汪地看着雷雷问:"他是不是不要我了,是不是他有别人了……"

雷雷看着她,用无所谓的表情说:"你见着谁老夫老妻地还成天腻歪?你俩四年了不是?生个娃都能打酱油了!"

也许是雷雷的话宽慰了豆豆的心,从那以后,豆豆便不再要求什么了。

渐渐地,豆豆竟然习惯了孤独,那些徒生悲凉的夜晚也被她当成了人生的历练。转眼间,半年时间一转而过,就在昨天,当豆豆埋头于书海,习惯性地"享受"着孤独时,一个电话却让她再也无法平静。

唐松终于回来了,结束了他为期一百八十天的实习!豆豆的日历上,先前的日子都被整齐地划去,只有今天,那个美丽的数字——十二月十五日,吸引着豆豆的眼球。

"终于熬出头了!"豆豆对着招财猫说。

她站在窗前,期待地朝窗外张望着。

她等待着他,她半年未见的爱人。她迫切地想知道这半年的实习生涯,没有自己的陪伴,他是怎么度过的。她期待着唐松的身影从远处走来,当他走近时,自己便冲他傻笑,然后他看着自己,忽然躲起来,或者忽然冲着豆豆的方向跑来,就像以前他们约会时她等他那样……想到这里,豆豆的心竟然紧张地"扑通扑通"直跳。

她转过身,面前是整个屋子——六十平方米的老式公寓,陈旧的家具,松动的木地板走上去"咯吱咯吱"直响,用雷雷的话说,那声音听上去就跟干吗似的!豆豆知道这家伙一定又想着"男生女生那点事儿"了!可破归破,豆豆偏偏舍不得离开这儿,租金便宜不说,最重要的是它承载了豆豆最美的青春岁月!

为了今天的见面,豆豆已经在心里谱写了很多很多的话,她要说给唐松听。

现在她生怕宝贵的见面时间被浪费，一遍又一遍地在屋子里踱步，练习着待会儿要说的那些话。

她想说："白胖子，你有没有每天想我一遍？"

她想说："以后你每年都陪我过除夕好不好？"

她还想说，她还想说……想到这里，她不敢说了。其实她最想说的是——"唐松，你不会变成胡兰成吧？他把我偶像害那么惨，我可不要！"

她仓皇地回到书桌前，望着招财猫，望着窗外热烈的太阳，她告诉自己，要留有希望。

事实上，唐松正是为豆豆而来的。他不是胡兰成，昨天不是，今天不是，明天更不会是。就在昨天，他得到了那张宝贵的"社会实践证明"，也得到了单位领导的夸奖。对方说，若不是国家有规定，用实习生不得超过半年，他们是真舍不得唐松走。而唐松的心却早就飞了，他早早地买好了飞往上海的机票，在家度过不眠的一夜后便动身了。

他们约在下午三点见面，现在已经过了十分钟。豆豆不在乎多等一会儿，只要等待，就有希望。唐松早已走进了豆豆家的住宅区里，可是他踟躇了。半年了，豆豆变成什么样了？她还能接受自己吗？他想到了她打电话对自己的哭泣，想到了自己无奈的安慰，想到了自己无法言说的苦衷……他很想等实习期一满就回到这座城市来落脚，再开始另一段实习生涯。职业生涯便是从实习开始的，无数次的实习便形成了踏入职场的第一级台阶。

2. 你是"爸"，我是"妈"

从不打扮的豆豆今天精心地把自己打理了一番，是雷雷逼着她这么干的。当她看到豆豆像往常一样随便穿一件什么衣服时，她大声呵斥住了她：

"妈妈！你再这样下去别说白胖子，连白猪都对你没兴趣了啦！"

豆豆委屈地看着她问道："我真的那么丑吗？爸爸？"

也许有人会觉得她们的关系有点奇怪，为什么雷雷管豆豆叫"妈妈"，而豆豆管雷雷叫"爸爸"呢？千万别往歪处想，她们可是十分纯洁的闺蜜关系。三年前，当两个人住在一起时，雷雷就想，天天叫名字太生分，应当有个称呼的好。当时女生中都流行着互相称呼"老公"和"老婆"，豆豆认为这听起来怪别扭的，还是叫"爸爸"和"妈妈"吧，爸爸、妈妈组成一个家，多么自然，多么温馨！于是这样的称呼便在俩丫头之间叫开了。

今天，雷雷"爸爸"亲自出马，给豆豆精心地化了妆。小屋子里的茶几上摊满了各式各样的化妆品，豆豆新鲜而好奇地看着这些东西，她怎么就没发现"爸爸"有这么多看家宝贝呢？她平日里可是不太喜欢化妆的呢！当她问这个问题时，雷雷回答道：

"看着好玩儿就买了，你可不知道，那些卖化妆品的帅哥都长得可帅可帅呢！"她一边说着，一边做出花痴状。

豆豆和唐松的见面地点就在豆豆她们的小公寓里，雷雷还不知道这些。这会儿，她一边专注地在豆豆白皙的皮肤上涂抹，一边问：

"你们待会儿在哪儿见啊？"

"咱家啊！"

雷雷涂抹的手停住了，她看着豆豆，盯了一会儿，幽幽地说：

"你俩……要在家里搞一搞？不会吧……"

忽然间，豆豆的脸上泛起一阵微笑，还伴着些许红晕。

"妈妈！看不出你们尺度不小啊！我还是回避吧！"

"不要啦！我们就是见个面而已。"豆豆羞涩地说。

"我不信，小别胜新婚，你们这也不是小别了。我不能相信白胖子的定力。"

豆豆不说话了，她的脸上荡漾着幸福的笑容，这笑容发自内心，那样地无法克制。

很快，雷雷便打造了一个美丽的豆豆。当豆豆站在镜子前，端详着这张圆圆的五官端正的脸时，她开心地对着镜子直乐。

"美是挺美的，就是脸大了点儿！"雷雷说着，潇洒地回去收拾桌上凌乱的化妆品了。

豆豆冲着雷雷的背影使劲儿噘噘嘴巴。

距离见面时间还有二十分钟，雷雷迅速地穿好衣服，对豆豆挤眉弄眼地说了一通："祝你约会成功，注意安全哦！"便转身出了家门。

豆豆则徘徊在只有六十平方米的小公寓里，从一端走到另一端，再走回来。

这个她和雷雷租住的地方，沙发是她俩凑钱买来的，便宜的折叠式沙发床。两个人各住一个房间，虽然那里面只能勉强放下一个大床和一张书桌，两个人依旧是满意之极。在豆豆的房间里，书桌上摆着笔记本电脑和整日挥舞手臂的招财猫，那是唐松送给她的，每当豆豆看书看累了，便盯着这只猫，想想他。

距离见面时间还有五分钟，门铃响了。

豆豆的心开始狂跳，她抑制着冲动，迈着稳重的步伐，走向门口。

门外的唐松真实地站着，豆豆的激动渐渐化为平静和踏实。她发现自己更爱他了，眼前的他那么精神，比起原有的可爱之外，更多了几分帅气和成熟。

这是我的男朋友哦。豆豆在心里偷偷告诉自己。

唐松坐在沙发上，豆豆坐在他旁边。

他们并排坐了一会儿，谁都不知道该说什么。六个月没见面，整整一百八十天，此刻，豆豆百感交集。她想起了雷雷"爸爸"的叮嘱："要女人一点儿，男人最抵不住女人温柔的诱惑！"

豆豆起身，走进厨房，认真地沏了一杯茶。她下意识地选择唐松视线所能达到的地方站着，这样他就能看到她沏茶的身影了。

当豆豆把精心沏好的茶端出来时，唐松正坐在那儿，低头摆弄着手机。

豆豆轻轻地走来，把茶杯放在他面前，绿色的叶子悬浮在剔透的玻璃杯里，很是好看。唐松终于从手机的世界里出来，笑着对豆豆说："谢谢！"

豆豆的心微微颤动了一下，浅浅的失望随之而来。一百八十天，也许对于一对恋人的分别来说，的确长了些，这样长久的别离，会形成两个人的生疏感。豆豆则在心里劝说自己：别介意。

她坐在他的身边，轻轻地靠在他的身上。唐松拉住了豆豆的手，用低沉的声音温柔地问："最近怎么样？"

"不好，"豆豆撒娇地回答，"想你想的。"

"哈哈！小豆豆也会想人啊！"唐松拿豆豆开心。

豆豆指着唐松白胖的脸说："再说，再说不理你了！"

唐松看着豆豆，忽然认真地问："复习得怎么样？"

豆豆认真地点点头说："还可以，一直在看着。"

唐松微微地笑了，"那就好。"

"你怎么样啊？是不是终于结束了啊！"

"是啊！不喜欢实习。"

豆豆搂着唐松的肩膀说："那就快回来吧！反正对付过去了！"

唐松靠在沙发上，抬头望着屋顶。豆豆躺在他的臂弯里，睁大眼睛望着他，她在期待着什么，她觉得唐松有话想对自己说，豆豆感到心里有了丝丝紧张。

"豆豆，"好一会儿，唐松方才开口，豆豆看着他，"我也许不回来了。"

豆豆愣了，在唐松的臂弯里，她感觉自己应该找一个合适的位置，现在的姿势令她很别扭，那不是她应该待的地方。

豆豆缓缓地坐起来，尽量让自己快一些恢复理智。

"要在那里工作吗？"

唐松点点头。

"你不是要考博吗？"

豆豆用期待的眼神望着他。

唐松长长地叹出一口气。

3. 海不阔，天不空

俗语说"屋漏偏逢连夜雨"，这会儿，豆豆真信了。她无法知道厄运的开端是从哪儿开始，为什么开始的。

"哇，好萌哦！"一个女生的声音。

"八怪，怪怪，臭怪怪！"另一个女生的声音像是捏住了鼻子发出来的。

一只小狗跳了出来，豆豆看到一只脑袋圆圆、耳朵尖尖的吉娃娃狗，大概有人的手掌心那么大，以前她听依依说起过这只吉娃娃。这种叫"茶杯吉娃娃"的物种，可以装进马克杯里带着走。它的名字叫"八怪"，依依说到"八怪"，总是洋溢着自豪的表情，翘着眉毛说："我家怪怪是花了两万块买来的！"

眼下依依正在给大家表演一项"绝活儿"，她把八怪轻而易举地抓了回去，看着大家说："快来看！我们八怪要表演装死了！"

依依做出手枪的手势，对着怪怪一打，怪怪立刻倒地。

同学们欢呼："死啦！死啦！哈哈哈哈……"

穿着马褂的佟爷爷走了进来，眼前的教授，学生们称其为"佟爷爷"，最后一节课由他来主讲。

"呼啦"一声，佟爷爷手中的扇子被帅气地甩开来，扇面上"环球同此凉热"几个大字赫然呈现在大家面前。据说这佟教授的扇子是学院里的一景，也是他个性化的标识，他无冬历夏的手里总拿着这把扇子，就仿佛旧社会那些说相声的人。没见识过的人看见他三九天打开扇子一定很惊诧，不过熟悉他的人却早就见怪不怪了。那扇子对于佟教授来说，不是用来扇风的，而是用来扇风度的。

佟爷爷全名佟瑾泉。他的"佟"是单人旁的"佟"，可大家偏偏说是"同性恋"的"同"，豆豆知道这是故意气他说的，谁让他天天把"大师"抬出来压迫大家呢？不信你看这会儿，他从容不迫地打开投影仪，放起了玛格丽特·杜拉斯的《广岛之恋》。影片刚开始，他照旧按下暂停键，缓缓地、一字一顿地对大家说："大家不要放弃跟大师交流的机会。"

大屏幕上，男人和女人正在滚满汗珠的肉体上投入地亲热着，佟爷爷目不转睛地盯着大屏幕。依依坐到了豆豆身边——大概因为豆豆坐的位置比较隐蔽的原因。此时，她正在拿一个大粉扑狠狠地往脸上贴粉，一层又一层。一股股强烈的香气迅速刺进豆豆的鼻子里，豆豆忍不住打了一个大大的喷嚏。

依依斜着看了豆豆一眼，"爷爷尺度还真不小！"

豆豆看了看依依，就在她和依依的目光即将碰撞之时，依依却本能地躲开了，豆豆不再说什么。

大屏幕上黑白色调里，男人和女人的亲昵镜头即将结束，可佟爷爷却忽然按下"暂停"键，"同学们！这是电影史上的经典镜头！让我们再一次向大师致敬！"

话音未落，布满汗珠的一男一女两个裸身的肉体又在特写镜头的关照之下重新激情上演。

佟爷爷把这个"经典电影的经典开头"反反复复播到正午十二点。当他宣布下课的刹那间，依依麻利地把粉扑塞进化妆包里。豆豆这才发现，依依脸上的粉涂了将近四个小时！她一边收拾包包，一边凑到豆豆跟前，"有个秘密告诉你！"

豆豆的脑袋即将爆裂，目前就处在脑浆迸发的临界点，她沉默着，努力做出微笑的表情看着依依，其实她想说的是："什么都不必告诉我，我什么都不想知道。"就在这将近四个小时的时间里，就在大屏幕上滚动播放着法国女子和日本男子在湿润的身体上缠绵之时，豆豆的大脑如陀螺一样迅速地转动。期间，她给唐

艺/术/学/院/那/点/事/儿

松发了二十八条消息,忍不住打了十五通电话,对方杳无音信。

依依却仍然像什么都没发生似的对豆豆说:"事关重大,不听拉倒。"

这会儿豆豆的好奇心真的被吊起来了。

两个人并排走出了教学楼。这幢被学生们称为"洗浴中心"的楼就是教学楼,其实它有一个好听的名字,叫"红楼"。以前这里曾经充满了大师的笔墨香气和戏剧的浪漫味道,可自从某位领导下令翻修红楼之后,原本用来造桑拿房的防腐木条就被贴在外墙上了。也正因为这个原因,大家管这儿叫"洗浴中心"。

天气微微地阴沉下来,豆豆不由地望望红楼,长长地呼出一口气。

豆豆并不期待依依所谓的秘密了,眼前的这个姑娘本身就是个秘密,神奇的人能做出什么神奇的事儿来,真没法预料。

校门口车水马龙。

在这样的清晨,豆豆的心里满是唐松。她望着眼前的繁华,觉得自己是最不幸的人。依依摆弄着手机,那么专心,嘴巴无法抑制地咧着。看来她一定有什么高兴的事。豆豆心想。

"我走了。"豆豆说,在校门口,她们便要分道扬镳了。

"等会儿!"依依低着头,对着手机屏幕说,"你跟我来。"

她把手机搁进包里,拉着豆豆的手,神秘地眨巴眨巴眼睛,"我带你认识个人。"

豆豆的心再次悬在了半空中。

依依拉着豆豆的手,走进十八层公寓的一楼大厅里。

依依的手是温热的,豆豆感到一阵温暖。

这里豆豆从未进来过。在戏剧学院读了快七年的书,她竟然是第一次进来。说来并不奇怪,这一楼大厅是卖跑车的,一种叫兰博基尼的跑车,豆豆进戏剧学院之前从没听说过这个洋词儿。

而此刻豆豆仿佛来到了一个玩具跑车的世界,粉色、绿色、白色、黄色……依依像小鸟一样,飞到一个身穿花衬衫的男子怀里,细细的嗓子里拉扯出一句甜蜜的词儿："Honey！"男子一下子搂住了依依。豆豆仔细看去，那男子两鬓已经斑白了，略黑的皮肤深深浅浅地勾勒出几道皱纹。"豆豆！来！"依依热情地招呼她。不过，她趁着豆豆走到跟前儿的空当，却跟男子开始抱怨了："咱们不买白色的好吗？好丑了啦！"

男子使劲儿搂着依依说："听你的，宝贝！"

豆豆已经站在他们面前了，她有点儿尴尬，好像自己的存在打扰了人家的柔情似的。

依依却不在乎，在男子的脸上狠狠地亲了一口。

就在这一刹那，豆豆分明看到三男两女五个店员的脸上荡漾出的羡慕嫉妒恨。

"这是我同学，萧豆豆。"依依说。

"这是我老公，"她用温情的目光看看男子，"小林子。"说到这三个字时，依依的语气放得很轻。

小林子摘下了眼镜，豆豆见到了他宽大的眼袋以及眼角细密的岁月纹。

豆豆轻轻地笑了，依依调皮地冲着豆豆眨眼睛。

小林子认真地打量着豆豆，眼睛轻轻一眨，放出一道暧昧的火花。豆豆心里却跟被电棍打了一下似的，难受极了。

"老公！"依依站在绿色的车旁叫小林子。

小林子轻轻地跟豆豆摆摆手，"待会儿留个电话哦！"随即轻巧地再一眨眼。

豆豆一下子想到了唐松，又泛起一阵难过。

从豆豆的视线望去，依依正指着那辆浅绿色的轿车，示意小林子买这个。豆豆却认为这绿色的矮趴趴的家伙，看上去很像初夏稻田里的青蛙，那小林子不成了"青蛙王子"了吗？豆豆幻想着。

依依冲着豆豆招手，豆豆走过去，对依依说："我该走了。"

依依神秘地看着豆豆，趁着小林子仔细端详"绿青蛙"，迫不及待地用口型对豆豆说："我老公——"说完，咧着嘴笑了。

"待会儿我们买了车送你回去。"

小林子瞅了依依一眼,"侬傻不啦!哪能买好车就开的啦!好车侬晓得哇,手续好麻烦的咪!"

依依调皮地对小林子努努嘴。

"这车,你猜?"小林子说。

"什么?"

"七百万,你老公赚这点钱,不用一个月的!"

这一刹那,豆豆莫名地羡慕起依依。

依依轻快地拉着豆豆的手,送她到这家高大上店铺的门口。

忽然,就在她们道别的一刻,依依的脸沉了下来。

"我是不是还没告诉你?"她用前所未有的严肃表情看着豆豆。

现在的豆豆已是失魂落魄,她相信没有任何事比失恋更伤感的了。她微笑着,等待着另一个坏消息。

"你的博士怕是没指望了!"

豆豆内心生出了强烈的渴望——如果能让自己顺利考博,哪怕是再分十次手都可以啊!

"我听说那潘爷爷已经有人了,而且,他就是为招那个人才招博士的!"

豆豆不知道该说什么,也不知道该去哪儿,更不知道此刻她应该做出什么表情。

"宝贝!"是小林子的声音。

"哎——"依依赶紧答应着,"我先走了,电话哦!"

只留下豆豆自己,眼前是兰博基尼华丽的大门。门里是幸福的生活,而门外呢?

豆豆苦笑着,原来自己就是一个陪考的!原来自己努力了两年,跟潘爷爷请教、沟通了两年,却只是枉费时间了。她开始恨潘爷爷了。

潘爷爷是豆豆想要考的博士生导师,全名潘厚霖。这个大名在戏剧学院可谓如雷贯耳。记得豆豆第一次跟潘爷爷说话时还是战战兢兢的口气,她用崇拜的目光注视着对方,"潘老师,我听说今年大剧院要上演您写的四部戏呢!"潘爷爷"呵呵呵呵"地笑着。"呵呵呵呵"是他的代表性笑声,哪里有这笑声,哪里就有潘爷爷。这会儿,潘爷爷再次"呵呵呵呵"地打了个前缀,同时他摆出"六"的手势,"是六部。"他纠正道。

一刹那,豆豆对潘爷爷的崇拜有如黄河之水,滚滚而来。接下来,豆豆又发现了爷爷和蔼可亲的一面。那回,潘爷爷拦住了豆豆身边的同学,问他:"小朋友,我请教你一个问题好吗?"

同学点点头。

潘爷爷疑惑地说:"那个大厅里的车多少钱一辆?"

同学用不屑的口气平静地回答:"也就四五六百万吧!"

"哦!"潘爷爷吃惊地感叹,"这么贵,难怪那么好看呢!"他一边重复着这句话,一边摇晃着"地方支援中央"的发型,走了。

也就在那一刻,豆豆认定潘爷爷就是她仰慕的、可爱又可敬的人。

4. 每一天都值得"庆祝"

依依坐上了小林子的汽车,扬长而去。豆豆没见到那汽车的样子,却听见了震耳欲聋的轰鸣声。之前,她听雷雷"爸爸"说过,这样的轰鸣声只要响一下就得烧好多油。在豆豆住的城市中心地段,几乎每天半夜时分,总会断断续续地响起这样的声音,开始时,豆豆很不习惯。雷雷"爸爸"告诉她,那声音好听着呢,是烧铜钱的声音,于是豆豆便想象着很多"孔方兄"被红色火苗灼烧着的画面,渐渐地竟然习惯了。

豆豆不愿意坐依依和小林子的汽车回家，便借口要去研究生部有事情要办，进了学校大门，在高大的宣传栏下缓慢地走着。

宣传栏里张贴了一张大大的海报，蓝底白字格外惹眼。与此同时，"呵呵呵呵"的声音从远处传来了。豆豆赶紧面壁，在这个时候，她如此地害怕见到潘爷爷。

豆豆沮丧地想，如果潘爷爷执意不收自己，那么她将永远都不再去打扰他了。

豆豆更没有想到，更大的命运陷阱正在安静地等待着她的光临。

这真的是宿命吗？或者是一场游戏？恶作剧？玩笑？

豆豆已经无法掌控命运，她只能任其摆布。

更大的疑团正悄悄逼近，谁也无法阻挡。

依依正沉浸在喜庆之中。说来依依早就是个风靡全校的名人了。不过，她的名气并不在于她的才华，而是一些别人没有的特殊经历。

眼下，她早早地就把毕业的事儿都搞定了，这会儿，正高枕无忧地等着毕业典礼上风光地穿着哈利·波特的大袍子，不停地拍照。依依为此特意买了佳能5D3相机，她要让自己成为最美的女硕士。她昨天就草草地把那老太太裹脚布一样又臭又长的毕业论文交上去了，至于能不能被抽到审查，能不能被监测出抄袭，就都由老天爷决定吧！反正自己也只能写到这儿了。

家里的气氛跟往常完全不同，屋顶上还横竖扯了几条亮闪闪的拉花，墙上用彩色涂料喷了好多可爱的造型：什么Kitty猫、神偷奶爸、哆啦A梦之类的。最夸张的都不是这些，不用仔细看就能很容易察觉，围绕着三居室的边缘，摆上了一排整整齐齐、密密麻麻的小蜡烛，这房子很大，足足有两百平方米，因此没人能数得清这些蜡烛有多少支，只有依依知道，她网购的数量大概在一千二百个左右。开兰博基尼的男人此时正躺在沙发上，无聊地看着电视里正在播放的台湾综艺节目。蔡康康脑袋上扣着一个大鸟笼子，穿着白色套装。男人看看自己穿着的白裤子，不由地整理了一下腰带。这男人叫小林子，是依依刚上任的男友。从表情看去，他似乎很享受当下的悠闲时光。

"我能把裤子脱了吗？"他问依依，显然他觉得自己紧箍在身上的腰带跟这房间的舒适有些不太般配。

"不行！"依依果断地否定，"待会儿要来人呢！"

小林子无奈地躺着，脸上布满了委屈。依依见他不太高兴，走近了坐到他的脚边，轻轻地给他脱下袜子，缓缓地按摩着脚底。男人的眼睛眯成了一道缝儿。近处看去，小林子脸上深刻的几道皱纹清晰极了。依依随便按了两下，继续忙活自己的事了。她从里屋拿出一大摞被塑料纸包着的衣服，摊在地上，跟小林子说："帮我一下，把这些衣服挂在这个架子上。"依依说着从里屋推出一个长长的可移动晾衣杆。小林子不情愿地走过来，拾起地上的衣服，他的眼睛里很快就放出了光彩，"这都是什么？"他惊喜地看着那些衣服，有护士装，有格格装，有学生装，有空姐装……随便哪一套穿上都会走光。

"你买这么多小短裙干吗？"小林子问。

"还有小短裤。"依依拎起其中一条短裤。

小林子一下就紧张了，"这尺寸我穿不上。"

依依放声大笑，"哈哈哈哈哈哈，你穿？哈哈哈哈哈！"

小林子被她的笑声惹恼了，眼里泛出凶光。

依依见状赶紧解释："这是我晚上开派对用的。改天给你买哦，乖！"依依随便哄哄他，就去忙自己的了。"男的女的分开，那衣服。"依依吆喝着叮嘱他。这房子大，说话不用点儿底气怕是人家听不到。

小林子一脸被虐待的表情，极不情愿地挂着这些一件比一件暴露的衣服。他原以为依依买来要跟他制造点儿浪漫的，看来是多想了。他心里涌上一股子不平，凭什么，自己付出这么多金钱，什么也得不到？房间里鸟语花香，一个大大的鸟笼子里关着一只绿色的肥鹦鹉，正用怜悯的眼光看着他。这胖东西是依依花了大价钱买下的，它贵是因为被人训练得能讲好几个词儿，依依给它取名叫"阳阳"。来到新主人家后，圆咕隆咚的阳阳还多了一项爱好——学狗叫。每回家里来人，那只名叫"丑八怪"的吉娃娃疯狂地扯着嗓门儿叫唤的时候，阳阳也一个劲儿地扑腾着翅膀，傻里傻气地跟着起哄。一狗一鸟，构成了依依的日常生活。她常常抱着八怪去宠物店做客，那儿的人没有不认识她的。眼下，她正为一个偌大的"爬梯"忙碌着。前来参加"爬梯"的人都要统一着装，就是小林子正在收拾的那一堆。至于穿成那样之后会发生点儿什么，依依就不负责了。那弗洛伊德还说泛性论呢，这能阻止得了吗？所有的理论中，依依只懂得弗洛伊德，她认为泛性论才是这个世界上真真正正的伟大学说。屋子里已经插满了鲜花，依依停下来，满意地看看自己的杰作，自言自语着："我怎么这么心灵手巧！"

大大的平板电视正播放台湾综艺节目，爱丝和罩着鸟笼的蔡康康主播聊着各种热会话题。蔡康永问她："如果有一天你变成老姑婆都没人要怎么办？"爱丝说："那就勉为其难跟你搞一下。"依依正把镜头对准那躺在包装盒里的包包，却被精彩的对白把注意力拉到了电视上。

电视上，爱丝继续发问："如果你跟女朋友刚要××，她突然放了个屁，你会……"忽然间，依依沉默了。小林子摆弄着手机，依依有些不自然地抠了一会儿指甲，便起身离开。

"这爱丝，就是个女流氓嘛！"小林子用眼角扫了扫依依，表情里划过难以察觉的不屑。依依没接他的话茬儿，她陷入了一段难以启齿的回忆之中。说实话，至今每当想起这段插曲，她的心依旧剧烈地抽搐。

依依是全校的名人，不是因为她的美丽——任何人都必须承认，在戏剧学院找一个美女，比在菜市场找大白菜容易得多，放眼望去，如果从下面往上看，全是象牙般的美腿；若从脸部看起，简直每一个都跟当代的林黛玉似的。依依的有名在于她的花边新闻。

去年，不知怎地，这依依跟学校的一个博导产生了暧昧。人说她是为了考博，不过这说法有失偏颇。依依是学戏文的女孩——跟豆豆一样，而那博导是研究舞台美术的，说来两个行当之间相差有点儿远。那么兴许是爱上这导师的才华吧，反正俩人就好上了。说来也怪自己嘴巴大，跟舞美系的一个女生相识也没多久，就认为自己和人家投缘了，兴许是因着舞美系女生跟那博导关系近的缘故，依依把自己跟博导的那点暧昧事儿一五一十地说给人家听。关键是依依和博导的事儿何止暧昧这么简单？一说两人去凤凰古城旅游，竟然待在宾馆一个礼拜没出门……还说这俩人第一次要干吗的时候，这依依忽然……像电视里爱丝说的那样，放了一个响屁，于是俩人没成。后来，依依后悔自己把这天大的私密告诉了别人，悔得肠子都青了。她竟然不知道那舞美系的女孩还有一个同样学舞美的男朋友！这姑娘于是把这段子当成茶余饭后的谈资，跟自己的男朋友讲了。戏剧学院巴掌大的一块地方，面积小，巧合多，这闺蜜的男朋友当时正好要考博导的研究生——不是考博，是考研，男孩是戏剧学院本科毕业后先工作了一段时间，又打算回校继续深造。导师本来答应得好好的，后来不知怎的，就招了一个如花似玉的姑娘。不仅如此，还给他面试分数打得尤其低，弄得其他几个考官都以为这男生得罪了导师呢！男孩气不过，他打算跟博导要回之前贿赂他送的奢侈品，没想到那导师不但不承认，反而恶言恶语地奚落了他。他实在气不过去，索性把依依跟这个博导的事儿写了大字报，贴得满校园都是。他还处心积虑地弄来了几乎所有老师的邮箱，每一个人的邮箱里都发了一份。大家都不怀疑这事儿的真实性。在戏剧学院里，谁都知道一条"潜规则"，叫"小道消息一定是真实可靠的"。

自打那次事件之后，依依便极少在学校出现了。她和豆豆的导师周明黄也更少地召集她们上课或者开会。虽然这对于豆豆是极不公平的，但谁都知道，周明黄一来怕人家说三道四地风浪不止；另一方面，如果他只招呼豆豆上课而不管依依，那样会伤害依依的自尊。

这样一来，依依的心中便莫名地萌生了一种恨。无数次，她真想找几个人，把传播谣言的女孩痛打一顿，她甚至想找个私家侦探，收集她所有的不为人知的事情，然后像她害自己那样痛快地报复回来。然而，她却无法做出任何举动。她清晰地记得，就是那个曾经跟她喝茶聊天、陪她看病还给她垫医药费的女孩，最后竟然在微博上开了一个话题专栏，签名写着"想知道孙依依和徐大博导桃色的来找我"。她还在那微博里公然地谩骂依依是"不要脸的小三"、"习惯性小三"、"毁人家庭的毒妇"……

依依盯着眼前一堆凌乱的"道具服",结束了这段不愉快的回忆。她想到当豆豆脸上浮出失落的忧伤和深深的挫败时,她依依竟然在心里暗暗地爽快着。世界残酷,人生无情。依依看着八怪,它正卧在自己脚下,用粉嫩的小舌头舔着她的脚踝。她抚摸着八怪。在那一刻,她开始羡慕这只柔弱的小狗了。八怪的命比自己好,它有人疼,而自己呢?

小林子躺在沙发上,昏昏欲睡。依依上去搂住他的脖子说:"没钱了。"她边说着,边用眼角偷偷地观察他的反应,没想到小林子却终止了这个话题,开始玩手机了,身子也刻意地坐起来,好像故意拉开俩人之间的距离。依依也陷入了沉默,很显然,她在思考问题,每当他仔细盘算什么的时候,眼珠子总会不由地四下里乱转。

俩人都各自沉默了一会儿。电视机里蔡康康扮演的鸟叔和观众的哄笑却让这屋子里的气氛格外肃穆了。

"唉——"依依用手在小林子的中段拍拍,这人年龄不小,穿着却很前卫,一条九分裤,裤裆的地方十分突出地设计了一个大鼓包,打眼看去,能明显地感觉出设计师的意图,是要充分地突出男性特征。依依轻轻地拍着那个大鼓包。这裤子是她买给小林子的,说真的,她希望小林子能年轻些。不过小林子却只有跟她见面时才这么穿,就好像他只有泡妞时才开兰博基尼一样。买车之前,依依便提出要开"青蛙跑车",小林子始终不做回应,据依依的推测,小林子是怕她开着自己的爱车跟帅哥约会才不答应的。何况她想到一个十分现实的问题,就是那跑车的车主名字是"林永年",也就是说,车跟依依没有任何关系,况且小林子也不会跟自己结婚。

于是,依依想了第二套计划。

"Honey! Honey!"依依叫他。

"嗯?"小林子嘴里发出含混的答应声,却一直盯着手机看。

"我跟你说。"依依跪在沙发上,两手拽住小林子的耳朵,把他的脑袋扭过来。

小林子的注意力终于回到依依这里。

"人家要毕业了呢。"依依跟异性说话的时候，从不说"我"怎样怎样，而是说"人家"。

"哦，毕业好。"小林子故意显出对硕士研究生的崇拜，依依知道这家伙是滑头，便下定决心继续问下去。

"总得先安顿下来吧，现在人家什么都没有。每天晚上我都睡不着觉，现在的工作多难找啊！我总是想，我的要求也不高，就是想有个稳定的工作，有一份贴心的情感，可是怎么实现起来就这么难！"依依说着，竟然轻轻地抽泣起来，她瞪着委屈的大眼睛，眨巴眨巴地看着他，长长的眼睫毛忽闪忽闪地扫动着小林子的心。

小林子心软了，眼睛里泛出色眯眯的光辉。乖乖倚在依依身边，瞪着圆咕隆咚的大眼睛看着小林子，好像在说：瞧你那样，经不住诱惑了吧！小林子把那狗抱过来，举起它的前爪对着依依，小家伙半睁着眼睛，懒洋洋地被人摆弄。

小林子给它配音："打你，打你！"举着吉娃娃的爪子去挠依依。

依依被他逗乐了，一下子抓住小林子裤子鼓起的大包，"抓住啦！不跟你玩儿了，跟你说正事儿你都不听！人家生气了！"

"怎么了？"小林子把脑袋贴在依依的胸口，暧昧地问。

依依不说话，靠在沙发上，环视着屋子，酝酿着接下来要说的内容，这内容十分重要，至少在现阶段十分重要。她思考了很久，盘算了很久，觉得现在是时候了，应该可以光明正大地提出来了。现在，她正想着用何种方式提出比较自然又顺应情理，依依陷入了短暂的沉思和回忆之中。

家里整洁如新，地板也被蹭得能照出人影儿，只是墙壁上的石膏条掉下来一段，让整间屋子显得略有些陈旧。依依注意到门把手坏了一个，房子是租来的，她也懒得找人换。电视屏幕上快速滚动着结尾字幕，紧接着下一集开始播放。依依有些厌烦地说了一句："关电视。"电视机十分"听话"地关上了。电视机是声控的，她花七万块买来的。在这屋子里它算不上最最高档的，旁边那套音响价值二十多万，除这两样之外，再没有什么更值钱的了。这两样东西是一起买的，那会儿，依依带着前一任男友到商场里，奔着标价最贵的毫不犹豫地买下了，弄得那一任男友忍不住感叹:"你跟人民币有仇啊!"

依依看着他颤抖着双手刷卡,心里却涌起一阵莫名的快感。不过,当天晚上,他们的关系就画上了句号。分手另有原因,绝不是因为依依"跟人民币有仇"才分手的。

经过是这样的。那天晚上,俩人进行了红酒配牛排的浪漫烛光晚餐。前任正酝酿着进行点烛光晚餐后的色情活动,找找微醺之下的桃色浪漫。没想到刚吃饱喝足,依依就像屁股上长了钉子,躲进化妆间"叮叮咣咣"地开始装饰她那张本来就已经浓妆艳抹的小脸。手机短信铃声一刻也不间断,依依更是毫不顾及有个男朋友在场,她嗲声嗲气地打了一通电话之后,紧接着蹬上了轻快的高跟鞋,"咯噔咯噔"地离开了家。前任眼巴巴地向窗外望去,只见深沉的夜色中,一辆加长的黑色轿车在灯火阑珊处低调地打着盹儿,车身泛出不易察觉的浮光掠影。身材高挑的依依挎着精致的小包,摩登地打开车门,优雅地坐进车里。十几米之外,男人正矗立在窗口,一股被羞辱的感觉涌上心头。依依感觉自己背后长了一双眼睛,正与窗口的男朋友对望着。她回忆着下午在商场里男人付钱时的表现,于是她失望地用背后的"眼睛"告诉对方:"沙扬娜拉!"

此时,依依正躺在小林子的大腿上,看着他剃得光光的下巴,不留一点儿胡茬。她摸摸他的下巴,感叹道:"真骚!"很多时候,依依并不能保证这样的时光会停留多久,也许在不久的将来,这光溜溜的下巴也成为过去时,就像前任那样。她也不敢保证他们分手后小林子会不会跟自己做个朋友。人生真的是由无数次的擦肩而过拼凑成的。依依何尝不心酸?她脸上划过一丝不易察觉的感伤。

依依清楚地记得,当晚的黑色轿车就是小林子的。也就在那之后的一小时之内,在喧嚣的酒吧里,她收到了前任的分手短信,当然,不单单说了分手,还夹杂着许多谩骂的话语,措辞犀利,难听极了。依依把自己灌得烂醉,迷蒙之中,她看到面前的世界在扭曲,她喃喃地自言自语:"在转,在转。"大致是桌子、椅子、酒瓶和人都在旋转的意思。

当她在旋转之中再回到这房间时,前任已经走了。依依自嘲地望着新买的电视和音响,心想三十万的情分还真不算贵!也许人和人的情感是可以用金钱来衡量的呢。对于值得的人，就投资大一点儿；对于不值得的，就小一点儿。从他刷卡时颤抖的手那儿看来，自己只是勉强值三十万。那就留下三十万的记忆吧！依依洒脱地笑笑。我会创造更大的价值！她认为。

而现在，小林子对她的承诺要比这区区三十万多得多。不过，承诺归承诺，不能不信，也不能轻信。

依依走进了小林子的世界。跟前任一样，小林子也不是单身——不仅不是，而且已经儿孙满堂！他平日里为了遮掩年龄而戴着墨镜，其实他已经六十岁了。依依不在乎，反正又不嫁给他。青春只有一次，不能白过。吃苦也是青春，享乐也是青春。老天已经给了自己这曼妙的身材和姣好的面容，为什么要自讨苦吃？她也想过嫁给一个人，过简单而重复的生活。不过，她很快想到丈夫一定会在外面有别的女人，就像小林子和前任男友那样——大家都是男人，谁也逃脱不了。依依绝望地认为这个世界充满了冷酷和自私。

她将侧脸完全地躺在裤子鼓包的地方，"明天有空儿吗？"

"干吗？"

"有没有？"依依逼问。

"应该有吧。"

"公司没事儿？"

"哼哼，"小林子鼻腔里发出一阵似笑非笑的怪动静，像是在鄙视依依的幼稚，"我说有就有，我说没有就没有。"

依依扇动着眼睫毛看着他，"那咱们去车展看车吧！我弄了两张票。"

"太挤了，不去。"小林子懒洋洋地回答。

"那就去4S店看吧。"依依用期待的眼神看着他。

小林子这会儿从慵懒中苏醒过来，盘起腿坐在沙发上，看着依依。他用眼神仔细地审视、打量，那样子特像审判间谍。依依十分清楚他在担心什么，过了一会儿，小林子还是开口了。

"你能跟我在一起多久？"

依依低下头,心里五味杂陈,她觉得小林子问的不无道理。他俩之间谈天长地久是不可能的,小林子不可能永远跟她在一起,依依更不会老实地待在小林子身边。即便没有长久,那自己付出的青春呢?谁都知道女孩的青春有多么值钱。小林子想必也在"长久"和"青春的代价"两者之间徘徊,挣扎不定。果然,他十分直爽地说了自己的顾虑。

"如果我给予了你很多,你却转身找了别人,那我不是很丢人?"

依依知道他希望自己给他一个承诺。从前都是男孩给女孩承诺,而今却颠倒过来了,并且像一场交易,依依反而觉得这事儿有点意思。她两手捧着小林子布满沧桑的脸,用哄小孩子的口气说:"当然啦,我会乖乖陪着你的!"小林子脸上绽放出满意的笑容。

依依也笑了,十分激动而又心满意足地乐着,脸上充满胜利的得意。

她躺在沙发上,头枕着小林子的大腿,细长的双腿弯成舒适的造型。她恨不得学校的课程安排得再多一些,这样就有更多的机会让大家见着自己光鲜亮丽的生活了。她一想到大家会像对待明星那样把目光定格在自己身上,心里一下子明亮起来。豆豆平日里挺另类,如果豆豆站在寒风中等公交车,而此时自己正开着精致的小汽车从她身边路过,那又会是怎样一番光景呢?依依想着,嘴角露出一丝轻蔑的微笑。

正当豆豆躲避潘爷爷的瞬间,她看到了那蓝底白字的内容。豆豆的心放松了,踏实地从嗓子眼儿回到了胸腔的位置。不知为什么,自打分手之后,豆豆认为周围充斥的全是悲凉的阴云。

其实不然,蓝底白字方方正正地写着学院网络中心招聘的文字编辑兼职人员的信息。豆豆机械地把那信息看了一遍,等潘爷爷走了,她才离开。

不过,就在她准备走开的时候,却发现宣传栏的右侧贴了一张红头文件。豆豆的神经紧紧地绷起来了,她本能地走到了红头文件旁边。

刺眼的名字浮现了:萧豆豆!

豆豆脆弱的神经再一次遭受打击,她崩溃了!

在那张红头文件上，并列写着三个名字，中间的便是萧豆豆。

这是一个噩耗，比博导潘爷爷拒绝自己更大的噩耗，比失恋更大的心痛！三个姓名上方，粗黑体大字整齐地排列：因实践学分未达要求，经校委会决定，对以下三名同学不授予硕士学位！

豆豆呆呆地站在那里，头痛欲裂，全身的血流凝固了，喉咙里塞满了蒲公英的白毛刺儿。

偌大的城市。

天桥上的豆豆，第一次明白了什么是流浪。那是无法言说的疏离，是身心俱损的放浪，一如此时的豆豆。

汽车像甲壳虫，在天桥下等待红灯，在天桥下蠕蠕而行。豆豆真羡慕汽车里的人，至少他们有一个温暖的躯壳。

豆豆想不通，这不可能。

5. 假如感到迷茫你就猜猜猜

正当豆豆绝望时，"爸爸"责无旁贷地成了她的"靠山"。很久以来，豆豆都佩服雷雷那种临危不惧、大事化小的心智和本领。

四年前，豆豆读大三，雷雷读大一，那一年，她们在学校的公共澡堂里认识。如今，雷雷大四，豆豆研三，她们早已住在合租的一套两居室的老式公寓里。豆豆管雷雷叫"爸爸"，雷雷管豆豆叫"妈妈"，这个关系复杂的称呼却成了两个女孩之间最最贴心的词语。

在豆豆的心里，雷雷"爸爸"是最最贴心的闺蜜。若是豆豆出现什么状况，雷雷"爸爸"一定比她自己出问题还着急。

半年前,雷雷不知道怎么就勾搭上了她班同学的老爸,据说那老爸是蓝星传媒集团的董事长呢!那蓝董事长的长相,用雷雷的话说,就是"恐怖到令人发指",她是这样形容的,她说:"你盯着他的鼻毛看几秒,那鼻毛里都能钻出几只蚂蚁来!"不仅如此,这人发家致富的方式也不怎么高级,听说他当年是靠着在剧场门口倒卖黄牛票起家的。

而雷雷之所以跟蓝董掰扯,完全是为了自己的"妈妈"谋幸福来的!事情是这样的,按照学校规定,实践学分必须满四分才能毕业。可是三年来,豆豆把所有精力都用在了复习考博上,竟然把这个事给忽视了。以至于半年前的那个暑假,当研究生部提醒大家要提交实践证明时,豆豆忽然想起还有这么一回事儿,她顿感大祸降临。

最后,还是鬼主意颇多的雷雷告诉了她解决的办法,她说:"只要有人,没啥子解决不了的!我们本科生现在也要实践学分,你看我实践了吗?还不是找个公司随便对付一下,开张证明就完事儿了?"

对于这一点,豆豆必须得佩服。雷雷大四,本科毕业需要有八分的实践学分,为了这八个学分,她认识了一堆广告公司的老总。而且每回弄到那张宝贵的单子之后,便跟人家说一声"沙扬娜拉",就不再联系了。

这会儿,雷雷照样有办法,她找了同班姑娘蓝晓林的爸爸——蓝董。

豆豆真不明白,这雷雷怎么找一个有用的人就跟从地上捡起一块石子儿那么简单,雷雷告诉她:"男人就是这么一种动物,你懂的。"

于是豆豆懂了,因为白唐松也是男人。当年,他就是哄骗着把豆豆骗进宾馆的。如果他不是"爸爸"说的那种"动物",为什么不跟豆豆保持精神恋爱?当雷雷用短信电话微信微话等一系列现代通讯手段跟蓝董事长打得火热之时,豆豆便开始担忧了:如果他也把雷雷骗进宾馆,可怎么办?万一再被蓝小林知道了,可怎么办?万一蓝小林告诉自己的母亲,万一事情闹大了,她们岂不是都没法做人了?

当豆豆把自己的想法告诉雷雷的时候,正在专心致志地发微信的雷雷不屑一顾地斜视了豆豆一眼,"多大点事儿?!"

豆豆一下子收住了口。

很快,豆豆便顺利地去实习了。可是很快她又仓皇而逃,原因是这样的:

那蓝董让豆豆实习的岗位叫"文秘",开始她还以为文秘就是收收文件、发发文件什么的,没想到那蓝董每天拉着她去和一些头上光光的或者下巴上长着胡子的朋友喝酒,一边喝,他还一边摇头晃脑地讲一些黄段子。而且他总会找一些理由来和豆豆庆祝一下,例如他成功地拔下一颗牙呀,或者他成功地教训了他儿子小学里的那个女老师(顺便说一下,除了蓝小林之外,蓝董还有一个儿子,他之所以能生两个孩子,是因为他有加拿大国籍),他就会对着萧豆豆说:"来呀,宝贝儿,咱们庆祝一下!"所谓"庆祝"一下,那就是把豆豆熊抱住,半天不放。豆豆本来打算忍过实习期的,可她最终还是没有忍到日子。有了这次经历,她一听"实践"两个字就心里打哆嗦。

虽然实习没弄成,但她们是开了证明的!因此,在此之前,豆豆从未担心过实践学分的问题。换句话说,她压根儿没料到自己这样的拔尖儿人才竟然能落到拿不到学位的田地,这简直比活人被尿憋死还不可思议。

至于是怎么开成实习证明的,用雷雷的话说:"男人就是那么一种动物,摆着个大美女,还有办不成的事儿?"

真实情况跟雷雷说的一模一样,蓝董十分痛快地签了字,临了还眨巴着色眯眯的单眼皮儿,邀请豆豆和雷雷一道共进晚餐。

豆豆清楚地记得,雷雷先是故作乖巧地答应了他,紧接着,她们一口气跑出写字楼,然后雷雷喊了一声"吃你妹",便果断地删除了蓝董的所有联系方式。

当时豆豆惊诧地看着她,"你真删了啊?他不是说要包装你,把你包装成电视台的一姐、大腕儿吗?"

雷雷忽闪着长睫毛,用手摸摸齐刘海,"那我得被他睡多少遍!"

豆豆倒吸了一口凉气。

眼下看雷雷的表情,她并不认为这是一个无法逆转的结局,相反,她是这么说的:"这事没什么大不了的,离毕业还有小半年呢!研究生部也想严肃一下毕业规矩,所以这么说的。要知道,任何一件事,不到最后关头,谁都不能下结论。实习期才有多久?最少一个礼拜就可以。等下个礼拜你把实习报告交给他们,他们还有什么理由不给你学位?"

豆豆觉得"爸爸"的话很有道理,只是现在去哪儿找实习单位呢?

"但是,"雷雷话锋一转,"现在的问题绝不是实习的问题,而是谁在背后捣鬼的问题。"

豆豆沉思了半天,缓缓地说:"我觉得就是那蓝董搞鬼的,你删了他,他一定生气了,他又肯定认得学校的人……"

雷雷若有所思地点点头,"有可能,蓝小林说她爸认识学校领导。"雷雷点点头,"不然长那么磕碜还能进主持系?!"

豆豆不说话了,她等着雷雷来想办法。读了七年书,她最庆幸的是有这么一个贴心的雷雷"爸爸",才让自己在这偌大的城市里不觉得孤立无援。豆豆常常这样想。

此刻,从雷雷的表情看去,她似乎对这个结论不太满意。也就是说,她并不十分相信这件事儿真是蓝董所为。

6. "恶作剧"之苦

研究生楼里依旧安静。豆豆经过二楼时,尽量克制着自己,不去看刚才徘徊过的地方。为了不发出刺耳的脚步声,她们踮起脚后跟儿上楼,费了好大力气才爬完三层总共六十级台阶。此时,正对楼梯的这间便是研究生办公室了,屋门关得严严实实的。豆豆蓦然意识到正对面别墅的三层，便是博导潘爷爷的办公室，整整一层的大屋子，都是。如果进入这道门，便有可能见到潘爷爷的身影。据说在旧社会，这里是一个大资本家住的房子，里面住有几房姨太太，平日里，她们总聚在一起打牌。豆豆仿佛看到了一群盘着头发的女人们围坐在牌桌前，一只手夹着细长的香烟，另一只手翘着兰花指轻轻地捏起一张麻将牌，那感觉便是电影《色戒》中透出的味道。说实话，豆豆分不清那样悠哉的生活是好还是坏，还是雷雷"爸爸"告诉她："别看那些妻啊妾啊的在人前挺风光，内心可哀怨着呢！牌桌边上勾心斗角，心机算尽，阴气重着呢！"

"爸爸"向豆豆使了个眼色，豆豆准备敲门。

就在她刚抬起胳膊的一刹那，门开了，依依从门里钻了出来！她细小的身材，像泥鳅一样地轻轻一钻，身后只留一道小小的缝儿。

豆豆很惊讶，依依平静而调皮地眨巴一下眼睛。

"哇！美女！"依依看着雷雷。

"身材超好！"雷雷顺势地夸奖对方。

"今晚我家里开 party，一定要来哦！"说完，依依习惯性地又眨了一下眼睛。

豆豆常常感叹，如依依这般眼睛"放电"的频率，几乎没有男人能承受得住的。想当初，唐松就差点儿被"俘获"，直到最近，他见到美女还会说："她的眼睛没依依好看。"

不仅如此，每回见到雷雷，他总要做一番对比："虽然雷雷睫毛长，但我还是喜欢依依的枣核儿形眼睛。"

每当豆豆照镜子时，便会不由自主地用拇指和食指撑开上下眼皮，希望这么一撑，眼睛就成了枣核儿形的了。

于是，豆豆又不可救药地想起了白胖子，她的心痛开始发作。如果不是雷雷在，她真担心自己挺不过去。

依依走了，豆豆被雷雷"爸爸"推进了办公室。她的心里还在惴惴不安，依依来这里做什么？

可惜没来得及问，她们被另一种压抑的气氛笼罩了。

办公室里只有一个人，她是研究生部的行政人员，叫严芳芳，绰号"苦瓜脸"。

刚才豆豆和雷雷走在路上时，雷雷还祈祷着千万别遇上"苦瓜脸"。

"苦瓜脸。"雷雷用气声说。

豆豆赶紧做了一个"嘘"的动作，她怕让"苦瓜脸"听见。

"什么事儿？""苦瓜脸"哼哼着说。豆豆不明白，难道她说话就只为自己听见吗？

"是这样的，年轻漂亮的严老师。"雷雷嬉皮笑脸地说。

"哼哼——""苦瓜脸"笑了笑，从挤出的微笑看去，她显然对雷雷的夸奖十分满意。

雷雷看看豆豆，继续说："我们想跟您打听一下实践学分的事儿，听说今天您值班，我们知道您最好了，就奔着来了。"

没想到"苦瓜脸"的表情却严肃起来了，"是吗？"她的口气充满质疑。

雷雷赶紧赔着笑脸点头。可豆豆却在一边沮丧着，用期待的目光看着她们对话。

"你替谁问的？"

"我'妈妈'，萧豆豆。"雷雷说。

"苦瓜脸"的目光立刻转移到豆豆脸上，她就这么定睛打量了她几秒，豆豆被看得很不自在。

"没什么好问的，那文件上都写着呢。"

"那，我们看一下可以吗？就看一下。"

"苦瓜脸"用眼角扫了一下豆豆，极不情愿地走到屋角那台破旧的台式电脑前，电脑是开着的，"苦瓜脸"很快调出了实践学分的 Excel 文档。

"自己看吧。"她哼哼着。

豆豆却发现雷雷的手在颤抖，豆豆似乎明白了些什么。

萧豆豆对应的一栏写着"0"。

光标在那个"0"的旁边闪烁，雷雷按下了"删除"键。

0分被删除了，雷雷的手伸到"4"的旁边。

两个女孩相互对视，豆豆紧张地摇头。

雷雷固执地按下了"4"。

这表明她们擅改学分！

这也表明豆豆瞬间有了4分！就在这一念之间，豆豆的硕士学位回来了！

然而是不是真的回来了呢？

"老师，我们走啦！"雷雷轻快地打着招呼。

"苦瓜脸"正坐在属于自己的那台电脑前，音箱里传来"滴滴滴滴"的声音。

"等一下。""苦瓜脸"回答，她却莫名地笑了，这是她们第一次见她笑。

雷雷不由地感叹："哎呀，我去！"

只见她坐在转椅上，认真检查着实践学分表格。

豆豆狠狠地抓着雷雷的手。雷雷跟她对视了一下，两个人的手握得更紧了。

两只冰凉的小手被汗水浸湿了。

"嗯——""苦瓜脸"抬起屁股，关上了表格。

豆豆感到自己的手被狠狠地攥了一下，那是胜利的庆祝——"苦瓜脸"竟然没发现她们的小动作！

"那我们走啦！谢谢亲爱的！"雷雷拉着豆豆的手赶紧走，省得夜长梦多。

"等等！"

豆豆的心再一次悬起来了。

"你是叫萧豆豆吧？"

她俩看着对方。

"正找你呢，来签个字。"

豆豆走过去，只见那表格的标题写着：未获得硕士学位人员处理意见。

豆豆感到一阵眩晕。

"在下面签字。""苦瓜脸"随手扔来一支笔。

豆豆觉得受了挺大的不尊重。

在豆豆身后，雷雷用仇视的眼光瞪着"苦瓜脸"。

豆豆签下了自己的名字。

"那我们走啦！再见哦，'苦瓜脸'！"待她们走到门口，雷雷又不舍弃地补了一句："甭搭理她，歪把子苦瓜！"

"等等！""苦瓜脸"大声呵斥她们。

俩人显然被吓住了，豆豆更是脸色惨白。她想"苦瓜脸"一定会说："把你们刚才说的重复一遍！"雷雷兴许也这么认为，正在用一副死猪不怕开水烫的样子来掩饰内心的恐惧。

豆豆感到四周的空气连同她和"爸爸"的脸庞一起凝固了。"爸爸"的眼睛睁得比从前更圆，眼神中投射出一道道清晰可见的恐惧，还夹杂着视死如归的大无畏神态。

"你为什么叫她'妈妈'？""苦瓜脸"问。

俩人不约而同地松了口气，原来她是要问这个！

"我是她爸爸，她是我妈妈，就这么简单。"

"苦瓜脸"不解地打量她们，眼神儿里写满了各种问号。

"老师，再见！"雷雷大声说，"走，妈妈！"拉起豆豆离开了。

寂静而空旷的楼道里，雷雷和豆豆都不说话。俩人没走，就站在楼梯转角处，谁也不说话，木然地呆立在那里。

7. 陌生的熟悉人

本科毕业时，萧豆豆以第一名的成绩考上了本校研究生。读研究生的三年之中，别人都想尽办法变着花样地翘课，可豆豆从来不迟到、不早退。别人写论文，都从网上找一些范文来拼贴，而豆豆却在无数个夜晚，对着电脑一个字一个字地写。她跟别人不一样，也因为自己有更高的追求，她要当博士。听妈妈说，自打豆豆生下来，她爸爸就认定这个女孩子没出息，以后随便找个人嫁了就成。豆豆虽然不记得爸爸长什么模样，可是这些话却深深地激起了豆豆的逆反之心。她必须得学出个样子来，她一定要成为一个女学问家！不信你看，豆豆七年来积攒的笔记本，差不多能填满一个书柜了。

可就是这么认真的豆豆，就是这么刻苦的豆豆，怎么连硕士学位也拿不到呢？怎么想考博也没人要了呢？豆豆觉得这个世界真的不公平。她幻想着毕业典礼那一天，自己眼睁睁地看着"逃课一族"兴高采烈地穿上了硕士服，摆着各种姿势拍照，而她这个门门功课都是"优"的学生却躲在一个角落里，偷偷地抽泣。

"妈妈，你怎么了？"雷雷发现了豆豆的不对劲儿。

豆豆不经意间看到了雷雷的眼神，她再也抑制不住内心的凄凉，眼泪迎着阳光扑簌簌地落下来。

雷雷没有安慰她，她似乎没什么吸引力了，任凭豆豆在一旁抽泣。

她呆若木鸡地对豆豆说："妈妈！妈妈！"

豆豆轻轻地擦着眼泪。

"妈妈，白胖子。"

豆豆的心像被一根针狠狠地扎进去似的。

转身，她们面朝学校的后门。戏剧学院只有巴掌大的一块地，前门和后门是正对着的。

朦胧的身影，豆豆不敢相信那是唐松。

雷雷也不敢相信,可她的直觉不会出错。

唐松似乎比前两天瘦了些。

豆豆看着雷雷"爸爸":"算了,咱们走吧!"

"白胖子!"

忽然,雷雷冲着唐松大声地喊着,招手。

豆豆转过脸去。

就在前一刻,她还在为他而心痛。就在前一天,她还在回忆着自己被他骗走的那个夜晚。而现在,当他出现的时候,当豆豆逼着自己接受分手的事实的时候,当她不得不告诉自己,在此后的人生里,他们形同陌路的时候,豆豆却想远远地逃走。

"豆豆!"豆豆的心像触电一般,唐松的声音依旧温柔。而豆豆却无论如何也不能把他当成路人甲了。

豆豆转过身去。他笑了,虽然距离很远,可豆豆依旧能见到他腮边的两只酒窝。豆豆知道现在躲也躲不开了,她走上前去,迎接这个熟悉又陌生的男人。

"你们怎么样?"唐松见豆豆没说话,继续问,"豆豆?豆豆怎么不说话?"

雷雷看着他,却也失语了。她几次想把那些骂人的话吐出来,可话在嘴边打转转,就是说不出口。

唐松的脸上略微显出了几分尴尬。

"我来开在校生证明,那边单位要。"

忽然,一个响亮的巴掌狠狠地扇过唐松的脸,巴掌打在肉体上,迸出清脆的、振聋发聩的一响!

唐松惊呆了,豆豆惊呆了,那一记耳光是雷雷打过去的。

校园里依旧安静。古怪大师们的雕塑拿腔拿调地立在嫩绿的草地上。看着雕塑们如此安逸,豆豆希望自己也变成他们,能在世事变迁中做到事不关己,高高挂起。

不过,他的另一番话让豆豆有了几分欢喜,却也多了几分烦恼,他说:"豆豆,我可能真的要回家工作了，你真的想跟我分开吗？"

这样的话，唐松说了好几遍。豆豆想考博，他要回家工作，这个矛盾的爱情将会走向何方？

豆豆也说服自己放弃考博，跟唐松回老家。毕竟对于一个女孩子来说，家庭也许更重要些。不过，豆豆紧接着便想到了另外一个问题。

唐松的老家——山东威海，那里有碧海蓝天，有干净的空气和宽阔的街道。父母给他安排了海关的工作，这工作跟他在学校里学了七年的专业几乎没一点儿关系，但却是能确保终生安逸的美差。

可是豆豆呢？豆豆学的是戏剧文学专业，她去了威海，能做些什么呢？

豆豆能隐隐地感觉出唐松的父母对于他们的这桩恋情并不感冒。他们也许觉得自己的儿子找一个当地的海滨姑娘更合适。而豆豆是从陕西来的，从小吃泡馍长大的她，生得绝不如海滨姑娘那么秀雅。

8. 我们好像没有见过

就当之前发生的一切渐渐趋于平息之时，新的灾难如彗星撞击地球一般毫无征兆地砸向豆豆。

豆豆绝望地自嘲："衣服有新旧更迭，数码产品有更新换代，而这回，没想到灾难也会变异出新的版本呢！"

这次的灾难似乎已不仅仅是恶作剧了。

事情的经过是这样的——

为了清晰地描述灾难，恐怕得先从那个美好的夜晚说起。

雷雷是个爱热闹的人，这一点跟豆豆截然不同。很多时候，豆豆更喜欢两个人待着，和"爸爸"，或者唐松。从前，豆豆那么投入地沉浸在自己和唐松的小日子里。想到这儿，豆豆涌起一阵伤痛。她理性地果断切断了回忆。

现在，跟"爸爸"待在一起不是挺好吗？至少当一个人通宵点灯复习时，当从书海中挣扎出来，倍感筋疲力尽时，想到隔壁屋子里住着没心没肺的闺蜜，心里会多出很多温暖和安全感不是？

今天，豆豆要和雷雷出去热闹了。要不是陪着雷雷，豆豆一定不会去那种场合的。

那是依依在家里开的大"爬梯"。雷雷和依依彼此并不熟识，可雷雷喜欢那样的"爬梯"。在她的强烈要求下，豆豆只好与她一道去。她是这么"动员"的："你必须'走出去'，'走出去'才能收获新的人生。那么傻的白胖子，你还这样……头发长，见识短！"

豆豆从不介意"爸爸"教育自己时一边说教一边挤兑，相反，每回她用这种方式，豆豆都很容易被说动。

为了这个"爬梯"，雷雷特地去买了低胸装。豆豆暗暗地担忧——这衣服等于在身上随意裹了条布片，穿成这样，岂不是成心给人看吗？！她觉得自己和雷雷还是两个世界的人。

很快这衣服就显示了它的魅力。豆豆必须佩服，两千块一件的吊带衫，还真是能起作用。

推开依依家门的那一刻，在座的眼光一下子聚焦在雷雷深V的低领上。雷雷穿了一件大衣，还在电梯里时，就已经把围巾解开了，低领和若隐若现的胸部清晰可见。雷雷使劲儿挺挺胸膛，用百倍的自信展示上天赐予的凸出曲线。

依依立刻迎过来，"呦！谁这么给力！"说着，她盯着雷雷的衣服开始坏笑，顺手拉拉那低领，眼睛故作色情状地从领口俯视。

雷雷赶紧用手挡住领口，"讨厌！"

依依用涂着口红的嘴唇在雷雷的脸颊上"叭"地来了一口，接着蹦进厨房了。

雷雷木木地站在那儿，许久，她自言自语着："这丫头，点子够正的！"

豆豆也站在那里，对于这样的场合，她充满了恐惧。

在座的有大约七位男士，只有一个女孩孤零零地坐在他们中间。房间里布满了蜡烛，墙上贴了漂亮的Kitty猫的贴纸，整个房间成了Kitty猫的主题世界，其中一面墙被刷成了鲜嫩的粉色。豆豆别提多喜欢这样的屋子了。她想，如果没有这些男人该多好！

正当她这么想着，雷雷忽然凑到耳边说："僧多肉少！"

豆豆再次愕然。

厨房里，一个形态酷似依依爸爸的男人正在油烟机下忙碌着。他围着围裙，从背影看去，让人顿生家的温暖。

依依在一旁打下手。忽然，她轻轻走到男人身后，张开双臂抱住了男人。男人回过头，在依依的耳边轻轻地亲吻。

豆豆如同被菜汤从头顶浇下来那般难受，她赶紧逃了出来。那男人正是买兰博基尼的"青蛙王子"。

豆豆涌起一股强烈的想离开的愿望，并把这愿望告诉了雷雷。

雷雷瞪着她，"刚来就走，多不礼貌！"

豆豆不再说什么。

依依走出来，见她俩规矩地挤在餐桌旁坐着，随手抓起两身用塑料纸包着的衣服，扔到她俩腿上，"快换衣服呀！"雷雷摊开自己的衣服，是一身学生装，深蓝色的裙子搭配白色衬衫。目测来看，小裙子差不多只有十公分那么长。豆豆的空姐装也差不多，虽说是空姐装，可比真空姐穿的那种暴露多了。雷雷看看周围的人，脸上显出为难的神色。

"真的要穿吗？"豆豆问，她十分后悔答应雷雷来参加这个"爬梯"。

依依把所有包装好的衣服一件一件扔给了沙发上坐着的一群男士。

"换好衣服才能用餐哦！"

男士们似乎不太情愿地进了房间，门紧紧地关上了。

雷雷盯着关闭的门，坏笑着冲豆豆眨巴一下眼睛。

豆豆和雷雷进了另一个房间。进门前，她贪恋地看着墙上粉扑扑的Kitty猫。豆豆最爱卡通世界，那里很纯真、很可爱。

饭菜都已经上齐了。这些男生，豆豆都不认识，他们有的穿着背带短裤、戴着黑色的礼帽，像卓别林；有的穿着清朝的官衣，这行头能让人想起鬼故事里的角色。不过，这应该是色鬼，豆豆暗自思忖着，此刻，官衣男子正盯着"爸爸"的胸部发呆。

一个奇特的晚餐，大家围在圆桌前坐定。依依坐在主人的位置，豆豆和雷雷则坐在她正对面。

牛排红酒，培根薯条，正宗的西式餐饮。

"我叫小国。"穿卓别林服装的男子站起来，举着红酒杯自我介绍。

依依忽然间哈哈大笑。

豆豆和雷雷面面相觑。

坐在她们对面的依依还是笑个不停，她指着她们看不见的背后，笑得前仰后合。几个男士也忍不住笑了。俩人转身一看，雷雷差点儿把刚喝进去的红酒喷出来。

小林子正穿了一身"超级玛丽"游戏里水管工的衣服，端着盘子走过来。

大红的上衣，蓝色高腰牛仔裤，搭配了红色棒球帽。此刻的他在一群年轻人的哄笑中已显出几分尴尬了，毕竟这是他儿子那辈人才玩儿的游戏，不是吗？

小林子悻悻地坐下，依依看出了他的尴尬。

她果断地站起来，举起酒杯，拉着小林子的手说："各位，我男朋友，小林子！"说着，她亲昵地搂着小林子的脖子。

小林子熟练地顺势在她脖子上轻轻一吻。

"啵啵！"叫小国的男生带头起哄，"相亲相爱，早生贵子！"

"啵啵！"大家争相举起酒杯。

一次愉快的晚宴就在这样的氛围中展开了。

接下来，豆豆认识了在座的其他人。

穿"护士装"的女孩格外安静,一个细长脸的姑娘,她脸的中部像被什么东西挖去一块儿,侧面看去,脸型成了弯弯的月亮。她叫蜜蜜。豆豆觉得她应该年龄最大,那张看不出皱纹的脸上却现出几分成熟和沧桑的味道,长长的头发几乎要垂到屁股上,喝酒是大口大口的,喝完一杯再给自己斟满。依依也不理她,任由她喝。

穿官衣的男子叫大辟,看上去三十有加,戏剧学院毕业的学长。豆豆对这个人有些好奇,他的头发只留了中间狭长的一撮儿且梳得光亮光亮,一定是抹了发蜡。那黑黢黢亮光光的头发还被整齐地扎了一个小辫子。

此外,还有穿长衫马褂的ＴＴ先生;穿草裙,打扮成原始人的水蒂芬;穿中山装的"周润发";穿迷彩的小宝;穿龙袍的"拉面"。

豆豆惊奇地发现这些人竟然谁都不知道谁的真实姓名,大家都用代号混迹于社交圈。

"大辟哥,把那镜框摘下来给我看看。"依依说。

那个叫大辟的男人随手摘下眼镜,扔到依依面前,"给,十八块买的。"

"小国,你戴上我看看!"

"为什么叫他小国?"这是豆豆进来之后说的第一句话。

蜜蜜猛烈地咳嗽,赶紧抓起一张纸巾捂住嘴巴,红酒却从餐巾纸里渗了出来。

"唉唉唉!"小林子看着她,"能行不能行,吐出来的是拉菲好不好!"

从说话的语气中听得出小林子和蜜蜜的关系已十分熟识,小林子随意地用嫌弃的口吻同她开玩笑。

"小国,哈哈哈!"蜜蜜忍不住笑着,"你没看他那张脸,国字脸,哈哈哈——"

豆豆不再说话了。不过,很快她又忍不住了。

豆豆一边切牛排,一边轻轻地碰碰雷雷。

"你看,大辟像不像吴彦祖?"

"哇呜!我去!"雷雷惊呼。

豆豆后悔告诉她这个发现。

几乎每个女孩都有人生规划：嫁一个好丈夫，生一个漂亮的宝宝，做一个职业女性，雷雷的想法是——开着红路虎，旁边坐着吴彦祖。

晚饭结束了，豆豆觉得这顿饭真难熬。如果不是被 Kitty 猫吸引，自己怕是早就半道儿出逃了。

此刻，温柔的月光怀抱着城市的喧嚣。在这二十七层的阳台上，豆豆依旧能听到震耳欲聋的跑车的轰鸣声，看到丈把宽的马路上甲壳虫那么大的汽车蠕蠕而行。

大家进入了微醺的状态，有的倒在沙发上，继续喝洋酒，摇骰子；有的打开音响，轻缓的流行歌曲飘出来；有的拿着红酒杯，彼此轻声交谈。豆豆觉得跟谁都说不上什么，便独自端了一杯洋酒到阳台来看夜景。餐桌旁依依和雷雷热烈地讨论交谈着，小林子端着盘子里里外外收拾着。

很快，那个叫大辟的"官衣男子"便端着酒杯凑过来跟豆豆搭腔儿。

"师哥好！"豆豆认真地招呼着。

"你叫……"

"萧豆豆。"豆豆认真地回答。

"小豆豆？呵呵，蛮可爱的。"大辟抿了一口酒，"真名叫什么？"

豆豆愕然地仰头看他，他圆圆的脸上嵌着一对狡黠的眼睛，这会儿正用难以琢磨的目光注视自己。

"真名就叫萧豆豆，"豆豆停顿一下，"我姓萧，'萧红'的'萧'。"

"哈哈哈哈！"大辟欢快地乐着，不住地点头，"不错，不错，萧红，不错——"

豆豆觉得这人奇怪极了，为什么那双眼睛就像钉子似的扎在了自己脸上？

大辟一边晃着红酒杯，一边继续问："看你挺乖的，有男朋友没？"

豆豆犹豫了片刻，点点头。说真的，她也不知道自己为什么点头。她早已接受了分手的事实，可现在的她，真宁愿自己从没认识过绰号"白胖子"的唐松！记不清多久了，他带来的不安和痛楚总是缠绕着豆豆的心。

"哦？那不错，那不错。"大辟的脸上露出不屑的表情，"什么时候结婚？"

豆豆苦涩地摇头，一股委屈涌上喉咙。豆豆有点想哭，这哭的冲动或许是因为自己现在的处境，但更多的还是来自于唐松。

"有心事。"大辟精明的眼神儿盯着豆豆，单眼皮在眼镜框后一眨一眨的。

豆豆深吸了一口气，摇摇头。

"女孩啊！"大辟长叹一口气，"不说了，好自为之！"说着，他举过红酒杯，跟豆豆轻轻地碰了一下，酒杯发出清脆的响声，并伴随着微微的回声。

豆豆沉默了。

"留个电话吧！"大辟掏出手机。

依依晃动着一只大大的红酒杯走来。她穿的是小天使装，蓬蓬的白纱裙一层层地向四周伸展着，仔细看才发现那下面有一圈铁丝支撑着。不仅如此，依依的后背还背了两个天使翅膀，像两只大耳朵，插着几根白色的长羽毛。

依依坏笑着说："聊上了？"

"豆豆可是个好女孩。"大辟看着豆豆说。

依依搂住豆豆的脖子，"我怎么不知道，我比你了解好吧？"

大辟笑了，"人家有男朋友。"

"她和她男人快掰了！"依依脱口而出。

"哦？"大辟看着豆豆，小眼睛闪出刺眼的光。

豆豆赶紧躲开，眼睛透过玻璃，盯着夜色。

五颜六色的霓虹灯彰显着城市的繁华，张扬的广告牌向人们灌输着强大的价值观：奋斗吧！财富在向你招手！

豆豆看向屋子里。依依搂着小林子，跟大家玩游戏。豆豆不会玩，也根本不懂这是什么游戏。只看见弯月脸的月亮姐姐举起硕大的高脚杯，把满满一杯红酒灌进肚子。

依依高兴得直鼓掌。

猛然间，豆豆敏感地想到一件事：刚才依依说自己和唐松掰了，她是怎么知道的?

随即豆豆在心里责怪"爸爸"了——嘴巴怎么这么快啊!什么事都要告诉别人!

9. 夜空中最亮的灯

令豆豆无法预料的事还在后头。

就在她们参加完依依的"爬梯",满怀兴奋地回到小屋时,意想不到的一幕发生了——陌生人进了她们的房子。

豆豆和雷雷住的房子是租来的公寓,这公寓至少是三十年前的房子,外墙斑驳,也无任何防盗设施。

豆豆绝望地站在中央,望着地板上清晰可见的大脚印——初步判断,至少得在一米八以上身高的人,才能有那么大的一对脚。

她"砰"地关上了门。漆黑的夜里,阴森的楼道中,豆豆独自一人站在冰冷的空气里直打寒颤。

雷雷还不知道发生的一切,此刻她正慢吞吞地在楼下打电话。要知道煲通宵电话粥是雷雷最爱干的事儿。用她的话说,这么做是因为"空虚寂寞冷"。

豆豆不敢看更不敢推开那道门,她生怕那个长着大脚的男人从门里蹿出来,掐住她的脖子,或者用黑色塑料袋蒙住她的头。

很快,雷雷上来了。

"出事了。"

雷雷脸色大变。

警察来了。他们很快注意到了那扇通向走廊的窗子,那人正是从这扇窗户进入的。

屋子里的东西没少。

豆豆和雷雷发现屋子里明显有被翻过的痕迹。

一位戴眼镜的胖脸警官叮嘱她们："看看，有没有少什么不值钱的东西，比如……"他推推眼镜，"不能排除变态嫌疑犯的作案可能。"

豆豆明白了，然而接下来的话更让豆豆毛骨悚然。

另一个年轻警官走进屋，他说："看了小区的监控录像，案犯进屋的时间为晚上十二点，出去的时间是……"他看了看豆豆和雷雷，莫名地犹豫了片刻，"是凌晨两点半。"

"并且，案犯是两个人，一老一少，看样子是……父子。"

两点半！两个半小时！

要知道豆豆进屋的时间恰好两点四十！也就是说她极有可能跟嫌犯打过照面。

两位警官沉默了，门口拉上了一道绳子，示意保护现场。

的确，这是比入室抢劫更大的恐怖。若不是今晚去了依依家，恐怕她们现在早已命丧黄泉。

"再确认一下，是否丢失了东西。"胖警官似乎不愿意接受目前的推论。

豆豆和雷雷被允许踏入警戒线内。

豆豆清晰地感觉到两个警察的目光正锁定在自己身上，这令她稍稍有了一丝勇气，不过她的身体依旧在不停地发抖，无法抑制地颤抖。

很快，豆豆下意识里有了更大的担忧。

她的电脑不见了，那是她的全部。她的毕业资料——论文、剧本，那花费一年的心血，就在即将要上交时，随电脑一并不翼而飞！

案件的确奇怪。要知道豆豆的电脑已经用了五年，即便拿到二手市场销售，也只能卖出不到两百的价格。原本豆豆打算读博士的时候换新电脑的。雷雷没丢东西，她攒钱买了不少首饰，随便偷一条金项链，都能换得很高的价格。

最后，警察只好先判断偷电脑是因为两个人没得手，想制造入室行窃的假象。

　　房子决不能再住了，这回是她们捡了一条命。警察叔叔说，从犯罪心理学角度讲，一次没得手，就会有下一次，这叫"惯性心理"。豆豆产生了可怕的预感——说不定哪一天，她就会死于非命。看来毕不了业，结不成婚，考不上博都是小事，而现在真到了人命关天的时刻了。

　　她俩被带上了警车。豆豆真的累了，此刻警车是最安全的，不会有大脚的男人来谋色害命。她看看雷雷，雷雷的脸色比以往黄了许多，从前只是黑，现在透出几分暗黄，想必是受惊吓造成的。这个时候，她正低头胡乱地摆弄着手机，她安静地面朝豆豆坐着，无法从表情里猜出她此时的心情。

　　警车停在派出所门前，豆豆看着那银白色的正方形牌子上醒目地写着两行字：永隆区刑事案件受理中心、永隆区派出所。"刑事案件"，豆豆盯着这几个字。

　　豆豆想：只是一步之遥，否则此刻的网络头条就会变成"戏剧学院两女生在出租房内惨遭奸杀"，而且点击率肯定能持续几天高居不下。

　　过了一会儿，一个头发理得很整齐的、长相白净的男警察进了问询室。豆豆猜想，一定是他来给她们做笔录了。

　　雷雷的眼睛开始放光，她轻轻地靠近豆豆的耳朵，用气声说："小鲜肉！"

　　……

　　漫长的笔录终于结束了，豆豆深深地感到自己的后脊梁已支撑不住沉重的身子了。

　　就在她们走出派出所大门的那一刻，豆豆差点儿晕倒在地。

　　雷雷和胖警官扶着豆豆，招呼了一辆出租车。

　　豆豆在疲惫中紧紧地盯着出租车司机的背影，她无法控制地猜测这个人会不会就是嫌犯，她甚至想看看他的脚。

　　她清楚地记得胖警察送她们出来时说："找这俩人就好比大海捞针。"

　　豆豆模棱两可地听出了其中的意思，绝望感涌上心头。

　　那个家，她们回不去了。现在的豆豆也不能再搬回学校住了，临近毕业，学校宿舍不再接受她。豆豆产生了强烈的后悔之意，要不是当初为了一门心思地考博，不受干扰，自己也不会搬出来。可现在呢，什么都不成，反倒无家可归了。她有点担心，"爸爸"会不会抛弃她住进学校去呢？

出租车疯狂地飞驰，转眼间来到了一幢高大气派的住宅楼下。

这令豆豆始料未及，命运的起伏波澜怎么像心电图？她感觉这里似曾相识，却怎么也想不起来。

当那个娇小的身影挺拔地出现在她们面前时，豆豆才猛然意识到：依依！依依家！

即便她从前有多么喜欢那粉红墙壁上的"Hello Kitty"，此刻却怎么也爱不起来了。豆豆躺在沙发上，闭上双眼，眼前浮现出刚进家门的一刹那。那扇窗，就是那扇大门旁边的玻璃窗，歹徒便是从那扇窗爬进去的。凌乱的脚印横七竖八地踩在豆豆的脑海里，她惊恐地睁开双眼。

雷雷看上去比她平静多了，至少表面上是平静的。豆豆告诉自己要恢复理性，她的脑子里一团乱麻。

"爸爸"和依依坐在餐桌旁。

"怎么会呢？"依依小声说着，"住这儿好了。"

"心烦，还得找房子。"

"这，说的什么话！"依依急了，"就，住这里！神经病！"

雷雷笑了。

跟依依相处三年，豆豆从未发觉她如此仗义的一面。从前，依依说话时不时地喜欢冷嘲热讽，比如她会说豆豆"土气"之类。此刻，她的确令自己感动了。关键时刻见人心！豆豆宽慰地想。

豆豆是这样善良的人。在这一刻，她在心里下定了决心，把依依当成推心置腹的好朋友，并且她坚信，随着时间的推移，她们之间也会像自己和"爸爸"那样，变成亲人一般的闺蜜。

只不过现在的豆豆心里除了微微的暖阳，更多的是对未来茫然的无望。她真想睡一觉，睡到这个冬天结束，睡到鲜花盛开的时节。到那时，再从头开始。她真想离开这里，远远地，随便找一个小城，悄悄地生活。她真想永远地睡去，昏沉之中，她似乎看到了一缕金色的暖阳。

10. 教授去哪儿

　　豆豆进入了如水晶宫般的玻璃房里。

　　就在豆豆绝望之时，还是雷雷"爸爸"想起了一个"高人"，此人是名人，出镜率不低的那种。在此之前，豆豆从未想过能跟这样的人说话。

　　雷雷"爸爸"说，这个人神通广大，无所不能。不但自己的人脉宽广，家族背景更是惊人。而雷雷"爸爸"凭借与人"自来熟"的性格，她在戏剧学院纷繁复杂的人际关系中如鱼得水。

　　玻璃房子，豆豆只从外面看过。她曾经努力地看向里面，却只看见了古朴的、身价昂贵的红木摆设。有时她也会看见价格不菲的红木椅上坐着身价不菲的"大牌"人物，每当这时，胆小的豆豆便会被玻璃房折射出的强大气场吓住，赶紧把目光撤到别处。

　　而今天，她真真切切地走进来了。在戏剧学院待了七年，她竟然还存留着对权威的恐惧。

　　满屋的绿色多肉植物和藤条编成的桌椅，这里的阳光比外面明亮一百倍，暖和一百倍。她想窝在藤椅上打个盹儿，让所有的烦恼通通融化在太阳里，可她办不到，对面坐着的人是学院的"金话筒"，号称"中国名嘴"的人。

　　那会儿，雷雷刚听到这个称呼时狂笑不止，"啥名？听着像猪嘴！哈哈哈哈……"

　　想到这里，豆豆竟然也有点儿想笑了。雷雷就在她身边，若是没有"爸爸"，豆豆自己一定不敢来这里。

　　她们战战兢兢地坐在"中国名嘴"对面，名贵的红木椅子上，这是豆豆第一次坐在如此名贵的椅子上。对面，"中国名嘴"微微地闭着双眼，他在沉思。豆豆耳边响起一个如雷贯耳的大名：古欣然。没错，"中国名嘴"就叫古欣然。

　　豆豆用崇拜的余光偷偷打量着对方，此刻，她的确是受宠若惊的了。"中国名嘴"并没有看豆豆，只是微闭着眼睛默念着什么。他不知道什么时候剃光了头发，脑袋光光的直接能够反射太阳光，脸挺黑，比雷雷的还黑一点儿，倒是没什么皱纹，显得更年轻些。虽然脑袋是光光的，可下巴上却留了挺浓密的一撮小胡子。豆豆心想，过去的艺术家喜欢留头发，现在刚好相反，却偏爱留胡子了。他圆滚滚的手腕上各缠了三四串儿圆溜溜的木质珠子，手里还吊着很长的一根，像和尚念经那样盘着。豆豆不停地琢磨他为什么要戴这么多珠子，而且这些珠子每一颗都雕刻了好几个罗汉脸，各个表情都不一样。豆豆距离这些罗汉脸有些距离，看不清他们的面貌和表情，但她觉得每一颗都应该价格不菲。看着那油光的质地，豆豆打心眼里认为自己这辈子怕是摸不到这么好的佛珠了。

　　她们就这么安静地坐着，几分钟过去了，"中国名嘴"的眼睛依旧闭着，两片嘴唇上上下下、开开合合不知念些什么。雷雷向豆豆使了个眼色，用气声微微说了一句："牛逼。"豆豆却反而安静下来，不知道是不是那些大大小小的佛珠起了作用。她看着眼前的"中国名嘴"，莫名的放松感涌上心头。

　　玻璃房似乎成了世外桃源，安静得连太阳都舍不得走。

　　"在苍茫的大海上，狂风——卷着乌云，在乌云——和大海之间——"搁在藤编桌子上的大屏幕手机里传出"中国名嘴"的朗诵，豆豆感受着字里行间的节奏，莫名地听着有点儿像抽风。那偌大的屏幕上显现出一只藏獒的照片，面目狰狞，野性毕露，似乎要嚎叫着掀起狂澜。

　　"中国名嘴"缓缓地睁开眼，懒洋洋地戳了一下手机。豆豆这才发现那诗朗诵不是电话铃声，而是"中国名嘴"的闹铃。"爸爸"偷偷趴在豆豆耳边，用气声告诉她："修身养性呢！"没错儿，他管刚才的状态叫"修身养性"。可雷雷却说了，修不修身说不好，养性是肯定的。豆豆知道这话里的意思，她要把所有的"性"字统一解释为色情的意思，豆豆对此很没有办法。

"取资料？""中国名嘴"的声音好听极了，低沉中不乏洪亮，洪亮中不乏磁性，磁性中透出男性的刚毅。

"老师，这是我同寝室的萧豆豆。"

"中国名嘴"打量着豆豆，像选拔能上镜的主持人。

豆豆紧张极了。

他缓缓地点点头，"嗯——"手里还在盘着珠子，"嗯——"那声音是从胸腔发出来的，"不错，再瘦一点儿就好了。"

果然。豆豆想。

"老师，只有您能帮到萧豆豆了……"雷雷做出委屈的表情，撒娇地呢喃。

"中国名嘴"认真地看着雷雷。

"你不知道，她学习可认真了，比咱们主持专业的所有人都认真一百万倍。她本来能考上博士的，她考博士保准能考第一，真的不骗你！可是，现在，那博导不招她了不说，研究生部还告诉她，说她实践学分没有，就不能毕业。而且，她还失恋了；而且，她的电脑还被人偷了；而且……古老师，我也是主持专业的学生，虽然您太有名，没太给我们上过课，可是，我从入学第一天就深深地崇拜着您，您就是我，还有，我们心中的偶像。"

古教授面无表情，只是专心地把玩着佛珠。

"哦——"许久，"中国名嘴"才若有所思地点点头，然后眼睛再次微微闭上，旁若无人地闭目养神。

豆豆只得眼巴巴地看着他，心想：这求人的滋味儿可真不好受啊！自己就像一只小羊羔，被烤熟了送到人家的嘴边儿来，还不知道对方乐不乐意接受。雷雷向她使了一下眼色，用口型说"装逼"。豆豆不这么认为，她感觉对面的人很强大，而自己是那么渺小，如果他能给自己帮助，那将是多大的荣光！豆豆不敢想，她是一只丑小鸭罢了。丑小鸭见到伟岸的人，只有羞答答崇拜的份儿，怎么还能奢望白天鹅帮助自己呢？他帮助的一定是镁光灯下光彩照人的明星们，那些身材魔鬼、五官完美、握着金话筒的主持人们，想到他们对"中国名嘴"毕恭毕敬的样子，豆豆瞬间再次缩小成更丑的小鸭子了。

"中国名嘴"躺在椅子上，只有下巴上的小胡子正冲着豆豆。那小胡子上下动了几下，豆豆同时听到了浑厚而低沉的声音："办法总是有的。"

豆豆心里一亮，一道代表希望的X光瞬间照亮了心田。

"真的？"雷雷看着豆豆，问古教授。

许久，古教授发出"嗯——"的一声，听来像是共鸣。

豆豆盯着教授的小胡子，热切地盼望着那小胡子能多动几下，但小胡子没有动，她不安地看看雷雷。

"中国名嘴"拨通了电话，用纯正的上海话叽里咕噜地讲着，豆豆听不懂。她在这儿待了七年，却听不懂上海话，也不想学。从小豆豆就固执地坚守自己的世界，因为她知道别人的世界她是不可能走进去的。用上海话交流的世界是别人的，她还是不去的好。丑小鸭距离白天鹅更加遥远了。她身在暖洋洋的玻璃房里，心中却涌起一股莫名的陌生，仿佛这个空间亦与她无关，仿佛这座城市她从未来过。

大理石地面上摆着各种各样的多肉植物，已经绿油油地伸展着强壮的枝叶。豆豆真希望自己变成一盆花，这样就可以自顾自地待着，什么也不必想。

"中国名嘴"看看豆豆，点点头，"站起来看看。"

豆豆乖乖地站起来，下意识地含胸低头，等待着即将到来的外形批判，教授即将用专业的眼光来挑剔自己的外形。

"嗯——"他点点头，"高点儿就好了。"

豆豆站在那里，只等着教授说出"不行"两个字，然后就回家睡觉。她已经想好了，宿命如此，努力无用，听天由命吧！豆豆苦涩地看着对方，希望快点儿结束这场奇怪的面试。

"基本条件是可以的,就是没受过专业训练。"

"老师,她是戏文系的。"

教授点点头,身子也随着前后晃动几下,手里的佛珠还在指尖处循环往复地滚动着,豆豆看着那些"怪人头像"的珠子越来越光亮了。先前他们跟"中国名嘴"一样是没有头发的怪罗汉,现在他们的脑门儿也跟"中国名嘴"一样光亮光亮的了。"中国名嘴"的嘴巴张成一个"O"形。

"咱们城市承办了世界跳水锦标赛,缺几个彩排演员,这个名额是市里指定跟咱们学院要的,你说的学分应该可以算的。"

豆豆巴不得一下子就飞奔到苦瓜脸那儿去,一字一句地告诉她:"我有学分了!"她多么希望看到苦瓜脸那惊诧的表情,那满眼质疑的神色啊!

"谢谢古老师!"雷雷嗲声嗲气地答应上了,还顺势使劲儿看看豆豆,示意她反应不够灵敏。豆豆忽然想起"中国名嘴"姓古,雷雷总说他的姓听起来像出土文物。

豆豆红着脸使劲儿点头,"太谢谢老师了。"说话的时候却有些羞涩,想必脸颊也泛出了红晕。

"明天晚上开始,你给我留一个电话,我让他们联系你。"藏獒的图片又亮了起来,豆豆赶紧报上自己的电话号码。

"剩下的事,咱们一件一件地解决。"

猛然间,豆豆的心敞亮了。古教授对她发出了闪亮一笑。

豆豆生怕耽误了古教授宝贵的时间,赶紧起身向他道别。古教授却笑得更加灿烂了,"小同学,我们以后可以多多地交流一下!"

豆豆的心像被扔进了温泉里,所有的冰冷都在一瞬间被温暖浸泡得化成了热气。她无法表达此刻的心情,只顾着一个劲儿鸡啄米似的点头。

11. 遇见你是不美丽的意外

夜色中，一座后现代的半圆筒形建筑，现在却显得分外热闹。

豆豆他们经过漫长的路程才到达这里。至少豆豆这么认为。

就在半小时前，等待集合时，豆豆竟然感到一种莫名的悲壮。这看似不起眼的差事，却成了在一定程度上决定命运的拐点。如果这几个学分拿到了，自己的毕业问题是否就解决了呢？也不尽然。还有剧本和论文呢！想到这里，豆豆沮丧了。电脑丢失后，豆豆一刻也不敢停歇地开始补写论文和剧本，她必须在短时间里，把长达一年的辛苦付出挽救回来。豆豆深深地呼吸，好让夜晚的清冷唤醒即将沉睡的意识。

只是片刻光景，所有的同学便从四面八方涌来。高的矮的胖的瘦的，大概有七八个的样子，但最惹眼的是一个身穿黑色西装的男生。豆豆只觉得这男生有些眼熟，却怎么也记不起来他是谁。

队伍里一个女生问他："白翔宇，你发神经啊！穿这么少走风骚路线啊？"

"这话说的，"那个叫白翔宇的穿西装的男生发话了，"'苦瓜脸'不是要求咱这么穿的吗？正装，懂不懂你！"

白翔宇。豆豆在心里默念着，这个名字如此熟悉。猛然间，她想起来了，就在自己刚进大学的时候，是这个叫白翔宇的人在校门口接的自己。豆豆偷偷地感叹着，这个世界每天在发生着多少事情啊！怎么这个人都能忘记呢？他是第一个带豆豆游览上海的人，他还在半夜给豆豆发过消息，豆豆曾经有那么一段日子对这个人怦然心动过。她记得那是一个月朗星稀的夜空，豆豆坐在绿荫草地边，看着来往去浴室洗澡的同学拎着装有洗浴用品的塑料篮子在校园里晃动，湿漉漉的头发还裹着毛巾。豆豆没心情洗澡，她盯着手机短信里刚刚输入的几个字："师哥，我喜欢你。"就在一瞬间，她按下了"发送"键。

许久她都没能得到翔宇的回信。

第二天，豆豆看到翔宇和表演系的一个女孩走在一起。他没看到豆豆，因为他正认真地捧着女生的手腕儿，端详着那块闪闪发光的手表。

豆豆想起了一切，他曾经出现在豆豆的日记本里，豆豆写道："白马王子就是长这个样的。"可是……想到这儿，豆豆苦涩地笑了——被白马王子遗弃的她，却一不小心坠入了沙和尚的爱河！

翔宇并没有认出她，他们上了小巴车。

眼下豆豆他们要去往一个神圣的地方，那里浸透着举世瞩目的光辉和荣耀。

世界级跳水冠军，将聚会东方国际体育中心。

那里是豆豆他们的目的地，然而他们的角色却是那样微不足道。

小巴车上载了八个戏剧学院的学生，每个人都无精打采的。

从大家抱怨的口气中，豆豆得知这里只有她本人是为实践学分来的，而其他人——有的已经毕业离开了学校，有的还在读书，是被熟识的老师介绍来这里帮忙的。

后现代建筑旁，热闹非凡。大家都规矩地排着队，有的穿着好看的演出服，有的则穿着自己的衣服。一个胸前佩戴工作牌的年轻女人招呼着豆豆他们，大家自觉地排成一队，走过被铁栏杆分隔而成的细长通道。戴工作牌的女人手里拿了一些工作牌，看上去跟她胸前佩戴的一样，她逐个发给大家。发到豆豆时，豆豆看到那个牌牌是绿色的，上面写了"演员证"三个字，而女人戴着的那个则是蓝色的，上面写着"工作人员"四个字。

豆豆看着自己的"演员证"牌牌，无奈地笑了。

"什么演员！老子这大半辈子，第一回当个替身！"

声音从一个男生那里传出，这人在小巴车上时就坐豆豆旁边。

原来在开幕式晚会上，会有很多明星及获得过冠军的运动员到场助阵。不过要注意，这里说的是"届时"，就是开幕的那一天。而在排练阶段，这些明星大腕是不会来的。那排练任务如何进行呢？这便是豆豆他们干的事儿了。

这会儿，除了豆豆之外的七个人正在叫苦不迭，有的喊着："好困啊，好困啊！"有的则喊："能逃吗？"还有的说："明天打死也不来了！"

事实并非如此。

同学中有三男四女，除了白翔宇之外，其余的人豆豆都不认得。经过介绍，豆豆得知四个女孩两个来自表演系，两个来自导演系，她们都长着高挑的身材和小小的脸庞，都有大大的眼睛，豆豆总怀疑这些漂亮的姑娘们是不是批量生产出来的，不然怎么连美丽的外表都如出一辙？除此之外，还有一个个头矮矮的、留着板寸的男孩及帅气的表演系男生。

白翔宇最爱说话，他让大家逐个自我介绍。

当轮到豆豆时，翔宇似乎发现了什么，他收起了刚才不正经的"模式"，遂开启了新的"模式"。

豆豆不希望和翔宇相认，她把脸转向了一边。

翔宇显然认出了豆豆。

雷雷开始无法忍受这样的生活，就在她住进依依家的第十二个小时。当别人生活中的一件摆设品，的确让雷雷很不舒服。就在她进入这间屋子的第六个小时，小林子来了，她方才醒悟：这不是依依一个人的家！小林子花钱租下了这偌大的豪华公寓，他自然拥有居住权。

依依却并不介意，她不认为当着旁人的面亲热是一件难为情的事。小林子也不介意，他建议大家一起过小生活。高档电视机里播放着高清电影，男女主人公拥抱亲热时，小林子和依依也旁若无人地抱在一起……

雷雷赶紧低下头，佯装看手机。

电影结束时，小林子也要走了。他从名牌皮包里掏出《汉语大字典》那么厚的一沓人民币，塞给依依。看着那一沓人民币，雷雷眼珠子差点儿蹦了出来。眼下她连搬家的钱都没有了，自己的东西还搁在被盗的公寓里，她打电话问了搬家公司，搬这点儿东西要两千块，雷雷决定采取"蚂蚁搬家"的模式，每天坐着公交车去拿一些。她就不信，她省不出这两千块大洋！

三个小时后，小林子又来了，他们简单地在客厅拥抱一下就进了房间。这会儿，雷雷真的待不下去了，她匆匆穿上外套，逃一样地出了门。

在这个风轻明月的夜里，"爸爸"的新生活开始了。

整个中国，来过这地方的人屈指可数。比 loft 还大的屋子里，一张足有十米长的大桌子气派地从屋子一端延伸到另一端。房间是黑白色调的装修，桌子旁边是长长的吧台，挂满了水晶一样透亮的酒杯，除此之外，便是数不过来的洋酒。

这是一座私人府邸，主人是当今被称为"土豪"这个群体的代表人物，他的名字叫马学才。

至于雷雷怎么能来这里，还得从她从前的经历说起。

半年前，雷雷参加了"星光杯"模特大赛。大赛规定若能进入全国前十强，就有机会签约大牌经济公司。可惜雷雷只进入到前三十，便出局了。对于这个结果，她满意极了，其中最大的收获便是认识了众多经纪人和投资人。

然而在相当一段日子里，雷雷不愿想起这段经历。"刻骨铭心地纠结缠绕着我稚嫩的心。"这话是雷雷自己说的，真假与否，也许只有她自己知道。她纠结绝不是因为赛绩，而是两位天使投资人同时追求雷雷。现如今，不知从哪儿开始，人们把土豪投资人称为"天使"。雷雷说："这天使既可爱，也好认，那是用人民币当翅膀的天使。"对于这两位"天使"，雷雷心动不已。他们开着加长的迈巴赫和劳斯莱斯，张口闭口谈的都是"操盘"，意思是"操纵大盘"。

这俩人都年过四十，都是瘦高个，天天都穿气派的西装，都找情人。

无数次雷雷仰视着他们，但那绝不是她雷雷的生活，最后雷雷还是忍痛拒绝了他们。于是，她出局了。他们其中的一个人叫马学才，另一个早已不知去向。

就在刚才，雷雷给马学才打了电话。很快，她就成了这座私人府邸的贵宾。

此时，雷雷身边坐着几个平均年龄在四十岁以上的男人。粗略地看上去，雷雷身边的男人似乎最显年轻，或许是因为他穿了一件橘黄色 POLO 衫的缘故。坐在他对面的男人则穿着大红色T恤，脑袋上还扣了一顶洁白的棒球帽。

就在这一刻，雷雷恍如隔世。她无法回忆自己之前的生活，那是多么落魄、潦倒！至少对于如自己这样出身名校，又有着令无数女孩羡慕的外形的女孩来说，目前的生活的确令人沮丧。

然而她又莫名地产生了重重的疏离感。她无法向自己解释，这种疏离感究竟来源于哪儿。只是当眼前的这些人做出威严状谈论着当今股票市场和投资经验时，她觉得自己如马群旁边一只懦弱的小羊。尤其当一个身穿职业装、精明干练的女人进来，找其中一个两鬓略有斑白的人签文件时，这般感觉更加强烈了。

于是，她——雷雷，故意地挺直腰板，下巴上扬四十五度，从眼角一侧的余光中肆意地打量着那个女人：她的头发是精致的短发，染了最流行的栗红色，她的包包是限量版，她的中指上戴着至少一克拉那么大的钻戒……

女人礼貌地向在座的老板们点头致敬，便转身离开了。

雷雷产生了无以名状的失落感，她感觉那个女人致敬了一圈，单单没看自己。

繁华压抑着她。在她的面前，是一座几近要崩塌的孤山，她迫不及待地想离开这里，无论是马学才，还是其他人，眼神里透出的光为何充满了无所谓？

是的，"无所谓"，雷雷只能想到这个词来形容。

就在她倍感无聊，想着离开时，故事却刚刚开始。

事后，雷雷常常惊诧，人们往往忽略身边的风景。不过，她的惊诧中，有欣喜，也有忧愁。在大部分情况下，你不知道对方哪里好，却可以心甘情愿地与他浪迹天涯。

爱情的开始可以有许多可能，而雷雷的爱情是哪种可能呢？

后来的她常常苦笑、哭笑。

这个人正是马学才，现在他就坐在雷雷身边。

直到他跟雷雷说出第一句话，雷雷才意识到他的存在。

他问："戏剧学院的？"说话的时候，眼睛上上下下地在雷雷身上游走。这天，雷雷穿的是低胸毛衣，对自我身材的满满自信，令雷雷在马学才的目光之中倍感得意。

"他是你男朋友？"年长一些的男人问雷雷。

"他？"雷雷捂着嘴巴笑了，"他"指的是马学才。

"他是我女朋友的男朋友。"雷雷说。

"那你女朋友呢？"

"她女朋友在楼上睡觉！"马学才吸进一口雪茄。

马学才原本就呈长方形的脸盘，此时拉得更长了。不过很快他就笑了，雷雷从那笑脸中清晰地打量着这个人：黑皮肤，长脸，络腮胡，身上散发着HUGO BOSS男士香水的味道，唇齿间流淌着薄荷的清新香气。就在那一刹那，混合的芳香成了一股浸着迷魂药剂的糖浆，渐渐地渗入她的心灵。

雷雷微微地笑了，她似乎发觉自己的眼睛在闪光。

不过，马学才接下来的话却让雷雷不知所措了。

"那，咱上楼找她斗地主去呗？"

雷雷分明看到马学才的眼中闪烁出一丝邪恶的光芒。很奇怪，她对这难以用言语形容的邪恶之光却并未拒绝。他显然知道楼上没人，这个叫马学才的人根本是在调侃。

马学才随手拿起一瓶红酒，走了。雷雷跟在后面。

他们穿过了狭长的走廊和巨大的厅堂。射灯的光亮像舞台的追光灯，恰好地打在那些被历史浸染的古玩身上，让高高站立在架子上的古董像盛装华丽的明星那样风光。雷雷忍不住想：要是我随手顺走一件，是不是就能后半辈子衣食无忧了呢？刚想到这里，她望见了古董架上方悬着的黑色摄像头瞪着圆圆的眼睛，怒目狰狞地俯视自己。

他们踏着大理石上了一层楼，又上了一层楼。雷雷记不清上到了几层才停下，只觉得这光亮的大理石把眼睛映得略微疲惫了。走到最顶端的时候，四周是漆黑的，雷雷轻轻地扯着马学才的衣襟，小心地走。

马学才停下来，灯亮了，呈现在他们面前的是一间足足有上百平方米的豪华会客厅，极度奢华的欧式宫廷装修跟楼下的古玩世界形成了鲜明对照。

雷雷目瞪口呆。

马学才从容地坐在沙发上，摆上两只红酒杯。

"扑克牌呢？"

马学才只顾倒酒，片刻之后，他才低沉地回答："你女朋友呢？"

就这样，雷雷陷入了无边的黑暗之中。四周的灯已经完全熄灭了，漆黑得令人毛骨悚然。眼前这个世界那么陌生，她睁大了眼睛，希望能在黑暗之中得到一个答案——自己为什么会如此轻易地跟一个素未相识的人缠绵于此呢？

马学才的鼾声微微地响起。雷雷仔细地、认真地聆听着，那响声中却透出一股难以名状的疏离感。

当万籁俱寂之时，雷雷却被强大的悲凉所笼罩，她强烈地希望离开这座冰冷的宫殿。她希望摆脱命运之绳，用一把剪子将她和马学才之间的那条线狠狠剪断。

事实上却是不可能。雷雷想到了一个可怕的事实，当明天，他们分别时，自己会是怎样的心情？她不敢再去想了。黑夜中，她或许更想知道豆豆"妈妈"那边的情况呢！

12. "惊"不起

在这个夜晚里，豆豆呢？

游泳馆里，大家伙走上了那条从泳道上升起的舞台。蓝汪汪的水浮动着金灿灿的微波，清淡的氯气味道荡漾着好闻的香甜。豆豆想：如果从这里跳进水里，应该很舒服的吧？她丈量着舞台距离水面的距离，大概有三米高。蓝水中散落的小姑娘们像一条条欢快的泥鳅,灵巧地在水里蹿上蹿下。

音乐响了,挥着小旗子的现场导演走上来,手舞足蹈地示范着叮嘱大家:"一定要表现出来,要表演出来,有肢体语言,大家知道了吗?别光站着,要唱,唱出来就行,背不出词儿来也要唱!"

大家点点头。

"开始!"导演对着观众席上方的一个小口使劲儿挥了两下小彩旗,音乐前奏很快就响了起来。在导演的指挥下,大家每人唱一句,虽说只是代替明星彩排的走台"替身",但在热情洋溢的音乐气氛中都十分地投入。

音乐戛然而止,一次彩排就这样完成了,这个晚上,他们还会有跟这同样的第二次、第三次。大家在导演的指挥下走下台去,下一个节目演出的小孩子蜂拥上来。一时间,狭窄的舞台上乱成了一团。豆豆惊慌地推着前面的翔宇赶紧走,兴许是被美女推着走有些许的紧张,翔宇在慌乱中扭头看着豆豆,跟她友好地笑笑,随即只听得"扑通"一声,蓝汪汪的水面上泛起了黑色一团。

周围立刻安静下来,大家吃惊地看着泳池。

湛蓝的波光中,一抹漂着燕尾的身影逐渐游上了岸。

豆豆看着水面,竟然有些感伤。导演早已经不知去向,翻起的涟漪惊扰了在水里彩排花样游泳的小孩子们,几个七八岁大的小姑娘发出激烈的惊呼。除此之外,便是沉沉的冷漠。豆豆等到翔宇爬上岸,把他拉起来。

翔宇微微一笑,很快躲开豆豆的目光。这躲避令豆豆不太舒服,似乎在对她说:"对不起,见笑了。"

当他们走进休息室时,大家正沉默地盯着悬空挂着的电视屏幕。

桌子上堆积的纸牌已无人问津。

小个子男生看着翔宇,"咯咯"地笑了一会儿,他似乎想说些什么,却碍于这气氛说不出口,那笑声也转而尴尬了许多。

翔宇出去了,他对豆豆的帮忙没表示丝毫的感谢。

豆豆百无聊赖地坐在那里,担忧地望着墙上的时钟。一分一秒,那是生命的点滴消耗，而现在，自己却是一无所获。她想到了令自己心痛的唐松，他在干吗呢？在这个喧嚣的夜里，豆豆莫名地想念他。想念他黑色的短羽绒服，想念他总在左耳边别着的蓝牙耳机，想念他没羞没臊地问豆豆："结婚什么样儿？咱也结一个试试呗。"

豆豆的心又开始刀绞一般地疼痛，她怎么也想不通，和自己朝夕相处的唐松怎么会在短短的时间里就变成了一个陌生人呢？他会不会被克隆了？这个唐松不是真的？他会不会成心跟自己开一个玩笑，先冷落自己，然后忽然来个求婚？

如果真是那样，玩笑开得未免太大了。

豆豆知道自己很幼稚。

忽然，豆豆的手机响了，她着实激动了一下。如果没猜错的话，这个时间段里的电话应该是唐松的。她的手几乎在颤抖，伴随着强烈的心跳，她努力让自己镇定下来，从书包里掏出手机。

心情再一次从山峰跌到了谷底。

不过，豆豆走出这间屋子，她悄悄地走向了一个地方。

湛蓝的水面，寂静的微波，这里是另一片天地，没有导演的吆五喝六，没有演员们的喧嚣，有的是豆豆和翔宇。

电话是翔宇打的，他叫豆豆出来，却什么也不说。豆豆就那么安静地坐着，什么也不想说。黎明前的黑暗正在迫近，豆豆坐在灯火通明之处，静静地等待天明。

翔宇就那么坐着，一言不发。

豆豆不希望他说话，她怕他一开口，自己会尴尬起来。

翔宇站起身来，缓缓地沿着水边轻轻地走。

"走吗？"

豆豆也站起来，跟着他。她的心里是那么地矛盾、别扭。她后悔答应他，来这里单独见面。纵然两人从前毫无不愉快之处，但豆豆却认为当初的自己是自作多情的丑小鸭。远处，排练场地传来嘈杂的熙攘，而在他们的空间里，却那么地寂静。豆豆心里涌起一股强烈的自卑感，如果当初不发送那条短信，该有多好！

翔宇忽然停了下来，背对着豆豆问："和唐松，还好吗？"

豆豆吃了一惊。

翔宇转过身来，看着豆豆，忽然，他笑了，犀利地、带些善意的邪恶地笑着。

"你……"豆豆想说什么，话语却僵持在喉咙里。

翔宇继续走。忽然，他回过头，冲着豆豆调皮地眨巴一下眼睛。

刹那间，豆豆的眼睛里饱含了惊讶和意外。

"你是我的玫瑰，你是我的花，花花花花……"翔宇转过身去，唱着奇怪的调子，大步流星地走了。

豆豆看着他的背影，仅仅因为翔宇刚才提到了"唐松"两个字，豆豆的伤感一下子涌了上来。莫名其妙地，她竟然想起了自己和唐松热恋时的场景：学生食堂里黑压压地排起了长队，豆豆和唐松就站在队伍的最末端。豆豆撒娇地对他说："一点也不饿，什么也不想吃！"唐松什么也不说，只是从豆豆的肩膀上脱下她的双肩包，背在自己身上。

豆豆的嘴角露出一丝苦笑。

远远的另一端传来了一反常态的骚动。

人们奔着一个方向聚拢。

豆豆的心随着人群聚集面积的扩大而沉重了。

喇叭声凝固在高高的穹窿顶空："疏散，疏散，先抬出来，不要动，别动！"

翔宇忽然撒腿跑了过去，豆豆即刻涌出一股不祥的预感，也跟着跑。

人群疏散开了，拿着尖尖的竹矛的演员们由紧密渐渐疏散开来。

知道整个开幕式最有看点的一个节目是什么吗？那绝不是明星的演唱，也不是什么大腕儿的出席，而是以这些尖尖的竹矛为道具的杂技。

这些拿竹矛的女孩们给豆豆留下了很深的印象。每当豆豆从她们身边经过时，总要多看她们一眼——那些亭亭玉立的小女孩多好看啊！看上去只有十三四岁的光景，短短的舞裙，高高挽起的发髻，清秀的脸庞，每一个女孩都像画里走出来的仙女那么美。豆豆听说她们表演的节目叫《竹林之舞》，意思是女孩们用竹矛撑起一片"竹林"，再由其中的几个小姑娘轻巧地顺着竹矛爬到顶端，最后由叠起的男孩子完美地将女孩托在半空，女孩做出完美的空中转体，再落回男孩们的臂弯。

然而就在前一刻，当女孩做出了完美的空中转体时，却因为一个动作的失误，身体狠狠地插进了竹尖里。

豆豆和翔宇经过人群时被面相凶狠的女导演狠狠地呵斥着，径直走向休息室了，将一片惊恐的喧嚣抛在身后。

休息室里，大家议论着刚才发生的一幕。

现场导演进来，宣布今天的彩排到此结束。

大家一言不发，待在原地。

悬空挂着的电视屏幕上显现出了熟悉的身影。

"大家好，欢迎大家准时来到我们《撒花购物》的专属频道……"

"这人怎么这么面熟啊！"

豆豆听见一个女生嘟囔着，不由地抬头扫了一眼电视屏幕。也就是这一眼，令豆豆彻底震惊了。她刚要制止对方："哎——别——"

那个女生已经迅速地换了频道。

正儿八经的新闻播音员端坐在电视机里，用充满喜气的口吻播报着《晚间新闻》。她提到了即将在上海召开的世界跳水锦标赛，并且自豪地向世人宣称：这是我国承办的又一世界级体育赛事。

门外的嘈杂还在继续，豆豆仿佛在隐隐约约之间听到了从很远很远的地方传来的救护车的声音。她相信这是幻听，事实上也是如此。在这个封闭的穹窿中，要想听到外面的汽车声，必须得长一双顺风耳才行。

可是就在此刻，豆豆的心却被另一个猜疑抢了去。她相信自己不会看错，刚才"撒花"电视购物频道里那个女售货员正是依依！

在心里得出的这个结论着实把豆豆自己吓了一跳，她本能地在记忆中搜寻电视购物主持人的种种形象——那些全身像长满了弹簧，说话恨不得跳起来的姑娘，那些恨不得把嘴巴张成地球圆周那么大的姑娘……

而依依呢？她是出入豪车专门店的 VIP，是住在公主屋里的小家雀，是精致和时尚的代言人……

豆豆告诉自己，一定是看错了。为了证实这个答案，她怯生生地问旁边的女生："能倒回去看看吗？"

"都是卖东西的，有啥好看的！"

女生回答豆豆的时候是用后脑勺对着她的。

豆豆不再说话了，女生说得有道理，都是卖东西的，有啥好看的？况且那《撒花购物》卖的还是某国的著名品牌菜刀。

女生关闭了电视，刹那间，屋子里如死水一般沉寂。豆豆沉浸在自己的世界里，纵然那个世界已经被支离破碎的事件击打得七零八落。

翔宇低头摆弄着手机，就在大家纷纷陷入各自的沉思之中的时候，他一声长长的哈欠，刺破了这令人不安的宁静。

"今儿还练不练了？不练回家了！"

豆豆猛地转向翔宇的方向，定睛看着他。她感到自己的眼神里正在流淌出一种浸染了憎恶的光，这般待人的态度在豆豆的生命中前所未有，即便唐松对她冷冰冰地说"我们还是分手吧"的时候，豆豆也从未如此。

翔宇也看着豆豆，就那样木木地盯着她，忽然间，他的嘴角微微上扬。

黎明几近来临，夜空的穹窿透出了冬日的暖阳。豆豆和同学们走出了这座游泳馆。出事地点依旧拉着警戒线，地上残留的血迹已经凝固了。这些戏剧学院的学生们就这样一步三回头地走出了游泳馆，钻进了小巴车里。

小巴车开得温柔极了。在这个漫长的夜里，豆豆却没感到一丝的困意。

也许是发生了太多事。她希望知道那个女孩怎么样了。车上，大家你一句我一句地谈论着。小个子陆昊说："世界上最不缺的就是人了。今天她完了，明天立刻就有新的来。"

豆豆思索着他的话，似乎也有道理，虽然听着有几分心寒。她默默地祈祷着，希望那个素未谋面的女孩一切安好。

天渐渐亮了，豆豆的天也渐渐亮了。

一丝希望的清泉如湛蓝的微波一般，荡漾着豆豆苦闷已久的心田。

接下来，她只要补齐了论文、剧本，补齐了学分，就能参加博士考试了。她期待着一个结果，无论学业，还是爱情。希望的火光在豆豆心中亮起来了，伴随着初升的太阳。

13. 日日惊心

当豆豆回到家里时，"八怪"扭着胖乎乎的身子朝着她走来了。豆豆蹲下来，用端详的目光打量着这个呆呆的小家伙。"它多么老实啊！"豆豆感叹着。

这是豆豆第一次跟"八怪"如此近距离地接触。虽然她常常会见到这只小狗，依依总把它带在身边。可是每回豆豆想看看它时，依依总是宝贝似的把它藏在怀里，只露出两只葡萄一般水灵的大眼睛。而且似乎这"八怪"也对人有着挺强的防备心，只要一有人靠近它，它便本能地钻进主人的怀抱。

此刻，豆豆轻轻地摸着它温热的头颅，摸着它光滑的脊背，"八怪"也伸出粉色的小舌头，轻轻地舔舐着豆豆的手。豆豆想：如果"八怪"是自己的小狗，该有多好！

它就这样跟着豆豆。豆豆方才发现，家里除了它，只有自己了。雷雷"爸爸"不知去了哪里，对于"爸爸"来说，夜不归宿的情形还是头一次发生。以前，不管再晚，"爸爸"是一定会回家睡觉的。豆豆想着，抬头看看落地窗，外面已是阳光普照。

依依的房间也空着，豆豆想起了电视上一闪而过的身影。

豆豆昏昏沉沉地睡了一觉，伴随着不断升高的太阳。和她一道贪睡的，还有"八怪"。

如果不是一通电话惊扰了她的美梦，她是不会醒来的。豆豆是多么地想把这个美梦继续做下去啊！那梦境中出现了四通八达的、有十几层楼那么高的高架桥，自己坐在一辆汽车里，开车的是唐松。

手机屏幕上跳动着"古欣然老师"几个字，她慌促地接了起来。

从他的口气中不难听出，古老师找她，一定是有什么重要的事。豆豆匆匆地洗把脸，从昏昏欲睡中挣扎着出了门。

太阳已经升得很高了。依依的房门关得严严实实，而雷雷的门却敞开着。豆豆想知道"爸爸"去了哪里，可她打了很多电话，对方都没有接听。

玻璃房里没有古欣然，豆豆有些无措了。

古欣然的电话处于无法接通的状态。

豆豆只好顺着办公楼去找那个叫"主持系办公室"的地方，也无结果。

漫无目的的豆豆只能在偌大的、空旷的校园里游荡，这种毫无目的游荡让豆豆心里很是不舒服，她甚至怀疑古教授是不是记错了地址？

剧场门口，工人们加紧赶制着道具，木头模块摊了一地。豆豆小心地经过那里，百无聊赖地走到剧场门口，想看看海报上即将上演的剧目。

一个大约一米宽的走廊通向幽深的黑洞。豆豆想：这大概就是后台了吧！她从未去过那里。黑洞就像一个蜿蜒的蟒蛇的嘴巴，吸引着人们走进未知的天地。豆豆看了看，四周无人，她轻轻地走进了黑洞。

狭窄的楼梯盘旋而上。豆豆的胆子并不小，她并不怕那些猛兽和鬼怪，相反，她最怕的却是飞蛾。倘若一只巨大的飞蛾扑面飞来，足以把豆豆吓到昏厥。

没有一丝光，豆豆却能看到阳光从楼梯顶端的那个方位轻轻透出来。在她的脑海里，那儿一定是摆满了机关的地方，比如电动幕布、扩音器等，每回看戏的时候，豆豆总会琢磨，这些东西在哪儿操作呢？现在，她终于要知道答案了。

一扇门却把豆豆拦在了外面,她多少有些沮丧了。门是紧锁着的,看来想要看到幕布背后的秘密还真不容易啊!豆豆无奈地感叹。

就在叹息的瞬间,豆豆忽然屏住了呼吸。黑暗被一只无形的翅膀覆盖,谁也不知道,那隐隐的好听的声音来自何方。豆豆想到了《哈姆雷特》中的鬼魂,她深深地感到那是鬼魂的声音,就在豆豆的上方。

不过,这声音为何如此熟悉?

"事实就是这样,你不出,有人出。"

黑色的空气变成一只狰狞的乌贼,豆豆想逃,似乎却要被狠狠地推向悬崖。她本能地站在那里,一动不动。

"多少?"一个女人的声音。

"哼哼,"男性的声音冷笑着,"看来你还是不知道免试对于一个考生的含义,当然,我绝没有强迫的意思,这种情况下,谁都不差钱。"

豆豆的世界被一道无形的闪电狠狠撕开!这声音是古教授的,她不会听错,尤其是那句"哼哼",是古教授从胸腔里发出的浑厚的共鸣。

豆豆想着玻璃房里的古教授,沐浴在阳光中,佛珠在手中缓慢地转动着。

她怎么也无法把前后两种情况对应起来。她告诉自己,一定是听错了,不过之后传出来的,却让豆豆确信无疑,"那是当然,只要你肯出,我古欣然是谁?这个学校我说了算。"

豆豆跟跟跄跄地走下楼梯。

自认为不会害怕的她,此时却萌生了前所未有的恐慌,这恐慌比疯女人的恶作剧要猛烈上千倍!

外面的阳光格外刺眼,豆豆不敢睁开看。巨幅海报上,荒诞派戏剧《等待戈多》中,两个演员麻木地迎接着什么。豆豆走了,逃离的冲动前所未有地强烈地撞击着她的灵魂!

谁也无法知道,太阳背后隐藏的是什么。

14. "危险"侠

在这个夜晚，谁都不知道依依去了哪里。就连此刻的豆豆，也无心去再做猜测了。谁也无法想到，在这个清晨，依依竟然走进了另一片天地之中。在那个天地里，没有任何跟她现在的生活相符合的因子。

依依在一条无名道路上走进了一辆汽车里，开车的是一个戴棒球帽的男人，看上去三十出头，白皙的脸上透着江南人特有的秀气。要说长相，这人谈不上帅气，仔细看眼睛、眉毛都没啥问题，就是拼凑在一块儿时总觉得欠缺些什么。男孩叫朱紫，等依依的时候正在车上打瞌睡。

依依迅速地上了车，朱紫熟练地发动了汽车。这汽车是手动档的老式捷达车，车身是枣红色，灰乌乌的像贴了一层廉价的塑料纸。不过朱紫却开得得心应手。兴许依依怕人家看到是这样一辆车来接她，所以不让朱紫把汽车停在马路边。

"结束了？"朱紫问。

"结束了。"

朱紫没说话，陈旧的方向盘被他左右转得"咯吱咯吱"直响。依依看着那方向盘，微微地皱了皱眉头。朱紫打了一个长长的哈欠，声音大极了，让人怀疑车外的那些行人也能听得见。

"昨晚没睡好？"依依问。

"又跳闸了，起来修了一个通宵哦！烦都烦死了！一开空调就跳闸！我怀疑是楼下同时开了两个，整个楼的保险丝都让他用坏掉了！做人嘛，一点儿都不自觉！"

依依看着车窗外，没有接他的话。

汽车在红绿灯前停下了，朱紫顺手开大了收音机的音量，"吱吱啦啦"的嘈杂声逐渐被他调整得清晰了。这车好像是专属于他的宠物，只有在他的手里才乖乖就范。音响里清晰地传来女播音员低柔的声音："下面，我们来欣赏一段由古欣然先生给大家带来的诗朗诵《美丽的歌谣》。"

"古教授！"依依激动得叫起来，"你认识他吗？"

朱紫轻蔑地"切"了一声，同时用余光扫扫依依，"有啥么子了不起？"

古教授那洪亮的声音被刻意地压得极低极低，像轻柔演奏的钢琴曲子，渐渐地沁入人们的心田，唤醒清晨沉睡的朦胧。依依轻轻闭上眼睛，脑海中浮现出古教授刚毅中略带温柔的面容。

"我上学那会儿，他还是个普通老师呢！"朱紫说。

"哈哈哈哈——"依依听到这话，笑得令人莫名其妙。

朱紫腾出一只手，使劲儿掐掐依依的鼻子，"一点儿都不好笑的好吧！"说着，朱紫趁机用那只手揽住依依的脖子，趁着等红灯的工夫，贴近她的脸颊轻轻地亲吻。

如果车上有个旁人，那么一定能感受到朱紫行为中被爱情浸满的宠爱。

绿灯通行，汽车将要发动之时，他再次凑到依依耳边，轻轻地亲了一下。

汽车暂时偏离方向，朱紫是老司机，十分自然地摆正了方向盘。而依依的耳边却留下了他轻轻地、深情地一吻。

"饿吗，宝贝？"朱紫的声音像棉花那样柔软。

依依笑笑。

"吃好吃的？"朱紫又不自觉地凑到依依耳边，这一次，他索性靠马路边停了车，长久而贪恋地感受着女孩的美丽与芳香。

依依却向车窗边躲了躲，随即她又重新靠过来，顺势轻轻地拉住朱紫的手。

"我不饿。"

"累吗？"

依依轻轻地点头,"好困。"

朱紫搂着依依的胳膊,一只手紧紧地攥着对方的手。

"咱们走,你睡觉,我给你买好吃的?"

依依没有回答,透过车窗,她葡萄一般好看的眼睛望着远方,眼神中透出淡淡的忧伤。

"朱紫。"她轻轻地唤他。她的声音很轻,却带着几分冰冷。

汽车行驶在宽宽的马路上,路的两边是拔地而起的高档住宅,高档住宅区的旁边矮趴趴地卧着几幢青灰色的老旧公寓房。依依贪恋地看着那一排气派的高档住宅楼,真想透过深灰色的反光玻璃看看屋里面的摆设。她想:总有一天,自己会成为这些高级公寓里的一名真正的女主人。所谓"真正的女主人",就是房产证上要端端正正地写下"孙依依"三个字,而不只是那一纸廉价的租赁合同。

危楼!危楼!朱紫的捷达车略过了高耸的公寓,赫然停在了危楼前。

依依绝望地走出车门,随着"吱呀"一声,车门关上了。她想:即使不拉起这样瘆人的横幅,人们也能一眼看出这楼要危险了的。然而可笑的是,就是这么一幢被白色条幅和黑色大字横贯的破建筑上,很多人家竟然还安装了防盗网。难道还有人偷这里的人家不成?依依望着朱紫的脊背,就在走入楼体的那一刻,她真想离开他!

楼道黑暗极了,朱紫用手机的光微微照亮了阶梯。依依在朱紫的搀扶下,小心翼翼地一级一级登上台阶。她穿了足有十公分高的高跟鞋,每迈出一步对于她来说都是一次走路技巧和体力的挑战。猛然间,她开始疯狂地想念小林子。她想:如果是小林子,一定永远永远不会让自己走进这样环境恶劣的地方。这里的一切都太令人生厌了,那一股弥漫在黑暗中的气味令依依时时作呕。可是想到这里,她又悲伤起来。小林子纵然很富有,可他能给自己什么呢?他带给自己的除了一摞一摞的钞票之外,剩下的就只是空旷的房间了。他会在依依面前肆意地给自己的太太打电话,问她回家路上要买些什么,他会在网上发自己家庭聚会的照片,他有儿子,有儿媳,最近又添了个虎头虎脑的孙子。他把手机屏幕的照片和微信头像统统换成了孙子的萌照。而自己呢？依依悄悄地转过身，推开朱紫搀扶的手，她不希望眼前的伤感被任何人侵扰。她在心里告诉自己，小林子的世界是完整的，就像一个地球那么完整的整体。而自己呢？自己只不过是远远守卫着地球的一颗不起眼的卫星罢了，即便她永远围着他转动，他也丝毫不会发觉她的付出。

依依扶着颤颤巍巍的扶手。他们在五层楼的地方停了下来。

这是她第三次来这里了。朱紫待她好，一间不足五十平方米的房子，他把大部分都给了她：卧室、洗手间、厨房。而他自己只是蜷缩在客厅的折叠沙发上，睡过一宿又一宿。当然，在认识依依以前，这房子完全是属于朱紫的。

依依清楚地知道朱紫对她的喜爱由来已久，可是单单喜欢能做些什么呢？依依的老家在江西婺源，那个一到季节便铺满油菜花的地方。即便是在这样一个美丽的地方，她的童年却并不快乐。在每一个孩子的记忆中，总有一幅挥之不去的画面，比如和爸爸、妈妈一起放风筝，比如第一次被送去上小学校，再比如在全家人面前表演唱歌、跳舞……而对于依依来说，那幅挥之不去的画面却是自己的亲生母亲走进了油菜花丛中，再也没有回头……这幅画面定格在依依五岁的记忆中，从那以后，她再也没见过自己的妈妈，直到十五年后。

依依知道自己根本没有家。那个美丽的旅游胜地，其实不是她的家。父亲的家也不是她的，而是继母的。她要有一个完全属于自己的家！她要有大房子，能随心所欲地支配家里的一切。

即便朱紫再爱自己，也不能给自己一个家的躯壳。

如果不是那个冬天，那个大字报贴满整个校园的冬天，那个自己成为全校人茶余饭后的谈资的冬天，那个有宿舍不能回的冬天……如果不是朱紫收留了流浪的依依，就像收留一只无家可归的小野猫，那么她绝不会答应和朱紫在一起的。

后来，当她认识了某个富翁，以及后来的后来——也就是现在，她认识了小林子，她竟然没有和朱紫中断联系。原因很简单，朱紫能给予自己的，他们给不了。

可是依依也知道，小林子能给的，朱紫也给不了。

想到这里，依依感到一阵剧烈的来自内心深处的伤痛。

如果朱紫的条件能再好一点儿该有多好！依依想着。如果那样，她就可以和他在一起了，他们可以做一切恋人做的事……一切。

朱紫无数次地希望跟依依发生点什么，即便是两个人的小世界里做一丁点儿恋人做的事也好啊！可是每当依依看到朱紫，她的眼前总会浮现出那条硕大的横幅，它就像一条魔咒，令人发指，惹人厌恶。

就这样，她无法接受朱紫，即便是他趁她不备时的"偷袭"亲吻，她都本能地躲避。

网状的防盗门早已生得斑斑锈迹，朱紫的手从网格里伸进去，轻而易举地就打开了外门。依依不明白这样容易打开，那防盗门还有什么用。不过她从来不说这些，此刻，她只是在心里告诉自己：如果有机会，我以后再也不来到这里。

"就不能搬吗？"依依忍不住在漆黑的楼道里问他。

"你知道现在租一个房子好多钱吧？差一点儿的三两千，也就跟我们这个差不多，好一点儿的五六千打不住！五六千什么概念？一个月五六千，Gucci 打折的时候也就五六千，一个月一件 Cucci！脑子瓦塌[①]了！你不说谁知道你住在这里啊！再说了……"

"这房子不会塌吗？"依依抢过话头。

"三五年没问题。"朱紫换了拖鞋。

依依站在玄关处，犹豫了一下，才脱鞋进屋。

[①] 瓦塌：上海话，意思是"坏掉了"。

15. 老鲜肉

  和马学才结束了一天的生活，雷雷略显出了疲惫。昨夜，她一夜无法入睡。清晨时，她轻轻地走下楼梯，肆意地观看着这间 loft。

  长桌子上残留着红酒杯，人早已不知去哪儿了。雷雷走到桌边坐下，盯着血一般浓稠的红酒凝固在杯底。她轻轻地托起红酒杯的底座，学着那些人的样子，缓缓地摇动几下。雷雷笑了，发黄的面庞现出洁白如玉的虎牙。

  第一缕阳光照进落地窗里，窗外是绿茵茵的草坪，很宽、很大。雷雷想到马学才说，自己要养几匹马，要英国血统的。雷雷仿佛看到了几匹毛鬃坚硬而富有光泽的小马驹，高傲地踏着绿荫，踱着公爵般的步伐。

  七点了，太阳更亮了些。整座 loft 依旧安静，雷雷隐约能听到马学才的鼾声。很快，她就要离开这儿了。想到这里，雷雷涌起一丝莫名的心痛。眼前，这是一个世外桃源，几十公里之外，则是尘世的喧嚣。雷雷并不在意天堂和人间的落差，只是离开了天堂，马学才还在吗？

  大约一个小时后，雷雷坐上了马学才的座驾——一辆崭新的路虎汽车。相比起雷雷昨天看到的那些汽车，这已经显得极为低调了。迈巴赫、劳斯莱斯、宾利、布加迪威龙……雷雷看着这些钢铁怪物，第一回把杂志上看到的传说中的汽车和实物结合起来。

  不过，雷雷从没想过这些传说中的汽车能跟自己扯上什么关系——现在，她依旧丝毫没有想乘坐它们的愿望。相反，她却对马学才的路虎汽车一见钟情。

  两个人吃了简单的午餐，简单地喝了下午茶。雷雷不断地看时间，她多么希望时间慢些走啊！当秒针点点滴滴地走完一圈又一圈时，自己和马学才的未来也愈加迷茫。

  终于，马学才看看手表——那是一款普通的瑞士手表，跟汪楠他们那些上百万的表比起来逊色不少，可雷雷觉得那手表戴在手上却格外舒服而踏实。

"我晚上有个饭局。"

雷雷心头狠狠地抽搐了一下,最害怕的时刻终于到来了。

"呦嗬,有美女啊!"她嘴上是这么说的。

马学才呷了一口咖啡,"没办法,有时候真应酬不过来!"

说这话的时候,马学才的脸上浮现出难以察觉的奸笑。

"带我去见识见识?"雷雷玩弄着手机挂件,斜视着对方。

"那不成!我可不是随便的人。"

雷雷不再说什么。露天的咖啡厅,零散地坐着晒太阳的老外。她很想大声地问问他,自己在他心里算个什么角色!可是她终究还是狠心地咽下了那些话。她说:"你去泡你的妞,我就找我的小鲜肉,就这么愉快地决定了!"

马学才双手往扶手上一拍,果断地站起来,"就这么决定!"

咖啡厅一别,两人分道扬镳。

雷雷坏笑着冲马学才眨巴眨巴眼睛,说了一句:"沙扬娜拉!"

马学才钻进了路虎汽车,雷雷随便招呼了一辆出租车。车里散发出浓重的味道,刺激着雷雷的嗅觉,她涌起一阵反胃。

"你男朋友?"司机说话了。

"啊,是啊!"雷雷回答。

"这种男朋友要了做什么?都不送你一下!"

"吵架了。"

"吵架了也要开车子来追啊!"

雷雷看着窗外,心想:要是真吵架了,该多好啊!

"这样的男朋友,再有钱也唔要!"

"是,所以我不打算跟他好了。"

"这就对了。"

渐渐地,这辆斑驳的出租车里,寂静得只能听见冷风抽打车窗的声音,它正卯足马力向目的地进发。

很快车子就驶进了高档小区，雷雷的心也愈加沉重了。

当汽车停稳的时候，司机猛然回过头来看着雷雷。她这才看清楚，司机是一位瘦瘦的中年大叔。

"你看！他还是没有追来！我注意观察了一路！"

雷雷赶紧掏钱付车费。

"这样的男朋友，再有钱也要唔得！"大叔一边收钱一边嘟囔着。

豆豆不得不承认自己是个倒霉的豆豆。

从黑暗小楼里出来后，她逃一样地奔跑到玻璃房前。她真怕古教授发现自己，万一真被发现了，好容易争取到的实践学分会再次失去，这就意味着要想拿到硕士学位是万万不可能的了。七年的努力，妈妈的期盼，亲戚们羡慕嫉妒恨的态度，在这紧要关头统统压在豆豆的脊背上，她忽然发现自己绝不是一个人在生活。

现在的豆豆，不计任何代价，也要实现目标。豆豆在心里偷偷地给自己打气。其实她已经从万劫不复的地狱中走出来一些了，至少只要拼命，拿到学位应该不成问题。至于考博，今年不行还有明年，如果今年实在不行，就破釜沉舟一回，在自己的人生理想面前，多付出一年的时光根本算不了什么。就在这一瞬间，豆豆竟然给自己做出了如此重大的决定，她甚至被自己的执着所感动。望着玻璃房里透出的绿色植物，萧豆豆舒心地笑了。

"豆豆？"

豆豆猛然转头，是古教授！

她清晰地感觉到自己的脸上一定荡漾起尴尬的表情了。她赶紧提醒自己，做出一副什么都不知道的表情。

古教授在前面走，豆豆跟着他。

她望着古教授挺拔的脊背，真不敢相信那些话竟然是从他的嘴里说出。恍然间，豆豆从前认识的古教授似乎不存在了，眼前只剩下了这个外形酷似古教授的躯壳。

玻璃房里依旧温暖。在这里,没有料峭的寒风,也没有冰冷的面容。这里的人们都舒展着面庞,或者闭目养神,或者谈天说地。

而此刻的古教授,却一时难以驱逐脸上的冰冷。

"张老师,侬先回避一下好吧?"

古教授一发话,先前那个闭目养神的老师立刻弓着身子离开了,另一对聊天的人也紧跟着走了。

空旷的屋子里只剩下他们俩。

古教授走到门边,轻轻地关上门,并且反锁上。

豆豆立刻紧张了,反应迅速的她随即注意到这玻璃房子是没有窗帘的。她紧绷的神经慢慢放松,用好奇的目光看着古教授的一举一动。

古教授坐在椅子上,闭着眼睛沉思了一下,继续捻着佛珠。豆豆认为捻佛珠一定是他的习惯了。

"还顺利?"

豆豆点点头。

"什么时候结束?"

"明天,后天开幕式,我们不用去。"豆豆老实地回答。

古教授轻轻地点点头。

忽然,豆豆涌起一阵冲动,她想问问他,为什么他要以专业考免试为理由,向考生索要贿赂?他是为了金钱吗?他不怕这样会丧失尊严吗?

最后,豆豆想问他,这样的话他需要多厚的脸皮才说出口?

豆豆忍住了。在这样的遭遇之下,她只能佯装不知。她豆豆,现在的萧豆豆,没有任何资格去过问与自己无关的事。她告诉自己,一定要做出什么也不知道的样子,一定要对古教授如此前一样毕恭毕敬,崇拜仰慕!

事实证明豆豆的理智是对自己极为有利的。她乖巧的长相能令几乎所有长辈心生欣喜。当然,古教授也不例外。他看着豆豆,定睛看了一分钟。忽然,他笑了,微笑着点点头。

"豆豆是个听话的孩子。"

豆豆也笑了,笑中有几分苦涩。

"毕业有问题吗?"

豆豆长叹一口气。她想到了因电脑丢失而刚刚开始重写的论文,以及还未动手重写的剧本。

"毕业以后有什么打算?"

豆豆摇摇头。

古教授捻着佛珠。

这会儿,他一边捻着佛珠,一边看着豆豆。

"工作、结婚,构成了你们这些女孩的人生。等你老了,老公有了外遇,孩子也大了……"

说着,古教授轻轻地闭上了眼睛,专心地捻着佛珠。豆豆看看古教授,那么木木地看着他的脸。小时候,妈妈教育她:盯着别人看不礼貌。现在豆豆丝毫没想这么多。

古教授转过身去,"你最大的愿望是什么?现在。"

豆豆想了想:"读博吧。"

古教授吃惊地打量豆豆:"不结婚?"

豆豆苦涩地摇头。

"谁的?"

"潘厚霖。"豆豆如实回答。尽管她知道自己今年是没指望了,可她还是决定搏一把,就当积累经验。

古教授满意地点点头,"蛮有追求。"

"嗯——好。这样,你来做我的事,我来做你的事。"说到这儿,他猛地看向豆豆,"怎么样?"

豆豆听不明白他话里的意思,怀疑地皱起了眉头。

"我来做你的事,你可以考博,保证你录取。你来做我的事。"

古教授忽然停住了。

豆豆还在等待着后面的话。

"帮我一个忙。"

豆豆想拒绝了。要说自己对古教授不排斥是不可能的。此刻，黑屋子里的那席话总在豆豆耳边回放。她难以预测他会让自己做些什么。自从学习编剧以来，豆豆始终坚信一个判断别人的标准，叫"人品决定论"，意思是人品的高低决定着其行为的性质。简单说，就是别指望一个人品低劣的人做出什么高尚的事儿来。

古教授仿佛看出了豆豆的犹豫，而他自己也显现出了迷惑不解的表情。

"我在写一篇文章，想请你们戏文系的高才生帮忙修改一下。"古教授换了谦虚的口气。

豆豆竟然心软了。

"我不懂你们专业，或者叫雷雷……"

"不用懂专业，懂写作就行！"古教授敏捷地打断了豆豆。

豆豆忙不迭地机械地点头。

事后，她根本无法解释自己为何要答应他。这样的承诺足以令豆豆倍感不安。

后来的事实证明，豆豆的不安的确应验了。

虽然现在豆豆历经了一段短暂的开心的日子。这日子让她捡回了失去的自信，而且她还发现，那些爱情上的创伤其实不算什么。只要自己努力，会创造更大的价值，拥有更加美好的未来。

古教授为她张罗了新的博导。他当着豆豆的面，给新博导打了电话，并且将写有新博导电话的小纸条塞进豆豆的书包里。

豆豆的眼前莫名地浮现出潘爷爷的身影。潘爷爷那经典的"呵呵呵呵"的笑声也随之在耳边响起。豆豆却轻快多了，她甚至希望在意识的想象中也回应潘爷爷一个同样的"呵呵呵呵"的笑声。可是那潜藏在意识深处的笑声很快停止了。豆豆清楚地记得，为了考潘爷爷的博士，她已经在简陋的台灯下，在高高的书山里，俯身度过了三载春秋！

　　古教授告诉豆豆，潘爷爷今年忽然决定停招。人们猜测说他要集中精力走仕途，争取在刚过半百的年岁里，再搏一把副院长。豆豆从古教授的表情看去，他似乎对于这样的猜测不置可否。

　　与此同时，豆豆也意识到虽然同学们总管潘厚霖喊作潘爷爷长、潘爷爷短，可事实上他并不老。用当下国际上划分年龄阶段的标准来衡量的话，潘爷爷才刚进入中年。

　　豆豆竟然对古教授心存感激了。她极力地不去想小黑屋外听到的那一切，她告诉自己，那也许真的是一个错误的判断。就像自己以为电视广告里的主持人是依依一样，刚才听到的那一段话，也绝非出自古教授之口。

　　眼见为实，耳听为虚。豆豆这样告诉自己。

　　豆豆决定先为自己张罗考博的事儿再说。

16. 坏人去哪儿

　　依依的太阳是小林子。中午时分，她走出了那幢危楼，把朱紫的留恋远远抛在了身后。

　　当她走进自己居住的高档公寓时，雷雷已经在家里了，不过雷雷是刚刚到家的。昨天傍晚时分，她和马学才分开后，她还是做了一些让自己难以想象的事。起初，她想着去找个快捷酒店凑合一夜——做出这个决定是在她走下出租车的那一刻。当她看到公寓楼上通明的灯火时，她忽然想到那间美丽而豪华的公主房里应该有小林子的身影。在这样的时刻，在被马学才那么轻易就抛弃的时刻，雷雷决定一个人找一个只有自己的空间，默默地沉醉。

她真的这样做了，她喝下了很多啤酒。她在那个只容得下一张单人床的房间里畅快地喝酒，一直喝到头痛欲裂，才昏昏睡去。

对于雷雷来说，这是多么好的放松方式！

不过，当她醒来之时，钟表才指向十点。

夜晚十点，马学才在哪里？他果真在和朋友吃饭吗？他身边果真坐着美女吗？她想知道究竟，迫切地想知道。寂静的房间里不时传来楼道里人声的喧哗，这样的喧哗更加凸显了屋内的寂寞。雷雷盯着地上零落的酒瓶，可怕的空洞包围了她。

她很想豆豆。她想给豆豆打一通电话，问问她在干什么，让她来陪陪自己。就这么坐着跟她说说自己的感受，说说马学才，就像她们从前那样，在一张大床上面对面坐下，两个盘着腿的女孩互相倾诉。

现在却不能了。

想到这里，雷雷必须承认这是她今晚喝下很多啤酒的第二个原因，那就是她和豆豆之间，仿佛……仿佛豆豆不是她认识的那个豆豆，仿佛她高估了自己和豆豆之间的情谊。之前的一幕清晰地在雷雷眼前上映：

昨天下午四点的时候，雷雷百无聊赖地坐在沙发上，手里拿着演讲稿，准备着一个星期后的毕业实习演出。这是戏剧学院的传统，学生们会在大三的那个学年进行两次毕业实习演出，目的是为大四的毕业剧目事先演练，积攒经验，打下基础。

雷雷是主持专业，她们专业需要表演的项目是"单白独白"。所谓"单白独白"，就是一个人承担一个角色，从剧本或小说（一般是经典）中选取一个主要角色，由自己承担，自己在舞台上表演人物的一段独白。

眼下雷雷正在努力地练习着。

依依从房间里走出来了。她的出现着实让雷雷震惊了一下：粉色的长裙竟然将她的脸庞衬托得如此美丽！

"漂亮！"雷雷由衷地夸奖着，伸出了大拇指。

依依笑了,"还行吧?"

"漂亮!"雷雷重复着说。

"你在干吗?"

"汇报演出。"雷雷举起手里的稿件给依依看。

"哇塞!原来你也会用功啊!"依依言不由衷地说,"我以为真跟豆豆说的那样……"

依依转身进屋了,同时还低头打量着长裙。

雷雷的心却忽地沉了下来。她想起之前自己和豆豆住一起的时候,豆豆总说她:"爸爸!你是不是该用点儿心了?"

或者她会说:"爸爸,你是不是班级里最不努力的一个?"

或者……

一股愤恨之情涌上雷雷的心头,她隐约地感到豆豆跟依依说这样的话的时候,口气中一定满是鄙视和不屑,极可能还掺杂着其他的情绪,比如……雷雷一时想不出用什么样的词来形容豆豆的语气,但她至少在这一瞬间明白了一个"真理",那就是豆豆根本就没把自己当成平等的朋友来对待。换言之,豆豆这个所谓的"妈妈"对自己这个"爸爸",其实根本是表面一套应付,心里一套看法!

在那一刻,雷雷的头颅被那股无名的怒火灼热地烧着,她的胸腔在沸腾,仿佛胸中郁结了密密麻麻的块状物体,那些恶魔一般的块状物不断地膨胀……

一直以来,她认为豆豆"妈妈"是最最单纯的女孩。而现在,仅仅是依依的只言片语,她便读出了太多内涵。

她想到每当自己希望拉着豆豆一道逛街的时候,豆豆很多时候会说:"不行啊'爸爸',我可是要学习的!"

忽然间,雷雷觉得自己真傻啊!人家豆豆说的是"我可是要学习的",其实她的后半句想说的是"谁像你"。

……

此刻,雷雷望着窗外漆黑的夜幕,望着高耸入云、灯火闪亮的建筑,她发现它们是那样狰狞。

二十分钟后,她出现在了马学才眼前。

那是一个灯红酒绿、震耳欲聋的场所。在这座城市里,这样的地方随处可见,人们给它们起了一个高雅的名字——酒吧。

赫赫有名的 micky 酒吧据说是沪上最昂贵的娱乐场所。当雷雷在硕大的 LED 门牌下,走进弥漫着白雾一般烟尘的酒吧时,她看到了身边保安人员那双戒备而又恭迎的目光。保安拦住了雷雷,果断利落地抄起她的手背,用印章印下了酒吧的 LOGO。

雷雷侧着身子穿过人群。放眼望去,暗黑的空间里,只有五颜六色的彩灯在不知疲倦地摇头,让漆黑的幕墙上流过混杂的颜色。黑压压的人群挤满了各个角落,有人伴着重金属音乐忘乎所以地起舞,有人拿着酒杯做出优雅的姿态,欣赏着舞池里忘乎所以的人们,有人坐在沙发上互相之间窃窃私语,也有人在大庭广众之下放纵地亲热。雷雷顺着服务生的指引,不断走向黝黑的纵深处,那横七竖八的通道足以令她迷失。

终于,她看到一个醒目的开放式包房,那里聚满了人。忽然,一束火苗猛烈地蹿向空中,继而形成火柱,在黑暗之中肆意地燃烧,周围的人伴以激烈的欢呼声。

"好!好!"人们鼓掌。

身穿制服的人谦恭地鞠了一躬,随即给大家倒酒。

这里就是马学才他们娱乐的地方,刚才的表演便是他们的娱乐项目。

很快,雷雷便得知了这些。

她走进了马学才的世界,看到了他们一行的男男女女。雷雷觉得自己和这样的世界无法相容,然而她还是没有离开。

雷雷陷入了前所未有的巨大矛盾之中。她隐隐地感觉到,如果自己悄然离开,马学才也许根本不会在意。也许她就是他身边偶然经过的一个路人,只是她的面容生得好看些,所以马学才忍不住多看了两眼。对于这个想法,雷雷产生了几分恐惧。这种莫名的恐惧像一条垂死的蚯蚓一般，病态地萦绕在她的心里，她想甩开它，却无论如何也挥之不去。而且也就在这样的时刻，马学才竟然拉着一个女孩的手，泥鳅一般滑溜地钻进人群里，走到舞池中央，陶醉地随着重金属音乐起舞。

雷雷默默地转过身来，看着寂寞又热闹的人群。

影影绰绰之中，她发觉一个目光向自己投来。她微微地笑笑，神情中饱含了忧伤。

很快，那人便走了过来，递给雷雷一杯金色透明的洋酒。两只玻璃杯轻轻地相互碰撞，之后，雷雷一股脑儿灌下了所有的液体。

男人竖起了大拇指。

"你叫什么来着？"

雷雷耸耸肩膀，"王一真！"

忽然，男人哈哈大笑，"一真？这名字不错啊！打一针！哈哈哈哈！"

雷雷奇怪于男人的大笑，无可奈何地耸耸肩膀。更多的时候，她会对陌生人说谎。尤其是在这样鱼龙混杂的地方，遇到同样鱼龙混杂的人。

男人掏出手机，"留个电话吧！下回出来玩儿叫你。"

雷雷也掏出手机，她注视着男人，用怀疑的目光注视了许久。

男人把脸贴近雷雷的脸庞，"怎么了？"

"我还不知道你是叫什么的，干什么的呢！"

"我姓宋！"男人大声吼叫着，在这样嘈杂的环境里，只有贴耳大喊，才能让对方听到自己说了什么。

"我是干吗的你以后就知道了！不过，我是好人！"男人一字一顿地说，"宋磊。"

雷雷点点头，跟他交换了电话号码。

马学才拉着刚才一起跳舞的女孩走了回来。当他满头大汗地走向卡座时，竟然和雷雷的目光不经意地碰撞在一起。

"你会跳舞吗？"雷雷问宋磊。问这话的时候，她轻轻地抱住了宋磊的肩膀，轻轻地贴在他的耳边。

马学才见到了，做出手枪的手势，瞄准雷雷"打"了一枪，伴随着一脸坏笑。

雷雷顺势冲着马学才眨巴眨巴眼睛。

马学才走过来，拦住雷雷的腰身。

就在这一刹那，雷雷的感觉竟然像被电流狠狠击中。

马学才微微地俯下身子，雷雷能清晰地感觉到耳边温柔的气息。

许久，那温热的气息如海浪般一阵一阵地冲击着雷雷的侧耳。她想轻轻地抱住他，她想把所有重金属的喧杂抛开——她还是忍住了，就在她的冲动行为即将占据上峰的临界点时，她本能地恢复了冷静和理智。她不愿为一个不在乎自己的人俯首帖耳。她甚至想着推开他，不要让周围的人看到他们的亲昵。尽管在这昏天暗地的场合里，即便搂抱在一起，也断然不会激起周围人的好奇。

音乐停了，片刻的停顿。谁都知道下一首重金属high曲即将开始。

雷雷的心跳仿佛也停止了。她不喜欢重金属的轰鸣，甚至愈加有几分反感。

"我走了。"马学才冷静地说。

雷雷的心跳真的停止了。

马学才轻轻地贴着雷雷的耳朵，轻轻地对她呼吸，轻轻地让她感觉他的心跳……可是，他却是想告诉她这样三个字。

雷雷站在原地。果然，重金属音乐再次响起。

马学才果断地离开雷雷，拿起外套，潇洒地招招手。

刚才叫宋磊的男人早已跟别的女孩坐在沙发上暧昧地玩起了猜拳游戏。

雷雷不会那些，她只觉得自己像一个被摆弄、被遗弃的布娃娃。

当她走出那悠长的通道，走到五颜六色的LED灯箱下时，一辆黑色加长豪华轿车缓缓离开。雷雷看到半开的车窗里，马学才端正地坐着。

雷雷回到了快捷酒店。

她想：马学才不知会在什么样的地方睡觉呢？

她想：马学才告诉她，自己已经习惯了一个人的生活。他还问雷雷，为什么女人都是那么善变的动物？

茫茫夜色中，她回想着昨晚发生的一切。

茫茫夜色中，她的心像被什么掏空了。

她就这么坐着，直到清晨……

她猜测马学才一定不相信任何女人了，他一定经历过什么。就这么猜着，她的心里仿佛装了一架天平，不断地左右摇摆。

17. 汽车最大

清晨，当雷雷回到家里，被依依盘问昨晚去哪儿时，她却是这么说的："跟我男朋友在一起。"

说话的时候，她故作神秘而骄傲地眨了眨眼睛。

依依告诉她，她也才刚进门，依依是如是解释的："昨晚跟小林子参加了一个酒会，结束得太晚，就在他的别墅里住下了。"

吉娃娃"八怪"瞪着好奇的眼睛，骨碌骨碌地盯着这两个姑娘。

一阵寒暄过后，她们各自走入了自己的房间。

雷雷躺在床上，头依旧昏昏沉沉。她木然地盯了一会儿天花板，轻轻地闭上眼睛。朦胧的阳光透过玻璃照在床上，看上去那么温热，又那么凄凉。

依依轻轻地关上了自己的房门。

她的手机里进出了朱紫发的许多短信。她关闭了手机，用另一个号码拨通了小林子的电话。

手机没有接听，依依开始莫名地担心起来。她不爱小林子，这一点无可置疑。然而，她又那么深深地害怕失去他。她常常想，如果没有他，自己的生活将会是什么模样？她总会担心小林子对自己的耐心能持续多久，她很害怕有一天，小林子会忽然消失，杳无音信。世界这么大，到了那时，她该何去何从呢？

不过，目前为止，她想不出任何能导致小林子抛弃自己的缘由，除非……依依想了想，她认为这种可能性不大。尽管小林子没有接听电话，她还是决定一切按照计划进行。

按照她孙依依的计划，今天绝对是值得纪念的一天。在他们相识整整一百二十五天的日子里，依依想出了别出心裁的纪念方式。

为什么相识一百二十五天值得纪念呢？这是依依自己捏造出来的纪念日，一百二十五，倒过来念就是五二一，就是"我爱你"的意思。依依担心他们的关系撑不到第五百二十一天。

小林子比预先约定的时间晚了整整一个小时。

依依等得有些心焦。她坐在偌大的大厅里，一连喝了很多饮料，去了好几次洗手间。当她最后一次从洗手间出来的时候，当她准备打一通电话催促对方的时候，身材壮实、两鬓斑白的小林子出现了。

依依本能地扑上去，小林子却十分严肃，用身体里散发出的强大气势告诉她：公共场合，注意分寸！

依依竟然有些委屈，她略带生疏地冲对方笑笑。小林子自然地勾住依依的肩膀，不自然地狠狠地捏了捏她的肩头。

"看了吗？"

依依摇摇头。她想：还是装出一无所知的样子吧！

这是几百平方米的汽车大厅。这里位于郊外，通往高速路口的地方。这儿也是汽车交易大厅最为集中的区域。依依昨晚更是一个通宵没能睡。

一个通宵她究竟去了哪里？依依绝不会把这个秘密告诉小林子。她知道小林子平日里基本不看电视，更不用说电视购物了。

她却不知道那个谁也不会看的台，却在那个夜晚，那个特殊的时段，以那样不经意的方式划过了豆豆的眼球。

那么依依为什么要这样做呢？

眼下，暂时地，她不愿让这件事占用自己太多的脑筋，还是说纪念日的话题吧！

自打小林子答应给她买车之后，依依在小林子面前温顺了许多。从前，她会在他面前跟其他的异性通话、发短信，还会在小林子不在的夜里出入酒吧，消遣，买醉。而现在她选择了在家里乖乖地做一个勤劳的美厨娘。这样的日子持续了将近三天。要知道，在过去，依依根本无法安心地在家里待着，别说三天，就连半天都不可能。平日里，她白天出现在四平路、武夷路的小店，买各式各样稀奇古怪的衣服。据店主们说，这些衣服都是出自著名设计师之手，每一款只有一件。所以这些凝聚着设计师灵感的衣服价格更是贵得吓人。依依极为享受这样的日子：你看那些售货员，哪一个不用眼角看人？在她们的眼光里，每个人身上都贴着人民币，贴得越多的，她就冲人家笑得灿烂一点，反之，能看你一眼就算抬举你了不是！而每当她依依走进店里，那些人便用迎接皇后一般的眼神"恭迎"她光临驾到，殷勤地献上形形色色花里胡哨的衣服，还给这些衣服起了个唬人的称号——"镇店之宝"。

依依则回家精心打扮一番，穿上新衣服，踩着高跟鞋，"咯噔咯噔"地出去玩儿。每当她打扮得光鲜亮丽地站在路边打出租车时，心里总是涌出万分的不满——自己这么高端时尚的人，怎么能出门坐出租车呢？自从小林子答应送给她一辆汽车后，她便下定决心，努力做好，让小林子更加坚定为自己买车的决心！

今天，小林子终于答应带她去看车了，依依有种置之死地而后生的痛快！她想到有一天自己开着汽车，光鲜亮丽地出现在家乡，出现在黄脸婆一样的后妈面前，那是何等荣耀？！

依依觉得为了这一刻，自己付出再多也是值得的。人生很短暂，看你追求什么。对于依依来说，追求的是一种与生俱来的，却过早被剥夺的尊严。长大后，依依认为尊严一定要建立在物质基础之上。

三个小时后，依依和小林子出现在了4S店敞亮的展示厅里，温暖的阳光从落地窗投射进来，依依深深地呼吸着大厅里淡淡的汽油味儿，就像呼吸着从香薰炉里散发出的气体那样深深地陶醉。在这一刻,她觉得汽油味儿是这世界上最好闻的香薰。

展示厅里有序地排列着各式各样的车型,按照价位,从普通经济型到精英型,再到豪车,各种都有。依依将目光锁定在了经济型的区域——来之前,小林子告诉他,只能选择四十万以内的。依依没反对,她清楚地知道自己在小林子心中的"价位",依依苦笑着。

最终,依依买下了一辆小跑车,是韩国现代的最新款。

看着崭新的大东西,依依竟然冷笑了。莫名地,她心中涌起阵阵怜悯,仿佛眼前的这辆小车就是她的孩子,那么可怜、那么无助。淡黄的车体在清冷的太阳下,等待属于自己的命运的降临。

18. 惊鸿一变

没多久,小林子就开着"绿青蛙"扬长而去了,他似乎一分钟都不愿多待。依依站在寒风料峭中目送着他,工作人员还在为她办理着一系列手续。一刻钟前,小林子潇洒地刷了银白色的闪闪发亮的卡片,依依曾经认为这是衡量一个人是否爱另一个人的最最重要的标准。然而就在这一刻,当小林子开着豪华的兰博基尼,不带一丝留恋地离开时,依依的心底深处却是如此冰凉。扪心自问,她无法承认小林子有一丝一毫爱自己的表示。她听说小林子每天差不多可以赚三十万。依依苦笑了。她的背后,销售人员匆匆地来回奔忙。他们忙着办手续的这辆汽车,是一个美丽的女孩付出了青春换来的,却只不过是那个无情地霸占着女孩青春与情感的男人一天的进账!

依依只好告诉自己，朱紫是待她好的，他愿意把自己的全部都给她。可是依依并不爱他，她不想嫁给他。她知道所谓的依赖，跟爱情无关。

那么小林子呢？依依认为那更是跟爱情无关。小林子对于依依只不过是可以在一起睡觉的对象，依依看到他，不会产生强烈的反胃，仅此而已。但那是起初，现在是什么感觉，依依也无法说清了。小林子一次一次地抛下依依，毫无留恋地扬长而去，让依依愈加心里不平衡，而这种不平衡导致的后果，却是她越来越想跟小林子在一起，她疯狂地想走进他的生活。她始终在一扇沉重的大门外等待着小林子的出现，这样的等待已经快让依依抓狂了！

也许是为了这个原因，依依会在某一个时刻，暗暗地羡慕豆豆。也因此，她表面上故作瞧不起豆豆。她喜欢在豆豆面前炫耀，喜欢看豆豆那无知的眼神，喜欢看豆豆的惊恐、打击、失落、震惊……

豆豆的一切伤悲，都让她依依像吃了兴奋剂那样地开心。

依依承认，之所以会有这样的心思，很大程度上是自己对生活的不满足。她更知道，如果把豆豆那个外号被唤作"白胖子"的男朋友给她，怕是倒贴钱她也不要。想到这里，她欣慰了。

大厅里躺着各式各样的汽车，明亮的车身极大地满足着消费者的审美需求。依依摩挲着每一辆汽车，她要把这些不可能属于自己的东西先看个够再说。

先前的销售员走过来了，依依从一辆SUV的驾驶室里钻出头来。显然，这销售员的出现有些突然，或者说暗藏着几分冒昧。

依依缓缓地走下来。她尽量保持一贯的笑容，眼睛却瞪得比平日里更大了些。

"依依姐，依依姐！那辆车，林总让我们放放。"

依依如同五雷轰顶！她的脑海中立即浮现出小林子开着绿色兰博基尼扬长而去的背影。她认为那是小林子刻意发给她的信号，他再也不会回来了！这一切都只不过是一场骗局！

"为什么？"

销售人员的脸上显出些许的傲慢和不耐烦，这样的表情与先前的截然不同。

依依必须承认，在金钱的驱使下，人真的可以随意"变脸"的。

销售员耸耸肩，"林总的公司刚打来的电话，要不，你们沟通一下！"他一脸惋惜。

一个尖利的声音从依依的心田中喷薄而出："我跟他沟通？凭什么？"

她平静而略带微笑地说："你们是怎么卖东西的？"

依依停顿了一下。这时，另外两名销售人员也朝这里走来了，他们是怀着谦和的笑容来到依依面前的，依依的美丽让他们无法板起面孔。

"我可以不买，没问题的。不过，"依依看看眼前的三个男青年，"不过，你们确定到手的生意不做了？"

"我们也想卖车。"销售员叹息着，"不过，那口气挺厉害的。"

"我们也想知道你们之间是什么关系，究竟是出现了什么问题。"另一个销售员接过话来，显然他的态度并不算太好。

这位销售员的话一出口，立刻引来了旁边另一销售人员的白眼。

"是的，"第三个销售员接话了，"像你们这种关系买车的，最好事先沟通好，不然我们也为难，要知道，退款也不是那么容易。"

依依愣愣地站着。

"要不，你给林总打个电话，确认一下？"

依依极不情愿地打了小林子的电话，却无人接听，她方才想起小林子开车时是绝不接听电话的。每当依依坐在副驾驶的位置上时，她总趁机调侃他："看看你，就你的命值钱！"

"已经交钱了，为什么不能卖？"站在三人中间的销售员有些不耐烦地说，显然，他想快速办完这笔交易。至于后果，他认为与自己无关。

依依盯着说话的销售员，那是站在三人中间的一个高个儿男孩。依依盯着他看了一会儿，方才开口："我不知道你们平日里是怎么卖车的，如果不想卖，这附近4S店怕是比你们店里的车还多吧！不卖算了，退钱出来，我让我家先生再去别处转转！"

中间的销售员狠狠地瞪了一眼同伴,"误会,误会误会!我们店里的人不会接电话,听什么都能听错!"

"对对对对!唔好意思啊!唔好意思!"另一个人连连鞠躬。

依依傲慢地环视四周。

夕阳开始将西下前的余晖狠狠地投进落地窗,依依睁不开眼睛了。她故作优雅地坐到沙发上,心里却被未知的情形缠绕,深感不安。

依依心里早已清楚,那一通电话一定是小林子打来的。

十分钟后,依依打了一辆出租车,踏上了回城的路。当车门重重关上的刹那间,她深深地呼出一口气。

其实依依何尝没有预感?今天早晨,若不是她早早地到了4S店,用一通又一通的电话逼迫小林子"就范",小林子是不会来的。

就在昨晚,当小林子跟她偷偷地打了一通电话,听到了她周围的嘈杂声时,他只是含糊地说了一句:"我还得考验考验你。"

在那一刻,依依做好了破釜沉舟的准备。

然而依依怎么也没有想到,小林子之所以反悔,却另有原因。

19. 三寸地狱

正当豆豆没日没夜地补论文和剧本的时候,翔宇对她说:"拿来吧,我帮你。"

豆豆心里涌出一股心酸的幸福。

当翔宇出现在豆豆家楼下时,他竟然是那样地沉默,这沉默唯有豆豆见过。在旁人面前,在体育馆的那两个夜晚,他是大家的开心果。他学大猩猩,捶胸顿足,他学佟爷爷讲课,还说自己正在搜集佟爷爷的语录,将来出一本书,一定热卖。豆豆打心眼里喜欢翔宇模仿佟爷爷,比如翔宇会学这么几句:

"在家带孙子的老头是没有未来的!"

"我是有钱的老头,看到没,苹果六,老头,有钱。"

"每一部电影不看六遍,我都说我没看过!"

……

想到这里,豆豆把奔涌而出的笑意一努劲憋了回去。

翔宇就那么站着,和豆豆对视。

"喂!喂!"他冲豆豆挥挥手。

豆豆赶紧把思绪收回来。

"住的地方挺高档啊!"翔宇微笑着,"地主婆。"

"这不是我家。"

豆豆的话语里暗藏着委屈,可是她的喉咙里、心里却悄然流过一股清清的、温热的暖泉。

翔宇没有上楼。他只是在网上跟豆豆胡乱说一些可说可不说的话时,听到豆豆说自己的电脑丢了,要重新补写之类的话。翔宇也是戏文系毕业的,比豆豆大两级,不过,他毕业后便工作了。翔宇说,只要豆豆把剧本的提纲给他,他可以帮助豆豆完成。

豆豆犹豫了。

为了能保证拿到学位,豆豆还是交出了自己拟好的提纲,这就意味着她能更早地交差。

豆豆感到透彻心扉的轻松,可是这样的轻松仅仅因为翔宇帮着完成作业吗?

自从认识了翔宇,豆豆沉寂依旧的手机短信逐渐热闹起来了,他会时不时地问豆豆:吃饭没有?睡觉没有?在写论文吗?更要命的是,每当看到翔宇的讯息,豆豆的嘴角总会不自觉地上扬……

转眼间,两个星期过去了,现在翔宇已经知道关于豆豆的一切了。她和唐松的分手，她的家里被盗，丢失了电脑，她考博泡汤了，一时连博导都找不到……在翔宇面前，豆豆就是一个小苦瓜脸，可翔宇总是那样微笑地看着她说："不是还有我吗？"

豆豆下意识地感觉到新的生活即将开始……

的确，新生活以一种意想不到的方式开始了。

当豆豆下定决心，以开朗豁达的心态去面对新的博导、迎接新的爱情时，她的身边却悄然发生着难以预测的变化。

雷雷出现时，豆豆立刻从屋子里跑了出去。她早就想把自己跟白翔宇的那点事儿说给雷雷"爸爸"听了，无奈晚上要去赚学分，白天又要补写剧本和论文。而且"爸爸"也总是不在家。

现在，为期三天的实践终于结束了，雷雷也拖着疲惫的身子从卧室里走了出来。从她上回进门的时候算起，到现在为止，这家伙已经足足睡了二十四小时。

这会儿，豆豆觉得自己已经有很久没见到"爸爸"了！她感觉都有点儿想她了。想到这里，豆豆承认自己沉不住气——与其说是想她，不如说她想赶紧把自己当下的情感纠葛告诉"爸爸"。

豆豆想说的核心意思是，她对翔宇有点儿动心，可是还对唐松有些许牵挂。

其实豆豆知道这样矛盾的心思，即便说出来也解决不了问题，可是不说，她会更加难受的。

"爸爸！你终于起来啦！哈哈！太不容易了！"豆豆兴奋地说。

雷雷站住了，凌乱的头发披散在肩头，她盯着豆豆，目不转睛地看着。

豆豆脸上的兴奋刹那间消失了，她站在雷雷对面，木木地看着她，脸上浮出一丝恐慌。

忽然，雷雷笑了，是一股发自肺腑的冷笑。她眯起眼睛，从透出一半眸子的眼缝儿里发射出冷漠而凶狠的光。从那表情上看去，她似乎下一秒就要扬起巴掌，用尽全力落在豆豆脸上。

"怎么了？"豆豆怯生生地问。

雷雷再次冷笑了一下，绕开雷雷径直走进厨房。

豆豆重新回到房间，她再没心思写作了。

在豆豆的书桌上，摆着大大的招财猫，那是唐松送给她的。现在，唐松走了，招财猫还闲适地摆着手臂。看着它肥嘟嘟的笑脸，豆豆的眼泪像突然而至的瓢泼大雨，扑簌簌地打在笔记本电脑上。她赶紧用衣袖擦去，电脑是依依的，千万不能弄坏了。这么想着，眼泪竟止不住了。

正当悲伤之时，一边的手机响了——一通神秘的电话，手机显示的号码归属地是山东威海。豆豆急忙接起来，可电话那头却分明传来了女人的声音——竟然是依依打来的。

豆豆刚要问："你怎么会有威海的电话号码？"依依抢先开始了话题，口气却十分地严肃。她说要见豆豆，现在，立刻，马上！

豆豆明显地感到对方的语气中除了严肃之外，还多了几分慌乱。于是，她随便穿了件衣服，快速出门了。

是的，依依又是彻夜未归。豆豆不知道她去了哪里，这样的情况并不反常，豆豆认为毕竟依依是有男朋友的。所以昨晚，豆豆的社会实践结束了，她没去想依依会在哪儿，而是轻手轻脚地洗漱完毕，尽量不发出一点儿声音，以免吵醒熟睡的雷雷"爸爸"，之后便一头倒在床上，呼呼大睡。

见面地点在静安公园中心的咖啡厅。

豆豆比依依更早地到了这里。她是按照手机导航找到这里的，找到这儿容易极了，豆豆却十分震惊：这里的确是隐藏于闹市之中的一片净土！它如此静谧、干净、优雅，小桥流水、亭台楼榭构成的庭院，还有穿着泰式服装的服务员。

豆豆找了靠落地窗的位置坐了下来，虽然庭院外有很多露天桌椅，但现在的天气还不适合在户外活动。

豆豆不知道依依为什么忽然约自己来这个地方。她猜想着，一定是遇到了感情上的事，比如跟小林子吵架了之类。尽管依依在电话中的口气很是严重，豆豆依旧认为依依还能有什么事呢？难道还能经历比自己更大的事？

她认为如果按照倒霉程度的轻重来算,她倒霉豆豆一定能当倒霉依依的前辈和老师了。

情况却远远超乎豆豆的估计。

依依从远处走来了。豆豆看到她清瘦的轮廓,长长的头发裹着瓜子儿脸,随着清风缓缓飘动。豆豆远远地看着,她想:如果坐在这儿的是一位男士,一定会被依依的美丽所征服的。

她有些憔悴,很憔悴。当她走近后,豆豆清晰地看到了那双疲惫而浑浊的双眼。她开始紧张起来,从依依的表情中,豆豆产生了不好的预感。

服务员端上来一壶热茶,豆豆给依依倒了一杯。依依把小巧的茶杯捂在手中,紧紧地捂着。豆豆担心那滚烫的瓷器烫坏了她的柔嫩的手。

豆豆的心悬着,所有的语言都被牢牢锁在了喉咙里,豆豆命令它们不许跑出来。她真怕,万一哪一句说得不合适了,这个憔悴的依依就会崩溃。

"豆豆,"依依忽然看着豆豆,刚刚说出两个字,又戛然而止。

"怎么了?"豆豆轻轻地问。

"特恐怖。"

豆豆的直觉告诉她,依依昨晚的经历惊心动魄。

依依喝下了那杯茶,豆豆赶紧再倒上一杯。

"我差点儿就来不了了。"

公园里那么寂寥。豆豆听不到以往的喧嚣,连旁人的说话声也没有了。她抬头望望,咖啡厅里稀稀落落地坐着形形色色的人,从表面上看去,他们很悠闲、很舒适。

依依又喝了一杯。

"慢点喝。"

依依摸摸胸口,"没事。"

渐渐地,她平静了下来,也能用正常的语速说些什么了,她开始有条理地说自己的遭遇。

"早晨醒来的时候,我忽然发现我竟然不在自己家!亲爱的,我是一夜没回来吗?"

豆豆点点头。

依依恍然,从她的脸上,人们看到了大难不死的庆幸和心有余悸的后怕。

"昨天晚上,我去酒吧玩儿,当时遇见一桌朋友,也是先前在酒吧认识的一些朋友,他们就拉我过去喝酒,说很久没见到我了,我就过去跟他们玩儿了。"

说到这里,依依的眼睛瞪得大了些,豆豆清楚地看到她裸露的前臂和耳根下泛出了一层尖尖的鸡皮疙瘩。

"后来,我就喝多了,然后我就听到我朋友说,她现在不能喝酒了,说送我回家之类的。我一听,是送我回家,又是朋友,我就放心了。"

依依喝了一口茶,想安定一下情绪。

"可是,我早晨醒来,发现那不是我家!"说着,她握住豆豆的手,豆豆感到她的手是冰冷的,冰冷得渗出汗珠来。

"我没穿衣服,连内衣、内裤也没有,就一层白色床单。"

"那是哪里?"豆豆问。

依依摇着头说:"我不知道。我醒来的时候,第一个想到的是我是怎么来这里的?我在哪里?那屋子很大,我感觉是个别墅,可是特别简陋,几乎没有装修。我就想,那一定是个恐怖的地方。结果,你猜怎么着?"

豆豆盯着她的眼睛。

"屋门是反锁的!"依依的身上似乎很冷,她搓了搓双臂。

"我想,完了。我走到窗前,拉开窗帘,那果然是别墅,四周好像也有别墅,不过那些别墅离得不近。我找马路,那里都是草坪,我找不到马路。我怎么走呢?"

"后来找到了吗?"

"我听见有脚步声,我赶紧上床了,装成睡觉的样子。如果万一那人发现我醒了,会不会把我打晕,会不会掐我脖子?我就想,我忽然想到一个特别特别可怕的事，昨晚发生的一切根本不知道！我是说，来到这里之后，我发生了什么，为什么会没穿衣服？我发现我的衣服也不见了，我找不到衣服。天，我会不会变成性奴？那个人进来了，我不敢睁眼。他坐在床边，我才看清楚，是个挺高、挺标致的男人，这个人我没见过。他笑起来很特别，藏着那种低调的凶狠。他端着一盘饺子，给我一双筷子。他不说话，就让我吃。后来，后来，他给了我一颗白色药片。你想，那药片万一是毒药、迷魂药，怎么办？我就攥着，我想，得想个办法，别吞下去。这人很精，他看出了我的心思，你猜他说什么？"

"他说话了？"

依依点点头。

"他说，紧急避孕药。"

豆豆仿佛被一床厚重的棉被捂住了，呼吸不得。一切都那么不可思议，她在艰难的呼吸中，努力让自己平静下来。她平静地给依依斟满茶，她发现自己的手也开始冰凉了。

"我就吃了。然后我说，我的衣服呢？我要回家了。他却说，急什么？你不是快毕业了吗？在这儿度个假多好？！我不敢说话，我怕我说多了。我就待着。不过，我得走，我得走，必须得走。还好，我的房间在一楼，能从窗子里跑。所以，我就想了个办法。"

"什么？"

"我说我要上厕所，你猜怎么着？我见着刮胡刀了！我用那小刀子，在自己的腿上轻轻一划，然后我指着马桶里的血，他就明白了。你知道吗？我当时真怕啊！我怕他家里有女人用的那东西，那样可就麻烦啦！他看着，就出去买了。我见着，那出口在另一个方向，我就从窗子跳出来了。"

"然后，"依依接着说，"我忘了说，我的衣服就在洗手间，他扔在洗衣机上，看样子想给我洗，还没来得及。我就使劲跑，我真怕遇上他。万幸不万幸，那里有人预约了出租车，我就说，师傅我给你跪了，我付你十倍的钱都行。我给他看我裤子上的血，那师傅二话没说，就拉上我走了。后来我在路上还听到那个约车的人打电话来骂他。你说万幸不万幸,要是没有那司机,我就死定了。那个鸟不拉屎的地方,他肯定能发现我的。"

"还好你聪明,能想到来'大姨妈'这一招儿。"豆豆说。

依依忽然沉默了,她托着腮,低着头。

"豆豆,我在怀疑,我是不是有麻烦?"

"不会的啦!已经过去了,以后别去那种地方就是了。"

依依摇头,"不是,我好像是有了。"

豆豆在空白中喝下一口滚烫的茶水,这会儿,她的舌头剧烈地疼。

"什么?"她还是想确认一下。

"我是不是怀孕了?那个,好久没来。"

豆豆就那么看着对方,她真的不知道该如何回答,尽管她很想给依依一个温暖的答案!

曾经豆豆认为身高的差距能造就命运的落差,一米七和一米六四,六公分决定了各自不同的人生。而现在豆豆只觉得坐在面前的是一个繁华散尽的女孩,一个写满故事的女孩。豆豆很好奇,周围的空气中弥漫着桂花的芳香,这是大自然赋予春天的味道。只是这味道似乎来得早了一些,豆豆很喜欢桂花。不过,今天的桂花香气中却浸透了神秘和感伤。依依是一首诗,在绿茵草地上,在小桥流水中,在亭台楼榭间,优雅动人。

"再聪明的女人也有傻的一面。"依依说。她的手撑着额头,头发从脸侧垂下来。

豆豆认真地看着她,托着腮,期待着后面的话,她心里的好奇被彻底地激发出来。

"你没告诉你男朋友吗?"豆豆问。

依依摇摇头,"他说这孩子不是他的。"

豆豆震惊了,她盯着依依。

豆豆知道那个人一定是小林子。她完全能想象得出小林子那副对任何事儿都满不在乎的表情。想到这里,豆豆忽然萌生了同病相怜的悲哀。她想:如果这件事发生在自己身上，唐松会不会也用这样的口气说话呢？

豆豆没再说其他的什么，悠长的哀伤早已浸满了她脆弱的灵魂。就在这一刹那，曾经自信地认为自己能驾驭爱情和婚姻的豆豆，现在竟落得如此狼狈，如此自怜。

依依不说话，趴在那儿大口大口地吃着一大碗冰沙。初春时节，乍暖还寒，豆豆真担心她吃出问题来。

依依吃完后，满足地擦擦嘴说："真爽！服务员！来杯热水！开水！"

"不行，会闹肚子的！"豆豆使劲儿抓着依依的手腕儿，似乎抓得越紧就越能说服她。

"我就想闹肚子。"依依倔强地瞪着豆豆，"服务员，热水！"

豆豆冷冷地盯着她。忽然，依依深深地埋下了头，"小时候，我妈骗我，说我是她拉肚子拉出来的。要是真能把孩子拉出来该多好！"依依看着豆豆，眼睛里满是无助和绝望。"我不能再做了，万一我以后生不了了呢？"

豆豆极力掩饰自己的惊讶，可她还是不可救药地再次用吃惊的眼神盯着依依。

依依低下了头。

豆豆明白了。尽管她并不知道依依此前的遭遇，不过，她也不想再知道这些。落地窗外，鲜嫩的枝桠悄悄地抽出一丝春的盎然，豆豆的心却冰冷得像包裹了冰沙。

"那个的时候，你能陪我吗？"

很久，豆豆都没有点头。

依依笑笑，惨淡的笑容让原本苍白的脸更显憔悴了。

"那，就算了。"

豆豆并不害怕那消毒药水的味道，只是她能轻易地联想起依依躺在病榻上的情景，那绝不是现在的依依。

"是不是，男人有了孩子就不一样？"豆豆望着依依，这一时刻，她甚至希望自己就是依依，如果那样，她就把孩子生下来；如果那样，唐松就不会离开自己，就不会有现在的烦恼了。

豆豆把这个想法告诉了依依，依依却用复杂的眼光看着豆豆。

"除了结婚证，什么都是假的。"她说。

豆豆不信。

"我陪你去。"豆豆问依依："什么时候？"

"咱们要组织去崇明，知道吗？"依依问。

豆豆点点头，"你也知道了？"

"周明黄上午发了通知。"

20. 玩够了没有

很快，古教授便打来了电话。这会儿，豆豆还和依依坐在一起，两个人沉默不语。豆豆有自己的心事，依依有她的心事，两个人虽然近在咫尺，却各自活在自己的世界里。

电话响起后，豆豆下意识地走出了咖啡厅。

古教授告诉她，需要修改和完善的文章已经发到豆豆的邮箱里了。希望豆豆尽快修改完毕，发给自己。他还说，豆豆考博的教授已经联络好了，基本上不会有任何问题。

挂了电话，豆豆心里五味杂陈。她有些感激古教授，却又感激得不那么坦然。尤其是他的那句："我古欣然说话，他敢不听？！"这句话里的"他"就是豆豆即将见面的博导。

打开邮件，豆豆看到了古教授发来的那一封，附有一个文档，还有一个电话号码。

豆豆试着在手机上拨通了电话，却意外地发现，那电话号码竟然是佟爷爷的。豆豆犹豫了，她眼前又浮现出翔宇夸张地学佟爷爷的表情，"在家带孙子的老头没有未来！"

想着想着，豆豆却萌生了哀愁。

那篇文章也几乎是一篇命题作文。只有寥寥几笔的提纲，提纲给豆豆规定了在写作中必须包含的问题。这些都不算什么，只是豆豆不明白古教授要写这东西做什么。

这东西说来真奇怪啊！像是写一篇短篇小说，又有着报告文学的味道。

当豆豆再次打电话跟古教授确认题材时，古教授肯定地回答："对对，大概就是你说的报告文学，我们要有高度的纪实性，名字你自己起一个么就好了。这东西将来要集结成一本书，要出版的。我已经完成了前面的部分，现在我太忙了，就拜托你来写，你看好吧？"

听到"出版"两个字，豆豆踏实了不少，也高兴了许多，她想：要是古教授能署上自己的名字该多好啊！可是这样的要求怎么能跟老师直接提呢？更何况人家还帮忙找了博导，尽管这博导……是佟瑾泉。

豆豆想到了一个传言，说佟爷爷坐飞机时遇到一个漂亮的空姐，他便掏出名片来对对方说："我是戏剧学院的佟瑾泉，我看你资质不错，欢迎你来报考我的研究生。"

想到这个传言，豆豆便失落了几分。

她把这件事告诉了雷雷，雷雷倒认为这个方案可行，她的理由是，不管怎么说，这是个读博的机会，只要你考上了，拿到了那张证，没人在意你的导师是谁。尽管佟爷爷发名片招生的传闻属实，可那毕竟是几年前发生的事情了，现在是考博热，爷爷怕是再也无需发名片了。

豆豆觉得雷雷说得有道理，她的心里再次敞亮了一些。

再看古教授的交换条件，着实让豆豆倍感为难。要求写一个人，题目自拟，包括以下几点：1.此人外表阳光，大大咧咧，无拘无束；2.内心敏感，多算计；

3.精于拉拢人际关系，在学校里拉帮结派，攻击对方阵营；4.找情妇，其情妇品位低俗，并且利用职权收取贿赂；5.通过招生敛财；6.与女生发生不正当关系。

豆豆有种不好的预感，按照自己在剧作课上学到的，写作应该表达对一个灵魂的同情与怜悯，而不是赤裸裸的批判，所以这东西看起来不太符合自己的写作原则。就在豆豆怀疑之时，古教授的电话再次打进来。

还没等豆豆开口问，古教授便叮嘱："看过契诃夫的小说吗？"

豆豆当然熟悉！那是俄国最伟大的作家，他的作品多揭示了人性中的自私，以及人际关系的冷漠。

豆豆忽然明白了一些，难道古教授要写一部讽刺小说不成？

她告诉古教授自己的初步判断，没想到对方却大家赞赏："我们的豆豆就是聪明啊！这个东西是一个极具批判力的短篇小说，你就好好地写完这一篇吧！我会付你稿酬的。记住，是幽默之中的讽刺与诙谐地揭露和轻微地鞭挞。"

从学院出来直到走进家门，一路上，豆豆都在琢磨着古教授的意旨。她的第六感感觉这件事多少有些蹊跷，但究竟蹊跷在哪儿，为什么蹊跷，却怎么也想不出来。

当她走进依依家的花园小区时，方才恍然大悟：原来自己不就是那种传说中的"枪手"吗？自己写的东西，署古欣然的大名，再出版，末了得名利的是古教授。豆豆的脸上浮出一丝不快。她记得刚读研究生时，导师周明黄便明确地告诫她和孙依依："如果有人找你们写剧本，钞票可以不要，名字一定要署。枪手是万万唔能当的，因为你一旦当了枪手，怕是一辈子也挣唔来名分了！"

周明黄还说："凡是跟我干活（写作）的同学，我一律署名字，有多少人参与，我就署多少个名字！吾对学生是很好的啦！不管怎么讲，要尊重别人的劳动成果，对不啦?！"

那个时候，稚嫩的萧豆豆和孙依依鸡啄米似的一个劲儿点头。

可如今——想到这里，豆豆苦笑着，三年过去了，周明黄却没给她俩任何一次"署名"的机会。

也许因为这个吧，豆豆宁愿抓住这个当"枪手"的机会。

雷雷四仰八叉地躺在沙发上，摆弄着手机，依依则在房间里睡回笼觉——她们分开以后，她便疲惫不堪地回家了。豆豆默默地换下拖鞋，雷雷起身看了她一眼。

"爸爸。"豆豆怯生生地叫她，方才雷雷冷漠的神情还缠绕着豆豆的心。

"爸爸"故作不屑地瞥了豆豆一眼，"哪儿去了？"

"出去一趟。"

"约会去了？"

"哪有。"豆豆低下了头。

"小样儿，"雷雷笑了，看上去她似乎回到了从前对待豆豆的态度中，可是又似乎回得不那么彻底，"白天你屋里的是谁？"

豆豆"呀"地叫了一声，"你怎么知道？"

"你俩那大声，谁听不见？"

豆豆的脸一下子红了，立刻着急地解释："你别瞎说好不好，谁大声了？"

"哈哈哈哈哈哈……"雷雷躺在那儿，两手直捶着沙发。

好一会儿，她才停止笑声，豆豆也显然有些懊恼了。

"瞧你这思想，我说什么了？你还真跟他怎么样了不成？"

"爸爸！"

"好吧，"雷雷正经起来，"不说了，你真的不要白胖子了？确定甩了他了？那人是谁？"

雷雷"爸爸"一连串的问题马上就把豆豆拉回了她们从前的关系状态中，而雷雷也仿佛释怀了，看着豆豆那副无邪的模样，她在心里暗暗地责怪自己，不能把人都想得太复杂，其实豆豆说那样的话，极可能是在一定情境之下的只言片语，没有半点儿恶意。她还是一个单纯的豆豆，雷雷在心里对自己说。

"我差点儿把他忘了！"豆豆笑着说，她发现翔宇已经给她发来很多嘘寒问暖的短信。不过，她现在顾不上看那些短信，她要告诉"爸爸"自己的纠结。

"我发现，很多时候，人们总是兜兜转转，走了一圈，最终却回到了原点。我本来，我以为白胖子是我的原点，可是现在看来我还是错了。"豆豆脱了鞋，完全地窝进沙发里，舒适地靠在沙发背上说："你知道吗？好多时候，那个原点根本是你想不到的！"

雷雷用少有的专注期待着豆豆接下来的故事，她迫不及待地问："我怎么不知道？"

"我都差点儿忘了，那是你还没入学的事儿呢！"

说到这儿，豆豆有些羞涩了，她低下头，像偷吃了禁果的少女一般用指尖拨弄着手机，以此来掩饰内心那不规则的跳动。

不过，当豆豆真正看到翔宇的短信内容时，她的心情一下子跌落到了无底深渊。

除了关切中略带暧昧的信息之外，几个醒目的字眼深深地振动了豆豆刚刚舒缓的神经，那几个字是这样写的："或许丢失电脑的事情另有阴谋！"

豆豆明白翔宇的意思，他是说豆豆经历的这些，其实是有人故意设计好的。从实践学分证明失效开始，到家里被盗……

她遂联想到唐松突兀而蹊跷的分手，会不会也是有人故意而为呢？不过，豆豆很快否定了这个猜测。说真的，她是多么希望分手事件是背后有人捣鬼啊！那样的话，就说明分手不是出自唐松真心的愿望了不是？可是这似乎不太可能。这些日子以来，豆豆仔细地回忆了自己和唐松走过的这几年，她发现其实自己一直都那么害怕失去他。而之前之所以认为唐松不会离开自己，只不过是因害怕而产生的自我安慰和激励罢了。她是那么渺小，那么不自信，那么不起眼。

豆豆茫然了，又有谁会跟这么不起眼的小豆豆过不去呢？

"爸爸"看出了豆豆的变化，她夺过手机，"白翔宇。"她念着。

豆豆呆呆地看着雷雷，希望她能给自己一个答案。

雷雷仔细地看过那条短信，她似乎并不同意翔宇的看法，她说："我感觉不太可能！"雷雷接着说："我感觉，这个世界上应该不会有人那么神通广大。如果她能算准我们都不在家的时间，然后再来偷电脑，那得多熟悉咱俩啊！而且，还能深入到学校去偷实践证明？那也太巧合了。"

被雷雷这么一说，豆豆倒也放心了。

"可翔宇为什么要这么说？"

雷雷看了一眼豆豆，"我说了你别生气啊！"

豆豆点点头。

"我估计他是为了想追你故意耍噱头的。"

豆豆倒吸了一口凉气，如果真如雷雷"爸爸"所说，那这个世界上还有什么是值得相信的？

"至于吗？"豆豆不死心。

雷雷说："那还不简单，让你知道世上只有翔宇好，更加爱他呗！男人，还不就那点事儿？"

豆豆迷茫了。

"喂！"雷雷用脚丫子撩撩豆豆的胳膊，"他还没把你那啥吧？"

豆豆盯着雷雷看了一会儿，转身回屋了。

豆豆的手机陷入了安静状态，翔宇就像蒸发了似的，瞬间从豆豆的世界抽身离去。现在，豆豆真的相信了雷雷的话，原来男人是这样一类人，当他们想得到你时，便千方百计不计一切代价和手段；当你不回应时，他们便转身而去，不带走一片云彩。

不过豆豆不死心，她的脑子里总盘旋着那个断言：自己命运的背后有一双手在操控。她问翔宇这断言从何而来，翔宇的回答却出乎意料地平淡："没什么，总有因果。"

回答完这句话后，翔宇便消失了。

21. 暗暗地算

马学才竟然出现了，在他漠视她、抛弃她，扬长而去的第七十二小时后。这一刻之前，雷雷曾经在深夜里暗自在被窝里发了一千遍一万遍誓："从今往后，我再也不理马学才这个傻叉二百五，跟他再也不存在任何瓜葛，俩人就当从来没有认识过。"她甚至删掉了马学才的电话号码。不过她不能不承认，那串十一位的手机号码，她自打看第一眼起，就牢牢地印在了自己心里。

更可气的是，马学才说话的口气中没有对他的失踪表现出丝毫的歉意，还嘲笑雷雷："大白天的在家待着，等着晚上出去混夜店啊？"

雷雷只好告诉他，自己晚上也不出门。没想到他说出了更气人的话："晚上也不出门啊！你们模特儿都这么没行情了？"

雷雷差点儿没气死。她说："等老娘给你找个行情看看，你等着，老娘非给你找一堆行情不可！"

不过，她没把这席话跟马学才说，而是挂了电话后对着依依养的那只名叫阳阳的鹦鹉说的。在跟马学才打电话的时候，她是这样说的："没行情怎么办？你也不理我？"听着像个怨妇。

雷雷觉得这不是自己。即便是，自己也一定是中了什么邪了，才鬼使神差地这么说话。她想到自己走在模特大赛的T形台上，俘获台下所有男人眼光的时候，那"行情"岂是一般人能比？所谓"行情"，大概就是指这人受不受异性欢迎的意思。就好比说，好的股票有行情，好的汽车有行情，姿色好的人也有行情。雷雷每回跟豆豆说这俩字儿，豆豆都鄙夷地皱皱眉头："好像人是用来买卖的一样。"

更加令雷雷不解的是，即便马学才如此肆无忌惮地挤兑自己，她还是在听到他的声音后，开始肆无忌惮地想念他。

依依不在家。豆豆躲到自己的屋子里，写那短篇讽刺小说了。她坐在书桌前发了很长时间呆，终于给主人公起了一个名字，叫"欧德彪"。

欧德彪的故事进行得并不顺利，豆豆找不到这样的生活原型。她知道创作来源于生活，但为了前途，她不得不生编硬造。

雷雷在依依的家里随意地走动着，这是她搬过来这么多天以后，第一次在依依的世界里如此放肆地行走。在这之前，她觉得依依就像是一个密闭的万花筒，无论你从什么角度看，见到的都只是一个侧面。现在，她满怀心事地走在这所房子里，随意地翻看着依依的物件，这些东西足够让她咋舌：名牌包包摆满了十几层的架子，主卧四周的衣橱里，衣服一件挨着一件，雷雷真担心衣服们透不过气来，给憋坏了。她随意扯出一件草绿色的背心裙，瞧着那衣领上的商标，倒吸了一口凉气，这衣服的价格已经超过了自己半年的生活费！

她规整地把这昂贵的裙子塞回到衣橱里，然后呆呆地坐在依依的床上，轻轻地抚摸着床单。正对面的墙上挂着依依巨大的照片，她盯着照片上的依依仔细地看着。依依上翘的枣核儿眼高傲地俯视着雷雷，又似乎在用不屑的目光盯着她。

雷雷想：马学才有没有这么多钱来给自己买这些东西呢？一定有。她告诉自己。雷雷一直在犹豫着要不要答应马学才的要求，晚上跟他一起吃饭，就在这一刻，她在心里给出了明确的答案。

她决定在晚上吃饭的时候，好好跟马学才谈一谈。第一，她要问问他们之间的关系究竟算不算恋人；第二，她要问问自己在马学才心中的位置。

想到这儿，雷雷自嘲地笑了，说来说去，她想知道的答案不就一个吗？

雷雷并不承认自己就那么喜欢马学才。她常常问自己，如果让她现在跟马学才登记结婚，她会答应还是不答应？

这么看来，她必须面对自己心中的迟疑和动摇。她也必须承认，自己不拒绝马学才的真正原因还有一个，那就是小林子马上要出现，她必须得回避了。

雷雷坐在沙发上，呆呆地盯着价值七万人民币的电视屏幕。她心里忽然萌生了一股畏惧。电视屏幕黑着，能清晰地映出她的轮廓，那东西好看极了，像一面镜框那么薄。她就那么坐着，却恐惧于下一秒的生活。

不知从什么时候开始，依依说话的口气也变了。从前，她会面带歉意地对她们说："我男朋友要来呢，不过没关系哦，你们不介意就好了。"

而现在她的语气变成了："小林子要来哦！"

虽然她依旧透出了客气，但雷雷却分明感到她在用这种方式间接地告诉自己，这不是她雷雷应该待着的地方。

想到这儿，雷雷如弹簧一般从沙发上起来，穿上外套出门了。

令她想不到的是，就在接下来即将来临的这个夜晚，她的人生航船再一次偏离着预定的航线，驶往另一个彼岸。

此刻，雷雷走在路上，距离约定的见面时间还有两个小时，而她早已在心里预想好了两人见面的情景，应该在什么情况之下问那些问题，以及马学才会是什么样的反应。

雷雷来到了他们约好见面的地方，那是一家位于衡山路的酒吧，夜色璀璨之中，靠窗的座位上有不少形态各异的人坐在那里，肤色不同，年龄不同……

雷雷进去了。一个人在酒吧颇感无聊。周围人的眼神似乎达成默契似的一时间统统向雷雷投了过来，她想走，换个其他地方等他，可是服务生已经走了过来。

这可以算得上雷雷生平中最最难熬的一个多小时。她点了一盘油腻的薯条，配上浓重的德国黑啤。凄冷的夜里，胃里如翻江倒海一般地胡乱搅着。她真想一走了之，但现实依旧让她哀怨地等待着那个谁也不知道是否值得等待的马学才。

一辆汽车忽然停在了马路边，原本狭窄的街道显得更加拥挤了。鸣笛声完全刺破了凄冷，纠扯着霓虹灯有序的节奏。雷雷看着眼前发生的一切，她无法控制地低下了头。

男人正朝着她的方向走来。

其实当他推开车门的瞬间，雷雷已经认出他来了，那是宋磊，就在九十六小时前，她给了他电话号码。

她没想到，这个人是冲着她走进来的。当他坐在她面前时，她从容地呷一口啤酒，忍住胃里被气体充斥的胀痛。

"嘿！打一针！"雷雷茫然地张望，只见宋磊咧开大嘴冲着她傻笑，两撇浓重的眉毛嵌在宽大的脑门儿上，怎么看着有点像蜡笔小新呢？

"嘿！打一针！"

雷雷忽然想到她告诉宋磊自己叫"王一真"来着，她苦笑着，十分不习惯这样的称呼。事实上，她压根儿没想到能跟这家伙再见面。早知道这样，还不如不说这个谎的好，毕竟她雷雷又不是什么名人，"雷雷"俩字儿最多是个雷人的人名罢了。

"就你自己？"她问。

宋磊点点头。

"我以为你会跟一帮混夜店的一块出现呢，比如马学才什么的。"雷雷说，"他们这个时间都在做些什么？"

事实上，雷雷想问的是"他这个时间在做些什么"，"他"就是指马学才，毫无疑问。雷雷认为这样委婉的方式不会让对方察觉出什么。

宋磊耸耸肩膀说："我怎么知道？"

雷雷学着他的样子耸耸肩。

"你们关系不一般？"

雷雷冷笑道："绯闻就是这么产生的吗？"

忽然，宋磊笑了。

雷雷感觉到一丝心虚的恐慌。眼前的男人对于她来说完全陌生。她明白，在那样鱼龙混杂的场合，遇上的人极有可能是骗子或者危险人物。现在，依据雷雷的判断，这个人属于后者的可能性大一些。他的脸上坑坑洼洼，极像被香烫过之后留下的疤痕；板寸发型，身上散发出一股说不清道不明的体味，比汗味儿还重一些，比狐臭稍温和一点儿，很多味道交织而成。雷雷故作不经意地将手指挡在人中处，这样，指尖残留的余香便能较好地抵挡异味的侵蚀了。

"我路过。"他说。

"太巧了。"雷雷说。

"你刚才说那个马学才，你认识？"

雷雷犹豫片刻，回答道："也是那晚认识的。"

宋磊笑了，脸上露出满意的笑容。

"他好像女朋友蛮多。"

雷雷心头一怔，继续佯装出笑容来。

"哦？"

小木屋似乎清净了一些，刚才坐在窗口的一堆人离开了。相反，楼下却传来热闹的声音，雷雷方才意识到这里竟然还有楼下。她轻轻地转动着笨重的啤酒杯，极力地压抑着自己，没有表露出任何不快。

"是吗？"见宋磊不再说话，她补充了一句。

"我们老在一块儿玩，每回他都带不一样的女孩。"

雷雷心中顿时蹦出一连串疑问。她能有所察觉，这个宋磊是比较熟悉马学才的人。

"他今天去哪儿了？"雷雷问。

"还不是老地方！"宋磊回答，"叫我去，不过我今天有点儿忙，不想去了。"他边说着，边伸出双臂，放肆地打了个长长的哈欠。雷雷真担心这浑厚而粗鲁的声音会传进马路对面的酒吧里去。

忽然，宋磊收起了哈欠，"你不会跟他……"

"我真的不认识他。"雷雷回答。

"那就好了。"宋磊打量着她，"还不错，我觉得你今天穿得更好，那天穿得像什么？把女性的关键部位露在外面。"

雷雷看着他皱如搓板儿的皮肤，不知道如何回答这样古怪的问题。

不知不觉中，时间到了她和马学才约定的时候。她在心里偷偷地沮丧着，她想马学才也许不会出现了。

"做我女朋友吧？"

雷雷没想到对方这话说得这样利落。

雷雷睁大眼睛看着他。她不想看到他的皮肤，她想：如果能用砂纸打磨得光滑一些也好啊！他的身体能用整个水缸的大卫杜夫照腌咸菜的方法腌制一下，是不是能增加一点点吸引人的魔力呢？她认为宋磊一定拒绝采用这样的办法，从他现在的表情上看，这家伙对自己的魅力毫不怀疑。

"你好任性！"雷雷半开玩笑地回答。

"任性？啥叫任性？行就是行，不行就是不行嘛，怎么还任性？"

"想怎样就怎样，你是不是好任性？"

"我觉得你才任性。"他说着，竟然伸出一只手，轻轻地抓住雷雷的手，眼神也变成了含情脉脉。

雷雷终于没忍住，"扑嗤"一声笑出来了。

"好不好嘛，好不好嘛……"

她雷雷活了二十四年，在这稚气未脱却不得不走向成熟的年纪，终于见识了门头粗汉佯装羞涩的状况！她必须告诉自己，这不是真实情况，只是生命中偶然发生的一桩黑色幽默而已！

"真任性！"

宋磊不停地冲着她眨巴眼睛，努力地学着女孩子"放电"的动作。

雷雷捂着嘴巴笑了，一边笑，一边点点头。

马学才真的没出现。不过，谁也无法从雷雷此刻的表情中读出她内心的潜台词。换言之，在她嬉笑的表情之下，想的却是：我要出现在你的世界里，却让自己永远不属于你。这也许是我对你的惩罚方式，因为除此之外，我无能为力。

十分钟后，雷雷走进了宋磊的汽车。她执意让宋磊送自己回家。当汽车开启时，当路边耀眼的广告牌变成视觉垃圾肆意地侵占人们的视野时，她一遍又一遍地在心底重复着那段令其心碎的潜台词。

当雷雷跨入家门的那一刻，眼前的景象完全出乎她的意料之外。

方才在车上时，她始终想着回到依依的家里如何面对自己同依依和小林子一道相处的尴尬。她知道软弱的豆豆"妈妈"一定会躲在自己的房间里，大门不出、二门不迈地过着大气不敢喘的日子。豆豆就像一只小绵羊，每天只想着给自己找一个寒碜的小窝，然后往窝里一趴，日复一日、年复一年地熬时间。在雷雷看来，她熬时间的方式无非有两个：一是看书学习，二是等白胖子。

雷雷从来不叫唐松，她觉得这名字好奇怪，听起来跟"肉松"似的，不如"白胖子"叫着顺口。

眼下，雷雷眼前漆黑一片，她竟然害怕了。她胡乱地摸着墙面，可越是惊慌，越是找不到开关在哪儿。她无端地担心着，会不会再看到满屋的狼藉，会不会看到地上偌大的男人脚印，甚至……会不会忽然从某个角落蹿出蒙面男子？

在下意识的支配之下，她的心开始杂乱无章地跳动起来。

忽然，灯开了，雷雷松了一口气。其实开关就在靠近门框的地方，十分方便就能摸到。雷雷不得不承认，自从上次家里被盗之后，她心里的阴影就像被烙铁印上的伤疤，怎么也抹不去了。到现在为止，被盗案件已经过去了四个星期，派出所那边仍然杳无音信。

屋子里干净又明亮，这样的住宅环境让人沉醉。

豆豆独自窝在沙发上，一言不发。

"你吃错药了？"

豆豆看了她一眼，不说话。

雷雷知道她一定是遇到了什么问题。

"怎么了，宝贝儿？"

"古教授说……"说到这里，豆豆戛然停住了。

"他把你怎么了？你可别答应他啊！这家伙有前科！"

豆豆震惊了："什么前科？"

雷雷坐在沙发上，把鞋子肆意地往前方一甩："你自己？"

豆豆点点头，"依依说晚上不回来。"

雷雷更加肆意地甩掉另一只高跟鞋。

"你不知道？"雷雷用不可思议的表情看着豆豆。

"你说什么？"

"我滴妈！你是不是在戏剧学院待了七年的学生！"雷雷说着，用手指比划出"七"这个数字。

豆豆做出委屈的样子，看着雷雷。

"古欣然以前泡过女生，跟人女生结婚，后来又跟另一个女生发生婚外情，然后他年轻的老婆就华丽丽地把他甩了，然后他就华丽丽地分给了人家好大一笔财产。"

豆豆吃惊地看着雷雷。

雷雷狠狠地点头，"是的，就这么回事儿。"

"所以呢，对待这种色狼还是看你要什么了！我估计，他那个小老婆也是想分点儿财产，再找个小白脸，一道奔向幸福的康庄大道来着！嗯，这真是一个好办法，我估计我也可以考虑着试试。"雷雷若有所思地念叨着。

"'爸爸'，你是不是有新情况了？"豆豆意识到了什么，"你怎么都不告诉我了？我什么事都告诉你的。"

"哎！挺心烦的。"忽然间，雷雷显出了清淡的落寞。

"怎么了？"

"你怎么回事？那古教授？"

豆豆长叹一口气说："我不是帮他写一篇报告文学吗？"

"嗯哼，就那篇写反面人物的？"

豆豆点点头，"我今晚传给他了，他跟我说明天见报。"

雷雷警惕地看着豆豆，豆豆也警惕起来了。

落地窗变成了漆黑而发亮的幕布，在窗的另一端，浸透着幽幽的狰狞。屋里鸦雀无声，安静得能听到对方的心跳。

雷雷忽然起身，赤脚走到落地窗前，麻利地拉上窗帘。

顿时，豆豆没那么害怕了。

"不会吧。"雷雷说。

豆豆的心紧紧地缩成一团。

22. 我管你

第二天是豆豆和依依还有其他研究生外出研讨。当依依和豆豆在学校门口相遇时，依依的脸上看上去焕发着阵阵喜悦。

一早醒来，豆豆也看到了窗外明媚的阳光，她庆幸今天是个好天气，这样的天气虽然透着丝丝的微凉，但令人神清气爽。豆豆长长地伸了个懒腰，畅想着接下来的郊外生活。

她很快就沉重了。短暂的欢快和期待过后，她无法避免地想起了那篇今天即将出版的文章。昨晚，她和雷雷"爸爸"进行了许多猜测，就是猜不出在什么情况下，一份出版物能如此迅速地出版。

雷雷"爸爸"说，到了古教授这样的年龄、这样的资历，跟出版社的人打一声招呼，还不是一句话的事儿？谁的不出也得先出他的啊！

豆豆稍微地放心了。临睡前，雷雷是这样说豆豆的："你就是太敏感，什么事儿都胡思乱想的，人家古教授只是一时激动顺嘴说出来的呢？"

现在豆豆认为雷雷的话不无道理。不过，她也十分清楚地知道，自己之所以会因为古教授的一句话而紧张不安，多半是由于自己那篇文章里夸张的虚构内容，以及对人性阴暗面的揭示。她记得剧作老师说，写文艺作品要挖掘人性中的真善美。可是豆豆写的这篇东西里怎么也看不出半点儿真善美的印记！而且她也把自己的想法告诉过古教授，得到的回答却是："你们剧作老师那一套已经老掉牙了！学习知识还是跟我。"

豆豆一直被古教授的名望震慑着，因此在那一刻，她无话可说。

而且豆豆承认在这样的人生节点上，她的确需要古教授的帮忙。如果没有古教授帮着找博导，豆豆所有的计划都将被彻底打乱。因为考博，她没有找任何工作，在距离毕业还有四个月的时间里，但凡准备工作的同学都已经有了归属地。接下来，再过一个月，大家就要忙碌着跟单位签订三方协议，回学校办理手续，之后等待着一个毕业证，就正式上岗。豆豆十分清楚，要想在一个月的时间里找到工作几乎是不可能的。如果不考博士，又没有工作，怕是自己又会成为家乡人的话题了——菜场上卖猪头肉的，家门口修鞋的，路边摆摊儿卖鞋垫的……形形色色的大妈大叔们一定会逢人便说："记得当年那个状元吗？现在连工作都找不到，回来靠她妈养了！啧啧啧……"

依依和豆豆坐在大巴车上，今天是她们春游的日子，目的地在崇明。早在一个星期前，周明黄便下了通知。此刻，汽车飞快地开着，经过长长的大桥，走上宽敞的高速公路。车上有一个胖胖的女导游，腰间别着"小蜜蜂"话筒，不断地鼓动大家振作起来做个游戏。可是她这样的积极，招来的却是大家的反感——同学们慵懒地靠在椅背上，用骄傲的眼神儿看看她，嘴上露出一丝轻蔑的微笑，随即把头扭过去，弄得那胖导游尴尬极了，不服气地说："你们怎么这么不配合啊！我上次带的商学院的团就不像你们这样的。"

她的话刚落音，依依对着塑料袋夸张地吐了一通。附近的同学们都听到了呕吐的声音，大家还以为是依依被导游给恶心的，几个后座的女生竟然发出丝丝窃笑。胖导游也认为依依在针对自己，默默地收起了话筒，坐回到座位上。

只有豆豆知道，她轻轻地抚摸拍打着依依的后背，摸到了那一串突兀的脊梁骨，豆豆不禁打了个寒颤，"怎么这么瘦啊！"

依依吐完了，她耐心地扎好塑料袋，回头尴尬地对豆豆笑笑，"不会有人发觉吧？"

豆豆微笑着摇摇头。窗外飞快后移的树木和青山不自觉地闯入豆豆的视线，可是豆豆却发现这些绿色的东西都那么丑陋、那么碍眼。是不是每一个男人都能让女人如此可怜。当依依俯下身子凶猛地呕吐的时候，豆豆的心在流泪，不知道是因为依依,还是因为自己。

依依靠在豆豆的肩膀上,一只手还搁在胸口上使劲儿地向下捋顺着,豆豆听到她喃喃地说:"宝贝,消停点儿吧,消停点儿吧,妈妈可难受了……"

依依缓缓地闭上了双眼。豆豆分明感觉到太阳穴在剧烈地跳动,猛烈地向外膨胀。她看看那胖导游,她竟然倚靠在车窗上香甜地睡去,还张着嘴。豆豆感到一丝心安,竟然也睡着了。

到达目的地的时候已是艳阳高照。展现在豆豆眼前的是很大很大的一片绿,绿得容光焕发,绿得神采飞扬。豆豆觉得这会儿的绿色跟刚才在路上看到的那些不一样,这里是干净的、纯粹的绿,而那些怎么多少有些悲伤的迷蒙?

依依也像变了一个人,她似乎在一觉醒来后,忘记了自己正在承受的痛苦,立刻变成了一只叽叽喳喳的小麻雀。她上课的时候就是这样的。豆豆挺高兴的,她看到依依如此开心。

豆豆和依依的导师出现了。依依见到导师也是一样的兴奋,使劲儿地用胳膊肘儿捅捅豆豆,"咱有日子没见他了吧!"豆豆使劲儿点点头。没想到依依接着说了句极不靠谱的话说:"多么难得的临幸啊!他是为了我们才来的吗?"

豆豆听到"临幸"俩字儿,感觉真不好。

旁边的女生走近,跟她俩说:"你们明黄兄也在哎!"

豆豆和依依的导师姓周,名叫明黄。依依有时会带着色情的口气说:"这名字够好玩儿的,明着黄!"每当这时,豆豆就会觉得这样说话真是难为情啊!

其实周明黄人极好。整个戏剧学院师生对他的总体评价是——老好人。豆豆和依依从师周明黄三年,印象最深刻的便是他对自己太太那份真心的情爱。

周明黄只给豆豆她们上过两次小课,每次都令她们印象尤深。讲课的时候,周明黄喜欢不自觉地提到自己的生活,他总会这样说:"我这辈子就靠着写作赚钞票。以前嘛,一没钱的时候就写一点儿小豆腐块块,然后就赚一些钱来。有一次,我写小豆腐块块赚了钱,就跑到商场里去,看到一个戒指,哇!好漂亮!翡翠镶着黄金,我就毫不犹豫地给我老婆买了下来。"

当他讲完时，依依偷偷凑到豆豆耳边小声地嘀咕："他可真够土的，还翡翠镶金呢！我滴妈！"

一向听话的豆豆竟然也捂着嘴巴笑了。

半年前，周明黄接到了一个写话剧的项目，据说写这个剧本他赚了十万块钱。工作完成后，他兴高采烈地请萧豆豆和孙依依同学吃了大餐，大餐就是黄鱼面条外加清炒鸡毛菜！依依看着一大碗黄鱼面，没精打采地对付着往喉咙里咽，周明黄却高兴极了，他对豆豆和依依说："你们猜我用这十万块钱干吗了？"

豆豆和依依同时摇头。

他伸出手，摆出"八"的手势："我给我老婆买了一个一克拉的钻戒！八万块！"

依依轻轻地低下头，然后凑到豆豆的耳边说："找老公就得找这样的。"

豆豆轻轻地抿嘴笑了。

"走，咱们过去招呼招呼他！"依依看着周明黄的背影对豆豆说。周明黄此时正在和他们不认识的年轻老师寒暄着什么。豆豆忽然发现在大巴车的后面还跟了一辆商务车，原来老师们是乘坐商务车来的。

依依拉着豆豆的手朝着周明黄的方向跑去，跑到一半儿的时候忽然停住了，一阵恶心再次涌上来，她赶紧掏出塑料袋，蹲在路边吐了起来。豆豆只听见她不停地用力告诉自己："快给我挡一下，快给我挡一下！"

豆豆赶紧用自己瘦小的身体挡住依依。

远处，胖导游举着小红旗，也开始嚷嚷："来来，站成一排了，站成一排了！"那声音通过扩音器被扩得老大，豆豆觉得是冲她俩喊的。依依终于吐完了，她颤颤巍巍地站起来，似乎这样的呕吐已经耗尽了她的全部体力。豆豆扶着她，依依轻抚着小肚子，用近乎哀求的声音说："宝贝儿，求求你，别再折磨妈妈了，好吗？"

豆豆仿佛真的看到依依摸着的是一个可爱小宝宝的圆脑袋。

导游说第一站是当地崇明的历史博物馆。同学们七嘴八舌地议论，那博物馆有什么好看的。导游说："这里曾经出过一个名人，是在朝廷做大官的，还带兵出过海，下过西洋。"

周明黄迈着小碎步跑过来说："上午参观完毕后，下午要研讨剧本了。"

豆豆的心头一沉，她想到了丢失的剧本。

23. 入"水"太深

豆豆的预感并没有错，她按照要求信手写下的"小豆腐块"发挥了巨大的作用，这个作用远远超乎她和雷雷的估计。这两个稚气未脱的姑娘怎么也想不到，自己的背后竟然隐藏着如此巨大的杀机。

就在大家怀着度假的心情来到崇明的这一天，戏剧学院里却是阴云笼罩。

这里似乎一个人也没有，高高的红墙透出前所未有的庄严。

黑色大铁门外，保安笔挺地站立着。

半片乌云遮住了绿荫草地的明亮，也掩盖了大师雕像的光华。

今天是一个具有历史转折性的重要时刻，这是戏剧学院第一次用公投的方式决定新一任常务副院长的诞生。此次公投选举的对象有三个。这三位成为候选人的条件是：在国际上获得重大奖项，带领过超过五个以上的国家级科研项目，正教授，年龄在五十至五十五岁之间。

符合这三项资格的，戏剧学院有三个。

此刻，足有篮球场那么大的会议室里摆着能容五十人的会议桌。大家围坐着，每一个人的脸上都透出庄严的肃穆。

主持人郑重地宣布："本着忠于党和国家的原则，本着对学院和全体师生负责的原则，我们进行本届常务副院长的公开选举。主要候选人：潘厚霖、古欣然、周明黄。"

"参与投票的人为各系骨干教师和青年代表,人数为四十四人。"

主持人继续宣布:"周明黄因个人原因,退出本次选举,因此,我们本届的候选人为古欣然教授和潘厚霖教授。"

选举表决环节开始了。在这间偌大的会议室里的两端分别放置着两架摄像机。

两个年轻教师互相使了个眼色,微微地调整了镜头。

会议室里鸦雀无声。

"古欣然。"

当主持人念出这个名字时,在座的各位无不正襟危坐,经深思熟虑后,才坚定地举起右手。

统计员迅速地在本子上记录下所有投票人的名字。

两架黑洞一般的摄像机镜头从容地转动着。

"二十二人赞成,二十人反对,三人弃权。"

会议室里响起了轻微而寥落的掌声。

"接下来,我们为潘厚霖教授投票。"

主持人话音刚落,席间一位身穿黑色夹克的男子起身走了出去。众人的目光纷纷投向他,男子做出了接电话的动作。

选举中断,持续时间大约三分钟。

主持人有些焦急,她示意坐在会议主席位置的领导。

领导微胖的身子塞满了整个座位,他镇定地思考着,然后对大家说:"我们等一等。"

黑洞一般的镜头笔直地描向前方,将会议室的肃穆尽收其中。

男子走了进来。

主持人微微一笑,继续号召大家开始下面的投票。

"投票结果:潘厚霖,二十二票赞成,二十二票反对。"

当主持人宣布完这项结果时,选举席爆发出热烈的掌声。

掌声结束了,黑洞一般的摄影机准备安静地回到机箱里,等待接下来的任务。

人们开始窃窃私语,有人轻轻地笑着,有人却依旧严肃。

忽然,会议室的门开了,工作人员迈着坚定的步子向主持人的方向走来,高跟鞋富有节奏地叩击着地板。她递给主持人一个白色文件,主持人看看会议主席,主席点点头,示意对方开始念。

必须交代的是,这次会议的主席便是戏剧学院的院长。

"别看潘厚霖外表阳光,可事实上,他却是个内心极其阴暗的人。在戏剧学院里,存在着一个帮派,知道的人,都称这个帮派为'兰邦'。所谓'兰邦',实际是取了门口兰博基尼的头一个字。听人说,潘厚霖最喜欢兰博基尼,因此,他的目标便是,此生能拥有一辆兰博基尼。于是,第二个问题便来了,他怎么才能得到兰博基尼呢?……据不完全统计,潘厚霖前前后后跟大约三个女人有染,这些人都做了他一段时间的情妇……"

会议室里如蜂窝一样由冰冷变成了炙热的地方。主持人还在絮絮叨叨地念着,旁边的院长一声严酷的命令发出,她立刻机警地关闭了喉咙。

院长站在主持人的位置,郑重地向大家宣布:"这个问题我们必须从严查办,潘厚霖教授是否存在此类问题,此其一;其二,最最关键的,是这封信是谁写的?谁会用如此卑劣的手段阻碍选举!"

匆匆地,大家被驱散了。

会议室空空如也。

此时,豆豆和依依正徜徉在崇明岛的历史博物馆里。依依穿着高筒靴和搭配短裙的皮草,摆出俊俏的造型,让豆豆一一拍下来。

忽然,依依像想到了什么似的。

"哎呀!我差点儿忘了!"她似乎故意说得很大声,惹得一道参观的老师和同学们暂时都把注意力投向她。

"雷雷在上海吗?"

豆豆点点头,她想:"爸爸"还能去哪儿呢?她这会儿一定在为汇报演出抓心挠肝地硬着头皮准备吧！雷雷平日里从不谈论半点儿跟专业有关的话题，只有到了临近考试或者汇报时，才能听见她没日没夜地抱怨："好心烦啊！什么时候才能熬过去啊！妈妈的！"

豆豆觉得"爸爸"之所以成绩不好，主要原因在于她平日里把该说的话都说完了，所以到了考试的时候就不知该说些什么了。她的分析不无道理，一年前，她就亲眼见着雷雷站在演播室的考场里目瞪口呆，惹得去巡考的古教授无奈得直摇头。

"那可太好了！让她去帮我提车好吗？哎呀，好远了啦！人家一点儿也不想去呢！"

豆豆及在场的人都看着依依，有人显出跟自己无关的表情，有人是羡慕嫉妒恨，有人是赤裸裸地鄙夷。可依依不管那些，她仍旧自顾自地嚷嚷："买个破车，还得麻烦我大老远去提，早知道还不如一步到位买个兰博基尼呢！楼下就开走了！"

说到兰博基尼时，豆豆的手机响了，屏幕上跳动着"古欣然"三个字，豆豆的心一怔，她逃一般地仓皇蹿出博物馆。

24. 匆匆那晚

雷雷按照依依的指示，带齐了所有的证件，来到4S店。

店里的销售员对她的到来有些吃惊，其中一个人说："这才两天，怎么就换了张脸！"

另一个人说："都是美女！"

雷雷站在大厅最耀眼的位置，等待着一场交付盛典。

猛然间，穹窿里响起了震耳欲聋的交响乐。这音乐熟悉极了，是颁奖典礼都会播放的颁奖进行曲。

雷雷接过巨大的模拟汽车钥匙，披着金色的斗笠；两束聚光灯射向她……就在这一瞬间，她真有了一种车主的荣耀感。

"恭喜孙依依，成为现代劳恩斯酷派车主！"

颁奖进行曲再一次响起。

雷雷偷偷地自嘲着，自己竟然当了一回依依，竟然还体验了无缝隙的荣誉感！如果这是真的自己该多好啊！不一会儿，一辆明黄色的跑车缓缓地驶出来，殷勤的工作人员赶紧上前打开车门。一时间，闪着金属亮色的车漆反射着聚光灯的亮光，极像红毯上的新宠，雷雷却开始失落起来——这一切只不过是模拟的虚幻场景，事实上越是虚幻，越是令人倍感遥远。

雷雷想到了她进入戏剧学院之前那美好的梦想，现在看来，所谓的"金话筒"只不过是一场遥不可及的梦罢了。在这个虚拟的美好场合里，她心里悲哀的种子开始悄然生长。她用最最不堪的观点左右着灵魂，那就是既然都是同一起跑线上的女孩，为什么有人站在万人瞩目的"金话筒"领奖台上，而自己却沦落到这个小小的汽车店里，扮演别人的角色？纵然自己彷徨、失落，又能如何呢？自己曾经用尽心思地挤进了模特大赛的主赛场，可结局依旧平平。尽管那样的赛场只留给少数人，并且竞争机制也不尽规范，但自己是个失败者，这是不容否认的。从那时起，她仿佛不再有任何心力去迎接这激烈而令人惊惶不定的社会了。

马学才自打上次失联后就没再出现，雷雷算了一下，差不多有将近一个星期的时间了。她打他的电话，听筒里传出来的是："您所拨叫的号码不在服务区……"

一种悲伤的落寞偷偷侵袭着她。原本她希望借用宋磊来达到让马学才吃醋的效果，现在看来，无论自己怎么做，结果总是无能为力。

只是宋磊的热情让她开始为难了，她并不希望有这样的人在自己身边，她打心底里厌烦那浓重的体味，可这是唯一能接近马学才的通道。即便他们不熟，至少他们会在同一家酒吧里消磨时光。既然如此，她就有机会接近——说得更准确一点，是报复马学才了。

那天分手时，宋磊把雷雷送到了依依家楼下。他悻悻地拉起雷雷的手，希望在她的手背上轻轻地吻一下，趁着这样皎洁的月色。雷雷却狡猾地抽出手来，说了句："拜拜！再联系！"就如泥鳅一般滑出轿车。

想到这儿，雷雷的内心深处涌出一阵想笑的冲动：这人还真傻啊！

不过，她同时也清晰地想起一件事，那就是在她关上车门的一刹那，宋磊慌忙地吆喝了一声："后天晚上请你吃大餐！马勒别墅！"

雷雷接过明晃晃的跑车，看看时间，径直开往马勒别墅。

汽车的油门顺从地服贴着雷雷的脚，此时，她的感觉真如乘坐着仙境中老妖婆的魔幻扫帚那般明快。马勒别墅，那是上海滩兼具低调古朴又极致奢华的私人会馆。据说这是商人马勒按照自己小女儿的梦境修建的。雷雷望着车内崭新的配置，脑海里进出小公主的幻影。

一小时后，雷雷走在通往停车场的路上，靴子上长长的兔毛随着步伐的带动而起起伏伏，像打着节拍。好几个帅气的男服务生带着她穿过狭长的走廊，那感觉就像走在红地毯上。

一扇足足比雷雷高出两倍的大门被重重推开，里面坐着一圈男人。雷雷数了数，大概有十五个。这阵势让雷雷吃惊，也令她欣慰。若不是冲着马勒别墅，她是不会跟宋磊吃饭的。每当想到旁边坐着一个面如搓板的粗糙男人，她便会产生强烈的审美困顿。还好，现在是很多人，自己不必将注意力集中在他身上了。

然而就在后一秒，雷雷的心脏狂烈地跳动起来。就在屋子的一角，一个不太引人注目的角落里，竟然坐着穿橘黄色衬衫的马学才！他一眼便认出了雷雷，龇着洁白的门牙招呼雷雷坐到他的身边。对于在此之前的失联，他却未显出丝毫的歉意。雷雷在宋磊的注视下，不安又无法控制地走到他的身边，缓缓地坐下。她清楚地感觉到一双眼睛在盯着自己，那双眼睛里发出异样的光。几天没见，马学才更黑了，也更健美了——手臂上的肌肉略微地突起，散发出男性的魅力。雷雷的心跳莫名地加速，她充分地呼吸着马学才身上散发出的味道。

"怎么来也不说一声？我好开车去接你。"马学才问她。

"我自己有脚有车，干吗劳烦你。"雷雷回答。

马学才不大的眼睛竟然瞪了起来，散发出惊讶的光芒，"呦嗬，开车了？"

雷雷仔细打量在座的每一个人，戴粗金链的，纹身的，穿西装的……感觉像是来到了一个形形色色的大杂烩世界。

"学才，这是谁？还没介绍一下呢！"宋磊操着阴阳怪气的口吻说话了，一边说话，一边扬起左手，轻轻地搔着头皮。雷雷这才注意到，在他的左手腕上戴了一只金光闪闪的手表，在那手表反射着屋顶的灯光，十分耀眼。他似乎很喜欢用戴手表的那只手挠头，时不时地便挠，像是头上长了疹子一样。雷雷知道他是想让大家注意到那块金表。

马学才摸着雷雷的后背，跟人介绍："雷雷，我女朋友的好朋友。"

宋磊愣愣地、呆呆地看着雷雷，眼睛里充满了质疑。雷雷赶紧把头扭到一边，避免与他的目光相撞。

雷雷故作轻松地问："你女朋友在哪儿？我怎么不认识？"

马学才坏笑着，雷雷知道他是成心逗大家。

"你女朋友怎么不叫来？"宋磊故作无知地问。

"她今天有事儿，来不了。"马学才回答，"老宋，你那手表挺好的吗？"

雷雷觉得他说这话的口气怪怪的。

宋磊干涩地挤出一丝笑容，"劳力士。"

"多少钱？"马学才问。

宋磊伸出一个巴掌，手心手背翻转着比划给马学才看。雷雷没想到他会如此快地从刚才吃惊的状态中摆脱出来，现在看来他却是如此活跃了。

"五十万？"

宋磊点点头。

宋磊旁边的男人发话了："那不算贵。"

宋磊开始跟这个评价"不算贵"的人谈论起什么来，雷雷影影绰绰地听到他们常提到"湾流"、"商务机"这样的名词，于是她推断他们好像在跟宋磊谈论购买私人飞机的事儿。

大家争着跟雷雷喝酒，雷雷很开心地来者不拒。她想：就得刺激刺激马学才，谁让他说我是他女朋友的好朋友来着？

最终马学才承认了雷雷是他的女朋友，他是这样跟大家解释他说谎的原因的："刚才我认错人了。她的好朋友跟她长得太像了。后来看她喝酒，才发现弄错了。她的好朋友不能喝酒。"

宋磊使劲儿摇头，"你丫都快把我们整晕菜了！"他一边摇着头一边说，"你不是叫'打一针'来着？"

雷雷不说话，佯装什么也没听到。

宋磊似乎并不想罢休，"不是，不好意思啊！"他的话语间流露出一丝东北方言的口音，"是王一真，王一真是不？"

"那是艺名！也是网名！"雷雷赶紧纠正。

"不过我感觉'雷雷'才像艺名，雷雷，雷雷，专门为雷倒众生而生的。"他一边评价着，一边却板着面孔。

雷雷喝下了几杯红酒，微醺之中，她真想用一点手段，让宋磊那张永远没表情的面庞绽开一丁点儿笑容。雷雷心想：不知道让他跟研究生部的"苦瓜脸"在一起会是什么效果。她看着他严肃的表情，却莫名地想笑。

让雷雷万万没想到的是，就是这个人，在十分钟后深深地震撼了她。

雷雷清楚地看到在他们吃饭的别墅外面整齐地站了两行吓人的人，他们的身高统统在一米八五左右，整齐地穿着黑色正装，一溜儿的板儿寸，就连鼻梁上架的墨镜都是统一规格的。雷雷正绞尽脑汁地猜测着这些人的来历，却发生了更让她意想不到的一幕。

宋磊告诉大家："让打一针先走。"

神奇的一幕发生了，马学才和其他人乖乖地退回了原地，只有宋磊和雷雷站在台阶的边缘。雷雷的感觉好极了，特有居高临下的感觉，好像自己是个能呼风唤雨的大人物那样威风。

雷雷在大家的目光中从这两行彪形大汉中穿过。她一只脚刚跨入其中，两旁的人立刻九十度鞠躬，用洪亮的声音喊着："嫂子好！嫂子辛苦！"随着雷雷一路走去，这样的声音未曾间断，弄得雷雷好想多走几趟。她也不明白这些人为什么称呼自己是"嫂子"，大概因为自己是马学才的女朋友吧！

雷雷想：如果，如果我能找到这样的男朋友……她的耳边回放着刚才整齐的问候声，她的心脏在剧烈地跳动，在酒精的作用下，身上的血液都沸腾了。

雷雷不能再开车回去了，因为她喝了酒。不过，她觉得开车出门的感觉真好，自己很喜欢开着依依的小汽车飞驰在这城市的大街小巷里。

雷雷和马学才坐在别墅的咖啡厅里，大厅的中央摆着阔气的三角钢琴，角落里还有一些老外在拉大提琴、打架子鼓，从他们那表情看去，似乎很幸福、很投入。她特喜欢这种金碧辉煌的感觉，喜欢那些长着洋胡子的老外屁颠屁颠地给中国人拉琴打鼓。

"这地方不错。"雷雷说。

此时的马学才正盯着为他们服务的女服务员使劲儿地看着，雷雷真想扑上去掐死她。

马学才慢慢地呷了一口咖啡，"我住在这儿啊！"

雷雷暗暗地羡慕有钱人的生活，她想起了今天那个带了八个保镖的宋磊。

"那个宋磊是干什么的？"

"他呀，"马学才露出一丝坏笑，"你喜欢他？"

"还是你了解我，"雷雷说，"介绍给我呗？"

"你们这些女孩怎么都那么见异思迁呢？"马学才说话的口音中流露出了东北味道。

"你和宋磊是老乡啊？"雷雷模仿着东北口音问他。

"嗯呢！"马学才回答，"他比我起家早，我俩认识有十多年了！"

一个闷雷狠狠地砸向雷雷，她开始怀疑这一切。为什么宋磊说他根本不认识马学才？只是一起玩儿的同伴？为什么马学才消失的那晚，宋磊却那么恰巧地出现？雷雷的世界里一片狼藉。

"他是干吗的？"雷雷本能地想到这个问题。

"那你怎么不关心关心我干吗去了？"

"哦，"雷雷捂住自己的嘴巴，从指头缝儿里挤出两个字儿来："忘了。"

马学才不说话了。

雷雷也沉默着，她却在想着自己和马学才究竟是怎样的一种关系状态。她越发地感觉到她和他两人之间存在着一种不好的缘分。雷雷想着，竟然产生了几分莫名的恐惧。

"那么，你干吗去了？"雷雷问。

"送你一件礼物。"马学才说，"这是我一生中送出的最最珍贵的礼物，也是我最最用心的礼物。"他认真地看着她，一种叫感动的花朵在雷雷的心田里肆意地生长、盛开。

几乎每个女孩都会知道什么是"最最珍贵的礼物"，那一定是凝聚着对方毕生的爱与情的信物，一定蕴含着托付终生的信念。想到这里，雷雷的眼角竟然有些湿润了。

马学才看着雷雷，雷雷轻轻地伸出手，握着他的手。她感到他细腻而柔软的指尖流淌着温情的芬芳。

她开始相信那种叫童话的故事，她认为马学才对自己其实就跟自己对他一样，纵然相爱的方式有太多种，但真情却不会变。

"我此前从来没给女孩子送过东西，都是人家送给我的。"马学才说着，嘴角泛出坏笑来。

他转身走上了盘旋的楼梯，他的鞋底敲打着地板，就像木棒敲击架子鼓那样铿锵有力。

另一边，老外的架子鼓打得正热烈，雷雷向那边看去，一个黄胡子卷毛儿的男人向雷雷抛了个媚眼，雷雷回之以淡然的微笑。她计算着马学才离开的时间，现在已经过了十分钟。雷雷坐得屁股有些疼了，但她并不想起身，她想让这美好停留得久一些。她想：也许从今天起，她的生命便会发生翻天覆地的变化，她会跟马学才"执子之手，与子偕老"，她会变成一个幸福的女人，无忧无虑地去上学，无忧无虑地走出校门，无忧无虑地相夫教子……

不一会儿，一个矫健的身影走了下来，这粉红色的身影被雷雷迅速地捕捉到了——虽然他马学才换上了粉色的T恤衫，雷雷依然能准确地辨认出来，这就是爱情的魔力。雷雷赶紧装作优雅的样子小口喂着咖啡，心里想：这男人可真骚啊，送个礼物还得换身衣服！看来这一刻是十分隆重的！

老外们的演奏变成了慢节奏的《约定》，雷雷渐渐地感觉到心灵在旋律中慢慢融化。

马学才坐在了雷雷对面，淡粉色的T恤衫透出清淡的男士香水的味道。

"上去拉了粑粑洗了屁股。"马学才说。他这不浪漫的语言瞬间破坏了音乐营造出的气氛。

忽然，马学才从背后拿出一只小熊，十分郑重地交到雷雷手上。雷雷用一只手接过这东西，感觉它的大小放在车里挺合适。这是一只北极熊，雪白雪白的，两条腿劈开着，姿势也不太优雅。

雷雷兴奋地接过小熊，左右看着，寻找着什么。

"你找什么？"

"找礼物啊！"

"这个就是礼物啊！"

雷雷的心一下子凉了，她原本以为这只熊的肚子里一定藏着一个极大的惊喜——应该是钻戒。她怎么也不能相信一个大男人此生最最用心的礼物竟然是一只呆头呆脑且姿态不雅的毛绒玩具！

"你别小看它哦，它是从北极来的。"

"我擦,你丫当我是三岁小孩啊!北极熊不是从北极来的,难道是从你家来的?"

"它真是从北极来的。"马学才认真地看着雷雷。

"啥意思,你去北极了?"

马学才点点头。

"原来你消失这段时间是去北极了啊!"

马学才再次点点头,"我想着给你带礼物的,那些东西都托运的,就这个是带在身上的,我是不是很用心?这真的是我第一次那么认真地给女孩子带回一件礼物!我很用心!"

雷雷没说话,雪白的巴掌大的北极熊张牙舞爪地劈开腿,躺在雷雷的手心里。

宋磊的保镖阵容再一次浮现于雷雷脑际,她忽然萌生了一种期待,即便是缩短生命,能过一把那样的生活也好!

她陷入了漫无目的的徘徊和迷茫之中。此时的雷雷正独自走在一条漆黑的小路上,她不知道这条小路从哪里开始,通向何方。雷雷一次次地告诉自己,我喜欢的或许不是男人的钱。但是马学才来无影去无踪的态度同样令她大失所望。就在半小时前,她还跟马学才在房间里柔情蜜意,转眼间,马学才接到一通电话,就匆匆忙忙地赴宴去了,临走时只问她:"下个礼拜要不要一起去打猎。"

肚子里饥肠辘辘,可是她一点儿胃口也没有。这条路不知道要走多久。不远处的路口处,她希望宋磊的保镖们能为她开辟一条路,这样她就不用担心迎面走来的酒鬼们对她吹口哨了。不过,宋磊的保镖们为什么第一次见面就喊自己"嫂子"呢?是喊作宋磊的嫂子还是马学才的嫂子?雷雷彻底想不明白了。不远处见着星星点点的光,仿佛从那里走出去就能看见热闹的街区。可雷雷不想这样,她喜欢这样的黑夜,就像自己的心灵一样地黑暗。黑暗让人绝望,也让人彻底地放松,雷雷想。

25. 天知地知你知我知

依依的脸红红的。每个老师到来的时候，她都毫不犹豫地给自己斟满一杯，豪爽地喝了下去。豆豆替依依着急了，她听人说过，怀孕不能喝酒。

"交杯酒不喝了，我自罚一杯！"依依说。她拿起桌上的酒瓶子，又给自己倒了一杯，一饮而尽，大家吃惊地看着她。嘈杂的声音中不知谁说了一句："真牛。"

敬酒的男生走了，豆豆迷惑地看着他，她不记得自己认识这个人。依依坐下来，侧脸轻轻地贴到豆豆的肩膀上，豆豆一下子感受到那滚烫的脸颊，像发烧，或者说比发烧还热得凶狠。豆豆收回自己的脸，担心地看着依依，"你不能喝酒的！"她低声说，"怀孕不能喝酒。"

依依摆弄着酒杯，像是醉了那样地冷笑着说："怕什么？反正也不能生。"

豆豆看着依依，她托着下巴在那里独自冷笑着。豆豆涌上一股心酸，她想把胃里的酒都倒出来，可惜不能。

旁边桌子的几个女生像喊号子似的叫喊着："唱歌，唱歌，来一个，来一个；唱歌，唱歌，来一个，来一个！"

女导游羞涩地说："唔来赛，唔来赛，在这里不好仓（唱）的。"豆豆看着她，圆滚滚的身材，上半身的胸部格外突兀。我怀孕的时候是什么样呢？豆豆偷偷地想着，一定不会像依依现在这样痛苦，一定是在丈夫身边撒娇的那种女人吧！依依还是没忍住，拉着豆豆去洗手间吐了个精光。她靠在墙上，跟豆豆说："你说有意思没？今天我吐得不行的时候，我就跟他说：'你乖一点儿，消停一点儿，别再折腾妈妈了好吗？'他果然就不踢我了，我一下午都没难受。哈哈哈……"依依笑了起来。豆豆看见她的眼角流下了两行清澈的泪。

豆豆站在那里什么也不敢说，什么也不敢做。

"你说，我把他生下来，怎么样？"

豆豆只是看着她，什么也不敢说，什么也不敢做。

"算了，不可能，我还得继续混呢！带个拖油瓶可不成。"

豆豆很担心这话被人听到。

当她们走到包间门口时，豆豆听到了里面传来的各种各样的声音，好像大家都在争先恐后地说着什么。豆豆心里安定了，这样吵的环境里，大家一定不会听见依依刚才说的话。

"我们一会儿KTV去！去问问有没有房间。"包间里传出一声男性的吼叫。

回到包间的依依，瞬间恢复了神采，速度之快着实令豆豆感到震惊。

就在这时，周明黄悄悄地走了过来，他轻轻地拍拍豆豆，"跟我来一下。"

豆豆不放心地看了一眼依依，茫然地跟着周明黄走出了包间。

漆黑而空旷的广场上，零落地停着几辆大大小小的汽车，豆豆看到那里停着他们来时乘坐的大巴。前所未有的寂静包围着他们，呼啸的寒风从四面八方侵袭而来，婆娑的树影在昏暗的路灯下，在水泥地面上倒影出悲戚的映像。

如果不是有周明黄在前方，豆豆一定会害怕极了。而现在她一点儿也不感到恐惧，周明黄的身影并不高大，却能为她抵挡来自各方的邪恶。

周明黄停下来了，看看四周，黑夜中，豆豆看到他的眼镜片反射着微弱的光。

"我们就在这里说吧！"

豆豆使劲儿点点头。

周明黄的声音很小——倘若声音稍大些，怕是就有回声了。

"咱们就长话短说。"周明黄思考了片刻，"你之前说是要考潘厚霖的博士？"

豆豆点点头，"可是……"

周明黄打断了她的话："我劝你还是放弃。"他的语气很郑重。

豆豆的心再次沉重了，尽管这件事她早已知晓。

"今天竞选副院长，你知道吧？"

豆豆摇头。

周明黄向四周看了一眼，"我也是考虑再三才对你说这件事的，我想还是不要耽误你，让你做无用功，不知道你现在在找别的导师还能不能来得及。事情是这样的，今天竞选副院长，本来有我，但是我老婆不希望我争名逐利嘛，我就放弃了。唔总归听阿拉老婆的。但是潘厚霖和古欣然就参加了。古欣然，你认得吧？"

豆豆点点头。

"那么好了，我现在发现我老婆说得一点儿错都没有，我好在听了我老婆的。事情是这样的，今天竞选的时候，他们俩票数一样，结果就比较麻烦了，就在这个时候，那个古欣然不知道怎么搞得，弄了一封匿名信出来。我估计那匿名信一定是古欣然搞的，潘厚霖给气得呀！"

豆豆慌张地问："那现在怎么样？"

"现在不好说了，我听说潘厚霖住进医院了。你想想，在全校骨干教师面前丢那么大的脸，那匿名信公开念了啦！而且还在微信里面到处传，还发给我一份！所以我就说，这个潘厚霖估计今年是没心思再招了，即便他招生，你也得考虑，这件事情影响是很坏的啦！"

"那封信怎么写的？"

"我找给你看。"周明黄掏出手机找了一阵儿，递给豆豆看。

顿时，这停车场里延伸出数以万计的恐怖之手伸向豆豆。地面上婆娑的树影也渐渐出离地面，向着豆豆抓来。

手机里的文字正是豆豆写的"报告文学"。

古欣然对豆豆的"教诲"浮现在眼前。

只不过豆豆给主人公起的"欧德彪"的名字被篡改成了"潘厚霖"。

豆豆想起今天在博物馆里接到的古欣然的电话，他在电话那头是这样说的："豆豆！当着你的面我无以表达感激之情。现在我要对你说：'谢谢！'以后我古欣然一定尽我最大的努力帮助你！"

当时豆豆是那样地感动，她觉得古教授是一个儒雅而心肠柔软的人。

"太好了！今天将公布于众！"这句话再次回响在豆豆的耳边。

周明黄自顾自地感叹着说："这报告我都看了，太逼真！读起来就像小说，根本不像什么报告文学！"

豆豆的心被狠狠地拧了起来，若不是周明黄几乎没给他们上过课，这东西说不定会被他看出文风来。

"那……最后选谁了呢？"豆豆问。

周明黄若有所思地回答："今天是没有结果了啦，以后怎样不好讲，"周明黄看看四周，继续神秘兮兮地说："我估计他俩都不会有可能了！这古欣然和潘厚霖是死对头，你知道吧？这也是我退出的重要原因。我不掺和这些的啦！有吃有喝，总归比找气生要好。"

豆豆觉得周明黄说得有道理。

包间里依旧热闹，当豆豆回到包间里时，依依已经趴在桌子上，不省人事了。豆豆无法融入这样的氛围中，她的心被那股力量搅乱着。她走出门去，给古教授打了一通电话。

豆豆是这样说的："古老师，我都知道了，您不该利用我。"

这话是豆豆瞬间脱口而出的，当这话说出口时，豆豆自己也感到惊讶。

"萧豆豆，你知道你为什么拿不到学分，考不上博士，被男朋友抛弃吗？"

豆豆愣愣地对着手机。

"你根本不知道人生的残酷，人生是很残酷的！"

电话两端各自沉默。许久，记不清过了多久，听筒里传出"嘟嘟嘟嘟"的声响，那是古教授挂了电话。

很快消息发来："无人知晓。"

豆豆明白这话的含义，她隐约地感到古教授的精明，他之所以用这样的措辞，定是让旁人不明白这几个字的意思。而"无人知晓"这四个字的意思，只有他和豆豆能明白——指的是匿名信的事儿没人知道。

26. 天使中的魔鬼

雷雷也处在黑暗的边缘。她站在十字路口处，看着远处的路灯璀璨，犹豫着应该朝哪儿走。最后，她还是决定向着光明走去，万一遇到劫色的可怎么办？然而自我保护只是原因之一，她选择走向繁华街区的原因还有一个，那就是翔宇正在霓虹灯下的咖啡厅等着她。

雷雷远远地看见翔宇坐在室外的凉伞下，他穿着一件厚厚的夹克衫，白皙的脸庞在霓虹灯的勾勒下呈现出完美的轮廓。

雷雷稍微调整一下自己的情绪，夸张地挥着手臂，一路小跑地奔过来，"戈格（哥哥）！"翔宇显然被她的突然到来吓了一跳，抬头打量打量她，"hello！"

"找我干吗？"翔宇坏笑着，似乎想从雷雷那里得到些什么讯息。

"你想让我找你干吗？"

翔宇摇摇头，"不知道。"紧接着，他喝了一口面前的饮料，"不过，从我的感觉来看，你遇到的事应该是异性方面的困扰。"

雷雷一惊："你怎么知道？"

翔宇说："你的眼睛。"

两人沉默了。灯火璀璨的夜晚，他们身边行人如织。

"我说，"雷雷耐不住一时的安静，一定得抢着说点儿什么，"我说，就没看看豆豆的眼睛里说了些什么？"

翔宇一惊，猛地抬头盯着雷雷。

"你什么都相信啊？"翔宇坏笑着，眼神儿里流露出一丝狡猾。

忽然，雷雷沉默了。她收回右手，托起下巴，惆怅地望着远方。从她的眼神中，翔宇看到了一股迷离的，唯有初恋少女才有的迷失和感伤。

"你说，"雷雷问他，"人什么时候会去迷恋塔罗牌？"

"心情不好的时候。"翔宇回答。

雷雷摇摇头，"是犹豫要不要跳楼的时候。"

翔宇看着雷雷，他的样子很吃惊。

里面的酒吧传来格莱美劲爆的音乐，微型舞台上，几个穿着金光闪闪小短裙的女人一边唱着 high 曲，一边扭屁股。夜晚，这条街上的人依旧熙熙攘攘，黄种人和白种人混在一起从他们面前经过，还有几个黑人冲着雷雷吹泡泡糖。距离他们不远处是一对儿中年男女，看样子像是老朋友，又像是夫妻。这两个人就那么面对面坐着，喝着啤酒，吃着零食，他们没有看向对方，更没有说一句话。翔宇开始疯狂地羡慕这对沉默的人。

忽然，一双大手砸向翔宇的肩膀。他显然被吓了一跳，站起来，发现后面站着一个瘦高个儿的男人，头上戴了一顶棒球帽。

"呦嗬！这么巧！"翔宇站起来，跟瘦高个儿寒暄着。

雷雷也看着那个瘦高个儿，她从未见过这个人。

"咱们学长，大朱子！"翔宇介绍着。

雷雷勉强地笑笑，礼貌地伸出手，"师哥好！"

这个叫大朱子的师哥跟雷雷轻轻握握手，他对翔宇说："我哥们儿楼上有个'爬'，一会儿来玩儿啊！"

翔宇说："好，好。"

大朱子匆匆地走了。

翔宇和雷雷继续坐在露天的广场里。

"你真有心事啊！"

雷雷点点头，"谁心情好找你出来？你跟豆豆怎样，进展顺利不？"

翔宇的脸上荡漾着幸福的笑容，"我觉得豆豆是这个世界上最傻的姑娘，我有个计划，回头告诉你。"

雷雷长叹一口气,"你们男人的脑子里是不是总有那么多计划?你们怎么就不为女孩子想想?好像豆豆最近有点儿郁闷,我以为你们俩出状况了。"

翔宇的脸上显出一丝担忧。

"我不会的。"他说。

雷雷仿佛没听到。

就在这样的时刻,就在两个人放松而自由地聊天的时刻,他们却没想到在距离他们三米远的地方,一个镜头对准了他们。

闪光灯急促地亮起,随即拍照的人消失了。

必须在这里告诉大家,拍照的人正是大朱子,他的全名叫朱紫。

这张照片很快便被发送到了依依的手机上。必须为朱紫澄清的是,他对于豆豆和翔宇交往一事全然不知,他甚至不知道豆豆和雷雷这两个人的存在。依依不会对他说这些——他们两人见面的次数决定了谈论的话题性质。

事实上,自打依依上次和他分开,便再也没跟自己联系过,算来到现在已经有将近十天的时间了。这些日子里,朱紫总是在想,依依在做什么呢?他常常在深夜里发一条消息给她,比如"睡了吗"或者"在干吗"或者"想你"之类,可是依依从未回复过。

他便知道依依是不会回答他这样的问题了。他知道依依是嫌自己没本事,住在那样一个破地方,所以才不理睬自己的。他不怪她,她能跟着自己进那间破房子,已经令这茅草屋蓬荜生辉了。他还图什么?论年龄,他大过她八岁;论事业,他还在一家只有两个人的影视公司当二把手,他能给她什么?依依说得对,这个世界上最不值钱的三个字就是"我爱你"。

想到这里,朱紫的心已经被撕扯得残破不堪。

他给依依发了这张照片,他想告诉她,他出来跟朋友一道玩儿了,而且是跟大腕儿级别的朋友,有一线的演员,还有制片人。而且那么巧,他碰见了他们共同的朋友——翔宇。他想可能这是借口发消息的比较好的方式了。

依依竟然出乎意料地回复了他。尽管她的回复那么简单——一个"亲亲"的表情符。就因为这个表情符，朱紫高兴得在夜店里手舞足蹈了整个通宵。

　　雷雷却倒了霉。这条消息顷刻间被转发到了豆豆的手机上。当豆豆吃惊地看着照片上俩人靠近着聊天的时候，她仿佛知晓了一个事实，那就是翔宇这些日子失踪的真正原因了。

　　在崇明的日子，豆豆索性关闭了手机。她和同学一起在森林公园拍照，在农家乐猛吃，骑着自行车在林间小路上肆意地撒欢。同学们仿佛认识了一个新的豆豆，他们说："豆豆，以前怎么没发现你这么二啊！"

　　豆豆嘻嘻哈哈地回答："以前你没跟我好啊！"

　　就在接下来的一天，豆豆和同学们拍下了人生中数量最多的照片。

　　下午，他们便乘坐来时的大巴返回了上海。收拾行李的时候，豆豆看见了被关闭的手机，她把手机往箱子底下一塞，麻利地拉上了箱子的拉链。

　　豆豆选了一个中间的位置，和依依一道坐下。

　　依依从口袋里掏出一沓厚厚的保鲜袋，对豆豆说："够用了。"

　　豆豆想起了箱子里的手机，她的心像被十个电钻插进了心头，钻心地疼。

27. 披着羊皮的羊

　　一路上，豆豆的大脑不停地运转，她想到了雷雷，想到了翔宇，想到了小林子，想到了自己丢失的电脑，还有论文的进度，她想到了唐松，想他现在是不是已经有了新的女朋友。就在汽车稳稳地驶进学校黑色大门的那一刻，她猛地下定了决心，去联系古教授介绍的博导——佟瑾泉！

　　下车后，豆豆迫不及待地打开了手机。出乎意料地，手机竟然抽搐般地响个不停,豆豆的心里泛出一丝欣喜,她发现原来自己是多么需要有个人关怀!

发信人是唐松。

豆豆很快地、很轻易地把自己的思想和心思拉进了唐松的世界。

他在短信里说自己在准备单位的招考,压力很大,也不知道能不能行。他告诉豆豆,家里为了这份工作,找了很多人,钱也花了不少,所以他压力很大,万一考不好,这些钱都白费了。他表示自己有些后悔不在上海找工作,回来之后,发现这小城真的不适合自己。

……

豆豆一条一条地看着,她认为他们的关系更像是朋友了。可是是谁自私又生硬地将关系扭转成这样的?这绝不是豆豆想要的,绝不是!

除了短信之外,还有很多来电提醒,豆豆细细地数着,他打了十二通电话。

豆豆开始疯狂地自责:如果自己不那么任性地关机该多好!

依依一下车就钻进了洗手间,豆豆有点儿可怜她了。就在两个小时前,她还有些恨她。她恨依依是因为自己问她那张雷雷和翔宇的照片是哪里来的时候,依依竟然神秘地眨眨眼说:"这是人家隐私哦!"

豆豆觉得依依始终把自己当成一个玩偶和道具,需要的时候便招呼过来使唤两下,平日里从来不懂得尊重自己。就拿照片事件来说,豆豆当然有权知道它的来历,这并不是一件小事。

豆豆是个小孩子,她永远不懂得伪装自己。当她和依依回到家里,看到雷雷揉着惺忪的睡眼走出卧室时,她不自然地挤出一丝生涩的微笑。

雷雷似乎察觉了什么,但是她并不知道豆豆为何不高兴。

"'妈妈'!你给我带什么好东西了?"她热情地招呼豆豆。

豆豆冷冷一笑,"没什么好买的。"转身进了房间。

雷雷的心一沉,她捧着水杯,愣愣地坐在沙发上。

依依在屋子里来回穿梭,收拾着行李包。

自打上次跟马学才分开后,雷雷再没有与他联络,她早已想好去结束这段情感了。看着依依来回走动的身影,她操着豪迈的语气说:"给我介绍个男人吧!我要开始新生活!"

依依一边弯腰收拾,一边用眼角扫着雷雷,"好啊!三条腿的青蛙不好找,两条腿的男人还不遍地是,你想要什么样的?"

"男的,活的,喜欢女人的。"雷雷干脆地回答。

依依抬头看着她,"要求可够低的。"

"我是无欲则刚。"雷雷回答。

依依笑了,"好吧,不过现在不行,得过些日子。等过些日子,我可以出门了,就约些朋友,咱们去开个局。"

雷雷似乎有些不高兴,"为什么要等过些日子啊!这两天就开局不行吗?"

依依摇摇头。

豆豆从房间里走出来,她听到了她们的谈话。当她走进客厅的时候,依依跟她对视了一眼,豆豆惋惜地笑了。这一刻,她深深地感到了隐藏在每一个人身上的苦痛,她不那么恨雷雷了。

"开局是什么?你们要打牌吗?"豆豆问。

依依不懈地用眼角扫了豆豆一眼。

"就是找一些朋友来,组个局,大家一起玩儿。"

豆豆明显地感觉到虽说依依在耐心地跟自己解释,但那口气里却充满了不屑。事实上,豆豆就是不懂,她又问了:"什么是组局?不是打牌才组局的吗?"

"对对对!你就这么理解好了!赶紧复习你的功课去吧!小孩子!"依依不耐烦地打发了豆豆。

听到"复习功课"四个字,豆豆的心情跌落到了低谷,她可真不知道自己干什么好。要说复习功课,也没有任何动力了。此前的考博计划泡汤了,给新的佟博导打电话,他竟然迟迟未接,豆豆甚至怀疑古教授在欺骗自己。他已经欺骗过自己一次了,深深地欺骗,他狠狠地利用了自己。豆豆想起这个,就恨不得再写一封信,把一切事实都澄清!想到这里,她忽然有一种冲动了。她想:等将来有一个机会，一定要写一封信，向潘厚霖道歉才好。可是事实似乎并不需要等待豆豆的道歉。

　　豆豆走到窗外，灰暗的夜晚，狂风在肆无忌惮地刮着。天气预报说这几天要经历一场空前的降温，幅度会在十度以上。豆豆的心里更加阴沉了。

　　雷雷坐在沙发上，一字一顿地对依依说："你这么跟我妈妈说话就是欠抽呢！"语气不重，却格外地刺耳。

　　豆豆默默地看了雷雷一眼，走回房间，这景象让雷雷心里泛起了疑惑。

　　依依沉默了。

　　雷雷走到阳台上，点了一支烟。豆豆觉得淡淡的香烟也能增添一点儿暖和气儿。

　　"我给你表演一个啊！"雷雷故作开心地说。

　　豆豆没做声。

　　雷雷深深地、优雅地吸了一口烟，缓缓地吐出来，那烟雾自发地形成了一个个圆圈儿。

　　"好玩儿不！"雷雷看着那些烟圈。

　　"我刚学会的，再弄一个给你看看。"

　　又是一排烟圈排着队冒出来，这次的比之前的还圆、还多。

　　豆豆勉强地咧开嘴笑了。

　　"跟翔宇联系了吗？"豆豆微笑着问。

　　雷雷显然愣住了。她看着豆豆，盯着看了好一会儿，手上的香烟已经燃烧了大半。

28. 你是我的小天使

　　小林子来了，他毫无征兆地到来，豆豆和雷雷一下子缩回了各自的屋子里。雷雷有点想去豆豆的房间，却被豆豆微笑的冷漠远远地拒之门外。

　　依依怎么也没想到，小林子会在这个时候光顾。对于他的到来，依依并没有显出应有的热情。小林子买车反悔的事件缠绕在依依的心里，她的怨气伴随着意外怀孕的坏心情，让她对小林子这个人产生了深深的抗拒。

　　小林子进门，十分习惯地换了拖鞋，紧接着脱下了外裤，只穿了一条白色秋裤。依依走到"八怪"身边，抱起躺在地上的它，一边摸着那小脑袋一边说："家里有人呢！"

　　小林子瞬间变得不自然起来了，他走到门廊，拿起刚脱下的裤子，又穿上了。
　　"我就是来看看，待一会儿就走。"
　　"哦。"依依的回答中透出了十足的冷淡。
　　"给我倒杯水啊！宝贝儿！"小林子故意做出暧昧的语调跟依依说话。
　　依依走进厨房，不一会儿就拿了满满一玻璃杯的白开水出来。
　　小林子接过滚烫的开水，轻轻地吹吹气，勉强喝下一口。
　　依依则坐在沙发上，百无聊赖地拨弄着电视遥控器，随意地切换频道。
　　小林子放下水杯，靠近依依坐下，轻轻地把她揽进怀里。
　　"想我吗？"他轻轻地问。
　　依依直直地盯着电视机，就像什么都没听见一样。
　　小林子恢复了正经的表情，他清了清嗓子，仿佛在酝酿着什么。
　　依依把频道锁定在了一档娱乐节目上，并随着节目现场的气氛不时地笑出声来。
　　"提车了？"
　　依依转过头看着小林子。
　　忽然，小林子一拍大腿，站了起来："好了！你慢慢看吧！我走了。"说着，起身走向门口。

"唉——"依依在背后叫住他。

小林子已经走到门口了。他打开门，忽然转过身来看着依依。

依依也看着他。此刻，她的内心里充满了无法言说的忧伤。

"你啊你！"小林子望着她，果断地转身离开。

当门锁干脆地锁上时，依依感到一股深深的悲凉。

依依开车带着豆豆行驶在拥堵的马路上。昨晚，小林子走后，依依整个夜晚都无法安眠。她无数次地在心里怨恨着他，怨他小气、自私，可是她却无法摆脱对他的依赖。她希望用钱来证明他有多爱自己，可她发现那并不是一件简单的事。

在漆黑的夜里，依依偷偷地问自己，究竟对小林子是一种怎样的情感？可是她终究也无法给自己一个满意的回答。她并不认为自己爱他。如果说让她跟一个穷困潦倒的他浪迹天涯呢？那她是断然不能去做的。从小依依便认为真正的爱情就是能和一个人去流浪。依依自嘲地笑了，那是多么幼稚的童话故事啊！然而曾经的她，却如此地渴望去跟一个人流浪，如此地渴望着过一把彻底浪漫的日子。

如果让她现在离开小林子呢？想到这里，她竟然生出了一股强烈的痛。她知道自己压根儿不舍得告别现在的生活，她爱这幢宽大的房子，爱自己崭新的汽车，爱那一柜子的衣服，更爱豆豆她们羡慕的眼神。

很多时候，依依觉得自己可悲，她竟然对物质依赖到了这样的程度，依赖到无法分清爱上一个人和爱上一座房的区别。她哭了，在这个漆黑的夜里，她想着小林子在买车时的反悔，想着小林子听说自己怀孕时惊讶而沉着、冷漠的表情，想着想着，眼泪便肆无忌惮地流淌起来。

此刻，豆豆坐在依依的旁边，她不时地偷偷看看依依。前方的汽车缓慢地向前挪动，那速度犹如蜗牛前行。依依的汽车刚走到十字路口，交通灯立刻变红了。

"靠！"依依骂着，焦躁地按着汽车喇叭。长长的喇叭声震惊了被交通拥堵困扰着的每一个人。他们侧面的男性司机干脆推开车门，冲着依依的驾驶室走来：

"别按了行不?！"

豆豆害怕地看着对方，他眼里透出猩红的狰狞。

依依固执地继续按着。

男人攥起了拳头。

依依笃定地看着前方。

豆豆慌乱地拨开依依的手。

"别！别！"她说。

依依平静地看了豆豆一眼，怪异地笑了。

男子骂骂咧咧地走回车里。

绿灯亮了，依依轻轻地触动油门，汽车蜗牛般向前滑行。

这是一个浸满着消毒水味儿的地方。

豆豆紧紧地攥着依依的手，她深深地感到依依冰冷的手狠狠地抓着自己。她想跟依依说些什么，宽慰她些什么，可是从依依的表情上看，她显得十分坚强。

依依轻轻地躺在了病床上，冲着豆豆调皮地眨了一下眼睛。

就在这一刹那，豆豆的鼻子竟然酸了。

依依的双手捂在腹部，她想起身看看自己的腹部，却被医生无情地压在了床上。

"你去签字吧，我们要开始了。"

豆豆被强硬地驱赶了出来。

这是一家私人医院，据说这里有最好的服务和最昂贵的价格。可是豆豆怎么就没察觉出一丝人情呢？就在她为依依签下"手术风险单"的时候，护士竟然对那字里行间写着的危险后果毫不在意，那护士只是说："在这儿签！"

豆豆签完后，故意不礼貌地把笔扔在她面前。

现在，豆豆坐在医院的咖啡厅里。这里来来往往的人似乎都很美丽，都打扮得十分考究。豆豆开始猜想，她们是因为什么来这医院的。这是一家女性医院，专门诊疗妇科问题的。豆豆觉得这儿距离自己还很遥远。

就在豆豆为依依担忧的时候,翔宇出现了。电话中,豆豆的语气中并没表达丝毫的惊喜和意外,这让翔宇感到不安和迷惑。

不过很快,翔宇便退回到比较正式的状态上了。

他谦和地笑着说:"你那事儿弄清一些了。"

豆豆暮地从椅子上站了起来。

"你在哪儿?"她急切地问道。

"你在哪儿?"

豆豆犹豫了一会儿,告诉了对方距离医院很近的地点,那是一家星巴克。

29. "君子"游戏

十分钟后,翔宇出现了。对于他的忽然到来,豆豆已没有从前的欣喜了。她曾经悲伤地认为男生都是这样的,他需要你的时候,便强势地出现,反之,则消失得无影无踪。当豆豆深陷在唐松带来的忧伤时,翔宇带来了片刻的快乐,可是这快乐却像昙花一样,转瞬即逝。

豆豆天生不爱拒绝别人。可能更确切地说,她不会拒绝别人。也许因为这个原因吧,她才成了依依在跌入低谷时抓住的唯一一根稻草。

这里的星巴克似乎冷清一些,并不如豆豆学校附近的那么热闹。它很小,坐在这里的人也不多,只是有两三个人在专注地盯着笔记本电脑。豆豆在靠窗的位置坐下,静静地等待翔宇的到来。其实她的心里并没有一丝涟漪,即便是她努力地告诉自己,这家伙已经失踪了整整两个星期。而且他还趁自己不在上海时,和雷雷光明正大地坐在新天地的露天咖啡厅里。豆豆自己也感到惊讶,尽管翔宇做了几乎可以被认为"脚踩两只船"的坏事，自己却对他没有丝毫怨恨。

可能我不喜欢他吧！豆豆这样告诉自己。

翔宇出现了。他穿着机车服上衣，水洗牛仔裤，头发理得整整齐齐的。豆豆惊讶地发现，翔宇真是一个干净又帅气的男孩子啊！先前平静的心湖里，好像掉进了一颗小石子，弄得涟漪阵阵了。

豆豆面无表情地看着他，翔宇见豆豆很平静，竟然有些不自在了。他盯着豆豆，靠近她的脸，调皮地看着她。

"肿么了？"翔宇摆出小孩子般的口气。

豆豆腼腆地笑笑，"没怎么啊！"

翔宇变得严肃了，这严肃让他立刻变成了另一个人。

"那我就直说吧。"

豆豆预感到翔宇有重大的消息要透露，她紧张起来。就在这一刹那，她忽然想到了古教授骗自己写的那封匿名信。

"我好像有好些日子没联络你。"

豆豆点点头。她嗅到对方的身上散发出一股沐浴露的芳香，这香味是甜的。

"去哪里了？"

"横店拍戏了。"翔宇如实回答，"没日没夜地，有时候半夜才完工，怕吵着你睡觉，没敢联系你。好几天前回来的，好像，记不得了，见了雷雷来着。跟我说她失恋了。哈哈！"

豆豆知道自己是错怪了雷雷"爸爸"，依依也错怪了她。她长长地在心里松了一口气，悄悄地责怪自己。

"学分的事儿搞定了吗？"

豆豆点点头，"差不多，跟严老师说了。"

"那个……有件事我觉得有点奇怪。"翔宇说到这里戛然而止。

豆豆不自觉地端起先前点的咖啡，轻轻地啜了一口。

"什么事？你说吧。"

"'苦瓜脸'说她见过你的实践学分证明。"

豆豆的手紧紧握住了杯子,她的眼睛一下子睁得大大的。她低下头,杯子里的卡布奇诺已经被喝下去一半,先前在咖啡厅里的人也已经离开了。豆豆胡乱地猜测着,为什么已经被交到研究生部的实习证明会不翼而飞呢?如果这不是一样意外,那么只有一种可能,就是……

"你是不是得罪谁了?"翔宇冒昧地吐出了这句话。这句话此刻投射在豆豆身上显得那么不合适。

豆豆茫然地看着翔宇。

"而且,百分之九十也不是蓝董干的,他不至于。"

豆豆机械地点点头。

"我问蓝小林了,她爸去年六月就去加拿大了,从时间上讲也不太可能。你是不是六月份实习结束的?"

豆豆点点头。

"就是说,你刚实习完,他就走了。而且他去加拿大好像是给他儿子办上学的事儿,所以我觉得不至于是他,他应该没那个精力捣鬼。"

豆豆认为翔宇说得有道理。

"所以,你要小心一些了。一般来说,研究生部不会那么马虎地弄丢这么重要的东西。所以,如果这东西真的是丢了,那么那个人一定是想置你于死地的。"

豆豆的心剧烈地跳动。

"那我怎么办?"

翔宇摇摇头,"让我想想办法,你先沉着一些。丢电脑的事儿咱们还没有证据,所以没法查证。不过你放心,我一定不会让这样的情况再发生的。"

这会儿,豆豆发自内心地笑了。

"你想不想我啊?"翔宇没头没脑地问了一句。

豆豆的心一怔,她相信自己的脸一定像个红苹果了。

翔宇托着下巴看着豆豆,那双眼睛一眨一眨地冲着豆豆输送"调戏"的电波。

豆豆也托着下巴看着翔宇。忽然间，她的嘴巴大大地咧开，甜蜜地笑了。

"我要走了。"豆豆说。

"不行。"

"我真的要走了，我要去旁边的医院。"

"蓝房子？你干吗？"

"不是我了啦，是……"豆豆忽然想到自己的承诺，一下子收住了口。

"那个，可能一年以后我再告诉你，兴许就没事了吧，我也不知道，可是好朋友应该彼此守信用的不是？"

翔宇认真地点点头，他的手轻轻地靠近豆豆的手，手指轻轻地触摸着豆豆的手背。豆豆感觉一阵钻心的痒，她却像着了魔一般地沉醉。

当豆豆回到医院时，依依正被担架车推进病房。

"挺顺利的。"一个护士见到豆豆时说。

豆豆笑了笑，她看到依依虚弱地躺在那儿，面无表情。

"这个滴完就可以回家了。"护士说。

豆豆坐在床边，陪着依依。房间里安静极了，这是一个单人间，里面有暖和的空调开放着，一点儿也不冷。依依只盖了一层薄薄的被子，看上去很舒适。在她们对面的墙壁上，悬挂着大约三十英吋的电视。那里面播放的是最新的喜剧大片，场面热闹极了，主人公吊着威亚在空中飞来飞去，然而这一切并没有引起她们的兴趣。

"一点儿也不疼，几乎没什么感觉。"依依说。

豆豆认为在这样的时候，自己说什么都不合适。她觉得现在的依依一定脆弱得像一张纸，轻轻一捅就会破碎。不过，现在看来，依依的表现有些出人意料。

"护士在我的鼻子上扣了一个东西，我一吸，就被麻醉了。"依依说，"呵呵，还挺好玩儿的呢！"

"不过，"她似乎像打开了话匣子，"好像有很多人去做那种没有麻醉的。"

豆豆身上起了一层鸡皮疙瘩。

依依白了豆豆一眼,"我得好好跟你普及普及,你在这方面还处在幼年阶段。"

"太恐怖了。"豆豆回答。

依依看着豆豆,她不再说什么了。电视屏幕上的打斗依然继续着。

豆豆盯着电视屏幕,她的心却完全没在那闹闹哄哄的画面上。现在她脑子里充满了各种古怪的幻想,比如苦瓜脸见到她的实践证明的画面,比如翔宇去横店拍电影的画面,比如雷雷和翔宇面对面坐着的画面,比如翔宇的手指轻轻地触摸着自己手背的画面和感觉。

"我见着那孩子了。"

依依的语气很轻,却把豆豆的目光从电视屏幕上拉了回来,豆豆的思绪戛然而止。

"什么?"

"我的那孩子,好小,"依依望着天花板,"一个护士偷偷地跟另一个人说,看样子是个男孩,可惜了,脚都长出来了。"

空旷的病房里,点滴瓶里的药水几近流光了。豆豆佯装什么也没听到,按下了呼叫铃。

她们走出医院时已是黄昏。

依依那辆未挂牌照的汽车安静地停着,拥挤的停车场变得空旷了许多。

豆豆和依依走到汽车旁边,一路上,她们都没再说什么。

依依停住了,她看了豆豆一会儿,试探地问:"你会开车吗?"

豆豆摇摇头,"学过,没开过。"

"那就好办了,你开车送我去一个地方吧,我好像不能开车了。"依依说着,捂住腹部。

豆豆紧张地点点头,为了依依,她只能拼了。但是她很怕开车啊!平日里,她连坐出租车都会紧张,感觉那司机开汽车怎么就跟开飞机似的呢?

"没关系的,你就踩着油门走就好了,遇到车就避让。"

豆豆长长地叹了一口气说:"我试试吧!不过,咱们可以把车放在这里,先打车走，等你恢复了再来取。"

依依摇摇头，十分坚定地说："不行。"说着，她固执地坐进了汽车里，坐在副驾驶的位置上。

豆豆只好坐进驾驶室里。她的眼前是光亮的方向盘和仪表盘，豆豆轻轻地把手放在方向盘上，那东西有些沉重，却很有质感。

"我要去上班。"依依看着前方。

豆豆转头吃惊地看着依依，她从来不知道依依在上班啊！不过，这样的事依依也没有义务告诉自己的，眼下她只好劝依依："好像不可能啊！你现在怎么去？医生说要卧床。"

依依摇摇头说："非去不可，不然他们会解雇我的。"

"谁们？"

依依不说话了。夕阳已经变成了一轮火红的圆球，散发出的一抹抹红光，任意地涂着世间万物，依依的汽车也变成了披着金霞的"变形金刚"。

"请假呢？"豆豆问。

"《撒花购物》。"依依说，她看着豆豆，"我工作的公司叫'撒花电视购物'，这个事只有你知道。"

猛然间，豆豆想起了那个夜晚，她在游泳馆彩排挣学分时，在休息室里看到电视屏幕上那个一闪而过的影子，果然是依依！

她明白了！这些夜晚，这些她所谓的和男朋友在一起的夜晚，原来她是在电视购物里做销售员！

豆豆完全不能理解依依的行为。她始终认为依依是生长在男人臂弯之下的鲜花，她不用为生活发愁，她漂亮又有学历，还有超强的社交能力，她不用为前途发愁，那么她为什么要去这家小的电视购物公司，牺牲那么多夜晚，去赚这一点儿酬劳呢？

"我不知道现在的生活能维持多久。"她开口了。

豆豆吃惊地看着她。

"反正是一份工作嘛！没什么大不了的。我不想让人知道，是因为不能让小林子知道。"依依笑了，"其实他知道了也没什么大不了的，就是不给我钱了。"依依停顿了，她看着前方。

"方向盘，左边打一点儿，"依依说，"你开得很好哦！以后一定是个好司机。"

豆豆得意地说："我第一次开！"

马路两侧的路灯纷纷亮起来。豆豆第一次看到路灯一齐发光的景象，好看极了。

"毕竟，也跟人家没有天长地久，所以就吃着碗里的看着锅里的呗！"

从豆豆的角度看去，依依的脸颊已经有些湿润了。她的心里泛起一阵难过。

"我忽然发现，我好像什么也干不了。去电视台吧，要统一招考去影视公司吧，压力太大，还要出差。我挺受不了出差的，而且，最重要的是，"依依往豆豆的耳边凑了凑，"一出差好几天，没人看着小林子可不成！"

豆豆笑了，苦涩地笑了。她并不知道依依为什么一股脑儿地跟自己说这么多。其实依依在哪里工作是她的自由，况且豆豆始终认为可以每天看着花里胡哨的商品是一件很幸福的事呢！只是她还是不能理解依依为什么要隐瞒自己的工作。

公司地点位于浦东，她们穿过了长长的过江隧道，又走了很长的高架桥，才到达地点。那是临近地铁口的一幢办公楼，依依说："录影的地方就在五楼。"

豆豆仰头看着那扇小小的窗口，却想着那晚在电视屏幕上一闪而过的依依的身影。

依依拖着沉重的步子下车了，她似乎不太情愿走，站在豆豆面前，欲言又止。

"你介绍古欣然给我吧！"

依依的话一出口，豆豆吃了一惊。

30. 冲动的幸福

一场隆重的婚礼。

雷雷坐在距离舞台最近的位置,她旁边是马学才。

说真的,她愤愤不平的是,为什么马学才每次约自己,总是在这样的人多眼杂的场合,难道两个人就不能有一个单独的约会时间吗?

她不情愿地打开了桌上的饮料,倒进杯子里,自顾自地喝了起来。

"你怎么就不懂礼仪?"马学才看着雷雷的举动,用教育的口吻说。

"你懂?你听说过一句话叫不以结婚为目的的谈恋爱都是耍流氓不?"

就在这句话脱口而出的时刻,马学才脸色骤变。

在一旁戴金丝眼镜,用发胶把发型固定成中分的男士嬉皮笑脸地开口了。雷雷认为那应该是为了缓解马学才的愤怒故意开口的。

"喂!你知道吗?这是老杨的第五个老婆!"

雷雷一听到这样的八卦,心里的不快立刻被驱散了,"哇塞,那他不得隔几年离一次?"

"多新鲜!""中分"小哥的眼睛眯成了一道缝儿,"人家没离婚,个个都要,"他伸出一个巴掌,"总共五个!"

雷雷的眼睛一下子亮了,"那他不犯法?"

"不领证啊!您瞧这个,再不办酒不成了嘿!那姑娘的肚子快鼓出来了!"说着,他在自己干瘪的肚皮上比划着。

"哇塞!太奇妙了!好任性!"

"他总共有五个老婆嘛,每一个都给他生了一个孩子,就那老二不生。"

"他不怕那五个打起来?"雷雷问。

"嘿呦!我跟你说,你还真别看老杨那磕碜劲儿的,那家伙可厉害呢,那五个老婆彼此都知道!"

雷雷迷惑地看着他。

"这么跟你说吧,"他清清嗓子,"就打个比方说吧!比如说,老杨到老三家去了,对吧,那老三就说了,你昨晚上跟哪儿啊?老杨就告她:'昨晚跟你二姐家呢!'那二姐就是老二!"

雷雷恍然大悟。

"我跟你说,还有更好玩儿的呢!"

雷雷更加好奇了。

"他这老五啊,九〇后!那姑娘的爹妈都没这女婿大,他不介意啊!嗯!他不介意!"

"中分"小哥说得声情并茂,雷雷看着他,总感觉这家伙像是喝了一瓶二锅头之后才有的状态。

"他不介意啊!他就管姑娘她爸叫'岳父老弟',管她妈叫'岳母老妹'!你看,这关系又亲近了不是!"

"哈哈哈哈……"雷雷大笑了起来。

"这老杨可真够行的。"马学才幽幽地说。

"要不,咱也学学?咱不没老婆嘛,人家跟那儿还摆着好几个呢!"

听到"中分"小哥如此说话,雷雷心里一下子敞亮了。她始终怀疑马学才的婚姻状况,几次想问他,却总找不到合适的机会。

马学才忽然搂着雷雷,对那一桌人说:"这,我女朋友。"

雷雷感觉全身的血液同时涌了上来。

"那红毯,走一圈,走一圈!""中分"男子兴奋地指挥着。

马学才拉起雷雷,走到大门口处。

"中分"男子跑到音响控制区,他像指挥交响乐似的来了一个笨拙的"开始"手势,并直接按下了音响。

整座大厅里响起了《婚礼进行曲》!马学才拉着雷雷的手,庄重地走在红毯上。

雷雷害羞地低下了头,被马学才拉扯着勉强地走着,她认为自己这时的走姿一定难看极了。

当他们走到尽头时，那一桌的人纷纷鼓掌。

马学才看着雷雷说："得了，就算办过了。"

雷雷一愣，立即反驳他："有你这么娶媳妇的吗？"

说这话的时候，她的心里却甜蜜蜜的。

真正的婚礼开始了，主持人的调侃却怎么也无法吸引她。她拉着马学才，走在酒店外那座美丽的花园里。

天色已晚，花园里的彩灯亮起来了，看上去真像美丽的仙境。

"你和宋磊还联系不？"

雷雷望着马学才，下意识地使劲儿摇头。

"那是我哥们儿。"

忽然间，雷雷明白了什么，她很有些生气。

"所以，我懂了，你们是串通的。"

马学才坏笑着看雷雷。

"有病吧！"雷雷怒吼着。

马学才一下子把雷雷抱在怀里，用自己的胸膛使劲儿地贴着雷雷的胸膛。

雷雷快要喘不过气了。

"有病没？"马学才问。

雷雷沉默了。她轻轻地搂着马学才的腰，把头靠在他的肩膀上。

他们坐在长椅上，就是这一次，她终于找到了约会的幸福。

31. 常别离

夜色中，豆豆坐在汽车里，等待着依依。这里位于郊区，豆豆趁着依依工作的空当儿开着汽车跑了几圈，感觉还真不错。依依进去已经快一个小时了。依依的手机在过去的半个小时里持续地响着，看那上面显示的来电人是"事儿妈"。开始豆豆认为大概是依依特别不喜欢的某个人，便不去理会。不过，那人持续不断地打，豆豆只好接了电话。

豆豆这才知道这"事儿妈"不是别人，正是依依的亲妈。

"这是依依的电话吗？我是她妈妈。"

电话里女人的声音显得焦急而无措。

"是的，依依她，现在接不了电话。"

"你是她同学吗？你好啊！"

"阿姨好！"

"她怎么从下午到现在都不接电话呢？"

"她……"豆豆一下子被卡住了，她编不出合适的理由来。

"同学，你能告诉我名字吗？"依依的妈妈语气十分平静。

"豆豆。"豆豆怯生生地回答。

"好，豆豆。现在你听阿姨说，你如实告诉我一切，我是她的妈妈，我有权知道，OK？"

豆豆还是"出卖"了依依。她并不认为这样不好，只是很怕依依怪罪自己。依依的个性那么强，而且她好像跟妈妈的关系并不很亲近呢！至于这一点，豆豆没有十分的证据，但是自打她们搬进依依家，几乎没见过依依给妈妈打电话。

豆豆把自己复杂的心情告诉了翔宇。

因为这天晚上，她载着面色憔悴的依依回家时，她没敢告诉依依这些。

翔宇又要走了，去剧组拍戏。临行前，他和豆豆去了一个只有他们俩人知道的地方，是KTV。

豆豆跟着翔宇去了。她知道这次和翔宇单独去这样的空间，两个人的关系会发生怎样质的飞跃。她承认自己需要一份情感，哪怕这情感只靠精神来维系。

包房里，灯光昏暗。当豆豆走进的那一刻，翔宇正坐在那里，电视里的五彩光照在他的脸上，映出了立体感十足的五官。豆豆看到这一切，心为之一动。

她在翔宇的身边坐下。翔宇拿着麦克风，唱了一首深情款款的情歌。唱歌时，他一只手轻轻地揽着豆豆的腰，豆豆顺势把头靠在了他的肩膀上。

翔宇在豆豆的额头上轻轻地吻了一下。豆豆感到有些难为情，轻轻地推开翔宇，端坐下来。

翔宇放下麦克风，音乐还在响着，富有磁性的男声从四面八方以温柔的节奏闯入豆豆的耳朵和心田。

翔宇面对着豆豆，轻轻地握着她的手问："你会不会乖乖地等我啊？"

豆豆心头一震，羞涩地笑了。

"那咱俩说好了，拉钩！"

豆豆想了片刻，她的手竟然像灌满了水泥，沉重得抬不起来。

豆豆的眼睛黯然失色了，她低下头，看到翔宇的手轻轻地拉着自己的手。这幅画面那么遥远，那么令人难以置信，豆豆轻轻地把自己的手抽回来，她感到那只手已经被汗水浸湿了。

翔宇坐回原处，随手抄起面前的饮料，"咕咚咕咚"地灌了下去。

豆豆如坐针毡。她认为翔宇很好，曾经是她的偶像，心中的白马王子。当年的豆豆，即便多看翔宇一眼，那颗小心脏都能兴奋地舞蹈半天。如果翔宇跟她说一句话，那句话就跟打气筒一样，能足足让豆豆一个星期都干劲儿十足。

那年，豆豆大一，翔宇大四。

后来，翔宇毕业了，偶尔他会拍一些广告，会在一些电视剧里担任男七号或者男八号，每当这时，豆豆便守在电视机前，巴望着翔宇的身影显露的那一刻。

要知道翔宇这样的无名小演员，偶尔露出个镜头是很不容易的，就这么的，豆豆可以把翔宇参演的电视剧和广告背得烂熟。

这样的情形持续到豆豆大三。那一年，她认识了唐松。也在那一年，她彻底地把翔宇从心底丢弃。她丢弃他，不是因为不喜欢了，而是因为她喜欢得太累、太辛苦了。她不愿待在一个男人身边，去做一只默默无闻的小蜗牛。即便她再怎么努力地往上爬，终究也不能引起对方丝毫关注。豆豆承认自己的努力在很大程度上来自于希望得到他的关注，当然，那是从前。后来，考博、当学者，成了她真正的毕生的目标和追求了。只有在学术的世界里，豆豆才能成为寂寞的旅行者，在那片浩瀚而渺无人烟的海洋里纵情驰骋。

豆豆望着翔宇的脊背，往事历历在目。

翔宇站起来，走了出去。不一会儿，又走进来。

"换个地方？"

"哪儿？"豆豆不知道翔宇的脑子里会做些什么打算，潜意识告诉她，翔宇做的事儿总是稀奇古怪、莫名其妙。豆豆认为搞艺术的会是这样，唐松不古怪，所以他没能坚持艺术道路。

豆豆的潜意识没有出错，翔宇带她来到了一个奇怪的地方——一幢旧迹斑斑的公寓楼。

翔宇和豆豆坐在出租车上。汽车稳稳地停在楼下。豆豆走下车去，仰望着公寓楼，这里比自己和雷雷先前租住的小茅屋还要破旧很多。

"上去坐坐？"

"这是哪里？"

"找个地方聊聊天。我明天就走了哦！"

豆豆点点头，跟着翔宇上楼。

他们从楼的一端走向另一端，穿过了整幢大楼。

豆豆开始打退堂鼓了：这里一定是个危险的地方。

楼体上用黑色和红色的油漆写着"危楼"两个字。

在中单元的单元门上拉了一条白色横幅，上面写着："危楼！请有关部门予以高度重视！"

"你看！"豆豆拉住翔宇，指着白色条幅。

"这个，没什么好怕的吧……估计是他们想拆迁，得一套大房子，再说，就上去坐一会儿。"

豆豆只好跟着翔宇上了楼。

狭小的一居室房子，里面却收拾得干净整洁，家具和摆设也有些考究，绝不像外面看来的那样破败。豆豆坐在沙发上，翔宇给她拿来了拖鞋。

豆豆打量着这间屋子：有阳台，有一间卧室，还有厨房和洗手间。豆豆想：如果这里不是危楼多好！有这样一个小天地是一件多么幸福的事情啊！

翔宇钻进了厨房里，好像在接电话。豆豆百无聊赖地在房间里参观着。她顶喜欢那间卧室，有一张大大的床，床单是粉色的，上面画着大大的Kitty猫。豆豆忍不住用手去摸，那厚实的感觉让她有一种踏实的感觉。

看着这里，她不太羡慕依依那间大房子了，反而更贪恋这小空间里的自由和舒适。床头摆着一张书桌，桌子被厚厚一沓杂志覆盖着，显出几分凌乱。豆豆一本一本地看着杂志，有汽车杂志，有服饰化妆的杂志，有高端奢侈品广告的杂志……

豆豆从未受过如此巨大的震动，她简直不敢相信自己的眼睛！这一幕就发生在这一秒，当她翻看到位于杂志最底端的那一本时。

那本杂志下面却是豆豆的电脑！她丢失的笔记本电脑！她和雷雷租住的小屋子被盗而丢失的电脑！

豆豆展开那厚重的笔记本，摄像头的地方还贴着她和唐松的大头贴！

她打开电脑，一切文档清晰可见。

"干吗呢？"翔宇站在门口。

豆豆背对着他，一言不发。许久，她站起来，转过身。她看着翔宇，想说什么，却似有万千语言涌出来，不知道该挑哪一句来发泄。

豆豆抱起电脑，双手抱在胸前。

"人家的东西，给人放好。"

"我的。"

翔宇愣愣地看着她问："你说什么？"

"我的。"豆豆说，"电脑。"

翔宇瞪大了眼睛走了进来。

"豆豆，这不是我家，你说的是怎么回事啊？"

"电脑是我的。"

翔宇企图夺过豆豆怀里的电脑，豆豆却死死地抱住。

"滚！"豆豆大喊着。她慌慌张张地走到门口，发现自己还穿着拖鞋，她惊恐地跑到客厅，换了鞋，拿起包包，低着头冲出翔宇的阻拦，一口气跑了出去。她低头跑着，没多久，就到了马路上。太阳有些刺眼，豆豆紧紧地抱着电脑，慌慌张张地招呼着出租车。

此时，街上却车影寂寥，偶尔有几辆呼啸着从豆豆身边划过。

豆豆躲开它们，转过身去，却看见了正冲马路的楼体上拉着一条巨大的横幅：危楼！危险！请有关部门予以高度重视！

翔宇紧随着追了出来。豆豆只顾着紧紧抱着电脑——那是她几年来全部的心血啊！所有自己写的文章、做的笔记统统在这台电脑里。

"第一，有误会；第二，有线索，你理智点儿！"翔宇显然在追赶豆豆时经过了一番思考。

豆豆抬头看着翔宇，"我不知道。"

"你认识朱紫吗？"

豆豆茫然地摇头。

"见鬼了！"翔宇骂着，"这房子是朱紫的，你不认识吗？咱们学校的——我忘了，你进校的时候，他早就毕业了！我擦！"

"你肯定得罪什么人了！"翔宇说，"这件事一定得查清楚，你相信我，我一定查清楚。"

豆豆的面前终于停下了一辆出租车,豆豆慌忙上去,把翔宇远远地甩在了后头。

32. 如果这也能算爱

"你别天真了!"雷雷严肃地看着豆豆,"除了他白翔宇,谁还认识什么朱紫?"雷雷义愤填膺地说,"不过这名字真够任性的,怎么不叫猴子、狗子?哈哈哈哈!"

豆豆没好气地瞪了她一眼,"你能正经点儿吗?"

"太简单了!'妈妈',你当时就应该戳穿他!一切都是他弄的,就为了追你!"

"不会吧!"豆豆不敢相信。

"男人,还不就那种动物,内心企图都一样,只是表现形式不同而已,就像我男朋友吧,妈妈的,为了试探我爱不爱他,竟然弄他哥们儿来试探我。"

"你真的有男朋友了?"

雷雷沉默了。她想到了昨天发生的一幕,她正跟马学才在他的公寓里。雷雷很幸福,那间公寓比依依现在住的高档很多。可是当他们依偎着看电视的时候,马学才忽然对雷雷说:"萧豆豆是你同学?她加我微信干吗?是美女不?"

此时,她们正走在依依家的小区里,雷雷被马学才送回来,他的汽车停在小区门口,豆豆则从出租车里下来,俩人碰了个正面。

她们走进了电梯。

豆豆知道雷雷不爱在电梯里说话，她们就这么沉默着，直到进门。

今天的气氛有些不对劲儿。依依的家里向来清锅冷灶，而今天却冒着一股浓浓的热烈气氛，空气中夹杂着饭菜的香味儿。沙发上坐着一个女人，五十岁左右的光景，应该是依依的妈妈。

她俩恭恭敬敬地齐声喊："阿姨好！"

那女人却没有应声，连头都没有回。

豆豆看到她正在专心地沏着一壶茶。那比依依的手还要白嫩的指头翘成精致的兰花造型，鲜红的指甲像一朵朵小花。中指上大大的钻戒闪闪发光。豆豆看着她娴熟的洗茶动作，心里一阵一阵地打怵。

她俩快步蹿进洗手间里，雷雷赶紧关上门。豆豆偷偷地回头看了一眼，不由地失声感叹："好年轻哦！"豆豆的话就忍不住蹦了出来。

"肯定做过拉皮！"

豆豆真担心这话会不会被女人听到。

"几个人吃饭，五个菜够不够？"外面传来的声音，听上去很陌生。

"多做点儿，人多。"

"上厕所吗？"雷雷问。

豆豆摇摇头。

"那你来干吗？"

"说，说话。"

雷雷看着豆豆，眼神里露出一丝审视的复杂目光。

"你加马学才了？"

豆豆感到她眼神的复杂，立刻摇摇头，"没有，我加他做什么？"

"吃饭了——"陌生的声音又传进来。

雷雷走出洗手间。

豆豆独自待在原地。偌大的浴缸刚刚被清洗过，透出鲜亮的光彩。

洁厕剂的香气混杂着淡淡的香水味道令豆豆产生了浓重的腻味，她从未如此反感这样的味道，不知为什么。

阿姨看到了豆豆和雷雷，"同学吧？来坐下，我正沏茶招呼大家呢。听依依说了，你们是她最好的朋友。"豆豆没顾得上听她说什么，只任凭她中指上足足一克拉的钻戒在自己眼中闪耀。

"我们家依依没别的，就是脾气大，你们多包涵她点儿，这孩子被惯坏了的。总跟我发脾气，希望她别对你们这样。我总说，你跟妈妈这样发脾气最好，只要在外面别这样就好了。"

"来，坐下吧。"阿姨一边给她们端上功夫茶，一边优雅地说，"一会儿咱们吃个家宴，我记得昨天电话里的孩子叫豆豆，是吧？"她脸上泛起慈祥的表情，"你们跟依依一样，都是我的孩子，阿姨喜欢你们这些有才华的小美女。"

"能不说话吗？一见我同学就叨叨个没完，烦不烦你！"

豆豆和雷雷同时惊讶地看向依依。

依依的妈妈赶紧低下头，一遍又一遍地默念："南无阿弥陀佛……"

依依走进了房间。妈妈继续对她俩说："希望她只对我这样就好。"

依依再次走了出来，她麻利地穿上鞋子，摔门而去。

豆豆胆怯地问："她是不是心情不好？"

依依的妈妈笑了笑，然后问雷雷："依依一个月的花销能有两万吗？"

雷雷摇摇头，难道连自己亲生女儿一个月花多少钱都不知道？她偷偷琢磨着。

依依的妈妈点上一支烟，"如果我一个月给她两万，够她花的吗？"

雷雷依旧摇摇头。

依依的妈妈优雅地抽起烟来。

不一会儿，门开了，令豆豆和雷雷意外的一幕发生了。

依依牵引着一个壮实的男人走进餐厅，直接坐下。随着这个人的进入，屋里带来一股子冷冷的空气。

阿姨从厨房里出来，手里端着两个盘子。

依依的妈妈照旧坐在那儿。

依依挽着小林子的胳膊,向大家介绍:"我妈,那个。"

豆豆看着依依的妈妈。

她接着说:"我男朋友,小林子。"

大家在桌子前坐定。

依依的妈妈举起酒杯,冲着小林子说:"来,咱俩喝两盅!"说着举起红酒杯一饮而尽,"小范!"她叫做饭的阿姨,"白酒拿来,我要跟林先生好好喝一杯。"

阿姨殷勤地递上白酒。

小林子凑到雷雷的耳边说:"你最近有情感困惑。"

雷雷竖起大拇指,"你会算命?太准了!"

"我跟阿姨搬来跟你们一起住,方便照顾你们的生活。"说话的时候,依依妈妈的眼睛盯着小林子。

小林子继续跟雷雷说:"手伸出来。"

雷雷把手掌摊开,小林子一边用筷子夹菜吃,一边琢磨着雷雷的手纹。

"你的生命线很长,不过在你三十五岁左右的时候,得注意。"

雷雷好奇地睁大了眼睛。

豆豆只顾着吃饭,她的耳边是依依的妈妈"阿弥陀佛"的声音,是小林子和雷雷探讨算命的声音,是阿姨不停地问依依饭菜好吃不好吃的声音。

晚饭过后,小林子跟依依的妈妈一边喝茶,一边聊天。依依提议他们三个出去玩儿。豆豆心里有一万个不情愿。但这里不是她的家,当依依的妈妈和小林子在高谈阔论时,自己显然应该礼貌地回避。

33. 变变变变

第二天，天有点儿阴。

雷雷本不想出门的，她的心里乱七八糟的。

豆豆说什么也不承认自己加了马学才的微信，还掏出手机来让雷雷检查。可是当雷雷真的检查时，却出现了出人意料的一幕：豆豆的微信好友里，果然有马学才，而且跟雷雷手机上的马学才一模一样！

当时，豆豆快要急哭了。昨晚，她们三个人先是逛了商场，又去了一家古朴的、用旧木条做装修材料弄成的巧克力店。依依说："这家的巧克力是全上海最最好吃的。"豆豆觉得不可思议，小店里只能容下四张桌子。可是看那价格单，真让豆豆咋舌。

豆豆向雷雷解释这件事的时候，就是在这样一家小店里。小店里静悄悄的，只有她们三个坐在那儿，年轻的老板娘悠闲地在屋子里走来走去。

豆豆想：这样的事被旁人听到多丢人！她尽量压低声音，但雷雷天生嗓门儿大，想压低都不行。

"太诡异了！"她说。

依依一边吃着巧克力浆，一边不屑地说："兴许是一不小心按错了呢？"

"你有这么马虎？按错了就把我男人加了？"

豆豆不再说话，她觉得雷雷正在和自己悄悄疏远。

雷雷也感到自己说话的分量有些重，便解释道："对不起啊！我就问问，没别的意思。"

实质上这比不做解释更加令人难过。

现在，雷雷却被依依拖到了车上，她并不知道依依要带自己去哪儿。

"带你去一个长见识的地方！"依依说。

雷雷长长地打了一个哈欠。

雷雷昏睡着，依依驶进了一个高档社区。她迷蒙地睁开眼，模糊中看到金色涂成的楼顶，还写着"皇家公寓"几个大字。这只是这个小区里较为醒目的一幢楼，其余的还有建成哥特式的、中式的、四方形的，等等。她不明白依依为什么带自己来这里。

这一带说来很大，依依的车子在小道上穿行了好久，也没到目的地。过了好一会儿，她才见依依的车速缓缓地减慢，前方有一座院子，里面装饰得像个偌大的咖啡厅，还有精致的雕花铁门。依依向着那方向开，没多久，便停稳了汽车。

雷雷循着大门看去，猛然见到门牌上写了几个低调的字儿：金贵贵美容整形。她清醒了，也乐了，这名儿起的！

"你是要整容啊？你这么美……"

"是女人就得来这儿！"依依回答。

雷雷不知道说什么好了。来这种地方，她想都没想过。

不过，这里的花园真是漂亮。那些小花雷雷统统不认得，只见有淡紫的，有明黄的，还有些是桃粉色的。她想：这园丁的设计真是巧妙，可以把这些花儿的颜色搭配得如此恰到好处。最惹人喜爱的是草地上的秋千，米黄色的粗布，还有软软的海绵垫子，坐上去一定很舒服。雷雷想去玩一会儿，可是不行，她还得跟着依依进那白色圆顶的小楼里去。

小楼里也是咖啡厅！雷雷使劲儿地四处打量着，见不着平日里医院那些排队的人们，更没有穿粉色褂子的导医，更是没有恼人的消毒水的味道。相反，这里有的是百合花的香味儿，热牛奶或咖啡的服务，以及穿着黑丝袜、超短裙的长腿美女们。

"呀！林太太来了！"

一个长腿美女过来搀扶着依依，热情地寒暄着。雷雷像一只被冷落的小狗，垂着尾巴跟在她们后头。不过，这样的光景还没多久，雷雷也被另一个长腿美女挽住了胳膊。

"林太太的朋友吧？"

雷雷知道"林太太"这个称呼是随着依依的男朋友小林子而来的。小林子姓林，所以大家都管依依叫林太太。至于这里的人是怎么知道小林子的，雷雷想一定是依依自己告诉他们的吧。原来这个世道还真的是"妇"以"夫"贵啊！雷雷顿时觉得依依就像一件奢侈品，因为有了一个奢侈的主人，所以自己也愈加高贵起来。

"林太太常来，以后你也可以来我们这儿看看，我们这里都是为客人高端设计、高端策划的，我们的美容医师都是在国际上享有盛誉的海归人士。"

"美容？不是整形吗？"

"一回事儿啊，看来您还是不太关注我们这一行。"她一边说着，一边看看雷雷，"您的皮肤还能再白一点儿，下巴再丰满一点儿，桃花运会更好哦！"

雷雷一下子动心了，这些人可真的懂营销啊！她想。

依依不见了。就一眨眼的工夫，雷雷身边只剩下了一个懂推销的护士。

雷雷开始了漫长的等待。好不容易看到那扇大门的红灯亮了起来，她知道依依的手术才刚刚开始。

她想给"妈妈"打个电话，告诉她自己被带到了一个怎样的地方，拿起电话又犹豫了。也就在这个时候，懂推销的护士走了过来，手里还捧着一个大大的文件夹。

"你好，请在这上面签个字。"

"什么？"

"是关于手术风险的。"护士轻快地回答。

雷雷听到"风险"两个字，一下子犹豫了。她想：这风险是不是要签字人来承担一部分呢？

"其实您只要签个字就行了，即便出了问题，也不会找你的，你的朋友已经为她的一对乳房买了价值四十万的保险。"

雷雷似乎意识到了什么："手术多少钱？"

"我们采用的是进口硅胶，天然无刺激，绝对不会出现那些廉价材料会出现的问题,像胀痛啊、恶性物质弥漫啊,等等。当然了,价格是贵了一些,但这可是女人身上最关键的部位!对吧?"

"多少钱?"雷雷的口气有些不耐烦。

"十八万。"

雷雷倒吸了一口凉气。

"签吗?不用你负责的。"那护士的口气中显然带了些许不屑了。

"这么说,如果她的胸被挤爆了,就能得到四十万的赔偿,是吗?"

护士清高地笑笑。

"这是个好办法!"雷雷爽快地签了字。

两个小时的光景,医生出来了,"你可以进去了,依依叫你。"

雷雷像个被传唤的侍女,迈着小碎步走了进去。

依依的四周围了一圈淡蓝的围帘。

"我牛逼吧?"依依笑着说。

雷雷冷笑着,冲依依眨巴眨巴眼睛。

忽然,依依的眼睛瞪得大大的,直直地盯着天花板。

雷雷分明看到她的眼睛中流露出不平静的光芒。

"我告诉你,表面上再风光的女人,也有犯傻的时候。"

雷雷看着依依,等待着她下面的话。

"我能感觉到,我怀孕以后,小林子就拿我不当事儿了。"

"那就让她去死!"雷雷虽然对依依不满,但听到这些,还是忍不住心中的不平。

依依笑着摇摇头,"我是不会轻易输的啦!要分手也得是我抛弃他不是?"

"我有一个朋友,"依依开始慢慢地讲一个故事,"女的,当演员的。她的男朋友我认识,那男的比小林子小不了几岁,温州做生意的。她的男朋友在上海有十一个女朋友。每回他到上海来的第一个晚上,都要求这些女孩子们一道迎接他。她们会订一个大大的宴会厅,买一屋子鲜花,每个人都打扮得光鲜亮丽。"

"我的天。"雷雷觉得不可思议。

"我开始也觉得不可思议，可后来一想，你要了光鲜亮丽，还想要美好爱情？人总不能那么贪婪吧，总得有所取舍吧！"

依依说完这些，竟然轻轻地闭上眼睛，连一个招呼也没打便睡去了，留下雷雷独自待在这空荡荡的房间里，看着阳光下的灰尘。

依依的鼻子里插着一根细细的氧气管。雷雷这会儿终于能使劲儿地打量依依的脸了。依依的面容曾经无数次地在雷雷脑海里浮现，她既讨厌又有些莫名其妙的依赖。在这段日子里，雷雷深深地着迷于依依的思想。她的价值观、她的爱情观，她对待每一件事，甚至每一个人的看法，她都想知道。雷雷也曾无数次幻想，自己有一天能过上像依依这样的生活。虽然她还并不知道那所谓的"光鲜亮丽"的背后究竟隐藏着什么。她想：也许体验一把并不是坏事。

雷雷轻轻地关上病房门，暂且告别了那些阳光里的小灰尘们，去真正地沐浴一次早春的暖阳。

走出医院大厅，雷雷捧着一杯热气腾腾的咖啡，把那些长腿美女们高傲地甩在了后头。她在心里对自己说：看吧，总有一天，我会让全世界的女孩子对我毕恭毕敬。说完后，她猛然意识到自己是不是有点儿变态。院子里，园丁正举着水管给那些鲜嫩的小草浇水，水珠齐刷刷地落在小草的叶子上，剔透极了。雷雷坐在秋千上，慢慢地荡着，她想到了小林子，也想到了马学才。

依依只在医院里休息了一个钟头，便能正常活动了。她站在镜子前，看着一下子长出来的美丽曲线，啧啧地自我夸赞。

在医生和护士们的目送之下，她们并肩走出了医院。

雷雷在花园里的秋千上坐了好一阵——她在等着依依，这个时候，依依一定躲在汽车里化妆。她不愿让雷雷待在一边，陪着自己化妆的。

秋千上，雷雷贪恋地望着这片草地。在这个城市里，这样的绿地实属弥足珍贵。如果这里不是整形医院，该有多好！雷雷想。

依依要去见一个人，雷雷只好跟着。她在心里暗暗地发誓，自己再也不陪这女人出来干这么无聊的事了！眼下，实习汇报演出的单本剧还没弄好呢！

而现在她只好待在这辆乏味的小汽车上，任凭对方决定自己的方向。

汽车在拐角处停下了。依依熄了火，对她说："稍等一下，他马上出来。"

依依打开车窗向外张望，不自觉地掏出小镜子照照自己的面容。

雷雷百无聊赖地玩弄着手机。早在一个小时前，她就给马学才发了一个"亲亲"的表情符，他没有回复。

"朱紫！朱紫！"依依叫着下了车。

雷雷一下子从车座上弹了起来。

她摇下车窗，使劲儿把脑袋探出去。

依依跑到了拐角另一端。雷雷巴望着，过了大概五分钟的光景，依依走了回来。

雷雷迅速地给豆豆打了电话："你在哪儿？在原地等我，我一会儿去找你，但是现在去不了，你等我好了。"

依依快步走了回来，雷雷果断地挂了电话。

"你的小鲜肉？"雷雷故意嬉皮笑脸地问。

依依看了雷雷一眼，"办保险的。"

雷雷不再说什么。

依依发动了汽车。这一刻，雷雷坐在汽车里，下意识地把头扭到窗外。路旁的风景是单调的街道，除此之外，别无新鲜可言。短暂的旅途中，雷雷的大脑变成了高速运转的电脑，快速地搜索着"数据"，并进行精密的分析。她隐隐地产生了一种不好的感觉：依依太像万花筒了！她一会儿做出可怜状，一会儿又穿上高傲的外衣，一会儿又变得神秘兮兮。就拿刚才来说，依依说那个男人是"办保险的"，可是豆豆明明清楚地告诉自己，这个叫朱紫的人是戏剧学院毕业的，难道是改行了吗？

雷雷不可避免地想到了另外一件事，关于马学才的微信。凭良心说，她有点儿不太相信豆豆会骗自己。这个豆豆"妈妈"，她还不了解吗？自己跟她相处这么多年了，这丫头只有被骗的份儿。

依依专注地盯着前方，当汽车在红灯前停住时，她忽然转过头来，笑着对雷雷说："晚上回家，我给你摸摸我胸部的质感！"

雷雷诧异了一下，她感觉依依又换了一副面孔。

没多久，雷雷和依依便坐在了昏暗的酒吧里。在她们的四周，厚重的围帘将她俩严实地裹在了里面。唯有她们头顶上一盏微微的射灯，冲着两张标志的脸蛋儿投下温柔的光。雷雷想着刚才经过的围帘外的光景：映出人影的大理石地面，红木展台，展台上精致的紫砂茶道。

雷雷轻轻地拿起光滑的紫砂壶，她温热的手掌抚摸着细腻的壶身，那简直是一种无法用言语形容的肤觉享受。雷雷恋恋不舍而又小心翼翼地放下壶。她发现跟这把一样品质的小壶竟然排成了长长的一队！

雷雷抬起头，见到秀气的男服务生，那是一个蓝眼睛、金黄胡子的小老外。在见到雷雷的一刹那，眼睛里忽然闪现出电火花。雷雷心头一怔，脸上竟然泛起红晕来。那紫砂壶在微黄的灯光下反射出了雷雷那张红扑扑的脸，雷雷认为男生一定是看到了。

这家酒吧里，除了雷雷和依依之外，其余的人均是年龄不等的老外。依依告诉雷雷，这是有钱人来的地方。老外一边赚欧元和美元，一边花人民币，所以才能来这样的场合消费。此时雷雷正在想着金色胡子的男生。其实刚才雷雷也跟他偷偷地放了一回电的，没想到这第一次跟异性放电还挺成功。看来从刚上大学那会儿起就跟着女同学们练习的"电眼功"没白练。虽说如此，这第一次的尝试还是让雷雷怪心惊胆战的。她发现物理课上学的"力的作用是相互的"这一原理可以用在各个领域。放电也是一样，你跟他放电吧，你的心里也痒痒的，很不是那么回事儿。

还好，那男生不会找到自己的了。她们所在的这间"围帘屋"隐秘得很。没有主人的许可，任何人都不允许接近。雷雷想：这可真是这座城中最高标准的待遇了。

依依翘起兰花指——这样能让她的法式水晶指甲更容易被发现，轻轻地拿起白瓷咖啡杯，优雅地嘬上一小口咖啡，脸上洋溢着满意的表情。

雷雷清楚地看到，依依是真真切切地变了的。虽然自己还不能适应对方的变化，不过，从依依的表情看，她一定是适应了的。只见依依努力地挺起胸膛，双峰在薄如蝉翼的打底衫里高傲地挺立着，还有一股子想冲破那衣裳束缚的冲动。

雷雷偷偷地感叹，这技术手段真了得，昨天还是前胸贴后背的"飞机场"，今天就成了高耸入云的"喜马拉雅山"。

手术前，大夫跟依依商量："要不咱小点儿吧，大了怕是身体负担重，毕竟你那么瘦。"

谁知依依白眼一翻，嘟起嘴巴说："你懂什么？就是要人瘦瘦的，胸大大的，才好看！"

大夫只好作罢，按她的要求，实现从 A 到 D 的转变。

依依在自己还没完全康复的时候就已经重新抹上了化妆品，等待着一个重要人物的出现了。

这个人就是小林子。依依为了他，改变了胸膛。

雷雷很是好奇，什么人能让依依付出十八万的代价，并且要在日后时刻小心这胸上的"喜马拉雅"会变成活火山，弄不好就来个硅胶喷射。

医生告诉依依："尽量少乘坐地铁。"

当然，医生的意思是提醒她：地铁的拥挤程度说不定会把"喜马拉雅"挤爆，到那时候，就真的变成"飞机场"，再也变不回来了。

依依不解地看看大夫，"我这样身价的人，还能坐地铁？"

雷雷看着依依，只见她的一双耳朵上挂了纯白色的珍珠，好看极了。

"你这么折腾，为啥啊？"雷雷问。

依依瞪大了眼睛盯着雷雷，"你是不是跟豆豆待一起混时间长了？怎么说话跟她似的？装什么纯情少女！"

雷雷有点儿生气，她觉得依依对豆豆"妈妈"的态度有些奇怪。为什么她说话的语气里总是很瞧不起豆豆"妈妈"的样子？一刹那间，雷雷发现自己竟然那么不喜欢依依那待人的方式。奇怪的是，在这一刻之前，她为什么要对她有求必应？更奇怪的是，虽然心底里存在厌恶，她却如此强烈地希望能变成依依。

雷雷沉默了。

依依脸上显出了少有的尴尬。她知道自己这样做是不好的，更清楚豆豆在雷雷心中的分量。可是为什么自己就那么管不住嘴巴？为什么每回都要赤裸裸地流露出对豆豆的"鄙视"。更可怕的是，打心底里说，她真的鄙视豆豆吗？

依依不再继续想下去，而是及时地收起了思绪。因为就在这个时候，小林子出现了。

雷雷见到那帷幔被两名年轻的女服务生掀起来。女生是金发碧眼的白姑娘。雷雷的视线十分不自觉地滑到两个女生的胸口，她看见了那若隐若现的深深的"山沟"。看那身材，真像欧洲古典主义时期的那些美女们，个个穿着束腰的裙子，曲美的线条清晰可见。

相比之下，小林子的外表显得寒碜极了。至少雷雷此时是这么想的。

雷雷第一次直视小林子——此前，她要么跟他打个照面就离开，要么就看着他的侧脸。小林子的脸挺大——不仅如此，脸上粗大的毛孔即便在微光的遮掩下依旧无法做到"深藏不露"。雷雷看见他脸上的毛孔像热带鱼嘴儿那样地张开着，脸颊和鼻头上的红色像刚喝过洋酒。为什么是洋酒呢？雷雷知道他们这些人只喝洋酒，而且是掺着冰块儿来喝的。那酒冰凉得足以刺穿胸膛，然而他们还是肆无忌惮地喝着。

雷雷迅速地看了小林子一眼，随即装模作样地喝起咖啡来。她感到背后有一股刺眼的光芒刚好投射在后脑勺上，引起了心里的一阵慌乱。

雷雷在低头喝咖啡的时候，听到依依对小林子说："人家都想你了——"

"哦？真想假想？"小林子问。

雷雷猛地抬起头，目光就那么不自觉地落在了依依的胸部。小林子的目光也恰好地看向那里，他的手随着眼神儿而动，上下摸着依依的胸膛说："打气儿了？"

雷雷被咖啡狠狠地呛了一大口，剧烈地咳嗽。

"这是雷雷，你们见过的哦！"

小林子微笑地看着雷雷，若有所思。

依依挺起了胸膛，"我好看还是她好看？"

小林子拿起洋酒杯呷了一口，"都好看！"他"呵呵"地笑着。

"讨厌！"依依不满意了，"那你的意思就是雷雷比我好看呗！那你跟雷雷好好了，别跟我好了！"

"你看你！"小林子指着依依，冲雷雷笑着，"真任性！"

依依瞪了小林子一眼。

"你们有个老师姓古吧。"小林子看着雷雷问。

依依给雷雷使了个眼色，雷雷连忙回答："是，是的。"

"嗯。"忽然，小林子的脸上莫名地堆起了笑容。

"你认识啊？"雷雷忽然兴奋了起来。

小林子像小孩子一样往雷雷那边凑了凑，还用双手托着下巴，做出可爱状，盯着雷雷。

"你有八卦跟我讲讲呗？"雷雷问。

"回头我把他叫出来，你自己问他不就好了？"小林子说。

"那还叫什么八卦！"雷雷瞪了他一眼，"真任性！"

"任性"这个词儿是雷雷评价别人时用的口头语。比如说上次豆豆抱怨说不想考试了，雷雷便瞪了她一眼，说："真任性！"

"你别理他，他哪儿认识老古，是我告他的。"

雷雷坏笑着看着小林子，小林子却实打实地跟雷雷放了一记狠狠的电火花。

雷雷的笑容僵住了，心里像打翻了的马桶，有东西想要倾倒出来，却必须为顾及形象而强忍回去。

她不知道自己脸上的表情是什么样的，更不知道此时的脸色会不会很难看。小林子红鼻头上粗大的毛孔更得意地张开了，雷雷不知道这得意是从哪里来的。

小林子看着雷雷，那眼睛眯成了一道细细的缝儿，雷雷却能从那缝儿里看到色眯眯的亮光。

小林子的表情渐渐变得严肃起来，他盯着雷雷的额头。雷雷感到这人简直莫名其妙。

"凑近点，我再仔细看看。"

雷雷乖乖地把脸凑近了，她闭着眼，尽量不要看到红鼻头上粗大的毛孔，兴许还有那些着急冒出来的黑头。雷雷想到这里，胃里喝下去的咖啡又产生了向上涌起的压强。

"嗯，你额头间有点儿小黑痦子。"

"有吗？"雷雷摸着自己的额头，"没有，真的没有，你看错了。"

"哈哈哈哈，我告诉你，很多东西看是看不出来的，要靠感觉。"小林子说着，眼神里流露出浓重的暧昧之光。

雷雷若有所思地点点头，"是不是真的？你别忽悠我哦！"

"手？"

雷雷摊开右手手掌。小林子接过去，仔细地看着。雷雷却分明地感觉到手掌心丝丝的微痒。这微微的感受一直传到心里，她想说，算了，不看了，不看了。然而那只有力的大手却紧紧地钳住了自己的小手。

这感觉在她们离开小林子之后的一段时间里还在延续。

小林子和雷雷互相留了联系方式。

那一幕清楚地印在雷雷的脑海里。小林子向她要电话的时候，依依只是在一边笑着。快要分手时，依依忽然对小林子说："雷雷是不是快成我表妹了？"

"什么是表妹？"雷雷心头一震，她愣愣地看着眼前这两个人。

小林子只是笑着，笑了一会儿才说："你们这些女孩子，想法这么复杂！"

依依坏笑着，"我不介意的啊！"

"什么意思？"雷雷还是不能明白，她感觉这两个人的谈话像是在说暗语。

"让她说。"小林子把问题推给了依依。

依依冲着雷雷俏皮地眨巴眨巴眼睛，挤眉弄眼地说："就是我在前，你在后的意思。"

雷雷依旧愣愣地看着依依。不过很快她便大彻大悟。如果没猜错的话，小林子也打算把雷雷收做女朋友。

雷雷犹豫了。

34. 把危险留给自己

豆豆正坐在学校剧场外的板凳上，迎着太阳发呆。学校今天的气氛不太一样。豆豆他们也是提前下课了的。后来，豆豆才发现原来今天是一个十分重大的日子——一是全国的话剧节在这里开幕，二是位于学校后门附近的高尔夫俱乐部在搞一个纳新仪式。

豆豆抬起头，好几个拉着红色横幅的热气球在学校上空招摇着。那些巨幅海报装点了每一块裸露着的楼体。那些海报她刚才已经看过了，上面的女孩子的面容令她羡慕不已。每一个都漂亮得像明星，事实上，她们也算是半个明星了吧。这些海报上的美女是要来参加话剧演出的演员们，她们是从全国各地来到这里的。豆豆想：自己如果能长成那样该有多好！也许那样就不用这么辛苦地准备考博了吧，说不定会有导师看到自己漂亮而收下自己呢，豆豆一直认为这样的事情不可能在自己身上发生。她不是天生的幸运儿。从小爸爸就嫌弃她又黑又丑，正因为这样，她还没学会说话便开始学着吃水果——吃很多水果，喝很多牛奶，终于让自己变得像牛奶一样白了……可惜爸爸也走了，再也看不到了。

豆豆长长地叹一口气。她坐在那里，看着参赛的明星们迈着矫健的步伐从自己面前经过，偶尔还能见到几个真正的一线演员。她看到这些明星大腕儿们身边簇拥着高矮胖瘦不同形态的人们，自己就像一只流浪的小野猫似的，躲在无人察觉的小凳子上，孤独地看着夕阳渐渐落山。

豆豆想了很多，她怎么想也不明白"爸爸"会有什么要紧的事情告诉自己，杂七杂八的猜测在脑袋里像小蜜蜂一样嗡嗡乱飞。可是现在她什么也不想说，就想那么坐着。有人在身边可真好。豆豆想：至少不用在各路明星大腕儿面前像只小野猫了。

"豆妈——豆妈——"雷雷打远处奔来，她尖锐的嗓门儿引得学校里的"大腕儿"们投来了怪异的眼光。雷雷一屁股坐在豆豆身边。

"你后来怎么不接电话了？"豆豆迫不及待地问。

"再接就穿帮了！"

豆豆意识到了什么："怎么回事？"

"我告诉你，你可能要倒霉了。"

豆豆最怕听到这样的字眼，依她的心理承受能力来看，这足以让她崩溃的。

"'爸爸'，你别刺激我了好吗？"豆豆哀求着。

"你说你的电脑在一个叫'朱紫'的人家里？"

"我听翔宇这么说的。"

"今天依依见的一个人也叫朱紫。"

豆豆一下子被巨大的晴天霹雳砸中！她们就那样地相互看着，豆豆感觉自己的头顶飘来一片乌云。她抬起头，太阳依旧挂在那儿，一丝云彩也没有。

"他长什么样？你问他了吗？他家在哪儿？"豆豆必须要把问题弄得水落石出。

雷雷拿过豆豆手里的矿泉水，对着嘴巴狠狠地灌了一通。就是她喝水的这一点儿时间，豆豆的心高高地悬了起来。

"我没见着。"雷雷说，"那人躲在拐弯处，依依告诉我他是卖保险的。她今天丰胸了，十八万！"

豆豆倒吸了一口凉气。

两个人沉默了。"朱紫"这个代号对于豆豆来说已经不是紧要的了，而眼下最令她紧张的人是依依。

天空中又飘起了几个红色和黄色的氢气球。一会儿工夫，就有六个了。

"你看，真好看！"雷雷碰碰豆豆，让她看。

豆豆低着头，无精打采。

"这个事没完。"雷雷认真地说。

豆豆抬起头，看着雷雷，认真地盯了她许久，然后说："我真的没加马学才，你相信吗？"

雷雷用笃定的眼光看着豆豆，认真地点点头。

"而且，"豆豆想起来，"依依怎么知道你和翔宇在新天地喝饮料呢？"

雷雷不说话了。

"豆豆，"她思索着接下来该说些什么，过了一会儿才开口，"我见翔宇是因为，我怕他和马学才一样，也不懂得珍惜。你信吗？"

豆豆沉默了。她仰起头，望着随风摆动的氢气球。如果自己是一只小小的气球该多好！那样就没有烦恼了吧！

"爸爸，"豆豆说，"其实依依也挺不容易的。"她看着雷雷，"她在电视购物卖东西，那些她不在家的通宵，其实都在卖东西。那是个特别小的台，依依说，选择那里是为了不让小林子看到。"

雷雷沉默了，她更加确信了"依依是个万花筒"的结论。

在她们前方，一些时尚的学生拥簇着一位明星站在剧院门口拍照片。那响亮的"一、二、三……茄子"的声音令豆豆产生了莫名的烦躁。

豆豆想起了今天自己得到的重要信息。她思忖了片刻，还是开口了。

"我跟佟教授联系上了。"

雷雷笑了，"恭喜你啊！"

豆豆长长地叹了一口气说:"他让我去他家谈。"

"他家在哪儿?"

"龙江!"

"这么远!把你卖了都找不回来。"

"瞎说!有地铁呢!"

"一、二、三,茄子!"豆豆和雷雷面前被一群叽叽喳喳的照相族塞了个水泄不通。有人向后使劲儿一退,沉甸甸的鞋跟结结实实地踩在豆豆的脚背上,豆豆发出一声惨叫。

那女孩慌张地回过头来,快速而草率地说了几声"对不起",便随着照相大军离开了。

雷雷狠狠地瞪了那些人一眼,"真任性!"

"言归正传,咱得保护自己,不能吃亏。"雷雷念叨着。

"要不,我跟他商量着,在学校见面?"

"你傻啊!"豆豆的话刚一出口,立刻被雷雷严厉地反驳了,"那不是太明显了?你不信任他,所以提出要在学校见。那他会想,我是导师,我还得听你安排,不合适啊!"

豆豆认为有道理。

"可是……"

"有点儿危险,他有可能给你放一段色情片,让你分析分析,再干点儿啥。"

"不会吧!"听雷雷这么一说,豆豆有点儿想放弃了。

忽然,雷雷捂着嘴巴乐了,"小朋友,小朋友,今天爷爷来给你看一个色情大师的作品,希望你不要跟大师擦肩而过,哈哈哈哈……"

"不理你了!"豆豆生气地说。

"逗你玩儿的,你知道有种东西叫防狼喷雾吗?要是他敢对你怎么着,你就对着他眼睛一通乱喷,然后就跑!"

豆豆的心怦怦直跳,她不由得联想到了那个可怕的场景:佟爷爷色眯眯追着豆豆，要抱住她的腰，嘴里还不停地说："不要和佟大师擦肩而过啦！不要和大师擦肩而过啦！"豆豆满屋子跑，忽然，她站住，掏出防狼喷雾，对着佟爷爷的眼睛……佟爷爷发出一阵激烈的惨叫……这个场景一直伴随着豆豆，让她惴惴不安。

35. 敢为死亡先

雷雷和豆豆开始往家走。在临进小区时，雷雷忽然对豆豆说："你觉得我们这么住下去是个办法吗？"

豆豆摇摇头，其实她早就想说了。在依依的映衬下，自己真像一只丑小鸭，当依依每天忙着搭配名牌的服饰、包包和各式各样的首饰的时候，豆豆却只是穿上发白的牛仔裤和不变样的棉夹克，最后背上的是双肩包。豆豆每每看到堆放在门口的那一摊华丽的高跟鞋里夹杂着自己的那双国产的、从地铁商城买来的运动鞋，便深深地感到自己和依依其实是两个星球的生物。一次，依依竟然在穿高跟鞋的时候，当着她的面用自己的鞋跟踩在豆豆的运动鞋上。那鞋子就像被践踏的小石头，很快便被踩了一个深深的窝窝。依依走后，豆豆心疼地拿起鞋子，抚摸着被踩的窝窝，委屈得说不出话来。

这会儿，豆豆终于看到了自由的天空，她为自己的小招财猫能有一个真正属于自己的空间而高兴，于是她使劲儿地点头，像鸡啄米那样。

"那么好，咱们跟依依说清楚，搬出去吧。"

豆豆的脸上露出了欢喜而又委屈的笑容，她说："我还以为你有了依依就不要我了呢。"

雷雷瞅了豆豆一眼，"真任性啊！"

豆豆笑了，这是今天以来她笑得最开心的一次。

当豆豆按照地址找到佟爷爷家的小区时，他早已站在那里等待着豆豆了。看见他，豆豆下意识地摸摸书包里的防狼喷雾。很好，还在，她想。她把防狼喷雾放在书包外的小口袋里，这样，一旦有情况，就更容易拿出来了。佟爷爷笑眯眯地说了一声："小朋友，你早啊！"便带着她走进小区。

他们走过了长长的路，差不多围着小区转了一个圈儿，才到达他的家。刚到楼下，豆豆忽然发现原来这座楼就在距离大门口一百米远的地方。豆豆有些不理解，为什么要带自己兜这么大的圈圈？如果他有企图，还不直接把豆豆带进家里了？要是他没有企图，叫自己来这儿做什么？她正绞尽脑汁地想着，佟爷爷开口了："带你转一圈，让你看看佟老师家的居住环境。"

豆豆不好再说什么了，感觉有点儿无语。

佟爷爷家在一楼。豆豆得知这一事实后，便暗自庆幸，万一遇到不好的情况，自己逃脱起来也还是方便的。佟爷爷今天的表现似乎跟往常不同。以往，豆豆无论在课堂上还是在校园里见到他，他总是笑眯眯的，恨不得把那笑容印在你的脸上，而现在，他却严肃地板起了脸孔。

豆豆坐在沙发上，拘谨地低着头，等着佟爷爷说些什么。在她面前，一个硕大的物体用花布盖着。佟爷爷站在大东西旁边，忽然，他用力一扯，花布脱落下来，一尊跟佟爷爷一模一样的雕像赫然呈现。豆豆好奇地打量着，那东西雕刻得太细致了，连脸上的皱纹都清清楚楚。

"二十万！怎么样？"佟爷爷自豪地显摆着。

豆豆盯着这件耗资巨大的"大师像"，"铜（佟）爷爷"的眼睛恰好在直视自己。不仅如此，那"佟爷爷"的手里也拿了一把扇子，扇子上"环球同此凉热"的大字同样清晰可见。

"这个是用来做什么的？"豆豆胆怯地问。

佟爷爷脸上的皱纹舒展开了，"佟老师买了一块墓地，"他伸出三根手指头，"三十万！"他抄起旁边的扇子，摆出跟铜像一模一样的姿势，扇起"风度"来，

"怎么样，等佟爷爷故去以后，就把这个屹立在佟爷爷的墓碑旁边，够不够雄伟？"说着，他使劲儿挺直了胸膛。

豆豆看着他的姿势跟铜像很是一致，便赶紧点头："是，是的，见到铜像就像见到您一样，万古长存。"

说完后，豆豆感觉自己的马屁拍得有些奇怪。

忽然，佟爷爷收起了扇子，一溜烟儿钻进里屋去了。豆豆紧张了，一会儿他出来的时候，会不会只穿一件睡衣？豆豆这么一想，更加害怕了，立刻在脑海里搜索着解决办法。她把"防狼喷雾"掏出来，揣到运动裤的口袋里。

佟爷爷出来了，豆豆的心揪起来了！他果真穿了一件大睡袍！豆豆想：麻烦了，这会儿是真的到了与敌人斗智斗勇的时候了！她只觉得自己手在发抖。慌张中，豆豆四处搜寻着逃生路线。

佟爷爷解开了睡袍！豆豆蓦地站了起来！她眼睛直直地盯着佟爷爷，心脏剧烈地跳动。她悄悄地把手插进口袋里——如果佟爷爷再往前走一步，那么她将毫不犹豫地掏出防狼神器！多亏雷雷"爸爸"想得周到，她暗自庆幸。

佟爷爷走近了，一只手插进对面的袖口里，掏出一卷白纸。豆豆赶紧接过来，小心地打开，那上面是密密麻麻的小字，豆豆赶紧认真地看。

"现在请你看佟老师刚刚给你的白色手纸上的黑色小字为符号的题目。"佟爷爷说着。豆豆虽然听着费劲儿，不过，当她看着那上面的黑色小字儿，心里却一下子放松。那黑字分明写着："电影文体考论。"刹那间，窗外的天儿放晴了，建筑物也格外明亮。豆豆责怪自己——那些想法是多么的幼稚可笑，想想自己的那些担忧，简直是以小人之心度君子之腹了！豆豆开心地寻思着。

"这是佟老师写的文章，你看看。"佟爷爷严肃地说，同时慢悠悠地扇着扇子。豆豆却感觉到了一阵凉意直沁筋骨——单看文章题目，豆豆就不能理解这佟爷爷究竟想说什么。

"看完之后回答佟老师一个问题。"

豆豆一下子紧张起来了，她看着佟爷爷，心想：如果自己回答不上来，兴许佟爷爷就不要自己了。

"回答：艺术的母题是什么？谈谈佟老师这篇文章的艺术特色。"

豆豆只觉得脑袋发蒙，又是艺术母题！她真的不知道答案啊！至于后面一个问题，她能回答出一些。不管怎样，豆豆翻开佟爷爷给她的那一卷白纸，一页一页认真地看着。

佟爷爷摇着扇子踱着方步走了出去。豆豆见他走出了客厅，稍稍地缓了一口气，掏出手机看看，上面显示了雷雷发给她的若干条消息。豆豆顾不上回复，她生怕佟爷爷忽然出现在自己面前，发现自己在干跟学术无关的事儿。她揣好手机，继续看文字。

佟爷爷的背影挺立着，豆豆看得出了神儿。必须承认的是，豆豆不是成心要走神的，她实在看不懂佟爷爷写的那些个长长的句子。

忽然，佟爷爷的背影中出现了令人不可思议的一幕。豆豆起先以为那是自己的幻觉，而后发现这的确不是了。佟爷爷的身前，一阵冲锋般的水柱子喷射出来，强有力地冲入云霄。豆豆弄不明白那水柱子是从哪儿来的，却分明地预感到，如果那站着的不是佟爷爷，而是韩剧里的俊男靓女，一定是很浪漫的。豆豆走近一看才明白过来，那是佟爷爷家里的喷泉。开始她不能相信，总觉得应该是小区里建造的喷泉，只不过是距离佟爷爷家的院子比较近罢了。而接下来发生的事儿，却让豆豆深信不疑。

楼上大妈的叫骂声穿透了整间房屋："搞什么搞！阿拉刚洗的衣服，又搞湿塌了！娘那个屁！脑子有毛病啊！在院子里修喷泉。我回头就去告你，你信不信！马上写信给你们单位！你要赔偿我的损失！还教授呢！没公德！"

大妈的话落在豆豆心里，让豆豆觉得自己十分难为情。再看看佟爷爷，则仰望着天空，不知道跟谁说："喷泉的母题是水，那么艺术的母题是什么？"

"十三点！"楼上的大妈狠狠地骂了一句。

豆豆想：她一定收起衣服回家了。

佟爷爷关上了喷泉，走回屋子，微笑着对豆豆说："喷泉是我灵感的来源。"

豆豆看着佟爷爷，慢慢地点点头。她真想扒开佟爷爷的内心，看看那里面都刻了些什么。

"看完了没有？"

豆豆赶紧低下头，回避对方的目光。用这样的方式，自己就不用被佟爷爷点名回答问题了。

"跟大师交流完了没有？"佟爷爷再次问，"当然，我不是大师，但是对于年轻人来说，比他年长的人都可以叫做大师，我们要时刻把大师的形象摆在心里，这样我们才能不断地进步，你说对不对啊？"

豆豆赶紧点点头。

"那么你能不能告诉佟爷爷，佟大师的得意文章最宝贵的艺术母题在哪里？"

豆豆前所未有的沮丧压抑在心头。

佟爷爷用期待的眼神看着她，尽管那张脸已经泛起微微的笑意，豆豆却愈加慌乱了。她思索着，能否从之前佟爷爷课堂上的讲话找出点儿只言片语来应对，却根本无从想起。

豆豆摇头。

气氛凝固了。

如果那喷泉再喷喷该多好！豆豆想。至少能让自己的目光找到一个落脚的地方。

"小朋友没看出来？"佟爷爷问。

"不懂。"豆豆小声回答，她终于承认了自己的无能。

"小孩子真是聪明。我就说现在的小孩子兴许是吃得好了的，智商发育也好，身体各部分发育都好，看问题精确得很。真是了不起，以后都能成为大师。只要肯努力，肯向大师看齐。"

豆豆木然地盯着佟爷爷，她不明白佟爷爷这无端的感叹为的是啥。

"看来你已经看出了艺术的母题。"

豆豆更加不懂了。

"为什么佟爷爷的文章是经典？"

"艺术的母题。"豆豆学着说。

"为什么？"

豆豆急了："不懂。"

"唉！对了嘛！就是不懂！两个字！不懂！"

豆豆从未见佟爷爷如此激动过。

"我说对了？"豆豆不知道自己说了什么就对了。

"对了嘛！不懂！我告诉你啊，一句话！好的东西是看不懂的！"

豆豆恍然大悟。

佟爷爷站在雕塑旁边，晃悠着那把扇子，再次重复着跟雕塑一模一样的体态。豆豆看着真假佟爷爷，想到佟爷爷用尽所有积蓄买了一块大墓地并且做了这个雕塑。佟爷爷说，活着的时候没住上别墅，死了以后也得住。想到这里，豆豆心中生出了一股悲凉！忽然间，她眼前那个活的佟爷爷消失了，只剩下一尊铜像。豆豆想：总有那么一天的，佟爷爷不在了，可是那铜像还在。到那个时候，自己就只能看着铜像爷爷和"环球同此凉热"的扇子了。想到这里，豆豆忽然意识到无论什么人，当他从地球上消失的时候，人们都会悲伤吧！佟爷爷也是的。

"小朋友？"佟爷爷看着豆豆。

豆豆赶紧在脸上堆起笑容。

"你还是很有才华的孩子，继续努力，一定可以跟大师交流。只有像大师一样写作，才能成为大师。"

"佟老师，我只是想考博。"

"考博也要这样的，我看了你的论文，不到位，大家都看得懂，怎么办呢？只有从现在开始练习，写佟老师这样的论文才行。好的东西是别人看不懂的。别人都看懂了，还怎么体现出大师的价值呢？没有什么值得请教的了嘛！"

豆豆再一次明白了，这次她还意识到任务的艰巨。

"你现在把吃饭给我翻译一下。"佟爷爷说。

豆豆摇摇头。

"所谓吃饭就是以骨骼、肌肉、纤维组织为主要成分,附带神经系统和循环系统相互配合构成的运动机体在空间范围之内所做的呈直线和曲线方式并存的位移活动,并且通过消化道的配合而进行的自上而下的体内物质运输方式。"佟爷爷说完后,微笑着看看豆豆。豆豆很担心他的肺活量是否够用,毕竟是一口气说完一个长长的句子。

豆豆点点头。

"那我说一句话,你来翻译一下?"

豆豆想:自己肯定不会,刚才这个就听不懂。

"高级灵长类动物不能为自己生殖泌尿系统排出的污浊之物所窒息。"

豆豆灵机一动,脱口而出:"活人不能让尿憋死!"

佟爷爷满意地笑了。

豆豆陷入了无边的沉默。

36. 不爱也要坦荡荡

雷雷跟豆豆沟通好了见面地址,便来等着她了。当豆豆走出地铁站时,老远地听到有人用尖锐的声音喊她:"妈妈!"导致周围的人都向豆豆这边投来质疑的目光。

豆豆见到"爸爸"兴奋极了,她跑过去,想跟她说说今天发生的事儿。这是"爸爸"和"妈妈"之间每天必要的交流,彼此说说一天以来遇到的事情,然后双方做个讨论。可是今天的雷雷却不怎么开心,豆豆跟她说佟爷爷家里那些雕像啊、喷泉啊之类东西的时候,她也没表现出明显的兴趣。

"爸爸，你怎么了？"

"那个用了吗？"

"我没用呢！嘿嘿嘿嘿。"豆豆傻笑着看着雷雷。

雷雷忽然看着豆豆，想说什么，却没开口。

"你今天干吗了？"豆豆问她。

雷雷看着远方，招呼了一辆出租车。

"跟依依逛街去了？"

出租车停下了。

"依依她妈好优雅哦！你说，跟咱俩妈怎么那么不一样？对了，那个小林子好老啊！依依为什么要找这么年老的男朋友啊！她是不是可以考虑他的儿子呢？如果我是依依，我就会这么考虑的。"

"妈妈！你很烦唉！"雷雷忽然冲着豆豆大叫。

豆豆委屈地闭上了嘴。

"前面第一个路口左拐，第二个路口右拐，直行两个路口，路边靠右停。"

出租车司机果断踩下油门。

豆豆看着出租车走上了一条令自己陌生的道路。雷雷看着窗外，没有一点儿跟豆豆交流的意思。豆豆想起佟爷爷对自己的要求，心里十分难过。她记得临走时，佟爷爷对她说："回去写一篇让人看不懂的文章来，我们之间才可以进行交流，不然是白白浪费时间。"

豆豆当然明白其中的含义，那就是如果她不能像佟爷爷一样的说话，那么就甭想着再考什么博士了。佟爷爷会认定自己"不能和大师交流的"。

时间已经到了下午，豆豆快一天没吃东西了，胃里"叽里咕噜"地抗议，而嘴巴却丝毫都不愿意张开。街道上的车流开始增多，人们都迈着疲惫的步伐，希望快快结束这一天的生活。豆豆产生了莫名的时间厌倦感，她不想要这该死的青春和考博了，巴不得现在就变成一尊铜像，找一个僻静的地方，永永远远地矗立着，用悠哉的目光看着人间百态。

出租车在车流中像鳗鱼一般快速地穿梭，转眼就到了目的地。豆豆不知道这是哪里，她想：八成是雷雷带自己来吃饭的地方吧！

豆豆下了车。她看到这里是杂乱无章的闹市街道，老旧的居民楼下开着各式各样的小店，有修车铺、洗衣铺、鲜花礼品店、水果店、烤鸭店、糕点店……街上人挨着人，比她们之前住的那个老旧的居民区还要古老，还要热闹。

豆豆的心一下子回到了那段不好的记忆之中。雷雷带着她冲着一个白色灯箱走去，那灯箱上用红色的大字清晰地写着"青年旅社"。

"前台"的人是个大叔，戴着一副老花镜，正看着报纸。豆豆许久没见过这样的景象了。在这个时代里，这样的人似乎只在电影中出现。豆豆扯着雷雷的袖子，走进这间陈旧的老式公寓。空气中弥漫着一股令人厌倦的味道。紧凑的三居室成了客房，而中间狭窄的客厅则成了摆放脸盆和洗漱用品的地方。豆豆明白了，这一定是她们的新住处。不过，地方虽然简陋，但不管怎么说，也是暂时属于自己的了，她的"猫咪"们能有自己的空间了。

然而雷雷并没有带她走进这三居室中的任何一间，而是绕过后门来到了厨房后侧的一扇小门前。这扇门脏兮兮的，似乎沾染了油烟。雷雷掏出钥匙，打开了门锁。

豆豆看到了自己未来的日子，一间不足十平方米的小屋子，放了一张上下床。床头的地方只勉强塞进一张电脑桌。俩人的行李铺满了一地，她们连落脚的地方也没有。豆豆有些烦躁，想把这些大大小小的包裹统统踢走。转眼间，却看到了招财猫在满屋狼藉之中悠哉地摇着手臂，她安静下来了。

"明天得去换一把锁。"雷雷说，"这屋子不安全。"

听雷雷这么一说，豆豆感到有些恐惧。

"房租多少？"豆豆问。

"五十，一天。我找了一圈，才见着这个价钱合适的地方。先凑合着吧，等缓过劲儿来再找。"

豆豆打量着这间屋子，她发现这房间里竟然没有窗。

"能洗澡吗?"豆豆问。

"旁边有公共澡堂。"

豆豆没再说什么。

"总有一天,我要让所有的人看看,我雷雷是谁!"

豆豆看着雷雷"爸爸",她无法明白,雷雷心里究竟在打算些什么。豆豆正想着,雷雷的手机响了。她赶紧接起电话。豆豆听到雷雷说话的语气竟然变了一个样子。

"宝贝,你在哪儿?我和豆豆住在暗无天日的地方。算了,不跟你说了,你去享受美好的大餐吧!再见!"

豆豆隐隐地感到雷雷的话语里充满了异样的信息。她看着雷雷,用眼神询问她这通电话的讯息。

"爸爸,到底发生了什么啊?你还没告诉我呢。"

雷雷刚要拿出一支烟,忽然想到这屋子里没有窗,便顺手放回去了。她躺在床上,低声说:"好累。"

豆豆看着她,"出去吃饭吧。"

雷雷望着天花板,目光呆滞。

雷雷果断地从床上弹起来,忽而兴奋地说:"有什么大不了的!我就不相信老娘能在这儿住一辈子!走!吃饭去!"

看着雷雷兴奋的表情,豆豆忍不住地怀疑:"爸爸"会永远都这么不知疲倦,永远都这么没心没肺吗?

餐厅里,俩人点了一盆满满的水煮鱼。雷雷说:"这是在上海最最实惠的消费。"然而她在心里对自己说的却是:"这样的地方,我再也不要来了。"

那鱼是腥的,和着的米饭也是腥的,这让豆豆在以后的日子里常常回忆起这股腥味。不过她着实饿了,便也不怎么讲究,和着米饭大口地吃下去。

"依依她妈真的找我谈话了,说我们在那里住下去不合适。这个女人可真不简单,你知道她是干吗的吗?"

豆豆摇摇头。

"猜！"

豆豆很是好奇了，"房地产？"她猜着。

雷雷白了她一眼，"想象力可以丰富一点儿吗？还学编剧的呢！"

豆豆垂下脑袋，使劲儿地想着更奇葩一点儿的职业。

"开美容院？"她猜着。

雷雷摇摇头。

"发廊？"

"有点靠谱了。"

"足疗店？"

"又扯远了。"

豆豆叹气道："猜不出来了，江郎才尽了。"

"搞色情活动的！"雷雷说话有点儿激动，声音比以往说话声大了很多。周围的那些抽着廉价香烟，脱了鞋把脚丫子搭到椅子上吃饭的糙男人们立刻向这边投来不友善的目光。

豆豆害怕极了，赶紧责怪雷雷："你小声点儿！"

雷雷终于注意了自己的语调，她接着说："她妈开发廊起家。昨天晚上你睡了以后，我俩聊了一个通宵。"

"她跟你说什么了？你俩怎么聊这么久？"

"说了好多，说她自己的那些男人们。依依是她的私生女！"

豆豆吃了一惊，她赶紧摇头。

"她骗你的！怎么可能？依依是跟她爸长大的！"

"你傻不傻？人家没领结婚证呢！"

豆豆的眼睛瞪得圆圆的，这是最近以来令她最最吃惊的一个八卦新闻了，比之前依依怀孕的消息还令她震惊一百倍。

"可是……"豆豆想不明白，"可是，那她妈妈为什么不跟她爸爸结婚呢？"

"她妈漂亮呗!"雷雷不以为然地回答。"她妈妈生下她以后,就把她扔给她爸了。她爸结婚了,就又有了孩子,然后那后妈就虐待她来着。你知道吗?"雷雷故作神秘地喝了一口饮料,看着豆豆,眼神里隐藏着一个大大的爆料,迫不及待地想说出来。

"什么?"豆豆也好奇极了。

"她在二十岁之前没见过她妈!"

豆豆倒吸了一口凉气,"难怪她对她妈发脾气呢!"

"总之挺复杂的,她妈也不简单。跟咱俩妈不是一个等量级的。"雷雷喝着饮料,感叹道。

豆豆若有所思地点点头。她开始可怜依依了,原来依依也是一个挺可怜的女孩呢!原先她那么羡慕依依,觉得她不仅漂亮,还有那么优雅的妈妈,原来她也是没人要的孩子,唉!

"她爸爸现在还有联系吗?"豆豆问。

雷雷摇摇头说:"她没提。她只是拼命地讲她自己,讲她曾经爱上一个企业家的儿子,后来那男人家里不允许,不过那个时候她是已经有了依依的了,她说那男的家里就是因为她拖着个孩子才不同意的。"

豆豆觉得世界上的妈妈都是无私地牺牲自己的。说实话,她虽然打心底里佩服依依妈的优雅,可是并不喜欢她。她觉得这个女人骨子里有种自私自利的感觉,对人只是表面的友善。

雷雷一边拨弄着筷子,一边说:"都是奇葩。她妈呢,就跟我谈了,说小林子人特好,不仅对依依好,跟她也聊得来。可是你知道,依依是怀了小林子的孩子的,可是他不准她生下来。"雷雷说着,无奈地耸耸肩膀。

豆豆吃惊地看着雷雷,"你也知道了吗?"

雷雷耸耸肩膀,"好像她并不把这个当回事儿呢!"

豆豆的感觉很不好,自己苦心替别人保守的秘密,可对方却一点儿也不在乎。

"她妈妈的色情行业都做什么?"

"开鸭店的。"

"烤鸭吗?"豆豆问,"那不是饭店吗?不色情吧!"

雷雷大笑起来,周围那些男人再次不约而同地看着她俩。豆豆没制止她,她实在不知道雷雷为什么要笑。

"对对,就是烤鸭店,不喜欢烤,还能炖着吃,煮着吃,煎着吃。"

"干!喝酒!哦——哦——"旁边桌子的男人们毫无规矩地大叫起来,闹着酒,紧接着,还玩儿起了"小蜜蜂"游戏,高声吆喝着:"两只小蜜蜂啊,飞在花丛中啊……"

豆豆反感地看了他们一眼,同时也对雷雷的态度不太满意。

"你怎么也敷衍我?像依依似的。"

被她这么一说,雷雷意识到自己不太好,于是赶紧改口:"我怕你学坏了嘛,'妈妈',鸭店就是给女客人找男妓的地方。"

豆豆瞪大了眼睛,嘴巴张成"O"形。

"我接着说,后来,她就说,小林子特好,说她很希望依依嫁给小林子,这样她也就安心了。她说她喜欢和小林子喝酒,喝多少都不醉。"

豆豆看着雷雷,感觉她说的每一句话都是一个故事。

"其实人家的意思很明显了,就是想闺女和小林子结婚,那么咱们住在那儿不是添乱吗?她妈那么聪明的一个人,能把话说透?"

豆豆觉得雷雷说得有道理。

"她妈妈还说了,她这次来,那边的事儿就交给经理人了,她专心地跟着闺女、女婿过。"

豆豆的脑海里立刻浮现出一幅画面:依依、小林子和妈妈,三个人生活在那套熟悉的房子里。每天晚上,当钟表的时间告诉大家要入睡时,头发花白、鼻头通红的小林子走进的是依依的房间。豆豆觉得这就像……乱伦,毕竟依依的妈妈比他还要小好几岁。

豆豆随即又想到,次日清晨,当太阳升起来的时候,依依的妈妈想必已经做好了饭菜,然后依依和小林子双双从卧室里揉着惺忪的眼睛出来。依依跟小林子恩爱地坐到餐桌旁，给他递过去筷子，还一边摸着那布满粗大毛孔的皮肤，嗲声嗲气地说："老公先吃。"

豆豆只是想着，没再吃饭，她已经饱了。乱七八糟的场景挤满了她的小脑瓜子，饭店里那么吵，她也不在意了。只是接下来雷雷的一声惊呼，把豆豆从这思绪里彻底拉了出来。

"依依！"

豆豆猛地抬起头，发现餐馆上方悬挂着的电视屏幕里出现了一个熟悉的身影。令人惊讶的是，这不是什么电视购物，而是一档近期十分红火的娱乐综艺八卦节目。豆豆看看那屏幕下方的小字，这节目叫《娱乐脱口秀》，就是一个主持人站在那里，不断地调侃各路明星的八卦。节目时间不长，每期只不过一刻钟，收视率却极高。豆豆记得从前这个节目的主持人好像是个男的，高高大大，面容长得极有立体感。

"这是什么时候的事儿？"豆豆问。

"妈妈！"雷雷用不可思议地表情看着豆豆，"你是不是把古欣然介绍给她了？"

豆豆点点头。

"天呐！你竟然干出这种傻事！"雷雷责怪她，"你知道这个社会竞争有多激烈吗？人家巴不得把自己的大贵人捂在被窝里，你倒好！"

"爸爸！"豆豆不满地看着雷雷。

"你说，这家伙怎么忽然就红了呢？照这样发展下去，她是一定能红的。古欣然帮了她大忙啊！"

"是这样的，依依让我把古教授介绍给她，我也没有想什么，就把他的电话号码给了依依。"

雷雷想起来了，上次见小林子时，依依打趣地说，小林子之所以知道古欣然这个人，是她告诉他的。看来依依当时并没有开玩笑。那么她为什么要在小林子面前提起古欣然呢？她和古欣然究竟是什么样的关系，才能让他把她从电视购物的销售员一举变成电视台的当家花旦？这么想着，雷雷愈加感到愤愤不平了。古欣然是自己介绍给豆豆的,可是到头来,却给旁人做了嫁衣裳。自己眼看就要毕业,却连个着落都没有。

"爸爸。"

"哦?"雷雷看着她。

豆豆很认真地对雷雷一字一句地说:"你也要加油哦。"

雷雷有点儿委屈了,"你说,我毕业干吗呢?要不我继续读书吧!"

豆豆高兴地点点头,"我严重地支持你!"虽然这句子的措辞不恰当,表达的意思却是情真意切。

显然,雷雷被豆豆的真诚感动了,她说:"那我去考古教授的研究生吧。你考博士生,我考研究生,说出去,咱俩是不是很牛?"雷雷的脸上洋溢出得意的表情。

豆豆的脸却阴沉了下来,她看着那满满一盆淡黄色的清油,缓缓地说:"我不考了。"

37. 告别花生奶昔

冷不防地,唐松回来了。

这让陷入人生灰暗时期的豆豆,竟然心中多了一些光亮。

一次短暂的见面。唐松来到了豆豆的楼下。这一天,天空飘起了初春的毛毛雨。豆豆打了一把雨伞下来,唐松的头发已经开始滴下水珠。

看到这样的唐松,豆豆有些心痛。

见到豆豆,唐松笑了,笑得那样天真,好像回到了过去的时光里。

豆豆也笑了，走近他，为他遮雨。

"进屋吧！"豆豆说。

唐松摇摇头，"雷雷一定不欢迎我的。她认为我欺负你了。"

豆豆笑了笑。

唐松还是跟着豆豆上楼了。雷雷见到他，却也显出几分友善。

唐松打量着这房子，许久，才不自在地坐下。

"工作怎么样？"

唐松握着豆豆倒的一杯温热的开水，在手里紧紧地攥着。

"考完了，还不知道结果。"

"应该问题不大。"豆豆说。

唐松笑笑说："不知道，对于我来说都挺无所谓的。"他看着豆豆，"我更加喜欢我们过去的那种日子。"

豆豆的心微微一震，她仿佛回到了过去的感觉之中，这感觉令她既生疏，又恍惚。

"以后工作了，就好好的。"豆豆说。

唐松的眼里无法抑制地流露出不舍。

"如果考不上就好了，呵呵。"他说。

豆豆深深地吸了一口气，努力地笑笑。

"好像，我的爱情应该我做主的，"唐松说，"我也不知道。"

"什么时候回家？怎么来的？"

"烦了，出来散散心。"唐松一口气喝光了一整杯水，"不过你放心，你忙你的，我不耽误你复习功课。"

豆豆的心头涌起一阵苦涩，不知为什么，眼前的景象是她怎么也想不到的。她想不到，怎么有一天，自己跟这个"白胖子"说话还得思考再三呢？怎么明明有很多话想说，可话到嘴边却说不出来了呢？

"豆豆，"唐松忽然开口了，然而他望了望这间几乎不能住人的房子，却沉默了。豆豆知道他无法给自己任何承诺。

唐松走了，他们不再联络。

住了一些日子后，豆豆竟然开始喜欢她和雷雷的这间小黑屋子。虽然这里面散发着一股股霉味儿，可是在豆豆闻来，这发霉的味道却比依依身上那香水味儿要好闻得多。可惜雷雷不喜欢，她时不时地就举着香水在小屋子里肆意地乱喷。刺鼻的香味儿混杂着霉味儿，别提多难闻了。豆豆被熏得有些头晕。不过，她却没制止雷雷。作为"妈妈"，豆豆是最了解"爸爸"的。雷雷一定是心情很糟，才用这一招儿来发泄的。所以，当两个人待在小黑屋子时，豆豆只是安静地盯着招财猫发呆，好像那肥胖的招财猫能给自己一点儿鼓励和信心似的。豆豆越来越发现这招财猫长得跟唐松着实地像，难怪他当初要送这么个东西给她呢！想到这里，她开始肆无忌惮地惦记他，不知道他现在怎么样了。

雷雷在接到一通电话之后，十分平静地用淡淡的语气跟豆豆说："我要出去一会儿，你自己待着吧，早点儿休息，不用等我了。"

雷雷的语气跟以往不同，有些冷漠，也有些言不由衷。豆豆没回答她，只是盯着招财猫，继续想白胖子。

"爸爸"走后，豆豆的心里却徒生出一丝悲凉。平日里，"爸爸"总是这样说："妈妈！我出去一会儿哦，给你带好吃的回来，你喜欢吃什么啊？"豆豆想一会儿，点几样自己钟爱的食品，比如鸭脖子，比如蓝屋的蛋糕。雷雷便会使劲儿地说一句"猪"，扬长而去。

38. 我是一只小小小小狗

雷雷独自去了一家美发店。从小到大，她进过几次理发店都是屈指可数的。小的时候，是妈妈给她剪。雷雷的妈妈灵巧极了，用一把专门买来的理发剪，就能给雷雷把脑袋修整得层次分明。来到上海后，她留的是齐肩的直发。这样的发型十分省心，只需要在待它们长长后，用剪子"咔嚓"一下，就OK了。雷雷每回都是随便找一家店，往那儿一坐，洗剪吹一共花二十块钱就搞定了。而今天，她进的这家美发店却格外高档——门面很大，位于一家商场的顶层。里面的装修也跟其他的小店大不相同，不仅里面的摆设是后现代风格，就连发型师的脑袋也都修剪得支离破碎，刻意追求着与众不同的效果。雷雷深谙一个道理，那就是：在这个城市里，有很多地方是只能远看不能接近的。一旦接近，不但那价格能把人吓晕过去，服务员不屑一顾的眼神也能把人气得饱饱的。

今天不一样，雷雷挺直了胸膛走了进去。店门口赫然挂着一幅剧照，洗头发的小妹嗲声嗲气地跟另一个女顾客炫耀地说："我们家店是香港著名大亨上官先生四姨太开的。"

雷雷不懈地"哼"了一声，一屁股坐在了理发椅上，认真地打量着镜子里的自己。说真的，从小黑屋子到如此"高大上"的地方，她自己也有点儿不习惯。

因为她要去见一个人，这个人对她格外重要。

雷雷十分清楚自己银行卡里的数额，然而她还是果断地刷去了一大部分，不仅给头发做了造型，还让专业的美容师为她化了清淡而自然的妆容。

她满意地照着镜子里的自己，在店员们的一片夸赞声中，迈着坚定的步伐，走向了新的彼岸。

围着围帘的空间。对于雷雷来说，这里的一切既是熟悉，也是期待。雷雷享受地坐在正中央的位置，看着高鼻梁、蓝眼睛的女服务员殷勤地进进出出，心里有种说不出的满足感。她尽量不去想自己刚才是从哪里来的，只是告诉自己享受当下的片刻。

她在等小林子出现。跟上次不同的是，这会儿没有依依，雷雷的嘴边露出一丝莫名的微笑。并且一想到依依，她竟然会萌生出几分对小林子的好感。现在眼中的小林子似乎多了几分豁达和可爱，连红鼻头上的毛孔也不那么令人厌恶了。雷雷的脑海里浮现出依依躺在小林子身边的样子。那时的依依，像倚着一座大靠山那般骄傲。她兴奋地喝下一口咖啡，忘了放糖和奶，很苦。可雷雷不觉得苦，她抢了别人的一件很大很大的玩具，这种沁入心灵深处的刺激令她万般变态地兴奋着。

小林子出现了。他坐在一张两人沙发上，伸展着，沙发几乎被他填满。他拍拍自己旁边的一小块空地说："过来。"

雷雷十分痛快地坐了过去，小林子顺势将手搭在雷雷的肩膀上，雷雷也顺势依靠在小林子的肩头。一切都那么自然，自然得让雷雷在之后的很长一段时间里仍旧觉得不可思议。

"亲爱的……"雷雷发出轻微的呜咽。

茶几上的大碗里盛着水，水上漂着一盏蜡烛。那蜡烛温柔的火焰为夜晚的寂寥增添了活泼的一笔，更是在提醒着雷雷，生命犹如蜡烛一般，自打点亮的那一刻起，便走向消亡，无法挽救，不可逆转。

"怎么了？"小林子轻声地问。

"嗯……"雷雷继续呜咽着，刻意地撒娇。

"跟我吧？"

雷雷猛地从小林子肩头弹起来，定睛地看着他。

"跟我吧？"小林子重复了一遍。

"我没听错？"雷雷问。

小林子从口袋里掏出一支又黑又粗的雪茄烟，拿起蜡烛，转着圈儿触碰着烟头。雷雷强忍着急涌而来的好奇和期待，努力耐着性子等待小林子点完那支烟。

"我会对你好的。"小林子一边说着，一边吸了一口雪茄烟，一时间，**烟雾缭**

绕，能看得见烛光里盘旋的黑烟。

雷雷还是看着小林子，呆呆地望着，她无法相信这一刻竟然来得那么快。

"我和依依是朋友。"她郑重地说。

"朋友怎么了？是我愿意的，又不是你抢她的。"

"你要跟她分手吗？"

小林子长长地吸一口烟。雷雷被涌出的烟雾深深地刺穿了喉咙，她剧烈地咳嗽起来。

"她妈妈不是要你俩结婚吗？你就赶紧结了吧！人家都给你那啥了……"雷雷故作轻松地说。

"那啥？"小林子问。

"嗨！多大点事儿啊，不就领张证儿吗？九块钱，我请你俩！"雷雷说着，自己却乐了，她说："我请你俩结婚！"

其实她心里十分地清楚，自己这番调侃并不能促使小林子和依依结婚的，相反，她看到小林子无奈的表情竟然徒增几分爽快。

"这姑娘厉害的哦！她那个妈也是厉害的！"小林子说。

"人家为了你都从A变成D了！你还在这儿说风凉话呢，真任性！"

"那是什么东西？摸上去硬邦邦的，难看得很。她弄那东西干吗？我又没嫌弃她。她是不是有别的想法？"

雷雷摇摇头，"我也不知道。"她终究没有把依依隆胸的真实原因告诉小林子。她想：如果告诉他，依依隆胸是为了留住小林子的心，他万一感动了可怎么好？万一他认为依依是真爱呢？雷雷盯着微亮的烛光，终究没开口。沉默良久，她接着说："反正她弄那玩意儿挺贵的。"

"跟我吧？"小林子又问道。

雷雷没说话。

小林子低头看看雷雷，他的红鼻头距离雷雷的尖鼻头如此近，雷雷闻到了一股雪茄的味道，她深深地呼吸，轻轻地眨眼，嘴角露出微微的笑。

"说好了？"小林子问。

"没有。"雷雷回答。

"哎呀，你好任性啊！"小林子学着雷雷的口气说。

雷雷忍不住大笑起来。

"那你要我怎么样？"小林子问，"我只喜欢你还不行吗？"

"依依呢？"

"我俩分手了！"

雷雷吃惊地盯着他，她不相信这是事实。不过从小林子的表情看去，他不像是在撒谎。

"那依依不是白忙乎了？"雷雷独自感叹。

"以后跟你说吧。"

"怎么了？"雷雷十分好奇，她隐隐地感觉到这事情跟依依的妈妈有关。

"她妈，"小林子掸了掸烟灰，"给了我一个这东西。"

雷雷借着微弱的烛光，看那纸上用黑色的打印字清楚地写着"婚礼策划方案"，其中包括专机和直升飞机的型号，游艇的标准，钻戒的大小……看得雷雷目瞪口呆。

"还要十六辆兰博基尼。"小林子补充着，"另外，还要江南路的别墅。"

雷雷觉得这个世界很疯狂。她好像听谁说过，那一带的别墅随便一栋就得好几亿。

"这还不算，"小林子补充，"她妈妈要跟我们一起过，伺候我们的衣食起居，要给她女儿打那个针，明年生双胞胎。"

雷雷听说过，很多有钱人为了能一次多生几个孩子就打那种针。

"不说了，反正她也不干不净，弄个孩子非说是我的，神经病！再说，我孙子都上托儿所了，再弄一对那玩意儿出来？"小林子分明认为依依的妈妈不可理喻，他不想继续这个话题，便转移开了："说说咱俩吧，我感觉你蛮单纯的。"

雷雷听不懂他的意思，什么叫单纯呢？是在夸自己还是说自己傻？她想告诉小林子，依依的那个孩子就是他的，可她没有说。她想：兴许自己就是傻，被依依拿来利用一下又一脚踢开了呢？

"单纯好啊！像孙依依那样的，每天晚上穿着黑丝袜跑夜店里钓凯子的女人，男人不喜欢的。"

雷雷点点头，"我不会去的。"她知道该说谎的时候就果断地抛弃真诚，就好比这一刻，她必须忘记自己常常混夜店的这个事实。在这个世界上，你可以没有道德，没有文化，没有素质，没有诚信，但是绝不能没有心眼儿，"傻"是做人的大忌。雷雷通过这些年的经历，逐渐悟出了这一点。不过，她却真的喜欢跟傻子在一起，所以她离不开豆豆。

"我会对你好的，我给你的那种人生，啧啧啧……"小林子啧啧地感叹着，"你想也想不到的。"

雷雷心里痒痒的。

"那种生活……"小林子自我沉醉了，小眼睛凝望着远方。

后来，雷雷迈着轻快的步伐走在了早春的夜风中。那夜风虽然很冷，却恰好地降低了她因激动而过度升高的体温。在她的眼中，霓虹灯的闪烁形成了城市中华丽的乐章。而自己很快便会如这霓虹一样，在偌大的城市中，在浩瀚的人流中，不再是一棵貌不惊人的小草。在不久的将来，自己也能成为一颗马路明星，成为"蜈蚣"车队足边的一只闪亮的水晶鞋。

39. 为你旅行

豆豆告诉了雷雷她的"告别往昔"计划，当雷雷回到这个小黑屋子的时候。说实话，雷雷自己也不能接受生活发生如此巨大的反差。首先，第一个变化就是才短短三个星期的时间，她和"妈妈"就无法用之前的价格再租到合适的房子了。但她没告诉豆豆，她怕豆豆陷入那无边的哀怨之中，害怕豆豆死死地盯着晃胳膊的招财猫，眼睛里不知道在想些什么。第二个变化就是曾经如此厌恶的一个糟老头，自己如今却要与他以夫妻之道相处。

现在，雷雷依旧没有想好，如何把小林子的事儿告诉豆豆。她能从豆豆呆呆的眼神中看到，她对这样的事件的态度——那一定是完全不能接受的。虽然豆豆极少流露出自己内心的真实想法，虽然她总是用呆呆的眼神来应对一切，但是雷雷却能准确地读出她呆滞中的内涵来。

豆豆此时的表现却让雷雷有几分担忧，她又不眨眼地望着招财猫发呆了。雷雷知道这是豆豆发神经的方式。每当她有很多很多想法的时候，她就用水彩笔写一些稀奇古怪的句子，然后扔进一个粉盒子里。雷雷曾经一度担忧，要是豆豆没跟唐松结婚，要是那些信手胡写的言情句子被豆豆未来的丈夫发现可怎么好。

"爸爸，"豆豆轻声地开口了，"我想结婚了。"

雷雷看着豆豆，竟然没感到意外。

"跟白胖子？"雷雷问。

"不知道。"豆豆回答。

"你怎么了？"

豆豆盯着自己写的那几个字儿和粉色纸盒子里那些乱堆一气的纸条，忽然感到莫名的委屈从心里流出来，她缓缓地说："不想再看人脸色了。谁都能决定我的命运，除了我自己。"豆豆一边说着，眼泪以其缓慢的节奏悄悄地滑过脸颊，一串接一串，丝毫没有停下来的意思。

雷雷长长地叹了一口气，"女人不就是为了男人活着的吗？"她不知道这话是说给谁听的，与其说安慰豆豆，不如说是在教育自己。

豆豆看看她，"至少，我不用看那么多人的脸色了，顶多是不在上海，顶多是过平淡的日子，反正能实现理想的人也没几个。"伴随着这句话的吐露，豆豆彻底绝望了。她在心里告诉自己：认命吧，豆豆！

雷雷沉默了好久。豆豆看着她沉默的侧脸，竟然希望她能给出一些回答，或者教育豆豆一通，或者骂豆豆没出息之类的，都能让她好受一些。然而，雷雷终究只是轻轻地点头。

"白胖子什么态度？"雷雷问。

"他让我去见见他的家人。"豆豆如实回答。

"不是已经见过了吗？"

"再见见吧，毕竟到这个时候了。"

雷雷点点头，没再说话。

在这寂静的小屋子里，豆豆和雷雷绷着脸坐在那儿。夜晚的星空很美，可惜她们看不到。雷雷感到这屋子简直就是一口棺材，谁在这里待长了都能被憋死。

只有招财猫保持着一贯的微笑，也只有它遇到任何情况都那么淡定从容，不害怕。

"咱们出去买奶茶吧！顺便走走。"

豆豆答应了。

婆娑的树影下，高高的雷雷和矮她半头的豆豆各自拿着一杯奶茶，想着各自的心事。雷雷想着在这个时候告诉她关于今晚和小林子的谈话，可终究没说出口。

踏着清晨的露珠儿，豆豆背上双肩包出发了。她站在马路边纠结了好一会儿，是打出租车还是步行到地铁站去乘坐地铁。最终，她还是步行去了地铁站。现在的豆豆，怎么也舍不得打出租车的几十块钱了。

天气略有些阴沉，一定是自己出门太早，太阳还在睡懒觉，豆豆想。她深深地吸了一口凉丝丝的空气，瞬间头脑清醒了大半。在那间没有窗户的小黑屋里，这样的空气也成了弥足珍贵的奢侈品。刹那间，她仿佛看到了自己面前盛开的灿烂阳光，看到了一片绿茵茵的草地，看到白胖子在那儿踢足球，自己则背靠着大树坐着，咧着嘴笑。这么一路想着，她清晰地感受到嘴角在微微上扬了。

不过在开往山东的高铁上，豆豆还是想起了考博的事儿。窗外的大片平原漫不经心地向后移动，豆豆看得有些乏味了，便闭上眼睛。在她的眼前，浮现出了潘爷爷的模样：他没戴瓜皮帽，"呵呵呵呵"地笑着，眼睛眯成了一道缝儿。豆豆看着那清晰的轮廓，不由地笑了，然而随之而来的却是一股莫名的忧伤。

列车开向一个崭新而陌生的地方，豆豆听到了一些似曾相识的口音——那是唐松家乡的人们在用方言交谈。豆豆偷偷地对自己说："多听一会儿，兴许就听懂了。"可是无论她怎么用心地倾听，甚至连中学练习英语听力的劲儿都使上了，那些句子却依旧像外国话一样难懂。

豆豆珍惜这难得的旅途，她一点儿也没觉得漫长。从前，她每次跟唐松一道回家的时候，总是恨不得一下子就能到。豆豆不喜欢列车上的味道，到处都是泡面的味道和脚丫子的味道，豆豆晕车的毛病就是因着这些气味儿而得的。而现在，她宁愿在这里多待一会儿，如果可以，真想一下子坐到终点站才好。豆豆不知道这是为什么。唐松的模样在脑海里多少有些模糊了，他会不会更胖一些呢？豆豆猜想着。虽然见到唐松的心情依旧迫切，她却总想着给自己多留一些空间才好。也许未来的自己，是真的要跟唐松安心地待在小城里，日复一日地生活了。想到这里，豆豆的心情渐渐松弛了下来，渐渐地进入了梦乡。

40. 只爱外国人

雷雷一大早便起来洗漱打扮，为光鲜地出门做各种准备。路过前台的时候，她没忘记高傲地用眼角扫过前台的老头。其实她在用眼光告诉他："老娘很快就不在你这儿混了！甭想再用那样的眼神儿看我！"不过，她却发现老头依旧从眼镜的上方望了她一眼，继而轻蔑地眨了一下。

雷雷今天的心情格外舒畅，顺利的话，她很快便是另一番模样。从前，依依是一朵美丽的鲜花，而自己就是那花朵旁边的小毒蘑菇，只能眼巴巴地张望着花的艳丽。现在，一切都将改变。雷雷仿佛看到了自己全身上下穿着名牌的荣耀，仿佛看到了自己开着精致跑车的风光，仿佛看到了人们眼中羡慕嫉妒恨的复杂目光。想到这里，她心里痒痒的。她想到了小林子对自己说的话："那样的生活，简直……"雷雷自然明白他未尽之言中所包含的意蕴，并且坚信小林子绝不会随口说大话的。

果然，当她走进第一家房产中介时，便立刻感受到了殷勤的目光，两个穿着制服的年轻男子同时围了上来。

"小姐，看房吗？租还是买？"

她扫视了一眼自己挎着的名牌包，发现小伙子的目光正落在那上面。

雷雷高傲地仰着头，没有回答。

对方立刻察觉出了雷雷的来头，连忙递上椅子，并端来热茶。雷雷想：这些人真是敏感啊！这职业素养是怎么培养出来的？方才雷雷还在努力地告诉自己，一定得高傲、高傲，而现在她想的却是还是稍微低调一点儿的好。原来依依一直以来是这样生活的啊！还记得从前她和"妈妈"一起出来租房子的时候，整个房间都没人理会她俩。一个四十岁模样的女人一边在本子上抄写着什么，一边漫不经心地问她们："租多少钱的？"于是，她们把预先商量好的心理价位告诉对方："大概，两千块吧。"

那女人一听到价格，果断地将俩姑娘打发给了旁边的小伙子："你给她们找找，跟人合租吧！"

雷雷立刻感受到一股悲凉的意味，不仅如此，那阿姨更是自始至终没抬头看她俩一眼。倒是旁边来了一个大叔，喋喋不休地跟她俩重复："你看看对面那小区，都是有钱人租的，没有办法的，那些都是有钱人租的。"雷雷吃不准这大叔是不是在跟自己说话，反正他的话着实令自己成了一只丑小鸭。

此刻，雷雷看着围坐在自己面前的两个年轻小伙子，沉默了。

"您一个人住吗？这里有一套十分合适。两居室豪华装修，价位在六千五。房主常年在国外，很省心。"

雷雷没说话，小口地喝着滚烫的茶，暗地里琢磨着，这些人的确懂得客户心理。跟房东打交道是一件斗智斗勇的事儿，从前雷雷她们就是这样。前一阵子，自己和"妈妈"找到先前的房东退掉了那套失窃的房子，可那房东却拒绝退还押金。

雷雷满意地笑笑。

"而且这房东是大老板，不差钱儿，还加入新加坡籍了，人家根本不在价格上计较，像这样装修的房子，基本上都要租到八千以上，就她不涨价。"

小伙子越说越起劲儿，雷雷也越听越起劲儿。

"行，就它吧。"

小伙子立刻熟练地戳着计算器，最终把一个数字展现给雷雷。雷雷盯着那"付六押一"之后得出的付款总额，倒吸了一口凉气！然而她的脑海中很快便浮现出小林子的模样，心中也就踏实了几分。

"怎么样？姐！"小伙子问雷雷，"这个价钱给别人都得眼红死！那个大姐人可好了，我就见她一面，哎呀，那个气场，没得说，你们一看就是高尚人群。"

雷雷被小伙子的几句话夸得心花怒放了，脸上不由地堆起了笑容，"真任性！"

小伙子听到"任性"的赞美之词，便如闪电一般地掏出手机，麻利地打通了电话："你看，我放扬声器，你听听那姐的声音，巨有磁性，我们公司的人都可喜欢她了！"

"喂，姐，我小张啊！"

雷雷清晰地听到电话的声音是空白的。

"我，巴洛克地产小张啊！"

那电话里似乎应了一声。雷雷想：原来高傲的人是用这种方式说话的，那便是当别人跟你热情地搭腔时，你要显出一副爱搭不理的样子。

"记得我了？有一个好消息哦，您的房子我找到了一个特好的租客，人家出手好大方的，不讲价。"他一边说着，一边直冲雷雷眨巴眼睛，"而且，人家也是美女，研究生！"

"哪儿人？"电话里问。

雷雷心头一沉。

"哦……"小伙子看着雷雷，雷雷没说话。

"国籍是哪儿的？"

雷雷脱口而出："中国咯。"她想：这人真奇怪，这问题也值得问？可是她却听到了一句让她许久之后都难以忘怀，并且无法理解的话。电话中从未谋面的女人吐着清清楚楚的上海普通话，一字一句地说："我只租给外国人！"

小伙子握着听筒，电话那边已经挂断了。他脸上的尴尬让雷雷心中萌生了一丝难以名状的同情感。

41. 小孩子

豆豆见到了唐松，他开汽车来接豆豆。他穿了一条水洗棉布的浅色裤子，上身是黑白格子的棉夹克。豆豆发现自己依旧对唐松有股怦然心动的情愫。豆豆上了那黑色的汽车，她发现汽车后面还坐着一个人，而且那人对豆豆十分客气地唤了一声："嫂子！"

唐松看了一眼豆豆，豆豆竟然有些羞涩地低头笑了。

就在这一瞬间，豆豆发现唐松简直是另外一个人了。从前，同学们都说唐松是豆豆白捡来的"大儿子"，豆豆也不否认。那时的他，像一只活泼可爱的"小白猪"。走路的时候，他会搭着豆豆的肩膀，一蹦一跳地走。他还喜欢吃棒棒糖，每天要吃好几根，不仅如此，他还要豆豆跟他一起吃。于是，同学们见到坐在学校长椅上吃棒棒糖的他俩，总爱开玩笑地说："你俩可以弄一组合，叫棒糖兄妹。"豆豆可难为情了。当下有个挺走红的组合叫"筷子兄弟"，而他俩弄个"棒糖兄妹"，简直是用来恶搞的。从那以后，每每唐松要吃棒棒糖，豆豆都尽量避免在公众场合，还劝他少吃糖，会更胖的。可他不听，使劲儿地摇着豆豆的手臂，脑袋像小狗儿似的不停地拱着豆豆的肩头，撒娇地说："就吃一根么，就吃一根么……"豆豆一脸无奈地看着他，而心里却乐开了花。

唐松熟练地开着汽车，神情凝重地看着前方，车厢的空气中凝聚着严肃的分子。豆豆却在疯狂地怀念着吃棒棒糖的他。她真希望车后座的人不存在，这样她便刻意学着唐松的样子拉扯着他撒娇，然后问："你想不想我啊？"豆豆想：即便是做唐松身边的一只小猫也好啊！至少能有一丝疼爱不是？

忽然，一双柔软的手握住了豆豆的手。豆豆的脸红了，心跳也在加速，心头的温暖盖过了所有的世态炎凉。豆豆轻轻地转过脸去，发现唐松一边开车，一边偷偷地注视着自己。

"累了吧？"唐松问她。

豆豆的心却深深地、深深地沉了下去，一种莫名的疏离感涌上心头。她努力地告诉自己："豆豆，别想太多，好好的。"可越是这么说，疏离感却愈加强烈。

她清楚地记得，从前的白唐松一定会把大脑袋重重地搁在豆豆的肩膀上，举起手机对着他俩，然后说："老婆，笑一个！"或者没正经地说："妹子，给爷乐一个！"每当这时，豆豆便会狠狠地在他胳膊上掐一下，惹得唐松一阵惨叫，大喊："哦哦哦，杀猪了！"豆豆乐得直想跳。她想：嫁给唐松是多么幸福啊！这家伙天天都能演戏，那些喜剧演员都不如他演得生动呢！

豆豆看着反光镜里的白胖子，她忽而感到那张脸上似乎变得棱角分明，不再那么圆润了。豆豆转过头去，看着依旧的风光，心中却无限感慨。

从前，唐松有时会骚嗒嗒地走到豆豆身边，坐下，弱弱地看着她，怯生生地问:"老婆,有件事儿想请示。"这个时候,豆豆便故作清高地扫他一眼,缓缓地应一句:"说。"唐松把两个食指尖儿对在一起,学着动画片里懒羊羊的样子,两个指尖儿互相戳着,撒娇地说:"有个女孩子喜欢人家……可是我想到我很善良,也很有责任感,于是就很纠结的。"

豆豆便顺手操起一只毛绒兔子,狠狠地拍打唐松的大脑袋,"反了你了!还敢出去勾三搭四招蜂引蝶!看我不收拾你!"

唐松便捂着脑袋,痛苦地说:"人家古人说了,男人有三妻四妾是很正常的嘛!"

"谁说的?你给我重复一遍!"

唐松偷偷地看着豆豆,"李渔说的……"

豆豆恶狠狠地瞪着白胖子,"给本宫背背,背不好罚你跪搓衣板。"

唐松委屈地食指对戳,"换个罚法好不好?比如……"

豆豆傲慢地看他一眼,哼哼着说:"比如什么?"

"比如,罚人家讲小母牛的故事也可以的……"

"先给本宫讲来再说。"

唐松颤颤巍巍地开始讲了:"李渔说了,有格调的男人坐在一起喝酒,一定要旁边有两个美女陪着才好的……"

豆豆眼睛一瞪,唐松赶紧趴在豆豆的腿上,用乞求饶恕的口气讲起了小母牛的故事:"小母牛长大了——牛叉大了;小母牛拉倒车——牛叉在前;小母牛掉进酒缸里——(醉)最牛叉;小母牛……"

豆豆拿毛绒玩具照着白胖子后背狠命打,自己却笑得前仰后合。

……

想到这里,豆豆不由得乐了,微笑着真好,不要把脸沉下来,她对自己说。

汽车停到了路边,车后的男人下车了。那是唐松的同事,豆豆十分客气地跟他说了"再见"。

车里顿时空荡了下来,豆豆想起他们一起坐地铁的光景。运气好的时候,赶上地铁里没人，唐松便自恋地看着黑漆漆的车窗上反映出的影儿，对豆豆说："你怎么找了这么帅的一个老公！"

豆豆听到这里，笑个没完。唐松还会顺势说："好了好了，别自恋了！你们这些小女孩子，欢喜总爱表现在脸上。"

这唐松怎么这么淘气？分明是他自己自恋嘛，还强加到别人身上！她愤愤地想。不过，她就是这么贪恋着唐松的淘气，一刻也离不开，以至于他们分开后的某一天，唐松忽然给豆豆发来的一条消息，竟然令豆豆伤心不已，狠狠地哭了一通。那短消息是这么写的："如果有来生，就让我们做一对快乐的小老鼠吧！一起吃吃饭，晒晒太阳。你生病了，我就陪在你身边，喂你吃老鼠药。"

豆豆看着最后三个字儿，一边哭，一边笑，她仿佛看到唐松站在很遥远很遥远的地方看着自己，嘴里还叼着一根棒棒糖。

此刻，唐松忽然咧嘴一乐，露出了一排整齐的钢圈。豆豆这会儿真的乐了，"你怎么戴牙套了？"

唐松把嘴巴咧得更大了，那牙套完全地展露出来。

"人家好不习惯呢！戴圈圈可难受了！都没心思吃棒棒糖了……"

豆豆捂着嘴巴乐了。她误会了唐松，他只是不舒服，没心情贫嘴而已，绝不是有意疏远自己的。不仅如此，接下来的事实也充分地印证了自己先前对白胖子的怀疑是错误的。

唐松的家宽敞极了，他们一家三口住的是两层的小洋房。豆豆看着考究的红木家具，宽宽的大荧幕电视，真切地感觉到这里的一切都那么熠熠生辉。白胖子的妈妈热情极了，她穿着好看的绒质睡衣，温柔地笑着，把豆豆和唐松带到了餐厅。这里的餐厅真大啊！一张圆圆的餐桌上摆满了各式各样的菜肴，有凉菜、热汤，麻辣的、卤味的，等等。唐松让豆豆坐在餐桌旁，自己坐在她的对面。唐松的妈妈忙着摆上餐具，而唐松却偷偷地冲着豆豆挤眼睛。

"你这次来，我们家都要轰动了的。"唐松神神秘秘地说。

豆豆疑惑地看着问他："为什么？"

唐松神秘地看看豆豆，然后抓起那些盘子里的东西往自己的嘴巴里塞，连筷子也不用。

"宝贝啊！"唐松的妈妈叫着。打豆豆进门以来，这是她唯一听懂的一句话。唐松的妈妈跟火车上那些人一样，都说"外国话"，怎么努力也听不懂。

唐松塞得更加起劲儿了。妈妈坐在儿子身边，把筷子递给豆豆，用满是慈爱的眼光看着自己的儿子，不由地说："乖，多吃点儿。"然后对豆豆说："看我家小松松，就是能吃，身体才好！豆豆，你也吃啊！"

豆豆看了一眼唐松，也学着他的样子吃了起来。

唐松的妈妈终于改口用普通话跟豆豆交流了，这让豆豆很兴奋。

"你说神奇吧！我和豆豆认识五年了！真快！"唐松说。

豆豆偷偷地盯着唐松，眼里充满了感激，谁说不是呢！他们把最好的五年青春给了对方。想到这里，豆豆感到爱情是如此地伟大。

"是啊！你们那么好的朋友，这友谊是很值得珍惜的哦！"

豆豆心里一怔，她开始怀疑自己来到这个陌生的地方是不是过于冒失了。在唐松妈妈的眼里，自己正扮演着什么角色呢？这么一想，她一点儿胃口也没有了。可是唐松妈说："能吃的孩子才好。"于是，她强忍着喉咙被塞住的痛苦，大口地吃起来。

晚饭后，唐松把豆豆送到了家附近的一家宾馆。车开到宾馆门口时，唐松忽然握住了豆豆的手，握得很紧很紧的。他没有说话，沉默地看着前方，豆豆却有点儿想哭。她在心里一遍一遍地问自己：我只想跟自己喜欢的人在一起，可即便是那么单纯的愿望，实现起来也不那么容易呢？她忽然想到了"天无绝人之路"这句励志的话，眼泪竟然趁着月亮没留心的时候顽皮地滑下来。她也紧紧地握着他的手，可是这两只手怎么都变得如此无力？豆豆轻轻地抽泣起来，唐松没有像从前那样搂住她，而是在一边默默地看着。豆豆能清晰地感觉到唐松也在流泪，至少他的心一定是在哭泣的。

"你怎么了？"豆豆忍不住问。

豆豆没听错，这话出自自己的口中。她也许太想知道唐松的想法了。纵然一切都没有发生，纵然时间已经如此平淡地流淌过，可是豆豆的心里却烙上了深深的伤疤。

"所有的事情都有一个渐渐习惯的过程。"唐松看着夜晚黑漆漆的树影，小声地说。

不知什么时候，他的手松开了。

"我们要分手吗？"豆豆问。

唐松把豆豆搂到自己的怀中，豆豆乖乖地躺在那儿。

"傻猫猫，傻兔兔。"唐松说。他常常给豆豆起一些奇怪的称呼，一会儿是"猫猫"，一会儿是"兔兔"，一会儿是"熊熊"。

豆豆闭上了眼睛，眼泪兴许是落到唐松的衣服上了，兴许把外套上画了阴湿的图案，她想。窗外的树影看着他们，夜空的月亮看着他们，豆豆不理会，任凭它们看去，她要好好珍惜现在的时光。

42. 我爱的人和我不爱的人

雷雷正站在霓虹灯的花丛里，她的上方闪耀着各种各样颜色的霓虹灯。雷雷喜欢这样的颜色，当她独处的时候，会格外地贪恋霓虹的华美。这五彩的亮光能激起她心中的喜悦，能让她的心也五彩斑斓的，她天生就喜欢五彩斑斓。不像豆豆，豆豆只喜欢对着寂寞的台灯，屁股粘着椅子一天也不离开。虽然跟豆豆是"爸爸"和"妈妈"的"关系"，她却永远不能明白豆豆为什么只爱书桌上傻呆呆的猫咪摆件。

小林子很快出现了。雷雷看见他从一辆加长的老爷车里下来，雷雷惊喜地围着那汽车转圈，好奇地看着车窗里。原来只在年代戏里见过的汽车如今竟然真真切切地摆在眼前。

　　雷雷跟着小林子穿过明黄格调的大厅，走上旋转楼梯，在背景音乐的鼓舞之下，俩人的步伐也十分轻快。

　　"工作怎么样了？"小林子问雷雷。

　　雷雷用惊喜的目光盯着小林子。

　　"还没找好呢。"她回答。

　　小林子看了雷雷一眼，"我给你出个好主意。"

　　雷雷的心里偷偷地乐开了花。

　　"你毕业以后就出国留学，学管理，学成回来就来这家夜总会工作，"小林子一边说着，一边指指地面，"当个运营经理什么的，保准你月入好几万。"

　　雷雷盯着小林子，"您老人家是想让我给人拉皮条啊？"

　　小林子瞅了她一眼，"怎么说话呢！"

　　事实上，今天雷雷的心情并不是很好。白天找到了一套很大的三居室房子，后现代的装饰看得她目瞪口呆。谁知这小林子竟然半路反悔，嫌那房价太贵了，还教育雷雷只是一个学生，不能太奢侈之类的。无奈之下，雷雷只好放弃了那里，重新寻了一个便宜的地方。这会儿，她正不满意于小林子的表现。

　　长长的走廊上，俩人谁也不理谁。

　　小林子被扑面而来的拥抱搂住了。雷雷看到打扮得千篇一律的美女们争着过来给小林子一个芳香的拥抱。她们个个都画着浓浓的黑眼圈，穿的衣服也都是亮闪闪的。最后一个走过来的女孩像见到久违的恋人那样，深情地抱着小林子久久不肯放开。雷雷呆呆地看着，分不清什么是真情，什么是假意。不仅如此，她更不能相信眼前看到的这个人，她偷偷地掐了自己的大腿——没做梦。

　　没错儿，那女孩是依依，雷雷看得清清楚楚。

　　依依似乎变了一个人，对任何人的笑容都是淡淡的，眼神里透出一股高傲的光彩。

　　雷雷记得她来之前，小林子告诉她："今天有明星到场。"原来她就是传说中的明星！雷雷不愿意承认这一点。从前她们是朋友，是住在一个屋檐下的姐妹，现在她是明星，而自己却占据了她先前的位置。她不平地想："不就是一个靠卖东西起家的暴发户吗？况且老妈从小就教育自己，不好好读书，长大以后就去卖东西！"

　　依依并没有跟小林子多寒暄什么，相反，她温顺地坐到了一个人身边，俯首帖耳如同一只小白猫。听小林子说，那人是电视台的频道总监。雷雷忽然间明白了什么。不过，让雷雷没想到的是，自己跟依依的偶遇，却彻底摧毁了她的命运。

　　白胖子和豆豆躺在宾馆的大床上。豆豆盯着窗外的夜空发呆，白胖子津津有味儿地舔着棒棒糖。豆豆穿着粉色的棉绒外套和湛蓝的牛仔裤，在这开着空调的房间里，她微微地冒出汗来。豆豆看看自己身边的白胖子，她首先看到的是那双大脚上的白色运动鞋。豆豆总是不让白胖子把鞋子脱了去，她说白胖子的脚丫子能顶两颗原子弹，只要一脱鞋，那方圆几里就得寸草不生。白胖子果真没脱鞋，两只大脚耷拉在床前，左左右右地做着运动，嘴巴里哼着小曲儿，看样子像是被这棒棒糖甜坏了。

　　豆豆轻轻地踢了踢白胖子的脚丫子，白胖子冲着豆豆傻笑。

　　窗外忽然下起了淅淅沥沥的小雨。豆豆的心里像被这雨水洗干净的玻璃，那样地清澈透亮。她偷偷地看看白胖子的侧脸，那张圆乎乎肉嘟嘟的脸庞此刻更加细腻了，微弱的灯光下，像个新生的婴儿般可爱。豆豆忍不住想轻轻地在他脸上掐那么一下，却担心会掐出红印子来。她轻轻地闭上眼睛，渐渐地让心灵从那间小黑屋子中逃离出来。

　　雨越下越大了。豆豆睁开眼睛，她身边的白胖子似乎要渐渐睡去。可是豆豆想起来，白胖子还要回家的。刹那间，她真想就这么跟白胖子待着，一直待到雨停，等到日出。她趁着他打盹儿时，偷偷地看着他。

"几点了？"他很快就醒来了。

豆豆这会儿还在暗自琢磨着怎么才能让时间停滞的问题。她想把所有的时钟都关闭，那么时间是否就能停？可那太阳不是依旧会升起吗？豆豆沮丧地看着白胖子。

"我该回家了。"他说，"明天你有什么打算？"

豆豆看着他，竟然无所适从。忽然，她贴到白胖子脸边，双手托着下巴呆呆地看着他，傻傻地笑着。

"我还以为你不理我了呢。"他说。

"才不会。"听到唐松这么问自己，豆豆开心起来了。自打来到这里之后，她的心情总是时阴时晴，而原因却是白胖子的只言片语。

"你有没有遇到更好的小萝莉啊？"豆豆问。

"没有啊！"唐松回答。

豆豆的心一下子放松了。这是豆豆过去常常问他的问题，每次唐松都会回答："当然！有小萝莉喜欢我！"或者"你觉得呢？你老公这么帅"！

豆豆认为唐松果真是长大了，这样幼稚的玩笑也不爱开了。

"要是有小女孩子喜欢你，怎么办啊？"豆豆继续问，她自己也想不明白为什么要在这个问题上穷追不舍。

唐松看着豆豆，一脸遗憾地看着她，"那，我就考虑考虑呗！"

豆豆觉得唐松在认真地回答自己。她坐在那儿，低着头。一间足有五个小黑屋子那么大的房间里，一张足以睡下三个人的大床上，却徒留萧豆豆一人在黑夜中等待黎明。刹那间，她明白了自己有多孤单。

"哈哈哈哈哈！傻豆豆！"唐松笑了，"你怎么还那么傻啊！"

豆豆忽然有点儿想哭，她觉得他真的不理解自己。他不明白自己经历了怎样的波折，更不知道自己现在正面临着什么。豆豆早就想告诉他，自己考不了博士了，也没有地方住了，什么都没有了……然而在这个下着小雨的夜晚里，她却宁愿选择沉默。

"乖乖哦，松松只要豆豆的，好不好？"

豆豆即将流出来的眼泪被唐松的一句话给塞了回去。她轻轻地抱着他的腰，委屈地轻声说："松松……"

如此沉默了良久，豆豆支支吾吾地问他："我能问你一个问题吗？"

"说！反正小萝莉们都不要了的。"唐松嘻嘻哈哈的，似乎找到了从前的感觉。

"讨厌啦！人家又没拦着你要小萝莉。"

"真的吗？那我可以选择一下？"

"不行！"豆豆严厉地回答，语气里充满了霸道。

唐松一屁股坐到窗边的贵妃椅上，"那你问好了。"

豆豆耷拉着脑袋，两只手互相摩擦着，手心里冒出的汗珠一会儿就干了。

"那你只选我好不好？"豆豆一边说，一边害羞地笑了。

唐松看着豆豆，眼神里流露出一丝爱怜。

豆豆看着他的眼睛，忽然有种被灼伤的感觉。

雷雷正坐在包房里。上海的夜空是阴沉的。雷雷走到窗边，打开窗子，让清凉的空气彻底洗清身上残留的 KTV 包房里的尘埃。

依依感觉自己像是发烧了。她靠在电视台总监的身边，那个人姓李，人称"李总监"。在弥漫着香烟味道的包房里，她的身上如同这燃烧的烟雾一般滚烫，她无力地靠在沙发上。四周的音响声时而狂欢，时而劲爆，时而悲伤，时而歇斯底里地叫喊。她眯着眼睛，看着周围的人纷纷戴着五光十色的首饰，挥着这样或者那样的名牌手表，使劲儿地摇着骰盅。她不明白，只是一颗颗小小的骰子，怎么能牵动这么多人的心？她分明看到这些红男绿女们注视那骰子的目光，有担心，有期待，有兴奋……总之，那些快感强烈地包围着他们，似乎只有像这样地用力摇甩，他们才能向世人证明这个夜晚没有白过。

她忽然想到一些日子以前，也是这样的一个夜里，她身边的李总监对她说："你别看这些人表面上嘻嘻哈哈的，其实是无法排遣内心的孤独和压抑，才这样的。"

　　此刻,她觉得做梦是最好的。如果现在不是在这里,没有恼人的音乐,没有歇斯底里的划拳,该多好!那样她就能安逸地躺在一张床上,美美地做梦了。她不能明白的是,这些人为什么不在家里做梦,非要来这里喝酒买醉寻找刺激?这并不是依依想要的生活,至少现在不是。自从跟小林子分手后,她仿佛对一切都厌烦了,除了每星期跟朱紫见一面之外,其余的时间她便用来对付无聊且没完没了的应酬。她发现原来玩耍和应酬是两码事啊!以前,和小林子在一起的时候,只要出来打发时间就可以了,想来就来,想走就走,可现在不一样了,她必须得随着别人的意愿,别人让她吃,她就得吃;别人让她喝,她就得喝;别人让她玩儿,她就得玩儿;别人不让她走,她一定不能走。

　　现在不正是如此吗?她多么想回家,多么想念家里贴着Kitty猫的房间,想念柔软的大床啊!可是没有李总监的命令,她只能在这乌烟瘴气的地方待着。

　　记不得从什么时候开始,依依几乎每天陪伴在李总监的身边了。当然,只是在这样的场合。当KTV的包房里曲终人散之时,他们陌生得形同路人。每当两个人要各回各家、分道扬镳之时,李总监总是站在距离自己一米远的地方,注视着前方。没有人会认为他们是相识的,更没有人会想到他们曾经有过一夜情。

　　比起李总监来,依依还是认为古教授的样子更能令人接受。她打心底里瞧不起李总监,不仅如此,她甚至对他带有丝丝的厌恶。

　　这人是依依进电视台遇到的第一个人。偌大的办公室里,安静得只能听见两种声音——一种是鼠标的"咔嗒"声,另一种便是李总监嚼口香糖的声音。李总监本名李冰,个头不高,也不胖,脑袋却圆圆的,皮肤暗黄,像抹了黄泥巴。台里有几个小实习生私底下给他起绰号,叫"马铃薯"。听人说"马铃薯"是湖南人,在这办公室里,没有人敢对他的话说半个"不"字。依依开始不这么认为,这总监虽然职位不低,却完全没有外人传言的那样,"架子大"、"严厉又苛刻"。依依工作的第一天,"马铃薯"便谦虚地说:"我的文字功底不如你,你是我的老师。"一刹那,依依真的认为自己是遇到了仁慈的领导,便十分认真而用力地写完了她职业生涯的第一篇综艺节目策划稿——《秀出你的美》。李冰十分开心,他请依依吃了西餐,还开车亲自送她回了家,当然,依依回的是古教授的家。当晚,依依跟古教授狠狠地感叹了电视台其实是一个挺不错的集体。古教授只是耐心地把藏獒从隔壁的姐姐家里牵过来,耐心地喂着煮熟的牛肉。

才过了一夜,依依就承认在快节奏的社会里,出人意料的事发生得也很快。

第二天一早,她便接到了开会通知。编导组是这样通知她的:"李总监写的《秀出你的美》创意书被选为咱们卫视年度的'金点子'策划案之一,现在开会学习李总的精神。"依依至今对开会的场景记忆犹新:她捧着洁白的创意书,盯着"策划人:李冰"几个大字,脸上却不得不表演出崇拜的神情。她明白,这叫"职场规则",新人就是新人,学不会"打掉牙和血吞",就别想着出人头地。只是"马铃薯"自鸣得意的神态令她无法容忍,好像真的是他写的一样。

然而在这之后的某一天,依依还是跟他在宾馆里住了一夜。至于老古那边,她则告诉他:"去了萧豆豆的家里。"

她知道老古是不会傻到跟豆豆确认这样的事情的。

事情的起因是这样的:总监要找她谈谈节目的具体事项。如果有可能,他会让依依担任这档由卫视播出的黄金强档的综艺节目。依依虽然对宾馆有一丝芥蒂,但想到"卫视"和"黄金强档"几个字,就不由得心生激动了。

她是这样想的:如果能成为家喻户晓的主持人,还要考博做什么?还要去做那些无聊的事吗?想到这里,依依有些后悔自己对豆豆做的那些事了。从实践学分证明丢失,到豆豆她们的房子被盗,再到……依依第一次有了强烈的愧疚感。她怎么也没想到,当自己希望认识古欣然时,豆豆竟然那么痛快地给了她电话号码。

很快她的愿望就实现了。可是她没想到的是,这个节目的主持人竟然有四个,自打开播以来,每一期都有新面孔。她不敢问"马铃薯"这是为什么。编导说了,领导的安排,她不需要懂。依依只好透过那编导黄色的眼镜框,看着他深谙世道的黑眼珠,她想:兴许那里面藏着两片博士伦呢?

依依终于明白了,这总监虽然丑,虽然外形酷似"马铃薯",却有一颗花椰菜的心。她更明白，即便比马铃薯还丑陋，只要是总监，总会有人爱。四个主持人，一定是四个自己——依依觉得这个世界真好玩儿！

今夜，"马铃薯"对依依格外体贴。依依左思右想，确定自己没有任何值得"马铃薯"利用的地方。事实上，自己除了能写点儿什么创意之外，其余的都不懂。

唱歌的、玩游戏的、调情的人纷纷向依依投来羡慕嫉妒恨的目光。"马铃薯"一直坐在她的身边，一会儿为她要热水，一会儿要热牛奶，一会儿又给她要一些小吃，甚至把一碗热气腾腾的小馄饨端到她的嘴边，让她吃下去。

依依无力地靠在那里，时不时地发出恶心的干呕。她旁边的几个女孩捏着鼻子夸张地走开了，依依心里一阵欢喜——要不是她们身上的那些刺鼻的香味，自己也不会干呕啊！

李冰见依依仍旧不舒服，便索性跟其他人挨个道别。依依浑浑沌沌地等在那儿，期待着自己被如何发落。她和老古的关系正处于白热化阶段，老古似乎对她的怀疑度呈直线上升态势。当然，这与依依跟总监出来应酬有直接关系。这些日子以来，每当依依夜半回家，老古总是抱怨个没完。开始依依并不太在意，只当是老古的撒娇罢了，可现在依依明显地察觉出了他的冷漠。她的心里也暗暗地生出些恐惧来。

见到依依这般状态，雷雷故作关心地上前陪着她。她对李冰说："照顾好我的朋友哦！"

李冰轻轻地搂过依依，用炫耀的口气看着雷雷说："我称职吗？"

雷雷冲他竖起了大拇指。随即她举起手机，拍下了眼前这一对儿"情侣"之间暧昧的一幕。

依依病态地靠在李冰的身上，看得出来，她有些支撑不住了。不过，从照片上看去，此时的依依倒也像喝醉了似的。

雷雷迅速地把照片发到了古欣然的手机上。这一刻，她真有一股透彻报复的快感！别问雷雷是怎么知道古欣然的联系方式的——自打上次依依发照片给豆豆害她那会儿起，她便坚定了报复的信念。此后，依依和她周围人的一切动向，尽在她雷雷的掌握之中。

不仅是古欣然，同时收到短信的还有朱紫。雷雷想：谁让你当初发照片给依依呢？

二十分钟后，李冰和依依并肩走出这家豪华夜总会的大厅。旁边的服务员用惊讶的眼神注意着他们，"马铃薯"却丝毫不在意。夜晚的空气并不好，整座城市被薄雾笼罩着，阴湿而寒冷。依依不禁打了个寒颤。

李冰的汽车缓缓地驶出来，依依不止一次看到这辆银灰色的汽车，而今天她头一次坐。在冷空气的包围中，她的体温似乎微微地降了一些，头脑也不如刚才那般地眩晕了，她贪婪地大口地吮吸着清冷的空气。那潮湿的雾气被疯狂地吸入血液里，成为新鲜的甘露，令依依精神倍增。

她对李冰说："我很好了，你可以不用送我回家。"

李冰背对着她，只管走过去拉开车门，请她上车。依依看看他严肃的脸，想笑，然后便上了汽车。

车里的空间很宽敞，依依贪婪地打量着车内亮光闪闪的内饰，仿佛走进了另外一个世界。老古的车跟这辆车没法比，朱紫的更是。

"我认识你们学校一个学生。""马铃薯"说。

"哦？哪个系的？"

"不知道，已经毕业了。"

"那我应该也不认识。"依依无奈地回答。

"兴许你会认识。"

依依觉得李冰的话里多了些含沙射影的味道，便问："叫什么？"

"叫什么朱紫。"

依依的心头微微一怔，没再说什么。凭借自己对李冰的了解，他是绝不会轻易说出每一句话的。依依看着窗外的不夜城，静静地等待着李冰接下来的举动。

车内广播也进入了深沉的气氛中，主持人下班了，只剩下随机播放的一些曲目。依依听到了那句："我只是一颗棋子，来去全不由自己……"忽然间，她发现这竟然是自己命运的写照。

"你认识他吗？朱紫。"李冰问。

依依摇摇头说："见过一面，不太熟。"

李冰点点头，转而看向窗外。

"他怎么了？"

"没怎么。"

"你找个路边把我放下就好，我自己打车。"依依说。

"我送你回家吗？"

"不，不用。"依依很干脆地拒绝了，她不能让任何人知道自己住哪儿，这是老古跟她立下的规矩。

汽车在五彩斑斓的夜空里穿梭，路过了那些夜排档的摊位，依依不知道李冰要把自己带去哪里。

过了好一会儿，汽车在路边停下了。

"这是我朋友开的医院，进去查查身体吧。"

依依跟着李冰下了车。

很快，她被安排进一间高档的私人病房中。医生说："三十九度二。"

依依轻轻地闭上眼睛，静静地感受到冰冷的针头刺进自己纤细而温热的血管中。李冰安静地坐在一边，陪着自己。有那么一瞬间，她却梦到了和朱紫在一起的时候，她生病了，朱紫就那么坐在一旁。依依打量着这间屋子，她想深沉地睡去，却担心那点滴瓶中的液体会流光。

李冰轻声地对她说："睡吧，有我呢。"

依依心头一热，放心地闭上了眼睛，同时她感到自己的嘴角微微地向上扬起了。

43. 爱情是买还是卖

豆豆跟唐松的妈妈躺在美容院里,她必须承认自己从小到大没来过这样的地方。她常常听依依说起这样的地方,似乎一张金卡就能花去一年的学费。豆豆转过头,看着唐松的妈妈安然地躺在那儿,她真感觉自己是走进了另一个时空之中。

清早,唐松把她接回了自己的家里,豆豆跟他们一家人吃过了早餐,并且回答了一系列的问题。比如:"家里住多大面积的房子","父母的收入是多少","豆豆家当地的房价是多少"……当唐松的爸爸听到豆豆说自己的爸爸早就去世的时候,他的眉头轻轻一皱,随即盯着儿子看了几眼。

就这样,豆豆不喜欢唐松的爸爸了。她想:这老爸又不是派出所的审讯员,怎么有那么多的问题呢?而且他怎么会跟自己死去的爸爸过不去呢?不过,唐松的妈妈倒是蛮可爱,不但不问她问题,出门的时候还怕豆豆冻着,拿出自己的薄羽绒服给她穿上。

现在,豆豆也想跟未来的婆婆说些什么,可是看着她躺在那儿的架势,也不知如何开口。在豆豆的眼里,唐妈妈即便躺着,也是气场十足,让人不敢轻易接近。

"你们是母女俩吗?都那么漂亮。"按摩师一边在唐妈妈的脸上轻柔地画着圈儿,一边跟她聊天。豆豆听着房间里的轻音乐,听着按摩师富有磁性的女声,一切都是催眠的音符。

"不是,那是我儿子的同学,来家里做客。"

豆豆的心凉了半截儿,她有点儿不相信这是从唐松妈妈的嘴里说出的。昨天还是朋友,今天竟成了同学。听上去,唐妈妈在刻意拉远自己和她儿子的关系呢!她不想让自己产生太多不好的猜测,便安慰自己:毕竟跟唐松还没结婚,说太多也不合适吧。豆豆努力地让自己睡着,这样就听不到唐妈妈的声音了,可惜她做不到。

"豆豆,你睡着了吗?"

"没有,阿姨。"豆豆十分礼貌地回答。

"我们的家庭很严谨的,松松从小就乖。不过他最近跟我说要买车,你给他提提意见。趁着年轻张扬一下,我没有意见,不过也得考虑未来单位同事和领导的看法,你说对吧?"

豆豆点点头,赶紧回答:"我不让他买贵的。"她已经忘了即便点头,松松的妈妈也看不到。

"年轻人可以张扬一下,不过刚上班就买好车,不是太引人注目了?况且他是要到那样的单位上班的。"

豆豆发现唐妈妈十分介意"张扬"二字,自己跟唐松认识五年,恋爱三年,唐松最吸引她的就是张扬。豆豆在心里偷偷地想着,不敢把真实的想法告诉唐妈妈。

跟唐妈妈说话一点儿也不轻松。她先前是顺口就说家乡话的,可是跟豆豆说话就不得不说普通话了,那口音里夹杂的乡音,让豆豆听着别扭极了。

唐松的电话打了进来,说自己在门口等着了。

豆豆觉得这应该是家庭生活的模样吧,有和谐的婆媳,还有勤快的老公。豆豆有些不想回到上海了,纵然这座小城并不算美,纵然这里人说话她听不懂,纵然唐妈妈依旧四处介绍自己是白胖子的同学。

从美容院出来,太阳已近落山。豆豆怀揣着余留在心中的幸福,走进了唐松的家宴。刚才车上坐在白胖子身边时,豆豆的脑海里便浮现出一幅场景:豆豆和唐松,以及唐松的爸爸、妈妈围坐在一张圆桌前,自己一定是羞涩地不敢抬头的那种。唐松会给自己夹菜——以前,他常常给自己夹菜的,还总是说:"小黄豆吃成花生豆啦!"豆豆每次都回击他:"那我不也成了白胖子了?"于是,唐松便捏捏自己的腮,凑过来,十分不要 face 地说:"多软,多性感!"

豆豆想着,忍不住想笑出来,她赶紧扭头扭向一边,免得唐妈妈看到,八成又该挑剔自己了。不知怎么地,在豆豆的潜意识里,唐妈妈是一个极为挑剔的女人，纵然她表面上是那样地彬彬有礼，说话是那样地有分寸。

唐松的汽车稳稳地停在了酒店门口。豆豆发现这酒店有三层楼那么高，看上去并不很豪华，散发出家常菜的味道，这在上海是闻不到的，豆豆仿佛看到了大圆桌上摆满的佳肴，肚子不禁咕咕作响了。

可是豆豆很快发现这里的家常菜并不适合自己的口味。

在唐松的带领下，豆豆走进了一条长长的走廊。走廊里安静极了，寂静得像一间会堂。豆豆路过每一个包房门口，都忍不住想探头去看看，唐松家乡的人们是怎样吃饭的呢？一定不像他们西北人一样地吃面。豆豆好奇地看着门牌上精致的字体，分别写着"天涯"、"海角"、"夏威夷"、"阿拉斯加"……唐松迈着外八字大步流星地走着，豆豆几乎跟不上他的步伐。

就是这里了，唐松推开了走廊尽头的房门。屋里宽敞极了，如果在白天，太阳便可以肆无忌惮地照进来。屋子是圆形的，周围用玻璃围成。星星点点的灯火在窗外闪耀，豆豆有些害怕，生怕黑暗中会忽然蹿出一只绿色的鬼怪。这屋子太大了，足足有三个小黑屋子那么大。豆豆忐忑地坐着，她想上去拉着唐松的手。可是不行。唐松坐在一边低头玩着手机，左手夹着的香烟已经积攒了长长的烟灰，眼看就要支撑不住掉下来。

"松松，人到齐了。"一个男人忽然从门口冒出头来。

唐松转过身去点点头，"我就来，叔。"

烟灰果然塌了，滚落到白胖子的牛仔裤上，他也顾不上了，随意地掸掸，便出了门。

"那是谁？"豆豆问。

唐松没回答，留给豆豆一个背影。

豆豆孤独地站在房间里，只有恐怖的万家灯火与她为伴，不知道幻想中披头散发的绿鬼会不会忽然冒出来。豆豆却希望它冒出来了——如果那样，唐松就能赶来救自己了。刚才的男人留着小胡子，脸色跟唐松一样的白，还泛着油光。豆豆听着他管唐松叫"白胖儿"，心里真不是滋味。在豆豆的眼里，只有被"爸爸"唤作"白胖子"的唐松才完全属于自己。她不知道从什么时候开始有了如此古怪的观念。因此，刚才听到别人那样呼唤白胖子，豆豆的心里生出了几分不愉快。

门外传来一阵吵闹，似乎是大队伍的人们光临驾到了，豆豆真真切切地听到了那些寒暄的声音。她蹑手蹑脚地走到门口，生怕别人发现自己的存在。走廊里，一家五口人拿着精美的礼品，穿红色毛呢背心裙的女孩站在正中央，正握着唐妈妈的手，与她用家乡话寒暄着，豆豆只听得懂一句"漂亮"。女孩穿着黑色高筒靴，头发精心地梳成高雅的公主发型，耳朵上还缀了亮晶晶的耳环。刚才的小胡子叔叔也赶出来了，拉着貌似女孩父亲模样的男人进了屋。

女孩拉着唐妈妈的手也进屋了，豆豆清楚地听到唐妈妈用普通话跟女孩说："我们娘俩儿要去泡温泉。"

豆豆赶紧退回到自己的位置上坐下，装模作样地翻看手机。不一会儿，她发觉自己真是可笑啊！

不一会儿，唐松进来了，他匆忙地对豆豆说："想吃什么就点啊！"

"白胖子！"

唐松刚要走，被豆豆呵斥住了。

"你要去哪儿？"豆豆问，语气里充满了可怜。

唐松沉默了。豆豆感到万家灯火在刺透脊背，周围包房里的那些人正在嘲笑自己。

"我妈在你来之前就安排好了的。豆豆，其实这事儿不怪我，咱俩不是分手了吗？"

豆豆只觉得脑海里仿佛被电流狠狠地击中了。不过，接下来的她却是前所未有的冷静。连她自己都能清楚地感觉到，这大概是她人生中最冷静的一次了吧。

"安排了什么？"

"请我单位的领导吃饭。"唐松低声回答。

豆豆想跟他大吵一架，问问他如果是单位领导，为什么唐妈妈与那女孩要以"娘俩儿"相称？！然而她只是愣愣地盯着他，一句话也说不出来，脑海中反复播放着女孩的形象——她跟唐松才是真正地般配啊！自己只是一只丑小鸭啊！自怜的泪水迫不及待地涌出眼眶。

"松松！"外面有人在叫他。

房间里又只剩下了豆豆。

豆豆走到窗边，眼前浮现出"爸爸"的形象。"爸爸"告诉她："多大点儿事儿？别太在意。"豆豆觉得"爸爸"真是伟大，任何重大的事儿到了她那儿，都能变成芝麻大的事儿，颇有股"掉脑袋不过碗大的疤，十八年后又是一条好汉"的气魄。

豆豆也开始想妈妈了。当她陪着唐妈妈舒适地躺在美容院的时候，自己的妈妈在干什么呢？难道自己真的要变成"白眼狼"不成？豆豆给妈妈拨通了电话，果然，亲爱的妈妈一听到豆豆的声音，立刻在电话那头高呼："白眼狼！你干吗去了？"

豆豆的眼泪不争气地掉了下来，她赶紧笑着说："我就在啊！你怎么不理我？"

"考博怎么样了？"

"挺好的，在准备着呢。"

"哦，那就好。唐松呢？"

豆豆总能感到妈妈对唐松的挂记甚至比自己对他的挂记要多得多。每回跟妈妈通电话，她总会问问唐松的情况。以前，豆豆总是一五一十地道来，比如俩人去了哪里吃饭，唐松考了多少分，唐松又跟老师吵架了，等等。而现在，豆豆却在心里替妈妈鸣不平。

"就那样吧。"

妈妈在电话那头沉默了。过了许久，她才说："行吧，有些事儿等你考完试再说吧。"

豆豆挂了电话，她怎么也不敢把放弃考博的事儿告诉妈妈。

门口蹭进来一个穿开裆裤的小孩，冲着豆豆笑。豆豆开心了，也对他笑。带孩子的男人是小胡子，他走到门口，诧异地看着豆豆说："这怎么还多出来一个人？"

豆豆坐在那里，想着自己是不是要自我介绍。可是还没等她开口，就过来一个人把那"小胡子"拉走了。小孩显然还想在这里玩一会儿，也被"小胡子"抱走了。

又剩下豆豆孤零零一个人了。

服务员端来几盘家常菜，豆豆走出去在走廊里寻找着唐松——他怎么不见了呢？

豆豆经过一间一间虚掩的门，终于在一个门口听到了她熟悉的声音，不是唐松的，而是唐妈妈。她说："我们家松松从小就喜欢莲莲。没想到他俩绕了一圈，咦？还是回来了！"

房间里传出一片爽朗的笑声。

豆豆像被吓着似的，赶紧蹿回包房里。

服务员已经端了一桌子的菜上来，她见只有豆豆站在房间门口，便差异地问她："只有你一个人用餐吗？"

豆豆苦笑了一声，"不是的，这屋子没人用餐。"

两个小时后，豆豆倔强地坐上了开往上海的高铁。

44. 一场游戏一场噩梦

日光初现，依依的额头上微微地冒出了汗珠儿。李冰在一边坐着，耐心地搅着一碗粥。她摸摸额头，似乎有些冰凉了。吊针已经被拔掉，她着实地睡了个囫囵觉。

李冰看着依依，把一勺子稀粥送到她的嘴边。依依忽然被一股味道刺激了神经，立刻用手推开勺子。李冰放下粥，轻轻地试试她额头上的温度。

依依贪婪地看着四周，粉色的墙壁，淡黄色的真皮沙发，壁挂式大屏幕电视，还有窗下的盆景，沐浴着阳光，疯狂地生长。她有点儿喜欢这里了，床也是软的。她偷偷地琢磨，如果把李冰换成一个完全属于她的男朋友该多好！

不过，李冰的表现着实令自己吃惊极了，她弄不明白这人为什么要这样。如果说他喜欢自己，似乎有些不太可能。听台里人说，李冰这人只爱一样东西——利。比起名来，他更爱利。声名狼藉对他来说无所谓，只要有利可图就好。他不在乎别人说自己贪婪，更不在乎被扣上"吃女主持豆腐"的帽子，无论是贪婪也好，"吃豆腐"也好，只要能从中赚到好处，他就干。对于李冰来说，自己是已经到手的猎物，是煮熟的鸭子，他何必还要如此用心？她记得上周台里举办一个男模大赛，他为了巴结那女制片，便想方设法把女制片喜欢的男模特都留了下来，其余的都淘汰了。有人说他分别从制片人和选手那儿得了好处，但具体情况无从知晓。

"马总监，我……付不起这医药费啊！"话一出口，依依便出了一身冷汗！自己怎么能把姓氏搞错了？人家明明姓李好不好？！她赶紧低下头，心想：这黑土豆儿的脸一定要跟黑芝麻一样黑了。

"谁要你付了？一家人说两家话！"李冰笑着看着她。

依依惊恐地看着他。

"有男朋友吧？"他问。

依依摇摇头。

"我记得你是……古欣然介绍来的？"

依依连忙点头。

"你跟他关系怎么样啊？"

依依赶紧摇摇头，她牢牢地记着古教授的告诫："不能让任何人得知我们的关系。"

"不好？"

"还行，平日里在学校见面打个招呼什么的，古教授对同学们蛮关心的。"

李冰忽然严肃起来，圆圆的黑脸上凹凸不平，依依再次偷偷地感叹，他真的很像一个自然长成的马铃薯，绝不是温室里培育的那种标准规格的。他认真地看着依依说："你帮我一个忙，好不好？"

依依看着他，点点头。

"明天他要跟一个人聊天，你想办法跟他一起去，拿着这个。"

"马铃薯"亮出了一支小巧的录音笔。

依依看着那录音笔，接过来。

"明天，恐怕不行，我要跟导师谈论文。"

依依这话刚说完，她立刻见到"马铃薯"眼睛里泛出凶光。她害怕极了，万一"马铃薯"扬长而去，这里的医药费她是付不起的。电视台的工作还没转正，对于她一个新人来说，自然是一分钱的工资都拿不到。古教授会顾及自己吗？依依太不确定了。她只能隐隐地感觉到，古教授在晚上睡觉的时候最需要她。

"你们这些女孩子，真是用人朝前不用人朝后啊！""马铃薯"笑着说。

"不是，我们导师要求可严了……"

"你挺逗的，真挺逗的。""马铃薯"笑着说。

依依看着他，有好几个瞬间，她想答应"马铃薯"了。可是话到嘴边，却怎么也吐不出来。

"马铃薯"走了。临走时，他告诉依依："先把身体养好再说。"

依依追问："附近有提款机吗？"

"马铃薯"头也不回地说："付过了。"

依依重新闭上眼睛，她想着自己的前途。其实对于在台里的地位，她并不担忧，既然老古能把自己安排进去，就一定不会有人敢把自己撵出来。"马铃薯"用这样的方式来报复老古，其结果一定是想暴露自己，所以自己不能当这个帮凶。烧退了，额头冰凉，嗓子还微微作痛。病是前天晚上落下的，老古家的中央空调坏了，害得她洗澡的时候着了凉。可是如果不洗澡，老古又不让上床——他是有洁癖的。

依依继续权衡着利弊，她想到了老古当初给自己的承诺，想到自己跟台里上上下下的人的关系，直到她彻底地认为自己不会在台里吃亏，才安然睡去。她最后想的是：如果"马铃薯"真的想把自己赶出这个频道，他就不会给自己付医药费了,如此算计的人,会白白付出吗?

她错了,很快她发现了自己的幼稚。

第二天上午,当她走进电梯时,看见一同录制节目的同事们用异样的眼光跟自己打招呼。

后来,她见到了另外一个副总监,找来依依谈话,告诉她:"这个《娱乐脱口秀》栏目人员已经裁员了,你可以去楼下的广告部,那里需要一个后期"依依明白了,她走到了楼下,广告部的领导满目狐疑地盯着她说:"我们广告部要的是业务员,只要跑腿儿的,不要坐办公室的啊!"

还好,依依的身体已经康复,至少她不用担心再生病了。自从来到这座城市,她尽量不让自己生病。记得刚上大一时,她实在胃疼得受不了了,便跟同学借了一百块钱。她自己也不知道怎么会连一百块钱都拿不出来。后来想想,一盒粉底液就花去了大半个月的生活费,剩下的钱怕是还不够吃饭的。到了医院,医生在她的腹部用力按了两下,告诉她是急性肠胃炎,要输液。当她看到三百多元的药费时,还是转身走了。一刹那,她觉得肚子上被医生那么一按,就不疼了。

依依走进学校里,走到老古的办公室门口。她想跟老古要家里的钥匙,又怕他生气。夜不归宿是老古的大忌,虽然她想好了足够的理由,也编好了去处,可依旧担心对方不会相信。

依依站在门口,忽然想到"马铃薯"要自己去录音的事儿。本来想着进屋的她,一下子停住了。走廊里安静极了,似乎没有人来。

"这个东西好啊,别人送给我的,海参,壮阳的,给你尝尝。"

里面传来了一阵熟悉的声音。

依依感觉不对,她按下了录音笔的录音键,紧接着,下面的对话便统统被收进了这个小小的仪器中。她录音并不为了给"马铃薯",只不过"马铃薯"的这个提议触动了她的防卫神经而已。

当老古强迫她和自己在一起时,曾这样说:"我能把人弄进去,我就能弄出来。"而现在依依顾不得想那些了,下面的话让她强迫自己压抑住心中的怒火。

"我不需要，我身体好，做不做爱身体都好。"这是老古的声音。

"依依说你好啊？"

"搞什么搞，这个还要说？看看她的反应就知道了！"

"哈哈哈哈！"

依依听到门里传来两个男人的笑声。

"身体好不是自己说的，是要靠别人说的，这话一点儿错没有，一点儿错没有。"

"而且我跟你讲，还不能是一个人说，要很多人说，大家好，才是真的好。"

又是一阵笑声。

"你看啊，一个男人成功的标志是什么？那女人不停地往上倒贴，不要像表演系那个傻子一样，还要暗示人家，傻死了！真是傻死了！"

"你勿需要的，这一点我懂的，就是我懂的。"

"你懂的。女人嘛，你功夫好，就像那个依依，哎呀，甩都甩不掉，烦死！晚上不回来还得跟我解释半天，我要你解释？正好，我再找找别的美女，反正总是那么一张脸看着也是烦得很。"

"你说对了，女人都是作的，作得很！"

"这样的女人多了，不值钱。每年给我发信息的都能排到白渡桥！"

"哈哈哈哈……"

依依分不清两个人的声音了。

她走了，独自在街上徘徊。自己真是一只没有家的小狗，她想。她走到了朱紫家楼下，"危楼"的横幅还在，却没有人再多看它一眼了。这个世界上，似乎任何东西都不会引起人们的注意。依依孤独地站在那儿，使劲儿地越过"危楼"的字样去探索自己曾经的家。依依深深地呼出一口气，"危楼"也可以是温暖的家呢！

可是如今的她连"危楼"都回不去了。当朱紫疯狂地找她时，当她告诉朱紫"你没资格管我时"，朱紫已经伤透了心。她在心里默默地对自己说：依依，你活该啊！走到今天这一步，是你自己选的。不管结果怎样，你要受着，这是代价。想到这里，她泪如雨下。

依依还是回去了，回到了古欣然的家。临进门前，她一遍又一遍地叮嘱自己：就当什么也没听到。

老古坐在沙发上，电视里是浓妆艳抹的歌手在唱歌，声情并茂。

"那么我们分手好了。我跟你说过，我很直接的，好就是好，不好就是不好。"

"我生病了，是真的生病了。"

依依十分清楚，老古绝不是因为自己夜不归宿才分手的，而是想分手才埋怨自己夜不归宿的。

老古面无表情，似乎完全不在意对方的理由。依依想起了白天在门外听到的话。

忽然，依依趴在老古的腿上放声大哭。老古终于被震惊了，放下遥控器，看着她。

好一会儿，依依才停止了哭号，她依旧趴在那儿，老古的裤子上已经湿了一片。

依依低着头喃喃地说："我们结婚吧，求求你了，我们结婚吧……"说这话的时候，她轻轻地抽泣着，阴湿的泪水还保留着余温。她担心这余温散了去，只剩下冰冷。

老古的手在不停地按着遥控器，电视频繁地更换着频道。

许久，待依依不再抽泣了，他缓缓地说："我结过四次婚，养了四只獒，你觉得我会娶你吗？"

依依的心彻底绝望了，她坐在沙发上，纹丝不动。

"今天，他们不让我在台里了，你帮我想想办法吧！"

"我没有办法的。我说你怎么那么幼稚！现代社会的规则你不懂？你以为什么都由着你吗？真任性！"

依依清楚地听到了那一声不解的叹气。屋顶处的水晶灯张扬地发出刺眼的光。她想飞上去，把那些水晶纷纷扯下来。

她缓缓地走到老古面前，从口袋里掏出一个 U 盘。

"这个东西……"她说。

老古盯着她。

"你跟你的好同事聊了些什么？好像里面都有哦！有人跟我要，我也正打算用它换点儿好处。"

"我警告你，你别胡闹！"

"我发现，这东西似乎比感情好用。"依依说。

"你给我，咱们好好谈谈？"

依依得意地转过身去，不再理睬老古。她"咯噔咯噔"地走上楼去了，抛下一句话："等着，明天我写给你。我们读书人，不爱废话！"

45. 帅哥比不过奶油

小黑屋子里空荡荡的，雷雷已经不在了，豆豆一个人坐在黑暗里。床铺是冰冷的，寒气肆意地侵袭着豆豆的身体。小屋子里装了好几盏灯，豆豆把它们统统关上了。现在，只剩她自己坐在床沿儿上，心里一阵轻松。记得刚来上海时，豆豆的成绩不太好，表现也不算出众，在全班同学那里，她总是默默无闻，大家常说，班里有那么一个人，即便她消失了，别人也不会注意。这个人就是萧豆豆。豆豆心里挺难过的，她一个人躲在厕所的角落里，锁上门，痛痛快快地哭了一场。哭完后，她感到全身心的愉悦！原来能痛快地哭一场也是那么爽快的事儿！现在的豆豆仿佛回到了七年前的那个时刻，忽然之间就萌生了想痛快地哭一场的冲动。于是，在这间小黑屋子里，豆豆放声大哭，眼泪止不住地夺眶而出。

豆豆第一次发现原来人和人的关系是那么脆弱，一不小心，身边的人就会离你远去。原以为除非她萧豆豆抛弃唐松，唐松是绝对不会丢下豆豆不管的。而现在呢？从豆豆离开威海到现在，他竟然连一句问候的话都没有。"爸爸"呢？豆豆原以为"爸爸"是跟自己的亲妈差不多亲的人，就像亲妹妹那样亲，可是她现在也不在家。豆豆不知道她去了哪里，也不知道她会不会回来。

豆豆哭了一场，果然心情好了许多。她认为自己悲伤的原因来自于唐松的态度。她也发现，其实他在自己心里并没有那么重要，如果自己现在没有遇到挫折，而依旧在紧张地复习考博，那么根本不会有这样的插曲产生。豆豆冷静地盯着书桌上的招财猫，认真地在漂亮的信纸上写下了2015年3月10日的诺言——今天，萧豆豆和唐松的爱情接力完美落幕。

之后，她给雷雷打了电话。雷雷的床铺收拾得十分整齐，豆豆有些诧异。她记得从前住在学校宿舍的时候，雷雷总是对宿管阿姨强制大家叠被子的事耿耿于怀，她总是说："真想不通，晚上都要睡觉的，被子又不会弄脏，叠它干吗？"

豆豆这么想着，雷雷的电话打通了。

"喂——"雷雷的声音拖得老长，并且用气声说话。

"爸爸，你在哪里？"

"你，来，找，我，不……"雷雷一字一顿地说，依旧用的是气声。

"好的啊！"豆豆回答。她现在迫切地需要一个人在她身边。

"等会儿，地址发你。"

雷雷挂了电话。

豆豆于是尽快地洗了脸，摆脱了小黑屋的困扰，快速地上街了。她不知道雷雷发给她的那幢写字楼是用来做什么的，只知道它位于上海最繁华的地段，过去雷雷常常带豆豆来这一带逛街吃饭。

豆豆按照地址，很快地找到了这个地方，就在地铁站不远处。豆豆乘着电梯上了二楼，发现这里原来是一个英语培训班，门前写着"朗英英语"。

原来自己还是错了。豆豆猛然间感到进入了另外一个时空。雷雷竟然开始学英语，相比之下，自己是不是过得太荒废了呢？豆豆的心里竟然升起了一股自责，还有她不能言说的对雷雷隐隐的妒忌。至于为什么会这样，她不明白，怕是雷雷贪玩惯了，忽然间开始学习了，也让她感到不适应吧！豆豆告诉自己，从今天开始，她也许要为了前途再搏击一下。

不过，接下来发生的事儿却让豆豆知道自己的判断是多么地错误。

豆豆穿过一间间玻璃门。门里的教室有的像学校里的教室那么大，而有的却只有十平方米左右。大教室里稀稀松松地坐着一二十人，小教室里就只有三五个人。大教室里有金头发的老外在上课，小教室里也是那样的人。豆豆一间一间地找着，她发现那些站在讲台上的老师中不仅有白人，还有棕色皮肤的、黑色皮肤的，黄皮肤的只占极少数。在座的学员们都认真极了，有的在讨论，有的则认真地抄着笔记。豆豆忽然很想学习了。

雷雷在短信里说自己在位于台球桌旁边的教室里。豆豆很容易就看到了那两台大大的台球桌。然而出来接她的不是雷雷，而是依依。豆豆开心极了，原来大家都在这里，她真有种找到亲人的感觉！

依依牵着她的手轻轻地弯着腰穿过人群。豆豆坐在了她们事先为她留好的座位上。这是一间大教室，讲台上的老师长着高高的鼻梁和一双蓝色眼睛，看上去略有些年纪了，豆豆感觉这人应该不年轻，但是具体多大岁数，她估计不出来。豆豆看着雷雷，她却没有注意到自己的到来，也没有打招呼，而是托着下巴，聚精会神地盯着前方。

依依又拾起了她上课传纸条的营生，不一会儿，一张大纸就送到了豆豆的面前。原本豆豆也想听听老外是怎么上英语课的，可是被依依一搅和，也只好跟她传纸条了。

"订婚了？"

豆豆知道一定是雷雷这张大嘴巴告诉她的。奇怪的是，豆豆此刻的心情却十分平静，她觉得分手并不是一件丢人的事儿。

"没有，分手了。"

"你看那老外帅不？"

豆豆抬头看看那老外，应依依的要求仔细打量着对方。

"长得还挺帅,就是有点儿老。"

依依快速地写下:"哪能都像白胖子那么水灵?"刚写完最后一个字儿,她忽然感到不能随意提及豆豆不开心的事儿,于是果断地划了去,在后面补充道:"他是这里的主管,人不错的。"

豆豆不知道接下来该说些什么,也就学着雷雷的样子,托着腮听老师讲课。不一会儿,恼人的小纸条又来了,这一回可真让豆豆吃了一惊。

"看见雷雷没?你猜她能成不?"

"什么?"豆豆不明白依依的意思。

"她钓那老外能成不?咱俩赌二十块钱的怎样?"

豆豆赶紧把脑袋往前凑凑,看看雷雷的眼睛,果然,她托着下巴,左眼含情脉脉地盯着前方,右眼在有节奏地一眨、一眨。豆豆对雷雷的"绝活儿"太熟悉不过了,想当年,雷雷为了练就这本事,没少拿豆豆当对象物,动不动就抓着豆豆假扮"帅哥",不停地跟豆豆放电。

不仅如此,豆豆也清楚地察觉到,一刹那间,老外的眼神忽然定格在自己附近,继而脸颊现出一阵绯红,嘴角露出一丝腼腆的笑。

"我靠,害羞了!"依依趴在豆豆的耳边说。她的声音并不算小,引得旁边的男生向他们这边投来不解的目光。豆豆赶紧坐好,可是她却不敢正视那老外的眼睛了。她看到黑板的一角上写着"Kenny",便没话找话地问依依:"他的名字叫Kenny吗?"

依依摇摇头,"不是的,那是他给学员起的,他叫Jack!这男人骚得很,说自己要像《泰坦尼克号》里的Jack一样痴情。"

豆豆捂着嘴巴乐了。

"你说雷雷能成不?"

"能吧。"豆豆回答。

"那我赌不成吧。"

豆豆点点头。

话刚落音，Jack 就宣布课间休息了。豆豆担心着"爸爸"的眼睛：总是那么放电会不会影响视力呢？

依依拉着豆豆的手，"走，陪我去洗手间。"

豆豆乖乖地跟着她去，心里一直惦记着雷雷"放电"的成果。

这里下课的光景真好，豆豆一下子就喜欢上了。她看到几个女生聚在一起喝咖啡，男生在台球桌上打几个球，还有人捧着一本英文小说，靠在窗边认真地看着。

豆豆问依依："我也来报名学习吧，这里真好。"

没想到依依认真地看看豆豆，告诉她："这里的学费一年要四万块。"

豆豆倒吸了一口凉气，不敢再说什么了，仿佛眼前晃动着的人的后脑勺儿上都印着金光闪闪的人民币符号。豆豆寻思着，自己进来时不是也没人管吗？那不就能白蹭课了？虽然这想法刚一冒出来，就被自己无情地驳回了。豆豆的做人原则是：要做一个有道德的人。

事实上，白蹭课的事儿在这里是万万不可能发生的。不一会儿，一个穿浅蓝色衬衫和西裤的小伙子面带微笑地走来了，豆豆知道他是在对自己微笑。

"同学，你的听课证要戴在脖子上，就像大家一样。"

"我是来找同学的。"豆豆小声地辩解。

"我们这里……"

小伙子的话说到一半儿，豆豆只见着他的脸红一阵白一阵。依依在旁边轻轻地对他说："下不为例哦，帅哥！"

"依依啊！"小伙子高兴地看着她，那双眼睛却不敢直视对方。

"大明星啊！"

依依笑着，冲对方眨巴眨巴眼睛。

"你怎么来了？"

"我来找同学玩儿的！"

"那你们玩儿，可以考虑来我们这里报一个班，给你打折哦！"

小伙子说着说着，不自觉地翘起了兰花指。

豆豆不明白了，只是美女主持随便眨巴一下眼睛，就什么事儿都能解决？她埋怨自己，难怪白胖子跟长腿美女好上了呢！豆豆自卑地想。

豆豆这么想着，随着依依走进了教室，雷雷不知道哪儿去了，Jack 还在。见到依依，Jack 激动地握着依依的手，神秘兮兮地用生涩的中文重复着："你的朋友简直是天底下最最最最性感的女人！"

依依乐了，她掏出手机，对准 Jack，"再说一遍，再说一遍。"

Jack 一字一顿地说："天底下最最性感的女人！"

"谁？"

"Jenny。"

"She's Chinese name is Leilei."

"Leilei。"

"Right。"

"So charming。"

"哪儿性感啊？"

Jack 手舞足蹈地比划着，"眼睛，very 有神。"他一边说着，一边用双手在胸部比划出一个轮廓，"有沟沟，sexy！"

"哈哈哈哈……"依依笑了，豆豆也笑了。豆豆想：这老外一定是见到她俩才学坏的。

雷雷走了进来，一下子从后面搂住豆豆，豆豆亲昵地叫了一声："爸爸！"雷雷却没有应声。豆豆转过头去，发现她的眼睛还在直直地盯着 Jack。

Jack 也学着雷雷的样子，对她眨眼睛，依依只负责录像。

"我把这段当成毕业作业，一准能火。"

豆豆捂着嘴巴直乐。原来不谈恋爱也可以很开心，原来有了朋友就可以很开心，短暂的开怀一笑消减了原先的忧伤，唐松的形象也暂时被甩在了那座小城。

然而没过多久，豆豆发觉自己依旧是错的。

下课后，雷雷没有答应Jack的邀请去喝茶，而是告别了他，跟豆豆一起走了。依依跟她俩分道扬镳。临分手前，她对雷雷说："今天你赢了。"

"下回该你了啊！"雷雷说。

"没问题。"依依干脆地答应了，附带着冲雷雷放了一记闪亮的电火花。

"什么赢啊？"豆豆问。

雷雷捂着嘴巴乐了，"钓凯子。"

豆豆不知道该说什么。雷雷课上跟豆豆约好了，下课一起下午茶，豆豆听从雷雷的安排。

很快俩人就坐在了一家咖啡厅里。这咖啡厅是绿色的，干净又清新，还有好多个秋千。豆豆过去最喜欢坐在秋千上喝茶了。她一边晃，一边喝，一边打量着四周，再看看窗外，一点儿也不能安静下来。雷雷总是看不过去，挤兑她说："等以后你跟唐松结婚了，我非送你一秋千，让你俩在秋千上搞一搞。"

刚说完，豆豆立刻愤恨地盯着她，之后委屈地说："我才不跟他搞呢！"她知道雷雷说的"搞一搞"满是色情的味道。

今天，豆豆格外安静。她还是坐在秋千上，只是轻轻地晃晃，眼前的热金菊茶散发出阵阵清香。

"你跟依依和好了吗？"

"你是不是要嫁人了啊？"雷雷没有回答豆豆的问题，此刻，她的脸上写满不舍。

豆豆没说话，拿起滚热的饮料，轻轻地啜了一口。心里有好多好多话想跟雷雷说，却不知道从哪里说起。豆豆原以为自己跟唐松的爱情只不过是小孩过家家，游戏结束就要各回各家了。可谁知当游戏散场时，当唐松回家时，自己却还站在原地，傻傻地逗留。

"我，就一个人。"

雷雷刚才还带着兴奋的脸色忽然沉了下来。

"怎么回事儿啊？"

"没事儿，本来也都分手了，这次回去也就是见见面，玩玩儿。"

"不是，不对，到底怎么回事儿？你俩是不是太任性了？"

听到"任性"俩字儿，豆豆觉得用来形容唐松实在太恰当了，竟然自顾自地掉下眼泪来。在这样的时候，只有"爸爸"是最安心的。刚才在小黑屋子里，就那么看着"爸爸"的床铺，都掉了眼泪呢！

雷雷坐到她身边，轻轻地晃着秋千。豆豆擦干了眼泪。

"多大点事儿啊！三条腿的蛤蟆找不着，两条腿的男人不遍地是？回头给你找一好的，气死白胖子！"

豆豆使劲儿点点头。

"咱们去吃好吃的吧，你带着我。"豆豆说。

"好啊，你想吃什么？"

"我不知道，只是不知道接下来要干吗，好像我什么也干不了了，怎么那么没用！"豆豆感到前所未有的空虚和落寞。

"不至于，再找一个人。我们班阿凡达都结婚了，只要想找，母猪都能幸福！你猜他俩怎么认识的？"

豆豆看着雷雷，只等着她说出答案。

"'真爱一世情'上找的！我也让人给注册了一个，有一个还挺灵的，就是没钱，不过人真的好。"

豆豆觉得那不可思议。"爸爸"说的"真爱一世情"是个婚恋网站，城市里很多公交车站的灯箱都有广告，说成功率能达到百分之九十。可是豆豆又不理解了：爱情也能像买东西一样搜搜就有？如果是这样，"淘宝"应该开辟男女朋友的特卖区吧！不过，豆豆转念一想，如果不搜索，像自己这么生活单调的人，恐怕也没有机会结识新朋友。毕竟自己不是依依啊！她那么漂亮。

"再说吧，我觉得现在也挺好。"

屋子里亮起了灯光，又到了万家灯火的时候了。豆豆很怕这氛围，旁边的秋千上坐着的都是情侣,只有她和雷雷是俩姑娘。

"有件事儿,我得告诉你。"雷雷说。

"你有男朋友啦?"豆豆说,一点儿也没有感到稀奇。

"我搬出去了。"雷雷平静地说。

豆豆感觉有一面鼓在自己的耳边不停地敲。瞬间,她明白了雷雷的床铺为何那样整洁。那鼓声震得脑袋发麻,耳边"咚咚"地响。那颗心不知道什么时候跌进了一个无底的黑洞之中。

她赶紧低头喝饮料,生怕被雷雷看到自己的窘态。

"小林子给租的房子。我本来也想着咱俩一起的,可是你知道,他那个人……是过日子型的。"

豆豆轻轻点点头,"那挺好的啊!"

"妈妈,你别生气好吗?我跟他不会长久的,咱们还会住一起的。"

豆豆微微地笑笑,"没关系啊,各有各的路嘛!"

雷雷看着豆豆,认识她这么长时间,今天这句话,她彻彻底底地说进了自己的心里。各有各的路!说真的,她真舍不得豆豆啊!跟豆豆在一起,可比跟小林子在一起舒服多了。谁愿意跟自己不爱的人生活呢?可是,生活真是无奈。即便是她不离开豆豆,豆豆有一天也会离开她的。今天是因为唐松离开了她,如果不离开呢?豆豆还会回来吗?想到这儿,她竟然坦然了。

豆豆一个人回到了小黑屋子。她躺在床上,想着自己的路。其实摆在面前的选择有三:一、考博;二、工作;三、结婚。豆豆挣扎了。她意识到是自己的唯唯诺诺耽误了青春,是自己一味地执着于考博和唐松而陷入了今天的尴尬。没有人能陪伴自己一生,人生就像电影,任何情感都有落幕的那一天。豆豆告诉自己,必须坚强地活下去,必须该执着的执着,该放弃的放弃。

她点亮了灯,对着镜子照着自己,给自己一个微微的笑。她轻声地对自己说:"豆豆,加油哦!"

46. 看运道

很长一段时间没在校园里出现的依依，今天却出现了。一早，豆豆接到了一通令她崩溃的电话，电话里告知她的论文不完整，要重新上交。豆豆慌慌张张地跑到了学校。

周明黄正襟危坐，豆豆像老鼠见了猫。以往豆豆不是这样的，而今天她知道自己的过失会对导师造成不好的影响，她十分内疚。

"周老师，对不起……"豆豆先道歉了。

"你来找吧。"周明黄让出位置来，豆豆坐在那里，寻找着电脑桌面上的文档。还好，周明黄把学生们的论文都存在了一个文件夹里，豆豆要找到它并不难。看到自己创作的大东西摆在那儿，她心里别提多么开心了——这不就是虚惊一场吗？

可她没想到，接下来周明黄的话却令她弱小的心灵再一次受到了重创。

依依进来了。

跟周明黄在一起办公的是大高个子的老师，看上去五十多岁，长头发扎着辫子，戴着笨重的黑框眼镜。这人看上去有些别扭：从发型上看像艺术家，可从眼镜上看却像个陈腐的老学究。

依依不是来找导师的。

见豆豆在，她打了个招呼。豆豆虽然急切地期待着周明黄的坏消息，但出于礼貌地向依依问好。

依依站在扎辫子的老师旁边。老师轻轻地举起眼镜腿儿，才看清楚是依依。

"王老师……"

"来来，坐，坐。"王老师的语气客气极了。

豆豆真希望周明黄今天也能对自己这么说话。

"王老师，你认识电视台的人吗？"

王老师吃惊地看着依依，摇摇头说："你不是成了当家花旦了吗？"

依依失望地低下头，"他们不让我在那儿了。"

"为什么？"

依依不说话。

"你一点儿也不认识吗？介绍我认识就行，不用你出面，我自己去找就行。"

王老师一脸抱歉地看着她说："我没那么大能耐。"

依依转而向周明黄这里走来。

"周老师！"

周明黄尴尬地笑笑，"过去是认识的啦！不过现在人家退休了么，也不管用了。人走茶凉，你懂的！"

依依失落地看着他。

"周老师，您再想想办法好吗？或者有没有退休的朋友认识的，还在台里的？能让我去实习就好了。毕竟我还是您的学生啊！"

"你不是要考博吗？"王老师问她。

豆豆震惊地看着依依。

依依尴尬地笑着说："不考了。"

"既然决定了，就努力一下么！"周明黄看着她，坚定地说："考得上是运气，考不上积累经验，明年再来！唔很希望我的研究生最后都能升级的啦！"

依依看着豆豆。

"来，坐坐坐！"王老师也给豆豆搬来了一把椅子，豆豆听话地坐在那里，椅子很舒服，比小黑屋子舒服多了。

王老师翘着二郎腿，悠哉地看着一本大红色的聘书。

"搞什么搞，这个讲什么啦！"

"你说高端淑女研修班啊？"周明黄看着红本本说。

"唉？你去这里问问，这里去的人应该蛮高级的哦。搞不好有人认识电视台的。"

"这是什么？"依依凑过去，"高端淑女研修班，干吗的？"

"从问题根源上讲，办这个班的理论根源源自于人类本能存在的动物性。所谓动物性……"王老师开始发挥自己那一长串的理论。

"唔在这方面没有经验的，不晓得要我去讲什么。"周明黄打断了他。

王老师感叹道："淑女为啥叫淑女，从伦理学上讲就是为男性更好地服务，用现代社会的话说，就是钓凯子。"

就在一天前，豆豆才听到了这个词儿，这会儿她一点儿也不想听。

"还蛮好，还蛮好。"周明黄说，"现在办这个班，还蛮好，培养修养嘛，还蛮好的，蛮好的。"

"谁都能参加吗？"依依问。

"付钱就行。"王老师笑着摇头，"好老逗的。"

"多少？"依依问。

王老师立刻坐端正了，"这聘书上没写。"

打印机里开始冒出一张张纸来，白色的打印纸上清晰而工整地排满了打印字体，那是豆豆的论文。"苦瓜脸"告诉她，她之前交的论文不完整。豆豆不知道这个"不完整"究竟是怎样的不完整。她先找周明黄重新整理了一份，再找"苦瓜脸"弄个究竟。这么做是为了抓住周明黄在学校的时间。要知道大多数情况下，他不在办公室待着。

周明黄从打印机上拿出打好的东西，边整理边说："你的论文恐怕要拿到市里去盲审。"

"为什么？"豆豆被唐明黄的话重重击倒。

"延迟上交的一律盲审。"王老师补充道。

豆豆想起来了，早在去年，"苦瓜脸"就跟大家宣布了一则规定：凡是超出上交期限的论文，一律送市教委进行专家组的审阅，这就是"盲审"。不仅如此，盲审的通过率极低，大概在百分之二十。豆豆不敢想这个数字。如果论文通不过，就无法毕业；如果不能毕业，那就意味着今年的落户机会就这么白白失去了。自己不仅无法找工作，还没有户口，暂住证也是办不了的……到那个时候，也许连小黑屋子也住不成了。如果那样，自己依旧拿不到毕业证和学位证，而且先前为了挣实践学分做的努力也白费了。

豆豆绝望地看着周明黄问："我该怎么办？"

周明黄看着豆豆，沉默了一会儿，对她说："看运道吧。"

47. 最初的幻想

在依依离开之后不到五分钟，豆豆也走了，她故意放慢着脚步，想在校园里多走一会儿。反正回去也是躺在黑匣子里，还不如在外面，豆豆这样想着。她最终选择了布莱希特雕像背面的草坪，在那里坐了下来。依依也出现了，她虽然距离豆豆十分近，可是隔着一尊塑像，她就不可能看到豆豆。这里绿草茵茵，豆豆记着雷雷刚看到布莱希特的时候，竟然惊讶得眼珠子快要蹦出来了。豆豆不知道她为何有这么大的反应，难道这早已作古的布莱希特还能跟她有仇不成？没等豆豆琢磨明白，雷雷高呼："这家伙原来没有毛啊！老外也兴脱发啊！"豆豆看了雷雷一眼，雷雷立刻捂住嘴巴，"对不起啊！我这辈子就吃了没文化的亏了！"豆豆拿她一点儿办法也没有。

豆豆从布莱希特的身边看着依依，她一屁股坐到了草坪边的长椅上，长椅正对着教学楼的正门。

一个年轻的男老师从教学楼里走了出来,依依赶紧迎上去,"苏老师,苏老师!"

豆豆不认识那个老师,只隐约知道他在校团委工作。

苏老师听见依依叫自己,也有些吃惊,根据这个举动来看,苏老师跟依依并不熟悉。

"苏老师,您认识电视台的人吗?"依依的声音比较尖锐,话语间的信息被豆豆麻利地捕捉到了。豆豆着实吃了一惊,不知道依依今天是怎么了。

苏老师抱歉地耸耸肩说:"我不在教学一线,离你们那个行当可是远呢!"

依依坐回到长椅上。

没过一会儿,又有老师从教学楼里出来,依依再次走上去,重复着那句话:"你认识电视台的人吗?"

豆豆不知道依依要问多少个人才肯罢休,便索性躺在草坪上,看着湛蓝的天空中飘着朵朵白云花花,她感觉到白胖子就在自己的身边吃棒棒糖……

"萧豆豆!"豆豆赶紧坐起来,一个身影从侧面走了过来,豆豆觉得那影子真熟悉。

"苦瓜脸"!豆豆"腾"地站起来了,"老师好!"她恭敬地打着招呼。

"苦瓜脸"还是"苦瓜脸",一点儿也没变。她盯着豆豆,眼睛里流露出恨铁不成钢的目光。

"你家的打印机出问题了吗?""苦瓜脸"劈头盖脸的问题让豆豆摸不着头脑。

"我,没有问题啊!"豆豆怯生生地回答。

"你的论文怎么只有单数页没有双数页?你都快把老师给气死了!"

豆豆的心里打了一个沉重的闷雷。她清楚地记得,她把打印好的论文一起交给了研究生会的秘书的。她仔细想着事情的经过,可是那绝不可能,经她手的论文除了秘书,就只有依依了。秘书是男生,老实巴交,见了谁都十分客气,豆豆觉得他不可能做这样的事儿。那么就只有依依了。按说依依也不可能,做这样的事情对她是没有任何好处的啊!豆豆看着"苦瓜脸",万般地无助。

48. 一直不安静

雷雷给豆豆发了一个莫名的微信，那是一个视频链接。

收到这条微信时，豆豆正坐在小黑屋子里。屋子周围黑漆漆的，豆豆感到了彻骨的阴冷。她开始埋怨雷雷"爸爸"为何给自己发来这么一个恐怖的东西，因为那鬼片里才有的女人的声音，以单调的节奏传了出来。

视频的屏幕是黑色的，只是偶尔浮出几个白色的字。

"戏剧学院古欣然与本校学生通奸，破坏对方的生活，还致其怀孕。下面我们来听听这个衣冠禽兽平时都说些什么。

'我不需要，我身体好，做不做爱身体都好。'

'依依说你好啊？'

'搞什么搞，这个还要说？看看她的反应就知道了！'"

豆豆不敢再看了。雷雷的微信发来了，豆豆打开来。

"好玩儿不？"

"天！"

"高手在人间啊！"雷雷发送。

"……"豆豆不知道发什么好。

"这是第一季，还有第二季，第三季呢！妈妈的，我等得相当难受！"

忽然，豆豆惊惧了，这是多么大的一场恶作剧！

"主人公是谁？谁和古教授结了仇？"

"常在河边走，哪有不湿鞋？"雷雷的信息发得出口成章，紧接着下一条又来了:"你看完没?下一季专门讲他怎么通过招生收人黑钱的。"

忽然间,豆豆想到了自己先前在漆黑的楼道里听到的那些对话。

老古远远地看着自己的小别墅里亮着金灿灿的灯光,他把汽车停在了别墅的正门口,思考了片刻,便果断地下了车,走向小别墅。

大厅里空空的,像是什么人走之前忘了关灯。但这是不可能的,别墅里只有他一个人住,怎么可能?他想到了一件可怕的事,不由得坐立不安起来。

就在今天早晨,他接到了学校的电话,秘书在电话那头告诉他有一个法院的传票。老古思前想后地琢磨了一路,也不知道究竟曾与谁起过纠纷。事实上,这个起诉他的人也是与他许久不联系了,但是老古的命运却同这个人有着千丝万缕的联系。也就是说,老古能有今天,一多半应归功于这个人。这个人正是他的前妻。为什么说老古的成功应归功于她呢?事情的原委十分简单,老古当年在剧团当报幕员,演出的机会认识了这女人。女人已是小有名气的商人,他们恋爱、结婚,又很快离婚,就这么地,老古收获了他人生的第一桶金。

事实上,打离婚以后,两人的来往少之又少。老古已有好几年的时间跟她毫无瓜葛。如今,她怎么想到要起诉自己呢?说实话,老古也想不明白。

不过,该面对的总要面对,任何事情还是要坐下来谈谈,问清楚的好。虽然他无法得知前妻怎么能有自己家的钥匙,但是他却深深地了解这个女人,只要她想,几乎没有做不到的事情。

老古坐在沙发上,闭着眼睛思考着将要如何面对接下来的情形。他没有料到的是,之后的情况完全不是他之前估计的那样。

一个身穿睡袍的女人站在楼梯口,盯着老古。老古仿佛感受到了什么,睁开眼睛一看,才发现那女人竟然是依依。她穿着白色睡袍,头发湿漉漉地散落在肩膀上,脚上的棉拖鞋也被水浸湿了,在她身后拖了一长串脚印。

"我只是想在这里洗个澡。"依依说,"我没工作了,房租到期了,我没什么积蓄。"她冷笑着。

"你是怎么进来的？"

她冷笑着说："不告诉你。"

老古不再说话，起身给自己倒了一杯水。

依依慢慢地走向他，走到他的面前，冲着他停了下来。

"你爱过我吗？"她问。

老古轻轻地呷了一口水，仿佛没听到。

"你爱过我吗？"她又问了一遍。

老古回到沙发上坐下。

"你把我当什么？"

"哎呀，你烦死咧！爱过，爱过，爱过，可以了吧！"老古不耐烦地回答，"有毛病！"

依依看着天花板，眼泪像断了线的珠子，顷刻间奔涌出来。她冷静地用衣袖拭去眼泪，盯着沙发上的老古。

"那咱俩算算账吧！"依依说，"视频看到了吗？"

老古正喝着水，听到这话，他吃惊地看向依依。

"你啊！太高估自己了。"老古说话的声音浑厚而有力，一听便是充满阳刚的磁性。

"你睡了我，对吧？"

老古放下水杯，盯着依依看。

"那么，你得赔我的青春。我的青春很值钱。而你，是一枚糟老头，一点儿也不值钱了。"说完，她发出了一阵恐怖的冷笑。

"你神经病啊！"老古愤愤地责骂道，"当初是不是你毛遂自荐的？你们这些女人，犯贱已经习惯了吧。"

依依只是看着他，脸上一点儿表情都没有。在她站着的地方，地板上已经积了一些水，那是从她头发上滴下的水滴。她感到全身冰冷，湿透的棉拖鞋像冰窖子一样，把双脚冻成了两根冰棍。

"那我就每天来，反正我有办法进来的。"依依冷静地向老古发出了最后通牒。

"要多少。"

"三十万。"

"你疯塌了！"老古喊着。

忽然，依依解下了浴袍的带子，将整件浴袍脱了下来，赤裸的身体在金灿灿的灯光下展露无遗。

她指着自己的身体，死死地盯着老古。

"值吗？"

老古不说话，起身上了楼。

依依追了上去，冲到老古的房间，老古正要关门，她用尽全身力气将那门推开。

"如果我怀孕，值三十万吗？"

老古的嘴角露出一丝轻蔑的微笑，他一字一句地告诉她："我结过四次婚，养了三只狗，你觉得孩子在我心里是什么分量？"

老古进了屋子，狠狠地关上了门。

依依站在屋外，她再也不会掉眼泪了，随之而来的是狠狠的坚强。她告诉自己，从现在起，自己就是"孙坚强"！不信玩儿不过你！

49. 分手挺快乐

雷雷跟小林子在一起的日子，总是不断地跟着他穿梭于各种场合之间。虽然有些疲惫，但当她坐在小林子身边时，当她看着那些人对小林子毕恭毕敬地追捧时，她的心里便被满足感占满了。

晚上，小林子喝得面红耳赤，雷雷则负责把他拉扯进家里，扶上床，再递上蜂蜜水。有的时候，雷雷也会自己一个人待着，小林子去哪里不会一五一十地告诉她，她也只能无端地猜测。

有的时候，雷雷打电话给他，他便说自己和美女在一起吃饭。雷雷便故作开心地回答："跟我表妹还是表姐啊？让我也见见呗！"

"你表姊妹多了去了，见得过来吗？"小林子是这么回答的。

雷雷总是无所谓地感叹一声："切！"心里却充满了不快。

其实她真的不明白，小林子怎么总是对自己说这些稀奇古怪的话。如果他真的有别人，只要不说，雷雷也是不在乎的，从对小林子的那点儿情感出发，她完全可以故作不知。不过，小林子一定要说出这些不愉快的话题，雷雷就想不通了。她隐隐地感觉到小林子是话里有话。

她决定跟小林子把话说清楚。

原本她无需知晓这么多的，只要稀里糊涂地花小林子在商海中轻轻松松赚来的money就足够了，但是她心里总觉得别扭。

再次和小林子见面依旧是在饭局上。雷雷看着那些人殷勤的目光，不自觉地想到了小林子身边的那些女人们。晚饭后，她代替了小林子的司机，开着他的汽车驶进了一家五星级酒店。

这是雷雷事先开好的房间，她也说不清楚在这儿谈和在家里谈有什么区别，只是想找一个地方，能把两人之间的想说的话聊透彻。在这之前，她给小林子发过一封邮件，内容是表达自己多么看重和小林子的这份情感。然而得到的回复却是"不错的文笔，继续努力"，雷雷犹如受到了莫大的戏弄。

"今天跟我过来，表妹们不会吃醋吗？"

"哟嗬，自我感觉真良好，你怎么知道就是表妹呢？你还想当老大呀？"

小林子的话惹得雷雷只想抽他，但她还是按捺住了情绪。

"我说宝贝儿，我怎么感觉你不对头呀？"

"你有空儿管我对不对头？放电没放出点儿成果来？"

雷雷愣愣地看着小林子，这话里着实包含着某些信息。

"你什么意思？"雷雷问。

"没意思，多少钱这里？你自己住还是找人跟你一起住？"

"宝贝儿，你把话说清楚行吗？这样一点儿也不好玩儿好吗？"

小林子盯着雷雷看了几秒钟，点点头。

"来来，坐下，你看看，这个。"小林子一边说着，一边掏出手机。

雷雷惊呆了，那分明是自己和依依打赌"钓凯子"的视频！

依依可以啊！有特写镜头，还有近景、全景……在她的手里，镜头技法运用自如。雷雷不敢确定这片段有没有经过人工剪辑，似乎她们之间的一些对话被删除了。

"你们还有联系？"雷雷问。

"好了好了，脱衣服睡吧！你们这些女孩子！"

"分手吧？"雷雷问。

"行啊，分就分呗，你说分就分，我无所谓的。"

雷雷看着他，感觉受到了莫大的侮辱。

"脱衣服，睡觉！累了。"小林子再次命令雷雷脱衣服。

雷雷冲了澡，脱了衣服，按照小林子的指示上了床……

没多久，灯熄了，小林子的鼾声随之响起。

雷雷轻轻地下了床，在小林子的床头放上一张百元钞票，旁边用一张纸写着："小费。"

她离开了这里。踏着夜晚的清风，雷雷独自走在路上，奇怪的是她的心里竟然没有丝毫的感伤，有的只是欢快和自由。她不由得想：先前跟马学才分手的时候是这样的感受吗？

清早，当雷雷从睡梦中醒来，透心的愉悦伴随了美好的一天。猛然间，她想到了昨天晚上的经历，似乎有些遗憾。不过遗憾来源于这舒适的大床和宽敞的房子。告别了小林子，便意味着她要重新去寻找能为这房子买单的"冤大头"了。雷雷想过，也许应该自己去赚钱，可是市中心的这样一套公寓，租金竟然超过一万！单凭她未来的月收入，怎么可能支付得起？

雷雷拨通了豆豆的电话。

这通电话令雷雷惊讶极了，她一度怀疑自己打错了电话或者耳朵出了毛病，因为电话那头的声音清清楚楚地告诉她："爸爸，我要结婚了。"

雷雷认为这不是真的。

"跟白胖子？"雷雷问。

"不是的，你不认识。"豆豆如实回答。

"我没明白，怎么这么着急结婚？"

"因为我妈妈结婚了。"豆豆的回答让雷雷找不出一丝逻辑性，为什么妈妈结婚了，她就要结婚？

"我没明白你什么意思，你能说得详细一点儿吗？"雷雷问。

"不能，我一会儿要出门了，去民政局。"豆豆说完便挂了电话。

雷雷呆呆地坐在床边，悲伤在这个时候涌了上来。雷雷认为这跟昨晚的事儿无关，她只觉得对不起豆豆，如果不是自己抛下了她，兴许她现在还是一个积极复习考博的好孩子。

豆豆打了一辆出租车，按照说好的时间在民政局门口见面。坐在车上，豆豆能清楚地感觉到自己脸上肌肉的僵硬。没有任何时候比此刻更加冷静了，豆豆认为。昨天晚上，她一夜没睡，小黑屋子里的一切都那么值得留恋，她甚至想打退堂鼓了。可是如果不结婚，自己就要在这小屋子里住不知道多长时间，想到这里，她下了结婚的决心。

男人是豆豆在"真爱一世情"婚恋网上认识的。豆豆知道他的详细信息，可以说除了人品，她什么都知道。那网上清清楚楚地写着：物流经理，月收入两万，自己有住房。从照片上看着也还算清秀。最重要的是，这人着急结婚。豆豆跟他聊了三天，见了两次面，虽然这人跟豆豆几乎没有什么共同语言，但是豆豆认为只要有个男人，有个房子，便算是成家了，以后谁也别想把自己从这城市里赶出去了。更何况月收入两万也是够花的，即便豆豆赚不到钱，吃饭也是不成问题的。想到这里，豆豆感到一股透彻心扉的悲哀，原来理想和现实之间的差异就像太阳和月亮的距离，一个永远围着另一个旋转，却永远够不到对方。

出租车路过豆豆的学校，她伤感地回头张望，也许结了婚的自己再也不会来这里了，越是难舍，越是回不去。

男人已经在那里等着了，见到豆豆，他微微地笑了笑。豆豆与他见过两次，他总是微笑着。只要豆豆愿意，他会开车带豆豆去兜风。豆豆让他带自己去指定的地方，那些地方布满了她曾经和唐松一道踏过的足迹。

豆豆用了一个晚上的时间努力地记下了他的名字——李石凌，然而见到他时，豆豆竟然脱口而出："唐松。"

李石凌什么也没说，跟她一道走进了民政局的大门。

"你想好了吗？"他问她。

豆豆微笑着点点头。

他们继续走。

豆豆带了户籍证明、身份证，对方则带了户口本和身份证。豆豆是临时户口，只能开一张户籍证明。她看了一眼对方，那是上海户口的户口本。

办理手续的女人脸上写满了慈祥和温柔。她看看豆豆，满意地对她说："找到了如意的郎君？"豆豆想到这是雷雷的妈妈经常祝福自己的，她每次见到豆豆，总是要说上一句："祝豆豆找到如意郎君。"今天听来，这话却令人心酸。

李石凌看上去挺开心，他高兴地从包包里抓出一把喜糖，摆在那女人的面前。

"吃糖。"他说。

豆豆没想到这些，她压根儿就没想着为结婚做些什么。只要能领证，只要在以后的日子不用受在唐松家那样的屈辱，就足够了。

女人剥出一块放到嘴里。她快速地拿出表格，让他们填表。豆豆见李石凌十分认真地填写表格,她也安下心来,在纸上迅速地写着。

女人接过表格,拿出印泥,"好了,签字吧,签完字、拍完照片就是合法夫妻啦!"她的语气欢快极了。

李石凌飞快地签下了字,把表格递给了那女人。

豆豆却怎么也下不了手。

忽然,她扔下笔,飞快地向门外跑去。

豆豆一口气跑到了天桥上,她要把民政局和李石凌远远地甩在后头。她要跑上天桥,只有这样,李石凌的汽车才不可能追上来。

她站在天桥中央,下面的汽车一辆挨着一辆,在马路中央形成了巨大的长长的蜈蚣形状。豆豆想:如果从这里跳下去,会怎样呢?也许什么烦恼也不会有了。

她轻轻地闭上了眼睛。

……

"我不结婚啦!"豆豆大喊。

桥下的车队开始前进。

桥上的人们向她投来诧异的目光。

"我——不——结——婚——啦!"豆豆喊完放声大哭。

雷雷来到了豆豆的小屋子。屋门竟然没锁,雷雷在打开门的那一刻,心里暗暗地责备着豆豆这个粗心的小丫头。豆豆的床上散落着乱七八糟的书,雷雷随便抄起一本翻阅着,心里却在担心着豆豆是否还会回到这里。

雷雷见到了那招财猫也在等着主人,心里便踏实了许多——豆豆应该不会丢下它的。纵然招财猫是白胖子送的,不过豆豆并不是放得下的人。她一边在白日的黑暗中坐着,一边回忆着最近发生的一切。

小林子自那一夜之后,没有再联系过她,其实雷雷并不在乎的。如果她在乎,就不会放下那一百元"小费"了。事后,雷雷觉得十分解气。打心底里说,她讨厌透了小林子说话时的那一副嘴脸。他总是用高高在上的眼神儿看着雷雷,一口一个"你们这些女孩子……"好像她们这些女孩子要哭着喊着跟他谈恋爱似的。雷雷真想还他一句:"你们这些老男人,穷得只剩下钱了吧!"可是想终归是想,她到底没有说出来。只怕一开口,小林子的大红鼻子便逐渐扩散,把整张脸都染成红色,脖子上爆出些青筋,摔门而去。雷雷不怕他摔门,只一心想着万一他摔了门,那房费该由谁来付。

早上,依依给她打了一通电话,问她近况如何,并且神神秘秘地透露着要约她见见面。雷雷原本恨极了依依,要不是她,自己也不会跟小林子这么快分手。雷雷在暗黑的小屋里琢磨着:依依如果存心录下了自己放电的视频,并且给小林子看,那么她一定是知道他们在一起了,所以她心里不服气,成心想拆散他们。但是她现在又要主动跟自己见面,难道她不怕自己挨巴掌吗?雷雷真想狠狠地抽她两个大嘴巴!

雷雷就这么做出了决定。她打算起身开灯,可就在这个时候,门开了,灯也亮了,豆豆回来了。

雷雷下意识地全身上下打量着豆豆。听人说去领结婚证的人,民政局都会给一个印着大红"囍"字的兜兜,里面装着一些宣传计划生育的册子和毛巾、安全套、脸盆之类的东西。雷雷觉得民政局简直就是开"结婚幼儿园"的,给这些个东西,是哄情侣们开心吗?听起来像80年代的做法,老土!

豆豆却是两手空空地回来的。雷雷一向认为自己十分了解豆豆,但现在她也不明白豆豆究竟发生了什么。

"怎么回事儿?"雷雷问。

豆豆没说话,坐到书桌前,摆弄着招财猫的胳膊。

"真任性!"

豆豆还是不说话,她深深地吸了一口气,重重地吐出来。

雷雷麻利地爬到床上,把豆豆堆在那儿的东西一股脑儿地搬下来。豆豆不再盯着招财猫看了,而是盯着雷雷看。

"你干吗?"

雷雷不说话，只是自顾自地把东西搬下来，一边提醒豆豆："接着点儿！"

很快，小屋子被弄得几乎没有站立的地方。

"等着，我叫辆车。"说着，她掏出手机，打开了叫车软件。

"你这儿信号怎么这么差？他没给你无线网？"雷雷看着豆豆问。

豆豆摇摇头。

"真××任性！"她骂骂咧咧地开门出去了。

豆豆坐在堆起来的"小山"上，脑子里全是刚才奔跑的那一幕，今天发生的一切，恍如隔世。

雷雷见到了马学才。

当她和小林子分手后，她开始想念马学才。她并不清楚自己对马学才的想念是出于什么？爱情吗？她笑了，既然是爱情，那么为什么先前没想呢？许久，雷雷终于思考出了粗略的答案：那应该是一种分手之后作为情感替补的疗伤手段。

马学才看上去更加健美了。他们的见面地点就在他的别墅里。那地方很远，雷雷乘坐了接近两个小时的出租车才到。

他的别墅附近是一片很大的高尔夫球场，绿葱葱的草地让人心旷神怡。

走进这个小院的时候，雷雷忽然意识到好像每次见马学才都是在自己失意的时候。她冷笑着，自己又有多少个"得意"的时候呢？

马学才围着围裙，在别墅里忙乎着，见到雷雷，他只是淡淡地说了一句："回来了！"

雷雷的心里一下子温暖了。

马学才给她倒了她喜欢喝的苏打水，那是他们在一起时，雷雷最爱喝的。后来，她竟然再没喝过。他们在一起的时光那样短暂，以至于雷雷早已忘了苏打水的味道。

后来，他们是怎么分手的？雷雷不记得了。她只记得他们没有争吵，没有误会，好像就这么淡淡地在一起，又淡淡地分手了。后来的时光里，雷雷偶尔也惦念起他，只是他们之间仿佛有了一种默契——你不联系我，我也不联系你。

马学才握着雷雷的手问："怎么样？忙什么呢？"

雷雷觉得她和他并没有分开，一直都没分开。

"我要毕业了。"雷雷说，"忙着找工作和毕业汇报、论文什么的。"

雷雷并没有说谎，她的同学们已经开始找实习单位了，老师们也通知大家，再过两个月就是论文开题的时间。

"毕业有什么打算？"

雷雷摇摇头说："找电视台或者出国。"

"喝水。"

雷雷捧起水杯，轻轻地送到嘴边，她似乎在犹豫着什么。

"亲爱的——"她轻轻地说。

马学才正在削一个苹果，听到雷雷这样说，他停下了手中的刀子。

"嗯？"他看着雷雷。

"么么哒！"

"正经点儿！"马学才说。

"不！"雷雷撒娇地说。

马学才麻利地在雷雷的侧脸上吻了一下。

"一会儿在这儿吃饭。"马学才说。

"亲爱的，"雷雷犹豫着，"你能帮我个忙吗？"

"你说。"

"我，可能拍片子，拍学生作业，毕业时必须要拍的，你能不能赞助我一些？"

这是雷雷先前思考了许久想出的理由，当然，这是百分百的虚构，他们主持专业要拍什么短片？

"哎呀……"马学才叹息了，"这有点儿麻烦啊！"

"能不能想想办法，不用很多，只要……"

门铃响了。

马学才解脱一般地去开门。

雷雷好奇于外面来的人，她想：一定又是那些土豪朋友们。

事实大大出乎雷雷的意料之外。一个身穿白色连衣裙的女孩，踩着高筒皮靴，亭亭玉立地走了进来。她斯文地跟马学才拥抱了一下，微笑着看着屋子。

"怎么样？"马学才问。

女孩点点头。

"我来介绍一下，"马学才把女孩拉到沙发前，"这是雷雷，一个好朋友。"继而他拉着女孩的手，"这是我女朋友，张璐。"

雷雷脸上的笑容僵住了，她十分清晰地感受到自己是怎样忍住泪水强颜欢笑的。

她看着张璐，直视了几秒，然后伸出手，"你好！"

"来，一起吃饭。"马学才招呼着。

雷雷抄起手包，胡乱地说了几句托词，便转身离开了那里。

绿荫草地一如沼泽，进去就出不来了。雷雷快步地走着，想尽快把那条泥泞之路远远地抛在身后。

50. 勇敢不勇敢

依依出现在"高端淑女研修班"的报名现场。这儿跟她来报考戏剧学院时的报名现场不一样，厚重的两扇大门张扬着阔气，门里铺着艳红的地毯，开着立式空调，有打扮得跟空姐似的美女微笑着招呼进来的每一个人。虽说人们正微笑着看着自己，依依还是不由得夹紧了腋窝下的包。

微笑着的美女把她带到报名的桌子前。依依分明地看到了那张同自己一样年轻的脸，甚至也看到了那张脸下面努力隐藏着的羡慕嫉妒恨。

依依安静地坐下，松开夹紧的包包。她努力平静地掏出一沓一沓平整的人民币。在她面前，赫然摆着一台刷卡机，工作人员极其诧异地看着她，似乎在说："为什么不刷卡？"

待依依把十三沓钞票摆在那儿时，那人的眼神里随即又流露出一丝崇拜，好像在说："有钱人都这样。"

打扮成空姐的美女嘴巴咧得更开了，先前那点儿羡慕嫉妒恨一扫而光。

依依痛快地接过精美的硬纸制成的大红课程表，真像是要嫁入豪门那样地痛快。她猛然想起这叫"高端淑女研修班"，不是什么土豪俱乐部。想到这里，她自嘲地乐了。

走出校门的依依深情地望了一眼绿茵茵的草地上矗立的布莱希特像。

在布莱希特的注视之下，依依的电话响了，她下意识地转过身去，不想看到"布莱希特"的眼睛。

她脸上的自豪感消失了。从那表情看去，她似乎已是如临大敌。

豆豆跟着雷雷到了家。从小黑屋子来到高档社区，豆豆一路上的心总是忐忑不安。这么多年了，豆豆早已经不怕吃苦，不怕劳累，也不怕失去，而她恰好怕的是心灵的落差。今天，她从小黑屋子搬到了高档社区，便意味着总有一天，她会再次从高档社区搬到另一个阴森恐怖的地方。与其这样，倒不如安稳地在小黑屋子里待着。她相信任何环境，只要习惯了就好。

眼下豆豆答应雷雷也是有些不情愿的。当初，雷雷抛下她，她一点儿也没埋怨，因为"各有各的路"，而现在豆豆感觉自己就像一个毛绒玩具，被再次捡了回去，但是她不能拒绝。打心底里说，豆豆对于那间小黑屋子也有着莫名的恐惧。

"爸爸，我住到你那里不会影响你吗？"豆豆问。

她们坐在出租车上，雷雷坐在窗边，看着窗外。

"我跟小林子分手了。"雷雷告诉她。

豆豆吃惊地看着雷雷。她想的是：原来自己的"爸爸"真的跟依依的"爸爸"男朋友在一起了！她的眼前浮现出一幅画面：大圆脸的小林子跟雷雷抱在一起。豆豆想着，下意识地扭头看了看一旁的雷雷。

"你了解依依吗？"雷雷问。

这个问题一下子把豆豆问住了。照理说，她和依依相识已经快三年了，依依平日里在学校跟谁都能友好地掰扯几句。豆豆记得但凡依依出现在学校里，就总不断地跟人打招呼，而自己只好站在一边，像个小保镖似的，好奇地看着她跟人寒暄。从这一点来说，依依的人缘是很不错的。可不知怎的，豆豆总是有种怪怪的感觉。豆豆想起了一桩往事，那是她起初怀疑依依打小报告的时候。

有一次，课间的时候，豆豆周围的人在议论上课的老师，大意是说这个老师的老伴儿才去世不到七七四十九天，他便跟一个小他将近三十岁的女子结婚了。而且那女子是他从小看着长大的，小的时候叫他"叔叔"。现在，他的研究生们正商议着给他的婚礼凑份子呢！那些同学问豆豆："豆豆，你说给多少合适啊？"

豆豆掏出自己的钱包说："我想，大概五六百吧。"

有人摇摇头，"那太少了。"

没想到，第二天，周明黄便把豆豆叫了去。

豆豆看见他诚惶诚恐地在办公室里等着自己，心想一定是出了什么不好的事情。果然，周明黄满脸堆笑地问她："听说你要去参加董老师的婚礼？"

那位"叔叔"老师姓董，豆豆一下子便对上号了。

豆豆惊讶地看着周明黄，头摇得像拨浪鼓。她想：这下又该挨骂了。以前，他心情不好的时候，就爱找找豆豆论文或剧本中的毛病，拿出来作为出气筒，骂她一顿。

"我的研究生……"周老师若有所思地望着天花板。

周老师沉默了，豆豆也沉默着，这样的情形僵持了一会儿。

"真实情况侬晓得吧?"

豆豆摇摇头。

"这个老董,他的新老婆的父母跟他是老相好的,人家不同意,人家很传统的。而且,我听说,"周老师看着豆豆,聚光的眼睛在眼镜片后面眨巴着,似乎在思索着是否需要说接下来的话,"你千万不要讲出去,这个事情是了不得的!"

豆豆点点头。

"他让一个本科生帮助他的研究生去考英语,人家不同意,他就收拾人家,现在学校准备处理他哦。"

"所以你啊,作为我的研究生,哎!"

豆豆很难过,她并没打算去掺和那样的事。现在,周老师的口气里满是对自己的失望。这些话一定是依依告诉周明黄的,豆豆敢肯定。

可是依依为什么要这样做呢?豆豆想不明白。

雷雷离开了房间,豆豆坐在那儿,守着自己一地的行李。

忽然,雷雷说:"嗨!多大点事儿!男人不就那点事儿吗?"

豆豆被她的话惊醒了,她看着雷雷,呆呆地盯着。忽然间,她想起了什么:"爸爸,你能陪我去一趟学校吗?"

雷雷点点头。

51. 原来你却在这里

一路上,雷雷觉得豆豆有些神秘,她只是默不作声地引领着雷雷闷头走路,对于去做什么绝口不提。雷雷感觉到一向单纯弱小的"妈妈",这会儿的确是被触动了哪根神经了,也不敢多问。

今天的天气反常。在惯常晴朗的早春时节里,今天却是阴沉沉的,让人有点儿压抑。

豆豆已经在心里锁定了目标,她完全不顾及两边的风景,即便刚进学校时遇到了依依,她也没看见似的,径直把雷雷带进了研究生部"苦瓜脸"面前。

"严老师!"豆豆客气地称呼"苦瓜脸"。

"豆豆,快毕业了哦!""苦瓜脸"今天竟然微笑了!雷雷看到这一景象,简直比看到彩虹还激动。

豆豆却很严肃。

"严老师,我直说吧,我有一些问题不明白,虽然这已经不会再妨碍我毕业了。"

"你说。""苦瓜脸"谦和地回答。

"我听一个同学说,您曾经看到过我的实践证明,是吗?"

"苦瓜脸"先是愣了一下,随后想起来了什么,"好像有这么一回事。"刚说完,她又担心起来,"不过这个,萧豆豆,我得跟你说清楚,第一,这个我只是有印象,我记得你来交过,我也看到过,但具体的不是我整理的。你知道,那么多文件,我自己哪里顾得过来,很多是找了一些研究生们来弄的,但是他们会不会弄错,我觉得应该也不至于,他们做事都是很细心的……"

"是不是有孙依依?"

豆豆强硬地打断了"苦瓜脸"的话。

"苦瓜脸"仿佛明白了什么,她看着豆豆,眼珠不自主地左右转动,豆豆认真地盯着她的眼睛。

"你们不是……一起的吗?……我查查!"

"苦瓜脸"快速走到档案柜旁,她忽然想到忘了拿钥匙,随即又回到抽屉旁边找出钥匙,再回到档案柜前……一连串的动作让这个平日里做事漫不经心还爱"磨洋工"的人,在此刻看来判若两人。

她迅速地找出了一个大纸盒，上面写着"实践档案存档"。

微弱的阳光下，三个人围在纸盒边。"苦瓜脸"轻轻地打开封盖，赫然呈现出一张纸条："实践证明存档。整理人：吴玉婷、孙依依、宋楚夏……"

豆豆和雷雷同时看向对方。

"苦瓜脸"盯着那张纸条，惊讶地不知说什么好。

"谢谢老师！"

豆豆转身拉着雷雷走了。

一片乌云严严实实地遮住了太阳，从云层中微微透出些光亮。

"你怎么想到的？"站在爬满绿叶的教学楼前，雷雷问她。

"一个念头一闪而过。"豆豆望着前方，轻声地回答。

"那么，你该知道了，你的论文为什么会只有单数页。"

豆豆猛地把头转向雷雷，她依旧不可避免地透出惊讶的表情。

"她这是为了什么？"雷雷似乎有点儿害怕。

豆豆没再说什么，她如何解释依依的这个行为？眼下，她只能告诉自己，这是一种邪恶的竞争心在作祟。

一路上，豆豆和雷雷都没再说什么。两个人的心思是一样的，她们在同时回忆着之前的误会——微信、照片、视频……

太阳光越来越强烈了，可是乌云也愈加厚实，人们只能感受到从云彩的缝隙中透出的微微亮光……

依依呢？她很快便进入了人生的新篇章。虽然她人生的篇章常常翻新，但这一次是令她十分激动的。

铺满红地毯的大厅里摆着耀眼的古董架，依依能清楚地分辨出那是黄花梨的古董架。在老古家里也有这么一个，老古曾兴冲冲地向她夸耀过。

想到这里，依依的表情变得严肃了。她心事重重地倒了一杯红酒，走到窗边。

这里不乏穿着晚礼服的女人。依依不敢看她们脖子上戴着的首饰，想必那些价格会让自己听了吐血。

除了这些光鲜的女人们，长长的桌子边还坐了几个斯斯文文的男人，依依知道这些都是十分著名的专家，"高端淑女研修班"的课程也是由他们来上的。依依看到其中一个是自己过去的老师，还有——她惊讶了，那竟然是古欣然！古欣然也吃惊地看着依依，许久，露出似曾相识的笑容。依依冷笑着，这就是自己曾经暧昧亲昵的人，这就是通过关系将自己无情地驱逐出电视台的人。眼下，即便她把那段录音给了"马铃薯"李总监，自己也是回不到电视台了。找人开除自己的是古欣然，可是"马铃薯"为何要为留一个人而得罪台里的人？谁都知道一个道理：三条腿的青蛙不好找，长腿美女却遍地是。顿时，依依觉得自己一无是处。

大厅的正前方架起了话筒，一个圆乎乎、胖乎乎的男人准备讲话。依依心里涌起一阵波澜——她从未如此近距离地见过他，他是学院的院长。依依毫不犹豫地将目光直接投向对方，许久不曾离开。

那人扫了依依一眼，随即开始讲话了："高端的人，干高端的事儿，用艺术的滋养，用文化的教化，把金钱栽培成为文化的粪土。这是咱们要干的事儿。"

下面响起了一阵干杯的声音和零星鼓掌的声音，依依激动地看着那些坐在醒目位置上手持酒杯的人。小提琴悠扬地奏起巴洛克时期的音乐，整间屋子里凝聚了优雅的气氛。

那个在电视里常常看到的文化学者在巴洛克音乐的伴奏之下，缓缓地踏上了通往话筒的红毯。主持人穿着银灰色的西装，操着尖锐的口音宣布："下面，有请戏剧学院的王大师为大家说两句。"

下面的人们拿起了手机，纷纷对准王大师，这个人刚才打量了依依。

"我只说几个字。"他说。

台下的女人们顿时洋溢出崇拜的深情。

"文化化人，艺术养心，重在引领，贵在坚持！"

"好！牛！"台下不知什么时候混进来几个胡子拉碴的大男生，不合时宜地喝彩。

元老脸上显出一丝尴尬。

为了打破尴尬的气氛，有人带头鼓起了掌。

掌声中，门开了，一个身穿晚礼服、手持晚礼包的女子踩着细长的高跟鞋走了进来。她的晚礼服跟别人的不同，长长地拖到了地上。在她的身后，跟着两个戴墨镜、穿西装的男子。女人们向她投来羡慕嫉妒恨的表情，而她却只顾微笑着，向周围人打着招呼。

副院长向她走来，热情而郑重地跟其握手。

女人也十分优雅地向他问好，然后匆匆走开了。大家的目光跟随着她，有的女人却偏偏看向了那保镖。

依依暗暗地告诉自己：这是你的奋斗目标！你要想方设法把自己变成她的样子！

依依看着她，却见她冲自己走来。她微笑着，依依被那强大的气场所征服，目光始终聚焦在那里。

走到依依面前，女人停了下来。依依能清晰地看见她脸上的瑕疵任凭再厚的粉底也无法完全遮掩。

依依友好地笑了。

女人也笑了，"电视上很漂亮。"

"谢谢！"依依举起红酒杯。

忽然，女人挥舞起手臂，对着依依的脸狠狠地甩了一个大耳光。

红酒杯落到地上，一地碎片，殷红的液体染红了地毯。

依依陷入了嫉妒的惊恐之中，紧接着又是一个大大的耳光。

"你——"

没等依依说完，又是一记耳光。

女人们站在一边，兴奋地看着热闹。

院长走过来，向依依投来严厉的目光。那女人像打上了瘾，一个巴掌接着一个巴掌。

依依蹲到地上，保镖们却把她扶了起来，接着让他们的"主人"扇巴掌玩儿。

终于，女人累了，她走上讲台，十分平静地对周围的女人用话筒一字一句地扩出那些话："古欣然，你来解释一下，我为什么打她。"

古欣然木然地站起来，"你不要闹了好吧！我答应你的条件好吧！"

这个女人就是古欣然的前妻。

依依却平静地说："我不认识你，你是哪儿来的？"

女人紧接着又是一个嘴巴。

"你以后再敢踏进我的房子半步，我就让你滚出这个城市。"女人说话的语气同样平静。

紧接着，女人转向古欣然说："姓古的，你记着，从现在起，你欠我的，我一点儿一点儿让你吐出来！"

台下死一般的寂静，连窃窃私语的人都没有。

女人迈着优雅的步子走了。

依依在心底告诉自己：站着，站着，依依，你站好！

一切还没完。

女人在前面走着，后面两个光头的保镖不由分说地拖起依依，跟着女人走去。她想挣脱这两个人，问清楚真相。可是这俩光头的四只大手如同两对蟹钳，狠命地掐进她的胳膊里，拖起她向外走去。

走到门口，他们松开了手，依依发觉自己已经像一具冰冷的僵尸，全身已经麻木了。

"赶紧把东西吐出来！"

"从这儿退出去！"

两个大光头分别说。

就在昨天，她又来到了老古的家里。她暗自感叹自己的"先见之明"——此前，在老古打开家门的时候，她借着假装发消息偷偷用视频拍下了密码，若不是自己这般精明，恐怕还不知道要吃多大的亏。事已至此，不能再让人白白占了便宜，而自己什么也捞不到。她需要的是四个字——"背水一战"。成了，就能拥有无上的荣光；败了，大不了再经历一回贴大字报的风波。"我依依是身经百战的！"她悲壮而凄惨地告诉自己。

她找到了老古的一幅名画。她记得这是某天晚上，老古在家里接待一个人时收下的。当时，她被命令待在屋子里不许出来。不过，好奇心促使她忍不住偷听了那一切。对方是一个白头发的人，看上去七十岁左右的样子。老古认真地告诉他："就是谁都不上，你家公子也能进播音主持专业。"白头发老头严肃地拍拍老古的肩膀，只说了三个字："就这样。"后来他们聊了些什么，依依便不太关心了，她已经用录音笔录下了证据。

那人走后，老古便招呼依依下楼，她第一次看见了用平方厘米来计算的名画。

老古说："这是真正的唐伯虎的画作，现在拿到市面上，市值天价。"

依依看着那幅画，除了陈旧一些，其余的便感觉不到丝毫好看了。她想：自己到底还是俗人，喜欢一些花花绿绿的东西。不过，她却认真地记住了这幅画。

就在昨天，她找到了这幅画。

可孙依依完全不知道眼下这个女人是谁。她是怎么知道自己出入老古的家呢？老古已经离婚很多年，这是真真切切的事儿，全院上下无人不知，无人不晓。况且女人这把年纪，也不像是老古的女朋友。

依依觉得自己冤枉极了，要是刚才在这两个大脑袋手里送了命，那可太不值了。诚然，不值的事儿还不止这些。就在她拿着唐伯虎的名画到古玩市场交易的时候，那些人非说这画是赝品，只给一万块钱。她只好收起画，打算拿回去还给老古。可没想到她刚走，那人说可以商量，让她出一个价钱，她便说了三十万。谁知那人竟然一口答应了。就这样，一幅画卖了三十万。依依不知道这画的真假，她想：也许老古也会被人忽悠呢？可她分明看到了对方眼里情不自禁流露出的喜悦，还有那人冲着自己的同伴狠命地使眼色——依依明白自己是被骗了。但木已成舟，她心痛地看着唐伯虎的画儿，想着周星驰扮演的唐伯虎的形象，默默地在心里祝福着那画儿能找到一个好的归宿。

依依不能待在那里面了，她已经破坏了一个美好的开幕式。

顶着黑压压的乌云,她走在通往未知地点的路上。谁知校门口,一辆警车早已等在了那里。依依长叹一口气,上了车。

很快,他们到了目的地,门口的金属牌上写着:金阳路派出所。

依依知道自己即将开始在这里的生活。

依依在这里度过了两天。这两天,她感觉很轻松,一下子把什么都说了——那些不得不说的和自己想说的。面对着冰冷的警察和冰冷的铁门,她竟然感到前所未有的轻松。她的脑海里空白一片,心里也是空空的。终于没有那么多烦心的事了,她想。这是尘世间的另外一个空间,这里没有欲望,没有竞争,没有妒忌,没有利用,有的只是赤裸裸的生存欲望。在这些日子里,依依为了生存而奔波、而挣扎,这样的感觉已经许久没有过了。她记得在自己小时候曾经有过这样的感觉。那是在凄冷的夜晚,被后妈赶出家门的依依背着沉重的书包,走在热闹的街边,她看到坐在爸爸自行车上的小孩,看到被妈妈牵着手的小孩。她扶扶沉重的书包,揉揉被书包带勒疼的双肩。她不知道去哪儿,爸爸出差了,她怕自己走丢,怕爸爸回来找不到自己,于是她便在家附近废弃的工棚里,一待就是一整夜……在依依的记忆中,这样被驱赶的烙印就像长在身上的痣,黏着她,抹不去。她产生了莫大的恐惧,她需要一个安全的、温暖的地方,哪怕只有一个床那么大。夜晚,依依躺在硬板床上,偷偷地笑,她不知道自己为什么笑。

天亮的时候,一个人出现了,依依再次害怕起来。她退回了卖画的三十万,警察也顺着她提供的线索,追回了那幅名画。

老古的前妻再次出现了。

出乎意料地,她保释了依依。依依无法理解她为什么这么做。按照常理来说,她对自己不应该恨之入骨吗?她应该置自己于死地才对啊!

女人没说什么,她没有跟依依说任何一句话。走出派出所的时候,依依叫住了她:"哎!"

女人站住了,她背对着依依,似乎不愿意扭过头来。

"谢谢！"依依说。

女人深深地、长长地吸了一口气，依依看到她的后背微微地舒展开，又微微地收起。

女人走了。依依想记住她的容貌，可是她没给她机会。

谁都不希望是这样的结局，依依苦笑着。接下来，她需要回到那套大房子里，收拾好自己的东西，搬出去。她的房子，老古的房子，依依冷笑着，这些房子的命运又会交给谁？

依依上交了老古的录音材料，警方也开始调查那幅名画的来历，这就意味着一切将迫近结局。

迎着初升的太阳，依依对自己说："开始吧，重新开始吧！"

52. 无可救药

与此同时，雷雷却开始了真正属于自己的幸福快乐的生活。

豆豆跟她住在那栋高档公寓里。这里是雷雷特地选好的欧式装修，光是那家具上金光闪闪的商标牌，就令她倾心不已。

然而令她开心的不只是眼下的美好生活，还有依依的倒霉。

当得知依依的遭遇时，雷雷着实是幸灾乐祸了。

她这样跟豆豆感叹："太猛了！那女的太强悍了！真想见识见识！"

豆豆虽然也恨依依，比雷雷还恨些，不过她会联想到当时的场面。偶尔她认为那个女人是不是太凶狠了。

雷雷不再说什么，她看着手机发呆，看上去像是有自己的心事。不过，这个心事却没法跟豆豆诉说，因为这多少跟豆豆有关。

那就是——雷雷竟爱上朱紫了。

好几个日夜了，她躺在大床上，望着天花板上的水晶吊灯，辗转反侧，无法入眠。她的脑海里不断地显出他的轮廓，这让她不断地对小林子冷淡。她也说服自己，要对小林子好，朱紫只是一个单相思而已。可是雷雷终于明白了，原来自己对马学才的迷恋是出于得不到，对朱紫的迷恋却是真的意乱情迷。

事情发生在四天前。也就是说，那时的依依还在为着生计而四处奔波。不过，依依不是轻易向生活服输的人。只要有一丝可能，她总是把自己弄成让别人都羡慕的样子。

那天，收到依依的消息后，雷雷便径直去找了她。起因是依依把自己对老外"放电"的视频传给了小林子。她要找依依谈谈，说得直白一点，是要找人家算账。

当然，依依找了借口，这个家伙的脑子反应很快，她一定知道雷雷会找自己算账，她能清楚地知道豆豆去学校的时候。也就是说，就在依依和豆豆同时出现在周明黄的办公室，并且依依为了重回电视台而四处求人的那一天，雷雷便尾随其后。她的这个行动，连豆豆也不知道。

必须佩服雷雷的跟踪本领。

当依依和朱紫出现在室内高尔夫练习厅时，雷雷也出现了，她伪装成偶遇的样子。

"宝贝——"雷雷冲着依依大喊。

依依赶紧站起来跟雷雷寒暄："哇塞！胸大了，脸小了！超美！"

"哪有你美啦！大美女！"

"这么巧。"依依说。

"好巧！"雷雷回答。

"你约会哦？我有没有打搅？"

依依摇摇头说："什么约会啦！普通朋友哦！"依依眨巴眨巴眼睛。依依的眨眼总会带有双重含义。

四十见方的场地，只有教练和他们三个人。整齐的球道，一条挨着一条，笔直地延伸着。依依站在一端，轻轻地握着球杆，慢慢地向前推，白色的小球儒雅地向前滚动，沿着球道，笔直地滚动。雷雷看着依依的侧面，她穿着长袖的专用球衣、运动鞋，扎了马尾，好看极了。朱紫则站在另一面，认真地看着她的动作。球缓缓地驶入洞里，教练冲着依依竖起了大拇指。

依依高兴地笑了，她对教练说："您休息吧，我们在这儿练。"

教练看出依依客气的驱逐意思，知趣地走了。

雷雷略带尴尬地说："我还不会。"

"我也没学多久，这卡办了好久都没时间来。"

"我来教你。"朱紫说。

"忘记介绍了，这是朱紫，这是雷雷。"

朱紫跟雷雷握手，然后开始教她打球。

他站在雷雷的身后，将身子紧紧贴在雷雷的背上。他的手握住雷雷的手，带着她一道轻轻地挥动球杆，嘴里还轻声念着："One，two，three！"那温热的气体从他口里溜出来，恰到好处地吹到雷雷的耳后，雷雷感受到了一股不可抗拒的磁性。

雷雷差不多能自己挥杆的时候，她歉疚地对朱紫说："我有点儿笨哦！"

"不笨，我开始时还不如你呢！"

依依抢过话来："要不是小林子办这张卡，我都不愿意学呢！这是他的地盘，他特喜欢送人会员卡！是吧？"

雷雷完全明白依依话语中的含义。

朱紫坐下了。他教雷雷的时候，自己也累出汗来。

"你们在一起多久了？"雷雷问。

依依打趣地说："我是不结婚的好吧，你又不是不知道！"

朱紫微笑的脸僵住了。

在雷雷的印象里，朱紫不爱说话，他只是沉默着。看着他沉默不语的样子，雷雷便莫名地多了几分踏实。

"我能跟你的朋友加微信吗？"雷雷问依依。

"随便。"依依回答。

雷雷并不清楚，她要朱紫的微信是为了什么，她早已感到依依和这个人的关系并不仅仅是普通朋友。所以此刻的雷雷无法读懂自己的内心，究竟是出于好感，还是出于浅浅的复仇之心？

夜晚，依依约雷雷去一个大"爬梯"。可是雷雷到了，依依却意外地缺席了。雷雷并不介意，现在的她早已习惯了依依玩弄的各种把戏。

屋子的一角摆着一架很大的三角钢琴，雷雷只在电视里的交响乐演出中见过。钢琴旁边坐着一个披着长发的少女，优雅地弹奏着肖邦的夜曲。

雷雷被她的琴声吸引了，她轻轻地走到面前，看着那女孩细长的睫毛，暗自感叹着自己没长成那个样子。

女孩一曲弹完，四周响起了掌声。

女孩轻轻地起身，走到茶几旁边，蹲下。她拿起打火机，将上面的蜡烛一支一支点燃。雷雷正看得出神，忽然，女孩跳起来大喊："欢迎大家来为我庆生！"

她跑到一个穿格子西装的男人旁边，抓着男人的胳膊，把头靠在那胳膊上。雷雷见那男人的皮肤细腻极了，白嫩的脸上嵌着两道眯缝眼睛，头发像抹了猪油一般光亮。再看那姑娘，雷雷一下子惊呆了：这不是那个叫辛琪的明星吗？她偷偷地问旁边的人，这女孩是不是刚刚走红的新生代萝莉的代表辛琪。那人神秘地看着雷雷笑了，"那是照着别人的模样整出来的！"

"哇塞！"雷雷忍不住惊叹道，"这也可以！"

53. 爱"色"的眼睛

　　豆豆正在家里整理论文。明天一早，她要把重新整理好的论文送到市教委去，这意味着她面临的是二次答辩。听人说艺术院校的论文一旦拿到市里，通不过是正常的，通过了是超常。豆豆现在只能默默地接受这个事实了。

　　周明黄消极地告诉豆豆："这东西通过的可能性不大。那些专家十分刁钻，而且对戏剧学院学生的理论水平存有先天的怀疑。"

　　尽管豆豆跟唐明黄再三表示，只要论文能通过，即便头悬梁、锥刺股也无所谓。可唐明黄却是这样回答的：

　　"你一定是来不及的啦，一定是的。"

　　豆豆委屈地问："那我该怎么办啊？等死吗？"

　　周明黄回答："看运道了，只能看运道吧！"

　　豆豆的心碎了。

　　她关了所有的灯，在黑暗中坐着。这样真是舒服啊，豆豆想。不一会儿，她便放声大哭起来，哭声大得足以令她自己惊诧。

　　打开灯，这里是雷雷创造的欧式装修风格的高大上的豪华住宅；关了灯，这里便是豆豆心灵的一块空地，她可以坐在这里肆意地在自己的情绪里折腾。

　　不一会儿，她开了灯，找出一本本资料，认真地对论文做最后一次的整理和修改。这个属于豆豆的夜很美丽，连马路上那些跑车的轰鸣声也能当成虫子的叫声那样去听。豆豆擦干脸上的泪花，把自己深埋进学术的海洋中。她告诉自己，也许过了今天，自己将再也不会有这样的夜晚，再也不会翻看这些论文和参考书了。

　　也就在这个夜晚，意想不到的事情接踵而至。虽然豆豆那么希望这个夜晚能太平，可是上天竟然吝啬得连一个完整的夜都不愿给予。

　　"苦瓜脸"的电话打破了夜的平静，也让豆豆陷入了无边的恐惧和惋惜之中。

她在电话里一字一句地说："豆豆，你看消息了吗？"

豆豆懵懂之中掏出手机，看那上面的短信，眼前分明感到有什么东西在跳动。那短信是这样写的：研究生部三年级同学孙依依已于今晚七点二十四分逝世，其追思会将在三天后举行，请各位老师、同学前来悼念孙依依同学。

豆豆不明白"逝世"的含义。她在脑子里快速地搜索着，此前并没有消息说依依患有什么疾病呀！她拨回了"苦瓜脸"的电话。"苦瓜脸"在电话那头早已泣不成声："跳楼。"

她伤心地哭了。豆豆真想冲过去抱着"苦瓜脸"，想为她擦干眼角的泪。她知道"苦瓜脸"是真心地难受，就像自己一样。

豆豆仿佛看到了依依在电视上活力四射地卖进口刀具，仿佛看到了她成为"当家花旦"时的风光。

这个夜，豆豆莫名地、万分地害怕，空荡荡的大房子里，处处都是依依的影子，尽管这儿依依不曾来过。

如今的信息四通八达，研究生群里集体沉痛地悼念着依依，悼念的网页链接时不时地进出来。豆豆打开那些网页，看到有人在此消息下评论：愿死者安息！也有人评论：有什么想不开的啊！花季年龄。妙龄少女，最大的烦恼不就是失恋吗？

豆豆苦笑着，你怎么知道是失恋呢？

她呆呆地坐在书桌前，紧紧地关上了房门，关闭了所有网页，把身体蜷缩在椅子里。在她的脑海里，不断地回响着两句话：如果你不走，那么我一定努力跟你做朋友；只要你不走，我永远也不会记得是你找人偷了我的电脑，是你毁了我的实践证明，是你害得我论文通不过……

想着想着，豆豆竟然泪如雨下。

恨一个人，原来这么难。死亡是最大的恶魔，它狠狠地撕毁了人们的爱恨情仇。

雷雷坐在那圆球形的顶层会所里，豪车的车主们围在一张长方形的桌子旁边，尽兴地玩着二十一点。雷雷百无聊赖，便坐在那里认真地学。她用好奇的目光打量着这些从豪车里走出来的人，想看看他们跟普通人的行为方式有什么不一样。可是雷雷怎么感觉像走进了菜市场？赢钱的咧着嘴哈哈大笑，输钱的捶胸顿足，怎么看怎么像家乡菜市场西口超市外蹲点儿斗地主的老头。

坐在长方形桌子头上的小个子，站起来那桌面刚好齐到胸脯。雷雷下意识地跟自己比比，结果发现自己还真能高出一个头来。小个子旁边的是瘦高个儿，肤色就像刚从煤堆里挖出来那样。有趣的是，这人正在跟大家伙儿忆苦思甜。瘦高个儿说到自己少年时代曾经在矿上捡一些煤球来卖，赚些零花钱。

雷雷偷偷地笑了，"难怪你那么黑呢！"

瘦高个儿看向雷雷，"你过来过来。"

雷雷只好走过去。

瘦高个儿把雷雷拉到自己的身边，两个人脸对着脸，"是不是半斤八两？"

雷雷摸摸自己的脸，"我是故意晒成这样的！"

全场都笑了。

雷雷知道自己黑，那是她的软肋。

小个子外号"王胖子"，他正聊着自己的罗曼史。雷雷见他笑得牙齿全部露了出来，而且那牙齿颗颗分明，没有一颗是白色的，像被烤焦的焦糖。雷雷真担心他一不小心就把牙齿给咬折了！

王胖子说："我高中的时候，追一个女孩么，人家嫌咱丑啊！不跟咱。现在后悔了吧！后悔也来不及了！上回我们同学聚会，当年看不上咱的，现在都变成黄脸婆了。哎呦，一个个地都争着跟我说话。我才不跟她们说话呢！哪有服务员好看！"

王胖子的脸上写满了得意。

瘦黑子叫"老万"，他无奈地摇摇头说："女人啊！"

"老万可以啊，打破格局咯！小雷很招财啊！"王胖子看着他俩说。

老万转过身来，冲着雷雷拼命地挤眼睛。

王胖子借机说："小雷是天然的美，比他那个假冒的明星清雅多了。"

老万捏着雷雷的脸说:"就是有点儿婴儿肥,怪可爱的。"

雷雷果真坐上了那辆加长版的劳斯莱斯。她第一次发现,原来轿车的车门是可以冲着前方打开的。老万麻利地走到车前,为雷雷开启了车门,雷雷慢悠悠地坐了上去。里面宽敞极了,完全可以把腿伸开,不必蜷缩着。雷雷掏出手机,安稳地坐在车里,忙碌地同王胖子发着消息。

"我喜欢你的性格,豪气、大方!"

"啊哦!"雷雷回复。

"所以咱们要多沟通!"

"哈哈!"

老万似乎在看着她,雷雷收起了手机。

汽车行驶得飞快,雷雷不安地握住了扶手,老万却抓住了雷雷的手。

雷雷顺势向老万一边倾斜,老万搂住雷雷。

雷雷的脸正贴着他的脖子,她感觉到他温热的呼吸和浅蓝色衬衫领子中散发出的微微香气,一切都令她沉醉。她没有反抗,任凭老万把脸凑过来,他的嘴唇轻轻地碰在雷雷的嘴唇上。

"做我女朋友吧?"老万问。

雷雷用双臂紧紧地环着他的腰,那腰身是纤细的,没有一丁点儿赘肉。雷雷有些喜欢上了这样的骨感,她没有回答。

汽车很快开到了小区里。待司机停车,老万立刻恢复了端正的坐姿:"慢走。"他冷冷地对司机说,"咱们回家。"

雷雷使劲儿关上车门,汽车疾风一般地开走了。

雷雷还站在原地。不知道为什么,老万最后说的话令她心寒。

朱紫!雷雷想到了朱紫。

雷雷坐在秋千上,试图努力地梳理今天发生的一切。她认为自己喜欢他,如果可以,她愿意和他在一起。可是朱紫的无名指上却戴了一枚戒指。

他告诉雷雷，自己并没有女朋友，可却有未婚妻了。

雷雷不明白，难道这两者是可以割裂的吗？

朱紫十分清楚地告诉她："是可以的。"

树影婆娑，清冷的月亮照着这片孤独的空地，雷雷忽然轻声地哼唱起了一首歌：

　　弯弯月光下，

　　蒲公英在游荡，

　　像烟花闪着微亮的光芒，

　　趁着夜晚，找寻幸福方向，难免会受伤。

　　……

她一边摇晃着秋千，一边独自唱着同月亮一样清冷的歌谣，心渐渐松弛下来，眼前再次浮现出朱紫的样子。雷雷耸耸肩，也许时代变了，真的变了。爱情可以跟婚姻割裂，情人可以和爱人割裂。如果可以回到几十年前，那个父母一辈儿的人相恋的年代，她真愿意跟朱紫在一起，两个人从一无所有开始，慢慢地、平淡地过日复一日的生活！

可惜不可能了。不知道朱紫的未婚妻长什么样，也许，也许……雷雷想象不出来。

王胖子的微信来了。

"亲爱的。"他说。

"亲爱的。"雷雷说。

"干吗呢？"对方问。

"刚到家。"她回答。

"真乖。"王胖子说，"我会对你负责任的。"

雷雷有点儿吃惊：这是什么意思？

她细数着马学才和小林子以及王胖子的经典语录："斗地主呗？""跟我吧？""我会对你负责的。"一时间，她忍不住捂着嘴巴笑了。原来人的性格不同，"表白"的方式也不同啊！她惊喜地想。还剩下一个老万，雷雷想：这人倒也是奇苤，什么都不说，见面就来实际的。

"哦，什么是负责？"雷雷借机问。

"以后你会知道的，明天一起吃饭！"王胖子的语气是在命令雷雷。

雷雷很快挂了电话，时代已经变了，朱紫只能留在幻影中了。

54. 你走了

豆豆在客厅里看电视，所有的灯都被她打开了，整间房子透亮极了。雷雷进门时，被这眼前的景象惊呆了。

"你怎么还不睡？"

豆豆只是盯着电视并没有理会她。

电视被锁定在购物频道，主持人用各种方法推销着一款塑身文胸。雷雷火速脱了衣服，坐在沙发上，啧啧地感叹着这模特的胸还没自己的好看呢。

"爸爸。"豆豆说。

"妈妈。"雷雷说。

俩人同时开口。

"你先说吧。"雷雷说。

"咱养只狗吧！"

"呦嗬！你不考博啦？不知道有句话叫'玩物丧志'啊！"

豆豆盯着雷雷看。

"回头去小陈哥哥那里搞一只泰迪吧，让他给咱找一只好的。"雷雷说。小陈哥哥是雷雷逛宠物店时认识的朋友，也是帅哥一枚，雷雷常常没事儿去那店里招猫逗狗地玩上一通。

"养一只大的吧！很大很大的那种，比如金毛。"

雷雷瞪了她一眼，"真任性！弄个那大东西来，你负责给它洗澡？"

豆豆躺在雷雷的胳膊上，眼睛盯着电视，一言不发。

"怎么了宝贝儿？"雷雷问。

"害怕。"

"没毛病吧你？想白胖子了？"雷雷跟人搭茬儿总爱哪壶不开提哪壶。

"依依死了。"

雷雷猛地把豆豆推起来，用惊呆的表情看着她。

"咋死的？"

"从楼上跳下来。"

"确定是自己跳的？"

豆豆点点头。

"真任性！"雷雷由衷地感叹。

"难怪你这大老晚的不睡觉，是被她吓着了吧？"

豆豆抱着雷雷的胳膊说："我一闭眼，就能看着她的样子。还有，我不敢起来上厕所，一开门，就想着会不会有个依依站在门口。"

雷雷一哆嗦，"你别吓我啊！她要是真站门口，你就说：'死了还出来吓唬人！任不任性！'"

这天晚上，雷雷和豆豆躺在一张大床上。豆豆望着天花板，呆呆地对雷雷说："在我不害怕之前，咱都一起睡吧！"说着，她用被子蒙上了脸。被子温热温热的，这是许久以前不曾有的感觉。记不清自己最后一次跟妈妈睡觉是什么时候了，豆豆也知道自己不会再跟妈妈一起睡觉了。妈妈结婚了，对象是外科医生，豆豆不认识，也没见过。妈妈打电话告诉她的。她想起了李石凌，要是没有妈妈的婚姻，自己也不会一时冲动去找李石凌结婚的。想到这里，她觉得荒唐极了。其实有朋友就很好，为什么一定要把幸福绑定在婚姻上呢？

"不过，"雷雷使劲儿推推豆豆，"依依死了，就没人给你使绊儿了啊！"

豆豆没说话。

"虽然这话说得有点儿不地道，"雷雷接着说，"但事实就是这样啊！大家不都是在竞争嘛？"

豆豆蒙上被子，眼泪不知怎么地就流了下来，心里有一个小人在不停地说话，不停地说。那小人是这样说的："这世界怎么就跟我想的不一样？我希望的世界，是所有人都面带微笑的，是所有人都心平气和的，是大家能坐在一起毫无防备地谈人生、谈艺术的，是人与人之间无需防备、无需算计的，是洒脱的、自然的。可是，为什么在我二十六岁的年华里，世界却变了模样？女孩子争相一比高低，为了一个虚无的名头，竟然可以你死我活。男人本是保护女人的天使，却变着法儿地伤害脆弱的小花。"

小人儿一边说着，豆豆一边流泪。为了不让雷雷发现，她转身面向另一边，关了台灯，佯装睡觉了。

这里是古欣然的别墅。今天，这座建筑将迎来命运的转折点。

古欣然从这里走了出来，他穿了一条水洗布的休闲裤，一件皮夹克。上衣略显出一丝陈旧，却依旧让他看上去精神而干练。在他身后，四只黑色的藏獒顺从地跟着。它们耷拉着憨厚的脑袋，一点儿也没有显出凶狠的眼光。它们像说好了似的，一齐摇摆着尾巴。

走到院门口，古欣然停下来了。藏獒们的尾巴摇摆得更加厉害了。

古欣然蹲下，逐个亲吻着它们，"要听话，懂吧！"

这些黑家伙不停地舔着它们的主人。

"乖，乖，"古欣然摩挲着它们，眼神里流露出一丝深切的关爱和不舍，"好好吃饭，好好睡觉，记住了吗？"

一只藏獒"汪"地叫了一声。

"看看，还是我的'奥巴马'乖。你们也要记住，懂吗？"

"还有你，小布，待人要友善、要和气，懂吧？你，拉拉，晚上要早睡，不许叫，听见没？还有你，乖乖，不许吃太多肉，要有节制，懂吗？"

那只叫"奥巴马"的狗狗把大大的脑袋靠在古欣然的肩膀上，他坐在地上，轻轻地、轻轻地抚摸着这些憨厚的家伙。

他们就这样沉默地待着，这样沉默地厮守着，"奥巴马"的眼角竟然滑出一滴眼泪来。

"乖，宝贝，爸爸会想你们的，你们要听话，乖乖的照顾好自己，爸爸真的会想你们的，爸爸对不起你们。"古欣然抱着小布，深深地抱着，他将头深深地埋进小布的鬃毛里，轻声地开始抽泣。

远远地，人们望见他和它们簇拥在一起，仿佛在说：我们永远不分开。

一个身影站在了他的面前，这是一个跟古欣然年纪差不多的男子。

古欣然缓缓地站起来，开始向前走。

四只藏獒站在原地，望着他们，不肯离去。

古欣然走到男子身边，深深地鞠了一躬，"拜托你了。"

男子扶起他，狠狠地拍拍他的手臂。

忽然，古欣然转过身，冲着它们狠狠地吹响了一声口哨，四只藏獒飞速跑到他的身边，那么整齐、那么训练有素！

"走！"古欣然命令它们。

八只眼睛巴巴地张望着他。

"走！"古欣然凶狠地说。

八只眼睛里充满了强烈的委屈。

"滚！"古欣然用脚挨个踢着它们。

刹那间，四只胖胖的圆滚滚的大东西转身向远方跑去。

男子跟古欣然挥挥手，微微地笑了笑。

"保重！"男子说。

古欣然转身朝别墅走去。

就这样，他和它们分道扬镳了。

接下来，他将会带上简单的用品去自首，去迎接那未知的人生低谷。

他哭了，在他回来的路上，用双手揩着眼泪说："小布、'奥巴马'、拉拉、卡其……"他轻声地念着它们的名字。

他仰望蓝天，他的背影消失在幽静的小路深处……

55. 我们不是好孩子

　　天气阴沉沉的，看样子要下雨了。雷雷跟随着豆豆一起去了学校，在一间教室里，举行了依依的追思会。讲台的正中央位置摆放了一张孙依依生前的照片。那照片是天蓝的底色，她穿着做节目时的服装，对着镜头做出了一个剪刀手的pose。她的眼睛努力睁大，睁得圆圆的，连美瞳隐形眼镜都能看到。豆豆明白，在学校里，只有一种人能被称为"美女"，那就是——大眼睛，尖下巴，高鼻梁，其余的都算不得美女。于是，依依努力把眼睛睁大，这样就能成为美女了。"苦瓜脸"站在依依的照片旁，背对着大家，认真地点燃每一支白色的蜡烛。烛光越来越多，把黑暗的教室照得温暖了许多。

　　讲台上放了许多白色的小花，还有黑色的丝带，每个人上去拿来，戴在胸前，系在手腕上。豆豆也去拿了，就在她转身的一瞬间，看到了依依炯炯有神的大眼睛和因微笑而露出的白牙齿。她心头一紧，竟然不敢相信这是真的。

　　课桌上也有蜡烛，雷雷点上了，她伸出手拉起豆豆的手，紧紧的。

　　丝丝的哭声让豆豆无所适从。她发现自己竟然无法流下一滴眼泪，愕然地站在那里，她有些尴尬，也有些无奈。向四下里望去，一双眼睛狠狠地抓住了豆豆。

豆豆见教室后面站着一个人，头发有些花白，目光十分冷酷，他正看着豆豆。豆豆赶紧回过头来。她知道这是学院的泰斗级人物——钟教授。豆豆听人说，钟教授是国家重点学科创立者，他的科研项目为学院争取了大量经费。院长给他起名"钟国宝"，意思是没他不行。钟教授快七十岁了，依然带硕士生和博士生。每年报考他的人趋之若鹜，而最终留下的只是凤毛麟角。豆豆知道钟教授是个大学者，国际知名的泰斗级学者，学问的高深程度绝不是一般人能比的。每次她走进研究生部大楼时，总能看到二楼正对楼梯的门上贴着金色的门牌，上面赫然印着"钟良山研究室"。豆豆望而却步。

大家正挨个儿上台悼念依依。今天是学生自发组织的追思会，没有老师参加。豆豆诧异极了：钟教授怎能来参加这样的活动？

轮到豆豆了，她走到依依的照片前，面对着大家。忽然，她看到面前放着很多香，便点了三炷，插在照片前的香炉里。她看到依依在照片里对着自己笑，自己也欣慰地笑了。豆豆认为依依如果在天堂里看到现在的景象，她会不会后悔呢？豆豆心里的声音在说："虽然我不知道你为什么要选择这条路，但是我想说你错了，大错特错了。听'爸爸'说，人如果自杀的话，下辈子投胎要做流浪猫、流浪狗的，因为他（她）不珍惜生命，所以老天要惩罚他（她）。"

豆豆看着大家，长长地吸进一口气，"你回来，我们还做朋友，好吗？"

"我不知道你为什么要走，"豆豆说，她分不清这是从自己嗓子里发出的声音，还是心里发出的声音，她也顾不了这些了，只顾着开口说话，"我想起我们一起春游的时光，我想起我们的大房子，我想起陪你做的一切事。可我是丑小鸭，而你是美女，系花。"

台下很多双眼睛盯着豆豆，豆豆没有管那些，继续说："你别走好吗？只要你不走，什么都好商量的。我保证我一定会喜欢你，我保证再也不计较你用什么样的眼神看我，我保证每天都开开心心地跟你打招呼。"

豆豆站在那里，所有人都屏住了呼吸，烛光也不再晃动了。

豆豆抬起头，她看到了一双犀利的眼睛，严肃地盯着自己，那是钟教授。豆豆想：自己一定是又说错什么了。

"苦瓜脸"最后一个发言，她已是泣不成声。豆豆分明看见她的鼻头红红的，不停地抹着眼泪，豆豆的心里涌起一丝别样的感动。

这是豆豆看到的最伤感的一幕。她不敢抬头看那张大大的照片，总觉得还能看到依依坐在梳妆台前，精心地涂粉底液；看到她躺在病床上，轻轻地动着两片苍白的嘴唇，跟她讲手术经过；看到夜半时，她们在汽车里，她在旁边，跟她倾诉着自己的苦痛……她偷偷地转过头去，钟教授已经离开了。豆豆感觉背后少了一道安全屏障，落寞地回过头来。

追思会很快就散了。"苦瓜脸"告诉大家，追悼会的日期会尽快确定的。

雷雷忽然问豆豆："依依的妈妈怎么没来？"豆豆被问住了，一时间竟然无法回答。

豆豆低着头，拉着雷雷的手走出教室。雷雷见她心情不好，也不再说话。旁边一拨女生经过时，雷雷听到她们在讨论依依的死因。

豆豆猛然抬起头看着她们的背影，同时看到的还有一个人，便是钟教授。

钟教授似乎刚打完一通电话，站在那里思考着什么。豆豆恭恭敬敬地叫了一声："钟老师好！"便低着头惨兮兮地走开了。钟教授微笑地看着豆豆，雷雷跟在她身边，一边走，一边不由地望着他。

待豆豆从精神恍惚的边缘走回来时，雷雷却忙碌起来了。她拿着手机不停地发着消息，豆豆想跟她说些什么，见她太忙，始终无法开口。豆豆和雷雷坐在麦当劳的餐厅里，她看着一盘子的汉堡、薯条、炸鸡翅，怎么也提不起胃口。在她的周围，每一桌都坐满了人。她最羡慕的要数那桌穿校服的孩子了，十四五岁，女生扎着马尾，男生剃了平头。他们互相之间并不说话，而是低头做着功课。豆豆看见那摊开足能占满半张桌子的试卷，想起了自己的高中时代。她真巴不得被塞回娘胎重来一遍，好好在象牙塔里待着，尽管她曾经做梦都想从那儿飞出来。而现在她却无比期望永远窝在里面，当一个寂寞的敲钟人，再也不出来。

街边的人们已是形神疲惫，拖着柔软的躯壳执拗地奔波在路上。豆豆想看清楚他们的表情，可是大多数人都是低着头的，豆豆看不清。雷雷时而打电话，时而戳着屏幕发文字，时而发语音。豆豆看着她，忽然想到如果自己有一天也没了，雷雷会不会是这番态度。

"爸爸！"豆豆叫雷雷。

"干吗？"雷雷继续发着短信。她有两个手机，在这个手机发完了，又去那个手机上看看，这么相互倒腾着。

豆豆看着她忙碌的样子，不知说什么了，只是盯着雷雷面前的两个小小屏幕，眼睁睁地看着那小东西将自己和亲爱的"爸爸"深深地隔阂开来。在这喧嚣的傍晚时分，她寂寞地吞下了晚餐。

56. 我可以

雷雷又来到了灯红酒绿的地方。王胖子给她发了消息，让她晚上九点到。

雷雷问王胖子："是不是每天都会来这些地方玩儿？"

王胖子笑着说："我是来这里打卡上班的。"

他话里的意思是要告诉雷雷，他几乎天天都要来夜总会泡一泡。他还告诉她，有VIP的地方，就有王胖子。雷雷问他叫什么，王胖子含糊地说："王大雷。"

雷雷想笑，还真有投缘的名字！她觉得还是叫绰号比较顺嘴。

她看着这些人在烟雾缭绕的空间中竟然能悠闲地坐着，她的脑袋有些微微地发胀，想回家去，可又不知道回去做些什么。

然而这只是开始，到后来她便发现了其中的乐趣。王胖子告诉她，这个大场子里都是他的朋友，他拉扯着雷雷的手腕带领她穿过拥挤的人群，转遍了整个酒吧。雷雷看着那些人热情地举着酒杯，有的还对自己来个拥抱，心里别提多舒服了。她喜欢人们之间的热情，尤其是刚从那样一个令人哀伤的场合里出来。

忽然，她的脑子里萌生了一个想法。这想法是由之前那个"哀伤的场合"联想到的。她想迫不及待地回去告诉豆豆，却无奈于接连不断的洋酒送上，她只得喝下，无法脱身。

直到她看到天地在摇晃，才挥手拒绝。王胖子拖起沉重的雷雷，把她抬出了包房。后来，雷雷被抬到了王胖子的房间里……

这天晚上，豆豆早早地便上了床，祈祷着今天能睡一个好觉。"爸爸"晚上不一定回来，她决定不等她了。令她无奈的是，半梦半醒的睡眠总是在漫长的夜里折磨着她，她颇感疲惫，却无能为力。

太阳升起的时候，豆豆终于有了一丝睡意，不过这时门却打开了，"爸爸"兴冲冲地跑了回来。豆豆不太情愿地看着雷雷，心里埋怨着刚进入状态的睡眠被打扰。她意识到在自己的潜意识里积压了太多问题，这些无法解开的心结堆积在心里，每每到夜晚便会出来蛊惑睡眠。

她没想到的是，"爸爸"的忽然打扰竟然给她带来了新的希望和生机。

"你说你是不是傻？"雷雷冲进豆豆的房间，第一句话便这么说。她的眼圈下泛出了淡淡的乌青色。

"你干吗了？"豆豆指着她的眼睛。

"没睡好就这样。"

"哦，我也没睡好，说了你别笑话我啊……"豆豆看着她，"我总是很害怕，你这几天晚上先别出去玩儿了好吗？我总觉得家里有依依的影子。"

雷雷摩挲着双臂说："别吓我好吧！"

"真的，可能是咱们跟她一起住。"

"你说，"雷雷忽然想起了什么，"她为什么要那样？"

豆豆叹着气说："肯定是被逼的。"

"嗨！我不是说她为什么跳楼！"雷雷认真地看着豆豆，"她为什么要害你？"

豆豆定睛看着雷雷的眼睛，许久，她长长地吸进一口气。

雷雷把双腿舒服地搭到茶几上，望着天花板上的水晶吊灯。她点上一支烟，悠悠地吐出一长串烟圈。

"你搏一把吧！兴许有希望。"

"什么希望？我报了佟爷爷的名，可是我根本达不到他的要求，现在也没法更改报名信息了。"

"钟良山！"雷雷一字一句地说。

"哦……"豆豆长长地叹了一口气，"那又怎么样？"

"你是不是傻？傻豆豆！傻豆豆！"雷雷嘲笑着豆豆。

豆豆躺下，不理雷雷，可是她又感到不放心，好像雷雷有什么新发现，如果这会儿不问出来，那好奇心憋在心里也怪难受的。她坐起来，疑惑地看着雷雷问："你说该怎么办？"

"你丫真傻，看出来了。"雷雷一边说着，一边脱了鞋盘腿坐在床上，"你那论文交上去没？"

豆豆点点头。

雷雷想了一会儿，然后说："问问他，能不能给找找人呗？他这样的人，能不认识那些专家学者？"

豆豆觉得这路子有点儿不可思议，她认真地分析着："第一，钟教授跟自己不过是一面之缘，如此冒昧地求人办事儿好不好；第二，自己怎么就能确定他认得那些人呢？"

雷雷想了一会儿，若有所思地说："可是，你要是不试试，就等死了。"她开始吓唬豆豆："像依依那样！"豆豆赶紧蒙上了被子。

雷雷麻利地换了一件衣服，对豆豆说："你慢慢考虑着，我传达完了会议精神，走了哦！"

"啊？你还要走？"

她没有回答。豆豆听到她破天荒地穿了一双高跟鞋，出门去了。雷雷从不穿高跟鞋，她总是说："我已经那么高大了，再穿高跟鞋还让别人活不？"

这些天不知怎么了，时而晴，时而阴。雷雷看着天空中厚厚的云彩渐渐地飘过，遮住了太阳的脸。她去了一个地方。她本不想去，因为心里始终有莫名的抵触。

听人说那楼下的地上没有一丝血迹。雷雷站在那里，很久很久迈不开步伐。她想：算了，还是回去吧。这么想着，她竟然将步伐移动到了二十八号楼楼下。

楼体是青灰的，已略显陈旧了。网上有传言说，这小区风水不好，平均每年都有一个人跳楼。那么依依的死算是巧合吗？恰好这里风水不好，恰好今年需要有一个人跳楼来证明这里风水不好？雷雷的脑子里已是一团糟。虽是白天，可小区里却出奇地安静，想找出一个行人来都不可能。

猛然间，她看见地面上用天蓝色的粉笔画了一个大大的圈。她轻轻地走过去，缓缓地蹲下，那微红的是血吗？她已经看不清了。按常理说，从十三楼跳下去，会是脑浆涂地，蓝色的圆圈里却干净许多，不知道的人会以为是小孩子画在地上用来跳格子的。

仰头看去，大楼似乎能压倒行人。雷雷记得依依去世的那天晚上，她站在自己家十三层的阳台上，想着如果自己从这里跳下去，会是怎样的光景。怎么会有这样的巧合呢？她从来不知道依依家竟然也是十三层，跟自己现在住的楼层一样。

当电梯到达十三楼时，她看见了那个刺眼的1301，门上挂着一个可爱的门牌，上面写着"请勿打扰"。门牌是维尼熊的图案，粉色的。这便是依依的家了。

门紧紧地关着，雷雷转身按下电梯"下行"键，她想快些离开这里。

豆豆今天也是战战兢兢的。她战战兢兢地独自在家洗了澡，吃了早餐，穿好衣服，背上双肩包。这一切在以往是多么麻利的一连串动作！而今天，惯性行为都变成战战兢兢的了。她真希望雷雷"爸爸"能在家，哪怕她在家里睡大觉也好啊！可是她不知哪儿去了。豆豆只好赶紧出门，找个有太阳的地方，便能舒服一些。

没多久，她便战战兢兢地来到了一个地方，寂静的走廊里暗暗的，没有人，金色门牌上写着"钟良山研究室"。她鼓了鼓劲儿,敲敲门,手心儿里出了许多冷汗。

豆豆仔细听听门里,没有动静,心里生出一丝落寞,她希望钟老师能在。豆豆最不喜欢跟陌生人打交道,而现在她如此迫切地希望跟陌生人打交道。

门被十分利落地打开了。一时间,豆豆深深地怀疑自己的冒失,也许自己不应该如此莽撞。她深深地责怪自己。很明显,钟教授唬着脸,既没有表现出惊讶,更没有表现出热情。他回到桌子前坐下,继续看着电脑,豆豆隐约看到那屏幕上满是黑色的小字。豆豆站在那里,前所未有的难堪席卷着她,真想找个地缝儿钻进去啊!豆豆第一次深切地感受到了什么是站也不是,坐也不是,走也不是,留也不是。

许久,钟教授才缓缓地抬起头来,见豆豆还杵在原地,便把椅子搬到豆豆面前,然后回到原处继续工作。豆豆木讷地坐下,一心只想着能找个什么借口快点离开这里,比如说找错了地方之类的。豆豆立刻否定了如此愚蠢的借口,一横心——既然来了,那就下定决心开口吧!

钟教授终于将视线从电脑上转移开来,他看看豆豆,若有所思地点点头。

"钟老师,对不起,这么冒昧地打扰您……"

"嗯……"钟教授轻轻地应了一声。

"其实我是想有事求您来着。不过,我就是问一问,因为我也没有别的办法了。"

"说。"钟老师起身,为豆豆倒了一杯水。豆豆感激地看着他,期待着他能像潘爷爷那样,咧开嘴巴"呵呵呵呵"地笑上一通。钟老师放下水,坐回到自己的位置上,认真地看着豆豆,"你说吧。"

"我的论文不知道怎么搞的,老师说只有单数页。钟老师,您知道我是很倒霉的。也不是,您还是不知道我是很倒霉的,我就是一个小学生,不是,是普通的研究生,也没什么人知道我,所以……"

豆豆深深地感受到自己的语无伦次。

钟老师的脸上微微地浮现出一丝不易察觉的微笑,豆豆知道自己又闹笑话了。雷雷总是说自己:"话不能一句句说清楚吗?东一榔头西一棒槌的!"可是自己的确是想表达的意思太多啊！

"你慢慢说，怎么回事？"

豆豆把这些日子的遭遇一五一十地讲给了钟老师听。她从家里失窃开始，讲到自己考博无望，讲到男朋友不要她，最后才说到论文的事。这么一数，她猛然发现自己的命运简直就是一出苦情戏！

钟老师笑了，"那你要我帮你哪一件呢？我能力有限，有的问题我可帮不上你啊！"

豆豆瞪大了眼睛看着他。

钟老师说："比如，我没法让你男朋友回心转意啊！"

豆豆这才恍然大悟，自己说话也太没有逻辑了，差点儿引起误会，她挠着头不好意思地笑了。钟老师认真地看着她，许久，他语重心长地告诉豆豆："孩子，要相信自己，懂吗？"

豆豆使劲儿地点点头。钟老师简单的几个字，却说到了豆豆的心坎儿里。也许是家庭原因吧，豆豆从小就认为自己是比他人矮一截儿的。

"我帮你。"钟老师严肃地说。

豆豆的心里焕发出异样的神采，她有点儿不敢相信这是真的。自己只是一只笨笨的小鸟，连猎枪都不屑于对准自己，现在竟然有人能对自己说出这三个字，豆豆瞬间感到之前遭遇的所有艰难都是值得的。

"不过，"钟老师话题一转，他郑重地对豆豆说："如果你不勤奋，便没有任何意义。"

豆豆的头点得像鸡啄米。事到如今，她怎会不勤奋？一直以来，自己从来没有停止过努力。也许对"爸爸"和依依来说，勤奋是一个艰苦的过程，可对于她萧豆豆，简直就是一种生活常态。

"钟老师，你放心，我一定会勤奋的。"

钟老师没有说话，他在电脑上快速地打着字。豆豆不敢凑过去看屏幕上的内容，只能在原地呆呆地站着，等待着。

很快，打印机里顺畅地滑出一张纸，钟老师拿过来看了一下，便交给了豆豆，"你看看。"

豆豆站在四周摆满了书柜的办公室里。站立在正中央，认真阅读着白纸上的黑字。这里干净极了，利落得没有任何生活气息，深棕色的书柜围绕着她，陈列得密密麻麻的书籍安静地彰显着自己的价值。

纸上的字让豆豆感到了一股强大的动力。

"这些题目是必须掌握的。"钟老师一边看着她，一边说。

豆豆认真地点点头。

"那……"

"你可以走了。"

还未等豆豆说完，钟老师便下了逐客令。

豆豆只能像小蜗牛似的背上背包，恭恭敬敬地同钟老师道别。

走出楼门口，豆豆一眼看见了草地上的布莱希特像。她走过去，围着他转了两圈，用手摸摸他的秃头顶，兴奋地说："我也会跟你一样的！"

说完，她"嘻嘻嘻嘻"地笑了。

调皮的云彩跟太阳的圆脸说了再见，悠闲地溜到别的地方看风景了，大地变得明亮起来。豆豆用手遮住太阳光，踏着轻快的步伐，在心里使劲儿地佩服自己今天的勇气。

57.爱你一生一世

雷雷独自坐在新天地的咖啡厅里喝着下午茶。桌子上摆着两只手机，别看她的对面没坐人，可手机里的短信却一刻也没消停过。雷雷总是一边接点，一边用另一个手机回消息。旁边的女老外向她投来不解的目光：这人是干什么的，这么忙？

忽然，窗外出现了一个身影——朱紫。他站在窗外，当雷雷低头发消息的时候，他目不转睛地看着她。那些喝咖啡的老外纷纷向他投来不解的目光，很快，朱紫走进了咖啡厅。

"哈哈哈哈！"雷雷忽然大笑起来，朱紫被突如其来的笑声弄得莫名其妙。

"干吗呢？"朱紫一边坐在她对面，一边问。雷雷一见朱紫，立刻不好意思了，埋怨地说："怎么也不打个电话？"

朱紫没说话，只顾坐在那儿。

雷雷给他倒了一杯茶，金黄的液体浸满了晶亮剔透的玻璃杯。

"怎么样？"朱紫看着雷雷。

雷雷没说什么，望着窗外。

这个咖啡厅，她曾经跟翔宇待过，而现在对面坐的是朱紫。就在一个月前，她把朱紫当成偷电脑的怀疑对象，而一切水落石出时，纵然朱紫也有一份，但她却一点儿也不认为他是令人厌恶的人。

雷雷望着朱紫，她发现他的无名指上依旧戴着一枚戒指。

"什么时候结婚？"

朱紫没有回答，靠在沙发上，头转向窗外。

"你的未婚妻是依依吧？"

猛然间，朱紫转头看向雷雷。

雷雷轻轻地拿起杯子，喝下一口金黄的花茶。

朱紫的眼角开始湿润了，他望着窗外，却不知道自己看向何方。

"一个人，老搁在心里，就拿不出来了。"雷雷说。在说这席话时，她没来由地想到了马学才。

"你有男朋友吗？"朱紫问。

雷雷摇摇头，"有一个，不在身边，在这儿。"雷雷指指心脏的位置。

朱紫笑了，"你是个幸福的人呦！"

"那你呢？"雷雷问。

"我……不知道，真的不知道。"朱紫的眼睛红红的。

"为什么叫我来？"朱紫问。

"心里空。"雷雷回答，"以前，有男朋友让我心力交瘁，有依依让我又气又恨，现在，哈哈！"雷雷恐怖地笑了，"什么都没有了！生活就他妈的没意思了！"

她说着点上一支烟，轻轻地朝着空中吐出一条长长的轻雾。

朱紫点点头，"如果世界上的人都成了好人，都成了无端地、无条件地、无节制地对你好的、让你安心踏实的人，这个世界还有什么意思？因为我对于她来说太好了，所以她不爱我。即便到了最后，她什么都没有了，她还是不爱我。哼哼！"朱紫发出了自嘲的笑。

"六点，元茂顶层旋转餐厅。"雷雷看到了王胖子发来的微信。

"我要走了。下次见。"

朱紫点点头。

雷雷走出了这个咖啡厅。她想：这个地方跟自己有着特别的缘分，每次都是跟异性来，可每次来的男孩都不是男朋友，或者说都是朋友的男朋友。

她的手机又响了，上面显示着老万的短信："想吗？"

她顺手回复一条："当然。"

关上手机，她的嘴角露出一丝不屑的轻笑，心想：美言是一件多么容易的事——毫不费力，只要别在乎内心的感受就好。

"一起吃饭吗？"

雷雷想到了跟王胖子的约会，便推辞道："晚上要写毕业论文，明天上交，改天好吗？"

"不。"短信显示出一个字。

"真任性。"雷雷回复。

"吃过晚饭了？"

"要写论文,明天交不出会被老师骂的。"

"晚点儿呢?"

雷雷犹豫了一下,当坐进出租车时,她郑重地打了一个"好"字,按下了"发送"键。

很快,她便出现在旋转餐厅里了。

豆豆被"苦瓜脸"指派去处理依依的后事——谁让她和依依同是一个导师的研究生呢!

奇怪的是,依依父母的电话都打不通了。她费了好大劲儿才找到了依依后妈的手机号码。谁知电话接通后,对方的语气冷淡极了,说自己已经跟依依她爸离了,依依的死活跟自己没有半毛钱的关系!随即挂了电话。豆豆愤怒极了,难道面对生死,这些人能如此漠视吗?!

试了好几次,她终于打通了依依妈妈的电话,可她是这样说的:"人是在你们学校念书念死的,你们不管谁管?"

豆豆惊讶地望着手机听筒,她怎么也无法把现在的依依妈妈跟那时见到的优雅女人想成一个人。

她只好耐下性子解释道:"我只是想确认一下追悼会你们来的时间,好去接你们。"

对方的回答让她陷入了两难境地,她说:"对不起。"

电话被果断地挂了。

豆豆独自走进了殡仪馆的大门。

太阳快下山了,殡仪馆的人却还没有下班。豆豆第一次来这样的地方,她害怕极了。如果现在有一个像唐松这样的人在身边,该多好!可是他早就是别人的了。

豆豆站在太平间门口,左右是两个随行的工作人员。她真想跟他们要一瓶白酒,先"咕咚咕咚"喝下去壮壮胆量再说,可惜没有。

门推开了。

"做好心理准备。"其中的一个人对她说。

豆豆站在那里，她止步不前。慢慢地，她本能地开始后退。

"要不，你找个人陪你？"工作人员耐心地说，"你一定会害怕的。"说话的是一个清秀的女子。

"等等！"豆豆的身后传来一声浑厚的声音，她一下子感到安全了。

那是钟良山，豆豆惊讶地看着他，他怎么会出现在这里？钟良山走进来，他看着豆豆说："怎么能让你一个女孩子来？我问了研究生部，他们简直胡闹！"钟良山说这话的时候，依旧是严肃的面孔。他走在前面，豆豆紧紧地跟着，他们一起走进了这阴森的、通往天堂或地狱的交叉口。

四周冒着冰冷的湿气，标准的长方形格子里各装着一具遗体。豆豆看着它们，真希望这从头到尾都是一场噩梦，她期盼着快些醒来。

忽然，一具苍白的遗体摆到他们眼前。她惊叫一声，死死地抓住钟良山的胳膊。

她分明看到那张脸已经变了形，左侧深深地塌陷下去。她下意识地觉得这副脸孔不知要折磨自己多久，也许在未来的时间里，这张脸会伴随自己的梦境。

钟良山心情沉重地站在原地，他轻轻地给依依蒙上了那层白布。豆豆早已躲到他的背后去了，用那宽宽的脊背严严实实地挡住了自己的视线。钟良山轻轻地拍拍豆豆，"别怕。"豆豆的心里温暖极了。

58. 我们可不可以去勇敢

夜晚，豆豆坐在自己的电脑前，认真地搜索着那些题目所需要的材料。才一个晚上，她便做了好几页纸的笔记。阔别已久的充实感再次降临，豆豆看着桌子上的招财猫，回忆着下午发生的那一幕，恍如隔世。豆豆打心底里认为钟老师就是上天派来的菩萨,专门为拯救自己而来,也就在此刻,她真真切切地认为自己是上天的幸运儿。

"爸爸"依旧不在家,她已经有好几个晚上没回来睡觉了。之前,豆豆会害怕,会开着电视睡觉,而现在她一点儿也不怕了。她看了荣格心理学、格式塔心理学、弗洛伊德精神分析学……大师们在学说里为她撑腰,让她无坚不摧,霸气豪迈。

她想到了奇葩老妈,自打老妈领了结婚证以后,自己还没跟她好好聊聊。再不主动与她联系,老妈一定要暴跳着打电话过来骂自己是"白眼狼"了。其实她不是不想跟妈妈联系,只是之前发生的事情令她无心与妈妈寒暄。豆豆是个懂事的孩子,从小到大,她深知妈妈独自抚养自己的艰辛,所以她对妈妈总是报喜不报忧。尤其上了大学以后,更是如此了。

豆豆想把认识钟老师的事儿告诉妈妈,但想了一会儿,她还是忍住了,还是等事情妥实一些再说更好,省得老妈总是惦记着。

"小白眼狼啊!还记得你自己是哪儿人啊?"

"记得呢。"豆豆老老实实地回答。

"是上海人啊,还是陕西人啊?"

"坏妈妈!"

奇葩老妈在电话那头笑了。

"跟松松怎么样啊?"

豆豆没想到妈妈问的第一个问题竟然是这个,她只好回答:"挺好的。"

"什么时候结婚?"

豆豆仓皇地告诉妈妈,自己刚收到了导师的邮件,要着急回复,便挂断了电话。她盯着电脑屏幕上的笔迹,忽然觉得那些黑不溜秋的字体一点儿也不可爱。

雷雷跟王胖子吃着晚餐,王胖子边吃边将自己的真实情况一一道来。雷雷只记得那些数字有点儿惊人:公司十六家,员工两万人,入股四十八家……她琢磨着,有这么多事儿,他忙得过来吗?她把这担忧告诉了他,王胖子却深情款款地告诉雷雷："男人只要懂得负责任就好。"雷雷心想：这哪儿跟哪儿呢？

晚饭后，王胖子有一个会议，雷雷只得单独行动。老万几乎在每天的八点钟都会给雷雷发一条短信，告知她晚上活动的详细地点，今天也不例外。

雷雷看看时间，已将近九点，便找了一家发廊，像模像样地弄了个洗剪吹，然后顶着香喷喷的发型出发了。

乱七八糟的灯光照得人眼花缭乱。在这地方，每一家酒吧都是这般模样。雷雷反而向往幽静的、只有小提琴声的咖啡厅了，可惜大家都不喜欢。万般无奈之下，雷雷只好努力地克服振聋发聩的声音，寻着老万的方向走去。

清晨，当第一缕阳光照向大地时，豆豆踏上了告别的旅程。这天，她第一次穿上了黑色的衣服。走在通往学校的小路上时，她想起了钟老师，想起了依依的追思会。这两件没有联系的事，却紧紧地连同豆豆的命运一道，捆绑在了一起。很多时候，她甚至想钟老师是不是依依在天堂里指派给自己的救星呢？也许依依走后，发现自己做得不对，所以来弥补自己呢？豆豆向来不迷信，但这一回，她却动摇了。

刚到殡仪馆，人们就告诉她，依依的家人没有来，需要同学们充当家属。豆豆就这样被冠上了"家属"的名号。她见旁边站着瘦瘦的朱紫，面无表情，豆豆的心里竟然掀起一阵感动。场地小极了，只有十几个人前来。豆豆看着依依狰狞的面目，怎么也忆不起那张标致的面庞来。朱紫和另一个男生把依依的遗体抬上了火化车。

大家都沉默着，只有"苦瓜脸"在一边小声地抽泣。豆豆走过去，站在"苦瓜脸"身边。

"苦瓜脸"擦擦眼泪，问她："都弄好了吗？"

"接下来还要埋葬吗？"豆豆回答。

"我问你的毕业……""苦瓜脸"补充道。

豆豆一时间无言，心里涌起一阵感动。

"你别难过。"豆豆安慰"苦瓜脸",并递上一张纸巾。

"苦瓜脸"擦着红红的眼睛,抽泣着说:"都是我看着进来的,都是那么好的孩子,怎么就走不出去?"说着,她又开始抽泣起来。豆豆的心里酸酸的,她握着"苦瓜脸"的手,用自己的体温来温暖她手的冰凉。

简单的仪式前后不过二十分钟,豆豆踏上了回程。"苦瓜脸"的形象始终在她的脑海里浮现,不知为什么,她觉得那张脸那么亲、那么近。

时间慢慢地过去,豆豆恢复了往昔的状态,投入到紧张的复习之中。她给自己订了计划表和作息时间表,跟考研时候的复习节奏一模一样。她固执地认为,这计划表在考研的时候成功了,在考博的时候也一定能成。每天晚上,只要闭上眼睛,想到又度过了紧张而充实的一天,她就能幸福踏实地闭上眼睛。

伴着太阳升起,豆豆开始了一天的学习。再过三天,她就要去找钟老师,向他汇报自己的复习进度。

就在四天前,她再次见到了钟老师。他只是认真地看看豆豆的答卷,之后专注地盯着电脑打下满篇的问题。他们见面的时间十分短暂,基本上没说话,豆豆拿到试卷便轻轻地关门离去。纵然没有太多的语言沟通,豆豆的心里却踏实得很。

豆豆正期待着跟钟老师下次见面的场景,雷雷进门了。豆豆竟然有些惊诧,她已经记不清有多少日子没见着"爸爸"了。起初,她失落极了,想着"爸爸"为了帅哥就把自己抛弃了。不过,随着复习节奏的加快,她也安然于这样的生活,并且每天都过得很开心。豆豆承认这是她半年以来最最开心的几天。

雷雷一头倒在沙发上,豆豆赶紧冲好一杯蜂蜜水。以往雷雷宿醉归来,总要喝上一杯蜂蜜水。这会儿,豆豆又给她送过去。

雷雷却推开了。

"我没喝酒。"她说。

豆豆看到大大的汗珠从她的额头上滑下来,那汗液有些发黄,豆豆赶紧摸摸她的额头。

雷雷发烧了，脑袋像火球。

豆豆被迫停止了复习。她满怀不舍，却义不容辞。豆豆快速地换上了衣服，临走时看看那摊开在桌子上的白花花的复习资料。她告诉自己：我很快便会回来的。

也许是豆豆的心里已经有了不好的预感，这一次她真的就没再拾起书本。

大夫听雷雷详细地描述了自己的病情。雷雷的症状是从前天早晨开始的，无论感冒药或者退烧药，对她来说统统不起作用。豆豆看到了大夫脸上复杂的表情。果然，大夫本着对工作认真负责的态度问了一些相关的问题，比如是做什么职业的，每天几点睡觉，是不是常常更换工作地点，等等。

豆豆听得一头雾水，难道学生还会得职业病不成？她记得从前自己腰痛去看大夫，大夫说那是电脑病，而现在雷雷明显不是电脑病啊！

紧接着，大夫让雷雷暂且出去，反倒叫豆豆留在屋子里。雷雷诧异地走了，临出门时，她紧张地望着豆豆。

医生看看豆豆，仔细地端详着她。豆豆想问医生，他是不是认错人了，挂号单上的"雷雷"不是自己。但事实证明医生没有错。

"坐。"医生说。

豆豆怀疑地坐下了。

"你别紧张，我是想问你一些关于她的情况，请你如实回答我。"

豆豆点点头。

"你们是住在一起的，对吧？"

豆豆点点头。

"好闺蜜？"

豆豆点点头。

医生好像明白了什么，轻轻地、长长地、若有所思地"嗯"了一声。

"你们睡一张床吗？"

豆豆摇摇头说："我们有各自的房间。"

"她现在的情感状况是什么样？有男朋友吗？"

豆豆迷茫了，她并没有听"爸爸"说她有男朋友啊！豆豆思考了片刻，摇摇头说："我不太清楚。"

医生再次若有所思地点头。

"她平日里都在你们的家里，还是在外面？"

"在外面。"豆豆如实回答。

"她都什么时候回家？"

豆豆思考了一会儿，将"爸爸"近来的作息大致在脑子里播放了一遍，然后谨慎地回答："一般是清晨回家，有时候在家里睡一觉，有时候不睡，而是洗个澡再出门。"

医生好像明白了什么："那就是说，她不在家里过夜了？"

豆豆点点头，"基本不在。"

医生用复杂的目光看着豆豆，那眼神里既有担忧，又有惋惜。过了一会儿，他准备提笔开具化验单，想了想，又停住了，看着豆豆说："你……"他犹豫再三，继续说："你还是考虑搬出去吧！"

豆豆惊讶地看着他，这是豆豆长这么大所见到的最最奇怪的医生。

"为什么？你为什么不问她？而要不停地跟我问东问西？"

"依你朋友的症状来看，初步分析她可能是艾滋！"

豆豆只觉得一阵眩晕。

医生沉默片刻，给雷雷开了化验单。豆豆看见处方上写着几个令人难以置信的大字：疑似HIV。

当雷雷接过病历时，豆豆看见她脸色惨白。

豆豆发现自己忽然间不认识雷雷了。当前的她，眼睛总是呆呆的，使劲儿盯着一个地方看。偶尔她会蹦出一两句毫无逻辑的话来，比如刚才抽血时，她忽然对护士说："给老万也抽一管查查吧。"

护士抬头看着她。雷雷只盯着自己的血管，死死地盯着不放。

豆豆明显地察觉了护士看到电脑上抽检项目之后的表情。她戴上了手套，并且下意识地向后坐坐，好跟雷雷拉开距离。豆豆扶着雷雷的肩膀，努力做出高傲的眼神来回应那位护士。雷雷转过头，冲着豆豆笑了。

大厦顶层的"床吧"里，豆豆和雷雷并排坐在那儿。雷雷点上一支细长的香烟，呆呆地看着香烟变成长长的烟灰。豆豆则看着杯子里还冒着气泡的可乐，独自惆怅。

"复习得怎么样啊？"雷雷先说话了。

豆豆盯着可乐的气泡，托着腮，沉默着。

雷雷将呆滞的目光搁在灯火璀璨的城市上空。

"你跟男朋友怎么样？"豆豆忽然问雷雷。

"挺好的。"雷雷回答，"他们人不错，都可靠。"

豆豆吃惊地望着她，才几天的时间，她竟然不认识雷雷"爸爸"了。此时的她，穿了闪满亮片的外衣，眼睛周围化成了乌黑的烟熏妆，看上去真像"熊猫眼"。

豆豆站起身，只身来到露天平台上。这里没有任何阻隔，能瞭瞰整座城市。豆豆是恐高的，而今天，她一步一步地接近露台边缘。依依是这样跳下楼的吗？豆豆看着下面金灿灿的灯光，不由地向后退了几步。平台上摆了好多桌椅，这里是距离星星最近的地方，也许人死了以后会去某个星星上，地球上的亲人、朋友就能站在这里，看着那些星星，幻想着他们此刻在做些什么。

也许依依就在那上面。也许用不了多久，"爸爸"也会上去。豆豆想着在未来的某一天，她还会一个人到这里来，望着那些星星，就好像看到"爸爸"在看着自己，好像能听到她说"真任性"三个字。

豆豆微微地笑了。在她心里，已经默默地放弃了考博。她清清楚楚地看到了雷雷的脆弱，清楚地看到了死亡迫近之时，她那无法言说的痛苦和哀怨。豆豆最了解与自己相伴三年的"爸爸"，除了自己，她恨身边所有的人。

59. 爱情在天堂

"只要在她的牙刷上沾上我的血，她就完蛋了。哈哈哈哈！"雷雷说道。

豆豆正同她坐在出租车上，司机惊诧地从后视镜里看着她俩。

豆豆看着窗外。忽然间，她很想钟老师，很想很想。她想看到他严肃的面容，挺拔的站姿。记得那天的追思会上，正因为他在后面站着，豆豆才不害怕的。她也开始憎恨起依依了，如果没有他们，雷雷不会变成这样，自己也可以安心地复习考试。汽车路过学院大门口，豆豆的心揪了起来。

"停车！"雷雷忽然命令司机停下，汽车迅速地在路边刹住。

豆豆也想去看看学校，她默默地下了车。

"我跟你找找，这附近有没有合适的房子。"雷雷说。

豆豆看着她，脸上露出了委屈的神态，"你又要离开我了吗？"

"我有病，你跟我住一起是危险的。你还要毕业，还要考博。对了，你找钟教授了吗？"

豆豆点点头。

"他答应了？"

豆豆点点头。

"真好，豆豆，我真羡慕你。真好，豆豆，我真羡慕你。真好，豆豆，我真羡慕你。"雷雷笑着重复这句话，"那么，从今天开始，咱俩就分道扬镳。等我死了，你就把你的录取通知书复印一份，烧给我，让我也看着乐乐！"

豆豆哭了，抹着眼泪呢呢喃喃地说："我不，我不嘛，我不……"

雷雷看着豆豆，深深地呼出一口气，目光死死地盯着前方。

她们坐在街边的二十四小时便利店里，豆豆还在心痛。大门口的校标不时地撞击着她的心，可是如果不陪着雷雷，也许自己会后悔一辈子。豆豆想好了，等送走了雷雷，她再去找钟老师，看他能不能再给自己一次机会。

　　雷雷在午夜里疯狂地拨打王胖子和老万的电话。一个长久未接，另一个干脆关机。

　　她在度过了不眠之夜以后，熬到清晨时分，再次打了他们的电话，王胖子接听了。

　　电话里，王胖子告诉她，自己正开车去交通大学看望女儿，今天不能跟她见面了。她笑着说自己不介意，并且让王胖子带她出去应酬，她需要多多接触成功人士，好积攒一些人脉。对方沉默了一会儿，还是答应了。过了一会儿，对方告诉她，后天有一个十分重要的古董拍卖会，需要一个主持人，薪酬不低。雷雷欣然接受了。

　　豆豆萌生了一个可怕的想法，她似乎知道雷雷行动的意图了。从那一刻起，她决心紧跟着雷雷，一刻也不离开。

　　雷雷出现在交通大学的校园里，熙熙攘攘的学生令她眼花缭乱。她站在那里，仿佛看到自己拿着一个针管，见到矮个儿女生便上去对着随便哪个部位猛扎一下，随即潇洒地走开。人群中引来一阵骚动，她拼命地向着大门口狂奔，火速拦下一辆出租车离开了。

　　想到这里，她的心脏剧烈地跳动。这些天来，身体持续低烧，体温也会趁人不注意一溜烟上蹿到三十八度。雷雷已经习惯了，与其在床上痛苦地养病，不如痛快地活一把呢！她打通了王胖子的电话，并说好晚上一起吃饭。挂上电话，她又拨通了老万的电话，约他晚上一起睡觉。老万问她："晚上有个饭局，能不能过来？"她说已经约了别人。

　　豆豆想去学校跟钟老师道别，走进校园，她却没有勇气再朝前走了。她害怕看到钟老师严肃的表情，她能从那双笃定的眼神中看到失望。

　　忽然，一双手紧紧地蒙住了豆豆的眼睛。豆豆不喜欢别人在这个时候开玩笑，况且这双手干瘦干瘦的，差点儿把自己的眼珠挤出来。

"我悄悄地蒙上,你的眼睛,让你猜猜我是谁……"这声音富有磁性。

豆豆听到这熟悉的声音,努力地在记忆中搜索。

"翔宇!"她失声叫了出来。

豆豆睁开眼,翔宇站在她的面前,微笑着。

雷雷取出很多钱,一名男子跟着她。这人穿着黑色套装,看上去像售楼经理。他骑摩托车带着雷雷到了一个风景秀丽的地方。下车后,雷雷的屁股有点儿疼——这里实在太远了。

对方不紧不慢地放好摩托车,走在了雷雷前头。雷雷有些不满意,作为一个服务行业的人员,他怎么没有一点儿职业素养?卖个东西怎么还像人家求他是的?她真想弄破对方的皮肤,把自己的血液涂在那血淋淋的伤口上,然后他就完蛋了!想到这里,雷雷的心里生出一阵快感,可惜没带刀子。

她的眼前是一片排列得十分规整的墓地。规格统一的墓碑安静地立在那儿。

男人说:"这是'高档社区',价钱是房价的四倍。"

雷雷微笑着点点头,暗自计算着,除去定金,她今晚需要跟王胖子和老万要多少才够。

男人告诉她:"'复式'三十万左右,'别墅'四十万左右,还有'小户型'房源,但是十分紧俏,而且好位置也没有了。请问您是给多大岁数的人选?是单独还是以后打算合葬的?"

雷雷沉思片刻,冷冷地回答:"单独。"

男人用怪异的眼神打量着她。

"给我自己选的。"雷雷说。

豆豆四处找雷雷。本来说好的,今天早晨,雷雷陪她去学校走一趟,跟钟老师解释一下,就说自己今年没有把握,明年再考,然后就陪她去医院看化验结果。其实化验结果需要一个星期才能知晓,豆豆却哄着雷雷:"现在都把时间往多了说,其实结果很快就出来了。"豆豆说着,自己也担心,万一真的出来了,万一确诊了,接下来的日子该怎么办?可是如果不这样,雷雷便不停地念叨今天要弄死这个,明天又要弄死那个,除此之外,就是对着一个地方发呆了。早晨,雷雷忽然跟豆豆提起来,说要豆豆等她真死了以后,再编一个谎言来搪塞家人。自己没了无所谓,得让爹娘好好生活下去。她又想了半天,编一个什么理由好,最后,她明确地指示豆豆:"就说是过劳猝死。"接着,她又考虑墓地的选择,她想让豆豆以后常去看看她,毕竟在这个界世上,只有豆豆这一个朋友……说到这里,雷雷泪如雨下。

豆豆的心里也酸酸的,她不敢想起这些。此刻,她疯狂地怀念着过去的日子:小草屋的日子,侬侬家的日子,还有小黑屋的时光。如果可以,她宁愿跟她待在小黑屋里。

雷雷不见了,就在豆豆下车的一瞬间,她猛烈地关上了车门,勒令师傅马上开车。豆豆站在那里,深深的懊恼侵蚀着她的灵魂,强烈地冲动着想把雷雷痛打一顿。

眼下,她只有疯狂地打电话,一遍一遍不停地打。

电话终于接通了,雷雷轻快的声音从听筒里传出,出乎豆豆的意料之外。

"在哪儿呢?"雷雷说话的声音还跟从前一样。

"你怎么这么任性?"豆豆教训她。

"嘿嘿嘿嘿,我在商场,你来不?"

十分钟后,豆豆见到了她。

雷雷正站在试衣镜前,穿着一身漂亮的衣服。豆豆欣慰地笑了。这些日子以来,这是豆豆唯一的一次跟"爸爸"如此放松地逛街。豆豆拎着大包小包,有些忧伤地想起,或许这样的日子以后不会再有了。

雷雷的心里却在打着另一番算盘。她要去赴老万的约会,决不能带上豆豆。可是该怎么甩掉她好呢?豆豆不能理解自己的心情,她只是用那质朴的价值观来约束身边所有的人。眼下,用早晨的办法怕是不行了,雷雷想了另外一个办法。

下午五点半,雷雷和豆豆准时出现在了日料店里。这是她和老万常常来的一家日料店,他们总是坐在固定的包间里,今天也不例外。

雷雷想:先吃完饭,然后老万一定会觉得豆豆像个拖油瓶走哪儿跟哪儿,便会主动让司机先送豆豆回家。如此一来,自己便什么也不用做了。其实老万对自己的热乎劲儿还没过去,只要雷雷给个暗示,他巴不得跟她如胶似漆地黏在一起。

雷雷走在前,豆豆跟着。到了包房门口,雷雷对她说:"到了,脱鞋吧。"

豆豆乖乖地脱了鞋子。

雷雷拉开包间的门,眼前的景象令她难堪不已,包间里除了老万之外,还有王胖子。惊慌之中,她听到老万对王胖子说:"我的小女友,你见过的吧,大哥。"

王胖子死死地盯着雷雷。

雷雷的心头紧紧地收缩了一下,他今天不是没空儿吗?

四个人在寂静中吃完了一顿晚餐。王胖子没说话,雷雷也没说话,老万明白了。

四个人中,唯一高兴的是豆豆。她庆幸雷雷终于从三个人的邪恶游戏中解脱出来。她喝了很多酒,这是豆豆生平第一次喝这么多酒。

当然,她是跟雷雷喝的。

再过三天,检查结果就出来了,豆豆替雷雷捏了一把汗。她知道雷雷半夜里不睡觉,在网上查尽了关于艾滋病的资料。豆豆不知道自己放弃考试是不是对,她只知道雷雷的生命或许没几天了。

明天是豆豆跟钟老师约定的日子。钟老师一定会在办公室里等着她的,可是她不会去了。她安慰着自己:没关系,想报考钟老师的人很多很多,他很快就会把萧豆豆忘记的。豆豆想着,眼泪掉了下来,流进嘴里,很苦、很咸,这便是人生的味道。

雷雷的身体又开始发热。她裹上了厚厚的棉袍,棉袍的领子已经被汗水浸得泛黄,像是毒蛇喷出的液体。

她绝望地坐在沙发上,看着豆豆,拾起酒瓶子"咕咚咕咚"便是好几口。豆豆担心她的体温会伴随着酒精的增多而愈加上升。

"应该是的,'妈妈',你走吧,我会传染你的。"

豆豆不说话,执拗地盯着茶几上的酒瓶。

"你真的,收拾收拾走吧,明天别忘了见钟老师。"

豆豆还是不说话。

"你是傻叉吗?我跟你说话呢。"雷雷用平静的语调跟豆豆说。

豆豆看着雷雷,目光里充满了可怜兮兮的神情。

"你看着我死,是不是很爽?那我跳楼好了。"她只是说着,坐在那里并没有行动。

豆豆笑了。

雷雷把酒瓶子狠狠摔在地上,一地玻璃。她走进自己房间,使劲儿地摔门。

豆豆拿出笤帚扫地上的酒瓶渣儿。

在这个夜晚,雷雷没有再出来。

第二天,豆豆发现她的床单上有一滩血迹。雷雷说那是昨晚流了鼻血。她把那床单扔进了垃圾箱,并且开玩笑地说:"谁捡到谁倒霉。"豆豆的心里一阵冰冷。她知道如果这个时候丢下她,说不定她会跑到街上,随便找一个冤大头司机,一头扎进车轮子底下,了此一生。她总是说自己一定是了,一定是了。豆豆也尽量到网上去查,如果这个病能控制,那么会延续多久的生命。

雷雷给自己化了妆,很浓很浓的那种,还穿了低胸的衣服。这个季节依旧寒冷,豆豆给她找出了外套。雷雷却冷笑着把那外衣扔到一边。今天是雷雷去主持古董拍卖会的日子,要求极为严格,到场的工作人员都要提供健康证明。雷雷随便拿出从前办游泳卡时用的那张,竟然蒙混过关了。她冲着豆豆得意地笑笑,豆豆却又是一阵心酸。

拍卖会之后便是买家们的酒会,雷雷也被要求留了下来。豆豆不习惯这样的场合,于是坐在休息室里等她。雷雷时不时地进来看看豆豆,最后一次,豆豆发现她脸上洋溢着愉快的表情。豆豆躺在椅子上看资料,却不停地想着钟老师此时在做什么,会如何想自己。那结果是不言自明的,钟老师一定认为自己是一个特别不靠谱的、三心二意的学生。

豆豆不知在休息室里等了多久，也没有见雷雷出来，她不得已去会场探个究竟，结果令她又气又恼——会场已是空空如也，所有的人都已经散去了。一股深深的懊恼侵蚀着豆豆的身体，她恨雷雷。为了她，自己放下了前途，可是她呢？却根本不把这一切当回事儿。豆豆站在原地，无论任何时候，自己都只能待在无人问津的小角落里吗？

豆豆飞一般地奔往学校，钟教授已经不在那里了。豆豆蹲在研究生部大楼门前，埋着头掉眼泪。

话说雷雷刚进场不久，便被一桌人叫去喝酒。她知道这些人是买家，是跟王胖子和老万差不多的人。一个男人不自觉地把手揽在她的腰上。雷雷的心里出现一个声音：王胖子、老万，你们的替身找到了！她微微地笑着。在座的男人们认为她的笑容美丽极了，只有她自己心里明白这笑容的内涵。

雷雷如愿了，一个半秃着脑袋的人带着她去了咖啡厅。这人告诉他，自己只是一个来旁观的人，也是被朋友叫来的。雷雷微笑着，她的心里有一个目标。

"你可以做我男朋友吗？"

男人眼前一亮，雷雷看到他眼神里绽放出色情的光彩。

"我的级别不高，就是一个普通的办公室主任。像你们这样的女孩子，一般都找那种特别有头有脸的吧？不过，你在上海租房子需要钱，买化妆品也需要钱，开销还是蛮大的。"

雷雷被深深的挫败感折磨着。一直以来，好运从不会光顾自己。其实她想要的很简单，只不过是一份稳定的爱情，一个简单的生活，以后能在这个城市有一个属于自己的小窝。她没想到这一切实现起来竟然如此艰难，还要付出如此沉重的代价。现在眼前的男人分明是在用卑微的生活费侮辱自己，她心里最后的一道墙彻底崩塌了。

"是啊，我没有，你给我吧。"

男人看着雷雷。

她下定了决心。

"先借我一点儿钱吧。人家不都说明星包夜吗？"

"多少？"

雷雷伸出一个巴掌，"五万。"

说出这个数字时，雷雷想的是这应该够豆豆一年的房费了。自己是要走的，而这笔钱可以帮豆豆度过难关，一年以后，豆豆一定能找到一个好的归宿，到那个时候，她真的就不需要自己了。也许她会很快把自己遗忘，她会有自己的家庭，会有可爱的孩子，还会把她的奇葩老妈从陕西接来。雷雷想着这些，眼眶红红的，眼泪一下子流了下来。

男人诧异地看着她。她赶紧擦干眼泪，"行吗？"

男人若有所思地点点头。

"那么，好吧。什么时候？"

"我明天要出差，三天后可以吗？"

"做我男朋友？"

"喜欢我的钱还是身体？"

"钱。"

男人笑了，"没见过你这么坦诚的。"

是啊，雷雷自嘲，我还有什么好在乎的？

雷雷的计划终究还是没有实现。事实上，她无法等到第三天，第二天就行动了。她守在男人单位门口，等着他出来。他发现了她，带着她上了汽车。他一言不发，只是开车。她也不说话，心想他随便带自己去哪儿都成。

没成想他却在一个学校前把车停下了。雷雷万万没想到他会冠冕堂皇地带着自己来接女儿。

"她妈妈出差，我来……"他笑着说。

女儿上小学四年级，吵着要和漂亮姐姐坐在一起，雷雷只好陪着她坐后排。她坐在雷雷的腿上，不停地打量着姐姐，还摩挲着雷雷的腰。男人从后视镜里看到了，问她："你这么喜欢姐姐，是因为姐姐漂亮吗？"

小女孩回答："熊哥哥说，嘴巴边上有痣的女人有福气。"

雷雷笑了，男人也笑了。

"熊哥哥是她的发小，他们天天在一块儿。"

他们一起去了西餐厅。雷雷像一个真正的大姐姐，男人是一个好爸爸。

临分别时，男人问她是否着急用钱，着急的话可以明天给她。雷雷笑笑，说了句"电话联系"便下了车。

60. 宿命之神

一个星期终于到了，雷雷和豆豆忐忑不安地来到医院。医生却告诉她们还要做一项加强检验。雷雷没再说话。医生说还要再等五天。

距离考博还剩十天了。

豆豆笑着安慰雷雷："真的今年没复习好，明年再考了。"

"苦瓜脸"打来电话，说豆豆的论文通过了盲审，可以顺利毕业了。豆豆的心里难过极了，她最不愿意辜负别人，而如今，她却真真切切地辜负了钟教授。

雷雷竟然不发热了。她告诉豆豆，自己心情很好，想出去走走。豆豆摸了摸她的额头，才放心地让她出门。

雷雷找到男人，给他写了借条，她再一次欺骗了他。男人十分慷慨地给了雷雷六万。他说："六六顺，我们都顺。"

雷雷开心地走了。她把这些钱一股脑儿地存在了一张卡上，一边存着，一边想好了将来写给豆豆的遗言。

第二件事儿，她是鼓足了勇气的。进去之前，她在那楼下徘徊了好半天。在这个世界上，豆豆是陪伴她走到生命尽头的人，这是她生命中仅有的情感。

雷雷敲开了"钟良山研究室"的门。

她看着钟良山笃定的眼神，讲述了整个故事。一时间，她有种身心都被掏空的感觉，没有任何负担，似乎轻得能腾云驾雾。

没过多久，豆豆收到了"苦瓜脸"的通知："快，快来学校！"

豆豆背上书包跑进校园，迎面撞见了钟老师。他看着豆豆，豆豆发现那眼神里的严肃不见了，竟然多了几分父亲般的疼爱。她低下头，偷偷地露出了笑脸，却不敢让对方发现。

"十天以后，考场见。"

豆豆望着湛蓝的天空，乌鸦又不应景地叫了起来，豆豆认为那一定是喜鹊学了乌鸦的叫声。豆豆豁然开朗地望着天空，"苦瓜脸"急匆匆地叫自己来，是因为她帮助自己修改了报名信息，现在豆豆的报名信息上"导师"一栏里清楚地呈现着"钟良山"三个字。

距离考博还有五天了。

豆豆知道招财猫一直给自己数着。雷雷成了美厨娘，天天下厨房做好吃的，豆豆负责为她拍照。

今天是雷雷去医院取结果的日子。她偷偷地在口袋里藏了银行卡和遗言信。

医生随手递过化验单，便低头写诊断书。雷雷赶紧接过来，拿在手里，眼睛却盯着豆豆。

"我来看吧。"豆豆说。

雷雷依旧不动。她深吸一口气，闭上眼睛，轻轻地打开化验单。

结果是——阴性。

雷雷愣在那里，豆豆的眼泪流了出来。

"我还订了墓地，五千元定金，人家不还了。"

医生愕然地抬起头，看着雷雷。

豆豆从未如此由衷而强烈地感谢命运。眼看着考博的日子日益迫近，她毫无如临大敌之感。豆豆十分惊讶于自己的变化，就在两个月前，她还把考博看成是巨大的怪兽，拼尽全力也不一定能战胜。其实变化的不是人生，而是人们面对生活的心态啊！豆豆终于明白了。也许相比生死而言，考博并不算大事，最多不过是漫漫长河中的一朵浪花罢了。

令人万万想不到的是，事情还没有结束。其实生活充其量是一个巨大的玩笑罢了。人们天天都在任由其摆布，只是有人皮实，活了下来；有人脆弱，从楼上跳了下去。豆豆看着远去的警车，竟然咧着嘴巴"呵呵呵呵"地笑个没完。

雷雷被带走了，就在她们欢天喜地地回到小窝，酝酿着晚上吃一顿日料来撑死自己的时候。警察说雷雷涉嫌挪用公款，雷雷反问对方："我连'公'都找不着，哪儿来的'款'？"

警察还是十分客气地把她请上了警车。

豆豆想起了那些被冤假错案牵连致死的人们，惊诧着这样的事儿竟然能发生在自己身边！她默默祈求着上天，不要跟自己开这么大的玩笑好不好？

警察绝没有冤枉雷雷，她的确挪用了公款，只不过是间接挪用罢了。

挪用公款的男人姓苟，"蝇营狗苟"的"苟"。雷雷不愿意回忆这个姓，因为这会让她联想到依依养的那只叫"八怪"的狗狗。雷雷知道他人憨厚，也不吝啬，她还认为这样的男人最可靠。如果一个人有太多的钱，或者有太高的职位，那么他一定不会懂得珍惜——在他的眼里，没有什么是值得在乎的。相反，像苟主任这样的人，他没有太高的职位，所以更珍惜身边的人，比如他会慷慨地帮助自己，比如他很爱自己的女儿和家庭。虽然他们的关系也会建立在情人的基础之上，只不过没有开始罢了。

雷雷的想法错了。她没想到的是，在苟主任的家里竟然找出了一百六十公斤的黄金！那一刻，她明白了。她在心里原谅了他。虽然这一次，这个人，会最终改变自己的命运，最终毁掉自己的前程，但是她没有一丁点儿的怨恨。她仿佛从苟主任身上看到了自己。那段日子，自己想要疯狂地报复身边所有的人，包括认识的和不认识的人，当然，苟主任也算在内。雷雷想到这里，发出了不可思议的轻笑,当自己报复对方的时候,对方不也在报复着自己吗?同样的主题都是"报复",只不过自己用身体来报复,而对方用金钱来报复罢了。

雷雷是最后一个跟苟主任见面的人,自那天下午之后,苟主任便杳无音信了。雷雷什么也不知道,警察拘留了雷雷两个星期,要雷雷说出自己所知道的一切。事实上,雷雷连她喜欢的苟主任家女儿的姓名都不知晓。

豆豆能想到的便是发动雷雷身边的人,尽可能多的力量去想办法。她去找了朱紫,可是朱紫已经不在那儿住了,豆豆远远地看着,那幢危楼里的人早已搬离。豆豆这次是真的不再考博了。没有别的原因,只因为她的遭遇令她无法安心复习。

这次她没有再拒绝钟老师,她选择了默默地疏远。

豆豆每天计算着考博的时间,面对着空空的房间、空空的墙壁,以及她根本无从知晓的雷雷还未来得及告诉她的那张储蓄卡。

考博的时间到了。豆豆发现这一天格外拥挤。她一早起床,到小区门口买来了一些早点,看到马路上已是堵得水泄不通。

豆豆看着那些坐在车里的人,那些骑着电动车的人,那些埋头走路的人……她觉得大家都是那么的幸福。看到学生模样的人走过,她便会不由地想:他们应该是去考博的吧?

时间一分一秒地过去了,豆豆在心里默默地数着,也许到了要放英语听力的时候了。她微笑着等待着考场大门关闭,等待一切以一种静默的方式落幕。

她的心里如此平静,考博也好,学者也好,已毫无意义。白胖子没有了,妈妈有了自己的世界,雷雷"爸爸"生死未卜。发生的一切,让豆豆深深地感觉生命就是一场盲目的虚无。她接到了一个陌生的电话,传来的竟然是雷雷的声音。雷雷匆忙地告诉她,十五分钟后在学校门口等她,她有十分十分重要的话要对豆豆讲。

豆豆扔下早餐,一路飞奔,向着学校的方向没命地跑。按照惯例,从豆豆的家到学校,开车也要十几分钟,而现在雷雷只给了她十五分钟。豆豆知道这附近有一条近道,但是要穿过狭窄的弄堂,还要翻过一道铁栏杆,她决定了,没有一搏，就不会有希望。

马路上的汽车迈着蹩脚的步伐一点儿一点儿挪动着，电动车顺着汽车之间的缝隙穿梭而过。豆豆一心只想着自己平日里不爱锻炼，体育成绩不好，关键时候吃了亏，所以她必须跑到肝肠寸断才好。

距离雷雷说好的时间还差三分钟，豆豆到达了学校门口。

鲜艳的横幅张扬而骄傲地悬挂着，它告诉全中国的人们，今天，走进这个大门的人是时代的骄子。豆豆也感到了一种崇高的美。她告诉自己，这种美只属于命运的宠幸者，自己不是！

雷雷没有到，豆豆从进出校园的学生中没有发现任何一个酷似雷雷的身影，她开始怀疑那通电话的真实性。

一辆闪着红蓝灯的警车迅速驶过来，豆豆的心揪起来了。五天前，就是这样的汽车把"爸爸"带走的。忽然，一阵熟悉的声音惊醒了豆豆的回忆："妈妈！妈妈！"

豆豆竟然发现那声音是从警车里传来的，她定睛看去，却见雷雷探出的脑袋渐渐地从她的面前划过。豆豆想让她停下来，说几句话，可是做不到，然而雷雷的话语却深深地留在了豆豆心中。她说："快去考试，快去！要考上，要考上！"

警车渐渐地停下了，在距离豆豆不远处，在跟学院相邻的医院门口。"爸爸"被两个女警官带下了车。

豆豆笑了，这一定是"爸爸"的鬼把戏，她装作生病要警察阿姨带她出来看病，用这个机会让自己去参加考试。

她笑着，眼泪流了下来。

警车还在闪耀着刺眼的灯光，一个声音从背后传来："考试去！"

豆豆过转身，钟教授正盯着自己。

尾声

  度过了漫长的梅雨季节,这座城市终于迎来了专属于自己的艳阳天。豆豆早已得知自己被录取,光荣地成为了钟良山教授的博士。领录取通知书的那天,她遇见了潘爷爷,他已经不再戴着那顶枣红色瓜皮帽了,只是见了豆豆依旧第一时间发出"呵呵呵呵"的笑声。豆豆告诉他,门口的专卖店又有了红色和绿色的兰博基尼。潘爷爷瞪大了好奇的眼睛,问那汽车会不会像电脑一样随着更新换代而不断降价,豆豆学着他的样子"呵呵呵呵"地笑几声,之后告诉他怕是不会。

  舞美系的学生轰轰烈烈地举行了校园首届服装设计大赛,豆豆看见圆形的小剧场里赫然摆上了佟爷爷的铜雕,"铜(佟)爷爷"依旧握着"环球同此凉热"的扇子,只不过穿的是西装而不是马褂。

  毕业典礼很快就要来临了,豆豆有些激动,也有些紧张。奇葩老妈要来参加毕业典礼,她还会带来新任的丈夫。听老妈说,那人是电影爱好者,天天上街寻找素材,自编自导自演的微电影已经拍到了第六季。

  豆豆问:"都是些什么题材呢?"

  妈妈说:"我也不清楚,只见那屏幕里就他一个人低着头来回地走。"

  钟老师自打豆豆领到录取通知书后,更是没对自己笑过,他见面就会叹着气说:"你还差得很远呢!"

  豆豆的压力很大。

  毕业典礼终于来到了。

  天还没亮,豆豆便起床了。她穿上了新买的白衬衫,扎起了高高的马尾,还化了淡妆。站在镜子前,豆豆发现原来自己的皮肤是那样地白里透红,不用任何粉底或者腮红的修饰。不仅如此,眼睛也大得恰到好处,嘴唇也是标致的,不需要用唇彩便如红樱桃一般。

学院上空升起了五颜六色的热气球，在那些飘逸的彩带的感召下，每个人都是喜气洋洋的，豆豆极力寻找着自己熟悉的脸孔。

她最先看到的是翔宇。翔宇从远处跑过来，一下子就给了豆豆一个大熊抱，豆豆真有些不习惯他这样。

第二个是"苦瓜脸"，她见到豆豆，只是嘴角微微翘了一下，便低着头走开了。豆豆还是很开心，她在心里一定是笑了的。

紧接着，她又看到了周明黄、佟瑾泉……每一个人都恭喜她成为了大博士。豆豆腼腆地低下头，心里像揣了个小兔子，兴奋地跳着。

忽然，她看到一个特别好玩儿的人。这个人的打扮醒目极了：一身白色西装，还戴着白色的礼帽，连鞋子都是白色的。最重要的不是颜色，而是那西装的材料似乎不太厚实，被太阳光一照，臀部泛出了蓝花花的图案，走近一看才发现那是内裤的颜色。此时，这个人正捧着相机，像一只小松鼠似的跳来跳过去，手舞足蹈地比划着。豆豆正瞧着对方，却见他冲着豆豆走来了。一路走着，那镜头一路对准豆豆，豆豆赶紧躲开了。

忽然，她的背后两个人吵了起来："干吗你，告你偷拍啊！"

"你是谁？"

豆豆转过身去，看见翔宇正在跟那个好玩儿的人吵架。看翔宇那表情，差一点儿就抡起拳头来。

豆豆笑了，她开心地望着明亮的草地，望着屹立着"戏剧学院"四个大字的门柱，肆意地笑了。

"好了好了，没事没事。"豆豆说。

那个好玩儿的人掏出了自己的名片，"有空儿交个朋友。"

"滚！"翔宇骂着，"就你们这些人！"

那人托着相机一溜烟儿地跑了。豆豆远远地看见他又去了一群正在拍照的美女堆里。

大剧场的台上坐满了穿红袍子的人。翔宇说："等咱们结束以后去找那些哈利·波特们拍照啊！"

豆豆捂着嘴巴乐了，翔宇说得真形象，他们的确像极了哈利·波特。可是她很快伤感起来，要是"爸爸"在该多好啊！她苦涩地看着"哈利·波特"们激情四射的祝福。

雷雷自打上次那匆匆一见，再也没有了音信。豆豆真想知道她去了哪里，可是她就像人间蒸发了一样。

豆豆给雷雷的妈妈打过电话，雷雷的妈妈说："她怕是出国了，给家里拍了一段视频，就走了。她偶尔也会打电话回来，却总说自己学习很忙，还要工作，过些日子再回来。"末了，雷雷的妈妈用试探的口气问豆豆："是不是我总催她嫁人，她才这样的？"

豆豆听了只想流泪。

半小时后，豆豆和全体毕业生一起拍了合影。拍照时，豆豆听到了这样一个声音："可惜少了一个。"

豆豆怎么也笑不出来，任凭摄影师怎么启发大家笑一笑。

奇葩老妈来了，她和新丈夫坐在教学楼前的长椅上，背靠着布莱希特的雕像。新"爸爸"拿着摄像机，不停地拍。豆豆见他还穿了一件满是口袋的马甲。

奇葩老妈忙不迭地跟豆豆拍照，和新丈夫一起张罗着找好看的背景，比豆豆还积极。忽然，只听老妈一声尖叫："豆豆——"

豆豆心想一定是出了什么状况，许是见着老鼠了——奇葩老妈生平最怕的就是老鼠，她赶紧跑过去，却见到了一个根本不想见到的人，那正是唐松。

唐松没来参加毕业典礼，拍毕业照也没出现。

他站在距离豆豆很远的地方，看着豆豆。豆豆觉得他就是一个孩子，一个丢了棒棒糖的小孩。他的脸上沮丧而落寞，眼神里充满了异样的期待。

妈妈拉着新丈夫跑开了，豆豆想跟他们说不用走，她只跟唐松打声招呼就好。可是她却站在原地，动弹不得。

唐松缓缓地走了过来，轻声地打招呼："嗨！"

"嗨！"豆豆回应着。

"恭喜你啊，好厉害！"

豆豆笑了笑。

两人沉默着。

"你过得挺好吧？"豆豆决定主动打破尴尬。

他只是笑笑。

"回来办手续吧？"豆豆问。

唐松点点头。

豆豆的心里涌起一股心酸，她知道自己是吃醋了。到现在为止，她依然介意他跟别人结婚，依然介意他去自己根本不熟悉、不了解的事业单位去工作。

"拜拜！"豆豆转身离开。

豆豆告诉自己，她要开心地去办理手续，然后开心地继续留在这里读书，虽然这里不会再有唐松了。

豆豆不知道的是，她的唐松并没有结婚。

她更想不到的是，他也没有工作。

唐松就那么远远地看着豆豆，他躲在了一个小小的角落里。这角落很冷，也不光明，但是能看到豆豆。

他想跟豆豆说的是，他没答应跟那个女孩的婚事。后来，他考上了那个单位的事业编制，不幸的是，帮他安排工作的领导却因涉嫌贪污公款而在家中上吊死了。他的爸爸、妈妈极力让儿子回到上海，好跟家乡的一切不产生任何瓜葛。

可是他没说出口，他看到豆豆现在很开心，脸上的笑容源自心底而绽放。也许自己的出现会给豆豆拖后腿吧！她会有更好的爱人陪伴。他匆匆地办理了离校手续，匆匆地走了。

豆豆想到唐松，深深地叹了一口气。她告诉自己：以后不要再在深夜里偷偷地在纸条上写"白胖子"三个字了。

时间如同白驹过隙，转眼便是一年过去了。

豆豆已经跟着钟老师开始做项目，她写了书，还创作了电影剧本。每天清晨，她都被梦想催醒。在成为学者的道路上，她像一只开心的小鸟，展开翅膀拼命地飞翔。

她偶尔还会想起那段光阴、那些人，只不过他们现在已是杳无音讯。豆豆告诉自己，只要等待总会有结果，时间是可以证明一切的。

"任何事情的存在只是为着给坚强的人开眼界的。"

她把忽然想到的这句话写进了微信签名下，却发现了自己的邮箱里多了一封匿名邮件。她担心是病毒，却还是打开了，那里显示了一组组照片。

第一张：寺院全景。

第二张：四四方方的大殿里，一个戴着浅蓝色尼姑帽的小尼姑在清扫着地面。

第三张：这个小尼姑在低着头择菜。

豆豆看见了小尼姑的侧脸，认得出来，这是雷雷。

……

余音缭绕。

傍晚的厢房里，暮钟已敲响，寺院也告别了日光中的喧嚣，安静地等待着夜的到来。高耸的佛像前，一个瘦小的身影虔诚地跪在那里，低头轻声地默念着，缓慢而有节奏地敲击着木鱼。此刻的雷雷仿佛已告别了俗世尘埃，变得格外宁静了。人们再也忆不起她挑起眉毛四处"放电"的模样，也想象不出那诵经赞佛的樱桃小嘴也曾是黄色笑话四处宣扬。现在的她，只有永恒的背影，只有深埋的脸庞，只有用回避一切的态度惯性地念着"阿弥陀佛"。

"雷雷！"

木鱼声止住了。

"雷雷！"

雷雷的背影僵住了，她暂时停止了诵经，默默地跪在原地。

来者是烫着卷发的女人，五十左右光景。她手里拎着一只鼓鼓的包，站在原地，眼神中流露出无尽的爱怜。

雷雷缓缓地站起来，转过身，许久未绽开的面容终于显露出一丝微笑，那微笑如此心不甘情不愿，唯有嘴角稍稍上扬了些。

"妈。"她轻声地唤着。

女人的眼睛湿润了，嘴角微微颤抖。

厢房里，女人慢慢地坐下，仔细地摩挲着床铺。

"硬了些，习惯吗？"她说。

雷雷笑笑，"阿弥陀佛，已知足了。"

女人低下头，偷偷揩去两行清泪。

她抬起头，微笑着抚摸雷雷的脸颊，然后拉开鼓鼓的大包，一件一件地取出很多零食。雷雷看着摊在铺上的真空牛肉、罐头、火腿肠。只双手合十，对着那铺满的红色腌制肉食念着"阿弥陀佛"。

"妈，我不再吃了，您拿回去吧。"

妈妈想起从前女儿每每离家时，总要带去一行李箱的真空牛肉、火腿肠。她的家乡盛产熟食，雷雷说："牛肉火腿肠，在小窝里吃宵夜神马的最棒了！"

妈妈的手里拿着一包酱牛肉，僵在那里。

雷雷轻轻地将食物一件一件放进包里。

"妈，心里空空的感觉好啊！"

妈妈笑了，两行清泪瞬间滑落。

"妈，您怎么找到这儿来的？"这是雷雷早就想问的问题。她太疑惑了，连豆豆都不知道自己在这里。

"有个人找到咱家来了。"妈妈轻声地回答。她脱下大衣，大衣里子上缝了一贴布，她跟雷雷要了缝衣针，轻轻地把那根线拆开来。

雷雷看着妈妈耐心拆线的样子，心里酸酸的。来到这儿半年了，她真想知道她心爱的那些人怎么样了。每天迎着晨曦，她总要为爸爸、妈妈祈福，为豆豆祈福。想到豆豆，她心酸，仿佛又看到了她对着招财猫发呆的样子。

那贴布里缝着的是一个牛皮信封。

"就是这个,这个人来咱们家了。"

雷雷诧异地接过信封,只见里面有一张银行卡,另有一张简陋的信纸。她断定不是豆豆的信,因为豆豆总爱用花里胡哨的信纸。想到这里,她放心了些。

"卡里有十万。"妈妈说。

雷雷诧异地打开那信纸,上面赫然写着:"祝一切安好,阿弥陀佛!马学才。"

"他告诉我们的。"妈妈说。

雷雷只是坐着,谁都不知道此刻的她,内心是怎样一番光景。

日子便是如此,朝夕轮回,周而复始。

一抹朝霞染红了清晨的微亮,机场的落地窗也透出崭新的气象。沉睡的太阳红着脸悄然升起,碧绿的青草托起了它娇嫩的脸庞。

落地窗前站着一个小小的身影,她扎着马尾辫,背着双肩包,拖着行李箱。她正看着那慵懒的太阳发呆,仿佛那太阳便是她书桌上的招财猫。

"爸爸,妈妈来了!"她喃喃地说!

2015年8月1日完稿于海上罗兰